沃日河谷的太阳

王跃　泽里扎西 ◉ 著

四川人民出版社

图书在版编目（CIP）数据

沃日河谷的太阳／王跃，泽里扎西著. —成都：
四川人民出版社，2020. 10
ISBN 978-7-220-12031-2

Ⅰ.①沃… Ⅱ.①王… ②泽… Ⅲ.①长篇小说-
中国-当代 Ⅳ.①I247. 5

中国版本图书馆 CIP 数据核字（2020）第 194435 号

WORI HEGU DE TAIYANG

沃日河谷的太阳

王 跃 泽里扎西 著

策　　划	王定宇
责任编辑	何佳佳　李　河
封面设计	李其飞
版式设计	戴雨虹
责任校对	母芹碧
责任印制	王　俊

出版发行	四川人民出版社（成都槐树街 2 号）
网　　址	http://www. scpph. com
E-mail	scrmcbs@ sina. com
新浪微博	@ 四川人民出版社
微信公众号	四川人民出版社
发行部业务电话	（028）86259624　86259453
防盗版举报电话	（028）86259624
照　　排	四川胜翔数码印务设计有限公司
印　　刷	成都蜀通印务有限责任公司
成品尺寸	146mm×210mm
印　　张	12. 75
字　　数	275 千
版　　次	2020 年 10 月第 1 版
印　　次	2020 年 10 月第 1 次印刷
书　　号	ISBN 978-7-220-12031-2
定　　价	48. 00 元

·目 录·

上卷 ——

阳光照在沃日河畔

河谷里的群碉

才旺措美家的碉房是擦耳寨的头一家，择险而居，有百年历史。家碉的左右墙和后侧墙留有枪眼，砌法精湛。不远处的碉楼用沃日山上的阿嘎土和石块加石灰和糯米汁勾缝砌成，四周的墙体则用片石垒叠，墙体厚达一米。有的老屋墙体可以厚达两三米，能经历数百年而不倒。顶部墙面保持水平的同时，逐步向两端上翘，受力逐渐移向中部使得墙体稳正，上百年来坚固牢实。碉楼大小石块错落，小石块给大石块镶上花边，碉房的四角有角峰，这就是典型的嘉绒房屋建筑风格，在沃日河谷里层层叠叠，在山体衬托下气势不凡。

房顶一分为二，平坦的前半部用春泥覆盖，晒着青稞、荞麦、玉米棒子和豌豆、胡豆。才旺措美使一支腾枪，枪法精准，他正坐在用木板铺盖的房顶后半部喝着酥油茶。他家的酥油茶与别家不同，加了房前屋后肆意生长的车前草和蒲公英。这是祖辈留下的秘方，使他脾气柔和、不躁，脸上也不长那种疙瘩，显现出嘉绒汉子特有的棱角，剽悍而有力。阿卡和老罗布从不加这些草本植物，两人脾气火爆，特别是在喝过几碗青稞酒后就要抽出腰上的"左插子"，乱削一通。他俩脸上都长满了疙瘩，老罗布还是个酒糟鼻，红得跟藏酋猴的屁股一样，遭人讥笑。

阿卡与才旺措美的年龄相仿，都是二十出头，同才旺措美刮得干净的面庞不同，阿卡一脸胡须，从脖子一直蔓延到胸口，再到小腹，同阴部连成一片。阿卡成天脚踏皮筒靴，穿着装饰着黑红色花边的毡衫。他只喝酒和牦牛血，口渴了就爬上牦牛背用"左插子"挑破牛背上的血管，用嘴接喷射而出的牛血狂饮，然后用湿漉漉的黄泥去堵牛的伤口，放归牧场，有好几头牛血管爆裂，流血而亡。阿卡乐此不疲，因此长得比别人更加敦实，而且好斗。他家穷困，也没人敢雇他放牛。

才旺措美家的屋顶是嘉绒地区特有的密梁构造，板棚里有整片的猪膘肉，有些肉已放置了好些年，早已风干，沃日河谷干燥的阵风使猪膘肉愈久弥香，直接用刀削下一片放在嘴里，嚼得口舌生津。猪膘肉的丰足显示着才旺措美家的殷实，他是百姓身份，不是"科巴"和"家人"。

他从腰上抽出"左插子"，削下一片猪膘肉喂给他的松潘狗西娃。西娃是一只河曲草原獒，典型的"哮天犬"，牦牛般大小，吼声低沉，如同打雷，不怒而威。西娃每天早晨将牛羊放上山去，傍晚将牛羊赶回家。它不仅忠于职守，而且认得自家的牛羊，有牛羊走失，它就上山去找，嗅觉特别灵敏，迎着河风搜寻目标，即便遇见了孤狼它也毫不惧怕，高高地扬起尾巴，大叫呼唤主人。那犬吠之声随着风吼传进才旺措美的耳朵，才旺措美便提着他的腾枪前来支援。

但遇上豺狗西娃就无法对付了。它们一来一大群，专门对落单的牛羊下手，形成包围圈，前堵后截，由母豺指挥，公豺将长长的嘴筒伸进牛的肛门，拖出牛肠，等待牛血流尽而毙。这时河谷里就会传来西娃的咆哮之声。

西娃身上满是伤痕，是山豹、豺狗和野牛给它留下的。每次受伤，西娃都要昏睡多日，然后自己舔干血迹，偏偏倒倒地爬起来找才旺措美寻食。才旺措美杀一头牦牛，把牛血喂给西娃，吃过牛血后的西娃便日渐恢复，又雄赳赳气昂昂地走进草场。

擦耳寨背靠崇山峻岭，悬崖峭壁之下，面向沃日河，用牛皮筏子和笮桥联通往来。上百户人家，家家的碉房左右两侧砌成女儿墙，房屋顶层平台的墙角置煨桑台，另一墙角插经幡，在猎猎的河谷阵风中飘荡，发出啪啪响声。房屋的四角上方各安置一木雕，木雕上各系一铜铃，每至春日午后时分便狂风大作，风声飕飕，彻夜不止。这时站在平台上人立不稳，铜铃声吟风啸月，响彻河谷。

大小金川及丹巴等地是一个千碉之地，碉楼林立，蔚为壮观，清人袁枚感叹：

金川碉楼与天接，

鸟飞不上猿猴绝。

擦耳寨家家的屋顶小塔上供奉着白石，白石是天神的象征。嘉绒人石碉的四角、门窗及墙壁无处不设神龛，以供白石，彰显着朴素的白石崇拜。

才旺措美家窗户开得很大，花窗上雕有佛八宝、动物、花草图案。黑色的窗框用颜料画在墙上，呈矩形。颜料是山上的矿石磨粉调制，风吹雨打都不褪色。碉房的三楼是神居之地，经堂用山中的木材装修，才旺措美每天早晨来此磕头进香。二楼是居室，厕所最为特别，用木板架在空中，从高处喷射下去十分爽快。上下落差高达数十米，蹲在上面有架空之感，所以来往的汉地客商多不敢使用，宁肯去野外野矢，但当地人非常受用。

才旺措美从自家的院子走出来，穿过正对着沃日河的木门，下坡走一百级石梯就可以下河。河水源自斯古拉山脚下的长坪沟和双桥沟，在谷地里穿行，同发源于梦笔山南麓巴格达木措的抚边河在懋功猛固桥汇合，形成小金川流向章谷镇，与大金川汇流奔入大渡河。河水在阳光下闪着亮光，却浸骨寒彻。

沿河是通往康藏、连接卫藏的要道，可控川边各地。河岸边是座座碉楼，下粗巅细，高达四十丈，矮则十余丈，有四角、六角、八角，更有十三角的战碉。丛立者为平碉，架木为层，以独木刻级旋转而上，有五层或七层的，每层有窗洞，以透风月。下层为牢狱，二层是牛羊圈，三层为灶，四层为仓，五层居人。

碉虽高，造碉不过数日而就，凡高山河谷险要处必有坚碉，作为要冲。烽火碉建在高处以传递信号，风水碉多建在村寨神山之中以保平安，伏魔碉用来辟邪祛祟，主碉背靠悬崖，面向河谷，由群碉众星拱月。

河谷两岸跬步皆山，无尺寸平地。北部是梦笔山，系懋功往返马尔康的界山，由东向西蜿蜒伸展。西部是空卡梁子，由此可通金川。西南部的蛇皮梁子横插向懋功县城中央，隔断了与南部汗牛地界的连接，与大哇梁子、木壳壳梁子相接。南部的夹金山道路弯曲，横亘在县城与宝兴之间。

才旺措美轻快如风在各座碉楼间穿梭，碉楼间的通道直通各家房下。数米一掩体，拐弯处都有屯兵之所，战时可藏兵数十人。通道沿线凿有通气孔、照明洞、箭眼、防守口。碉房与碉房之间设有地下通道，顶部有外道，空中户户相通，地下家家相连。水道也通向各家各户，每家门口都开一取水口，水道成封闭状，让敌人无法取水。

才旺措美穿梭在这些通道之间，仿佛又回到了那场他曾参与的金川之战。

往日战事

第二次金川之战打得异常艰难，才旺措美得以保全性命实属幸运。清军在将领阿桂的指挥下朝擦耳寨逼来，才旺措美还清楚地记得当时他趴在碉楼的射击口等待着清兵进寨。

最先进入射击范围的是一个大胡子，他袒胸露背，长着浓密的胸毛，显然刚喝过烈酒，一脸通红，大声武气地叫唤，举着一把猪头大刀张牙舞爪地冲上来。这是典型的八旗兵，疏于战阵，别看他们张牙舞爪，实则并无战斗力。才旺措美盯他已有多日，但每次射击都没有击中，大胡子虽然叫得厉害，但躲闪比兔子还快。今天他喝得醉醺醺的，正是拿下他的好时机。

才旺措美在悄无声息中把腾枪支出洞口，不慌不忙地一个点射，击中大胡子的胸口正中，一朵血红的杜鹃花倏然绽放，前一秒还咋咋呼呼的大胡子饮弹倒地，却并没气绝，口中还念着酒话，身体蜷缩成一团，滚下了山崖。

跟在大胡子身后的娃娃兵吓得掉头就跑，他是来自成都少城的旗人子弟，刚满十八岁就被征召来吃军粮，哪里经历过真正的战斗场面。吓破胆的娃娃兵逃命之际被督战的阿桂挥刀砍下手臂，瞬时哇哇叫喊着滚进河谷。

才旺措美在阻击碉里看得真切，他守卫了多日，阻击碉处在擦耳寨的要隘，清兵久攻不下，早已像热锅上的蚂蚁焦躁不安。特别是阿桂，一个金川兵都没有碰到，却斩杀了不少自己手下逃命的八旗兵。阿桂非常高傲，此前根本没有把这些河谷土司兵放在眼里，这下知道了他们的厉害。

待到傍晚时分，沃日河谷的狂风按时到来，吹得尘土飞扬，山上巨大的岩石被吹落，掉进河谷发出恐怖的巨响。阿桂曾趾高气扬、不可一世，他认为金川一域不过弹丸之地，只要他大军压境便能迅速荡平，不料这里碉坚寨固，寸步难行。

阿桂灌下一碗烈酒，命令炮手将九节劈山大炮架上山坡。这种炮身重三百余斤，骡马不能驮载，数百壮实的清兵将其抬运上坡，当场便有多人不堪重负，累得吐血而殁。这里山势太高，平地都比平原高出几千米，人走路都会喘气，负重搬运大炮耗尽了他们的体力。倒地的清兵被校尉踢下山谷，其他壮汉又替补上去。这九节大炮在成都铸造，每门花费上万银两，为从成都运来还加宽了山道，却不料在巴朗山的猫鼻梁遭遇变故，多门大炮翻下了沟谷，连带摔死了十多名运送的士兵。

营帐内，阿桂已经摔烂了三只酒碗，久攻不下使得他心急如焚，暴跳如雷。他杀不了碉楼里的土司兵，却砍翻了多名手下。当擦耳寨透出松明子的亮光时，阿桂一声令下，十多门九节大炮和子母炮一齐开火，密集的铅弹射向碉楼，阵阵炮声中石块飞起，可当烟雾散开，炮兵惊恐地看到碉楼竟岿然不动。九节大炮虽在以往的战斗中屡建奇功，却并不能炸开碉楼，只炸飞一些碉石，碉楼很快又被土司兵修补好。关键是炮弹有限，废了九牛二虎之力从成都运来的铅弹一次炮击就用完了，这尤其令阿桂恼火。也有穿进碉楼枪眼的子母炮的炮弹，在楼里炸开，里面顿时传来悲惨的嚎叫。

才旺措美躲在坚碉里，这座碉有二十四层，击中的那一层有石头滚落，但其余的楼层坚固如初。震耳欲聋的炮声使得才旺措美短暂失聪，但他却不敢逃跑，小头目举着刀在身后威慑，不仅逃跑的清兵会被督战的将官毙命，逃跑的土司兵也会遭到头目斩杀。双方都杀红了眼，谁也不敢退缩。

擦耳寨外围筑有厚达三米的土墙，最外层则是削尖了头的圆木栅栏。进寨的隘口有五座战碉，与转经楼互为犄角。卡寨鳞栉，备御甚严。

阿桂早已气急败坏，已采用终南山术士的五雷法术攻击碉卡，却收效甚微。这帮术士只会哄骗皇帝老儿，弄些纸人纸马根本恐吓不住山民。跟随清兵进入金川的终南山术士站在山头操演了多日，也仅是放了几炮，说是炸雷，不过像打屁一般放倒了几棵灌木。气得阿桂一把扯掉术士的胡须，在术士的屁股上踢了几脚，将其撵走。

乾隆皇帝下令从八旗前锋护军中挑选少壮勇健的士兵数百名在香山演习云梯，并仿建金川碉楼多处，供云梯兵演练，增派云梯兵马火速驰援金川战事，但云梯兵根本没有机会靠近碉楼。这些花拳绣腿的云梯兵在香山攻城略地，到了金川连土司兵的汗毛都没有捞到一根，反被土司兵抢去多架云梯，当着阿桂的面烧成灰烬。

眼见被逼入穷途末路，阿桂丧心病狂地命令全部九节大炮开火，对着碉楼的顶部轰击，无数碉石被炸飞，多座碉楼被炸去楼顶，才旺措美和其他土司兵吓得缩在碉楼里不敢冒头，等炮击停止，他们在头目的督战下趁着夜色将碉楼鬶补如初。

到了半夜才旺措美才靠着墙壁坐下来，狼吞虎咽地吞下一条羊腿干巴，又喝了几大碗酥油茶，喘息片刻，他又慌忙爬上碉楼观察清军的动静。寒冷的空气中，他压低嗓音叫醒几名土司兵去摸营。

他们一到夜晚就去清军兵营"发财"。伸手不见五指的黑夜，不熟悉环境的清兵根本不敢出营，都窝在营帐里打盹。土司兵便三五成群潜出碉楼，摸进清军兵营，小头目清楚他们的小心思，多半也不去管他们。这些土司兵都来自河谷四周山野，从小在山间奔跑，熟悉地形，个个像地鼠般在清营里摸进摸出。

清营建在一处小山坳里，四周是高山灌木丛，有涧水从山上泻下汇入一片草坪，清军的营帐就扎在草坪上，这可犯了兵家大忌。阿桂自认为熟读兵书，但其人刚愎自用，坚持在此扎营，实是一个纸上谈兵的将领。

清兵缩在营帐里不敢出头，他们被土司兵骚扰怕了。土司兵从山上滚下石头、圆木，还放冷箭，搞得清兵睡觉都不敢脱衣。木栅栏形同虚设，才旺措美像钻羊圈的狼一般钻进去，他甚至摸到了副将的中帐。副将是个独眼，一只眼睛中了冷箭瞎了，剩下的一只眼睛反而看得更清楚。

他本来就没有人性，瞎了一只眼后变得更加残暴，白天指挥清兵以卡逼卡，以碉攻碉，像耗子一样四处打洞挖地道，攻进一座碉楼后不接受任何土司兵投降，一律格杀。到了夜晚就在帐中放纵。他从成都带来一个戏班，花旦青衣十多人，养在军中夜夜供他淫乐，其中多人被高地的苦寒以及独眼的暴虐折磨致死，被独眼的卫兵拖出营，丢弃在野地任野兽飞禽拖食。剩下的几个花旦已奄奄一息，白天像狗一样被关在木笼里，晚上才放出来被独眼蹂躏。独眼的最大乐趣就是听戏，花旦们一边遭受独眼的施虐，一边还得给他唱戏。

清军的将领如此，士兵也都效仿，夜夜醉酒，自然没有战斗力。

才旺措美的胆子大，在独眼骑在花旦身上淫乐之时将他的佩刀摸去。佩刀长尺许，外鞘镶宝石，刀柄包裹黄金，是件艺术品。独眼佩戴着这件价值千金的佩刀上战场，而这件宝贝主要用于观赏，实践中并无价值。到山地作战的这支清军，将领荒淫无度，士兵多是东拼西凑，督军只顾在营中作乐，哪里有能力攻下碉楼。

才旺措美摸了那柄佩刀，算是发了笔小财，比那些偷鸡摸狗的同伙收益更大。就着帐内飘忽的烛火，他看见了花旦惊惧的眼睛，她的眼睛很大，水汪汪的，带着惊恐，含着哀怨。独眼爬在她身上气喘吁吁，唤着她的名字蓉娘，这是她的戏名，她曾在成都梨园声名显赫。才旺措美的心咯噔一下，狂跳不止。他还从来没见过这么美的汉人，特别是那双眼睛，使他终生难忘。

帐中随即传出了女人尖厉的叫声。蓉娘同样也看见了才旺措美月光下闪着幽蓝光亮的眼睛。才旺措美是个标致的嘉绒汉子，单是犀利的目光就摄人心魄。两人目光相触，一对灵魂瞬间碰撞，虽然是在战场，不同地域的男女都感到了心灵的震撼。

这一声叫喊划过黑暗的寂静，刺激了才旺措美，也惊住了蠕动的清军副将，他来不及将下身从女人身体中抽出就去摸佩刀。才旺措美趁乱带着他刚到手的佩刀滚身离去。帐内帐外顿时一阵骚乱，独眼副将叫喊着：

"有人摸营！"

酩酊大醉的卫兵乱踩一气，被惊醒的哨兵在敌楼上乱射弓弩，没有射中一个土司兵，却射倒了无数醉鬼。

这就是发生在第二次金川之战中荒唐的一幕。

慌乱的清营点燃火把和松明，杂乱的喊声惊动了阿桂。他刚吃了红景天二十，这剂藏药由红景天同二十味藏药配成，数天来，阿桂处在高原头疼得厉害，非得靠吃这药才能入睡，辗转刚入睡不到半个时辰就被摸营惊醒。阿桂已经被这种骚扰弄得心烦意乱，他索性带了一队士兵去反摸营。

月亮又躲回了厚重的云层里，行走在崎岖的山道上，阿桂一行人不得不打着火把，带着松明赶夜路，士兵咋咋呼呼搞得动静很大，奇怪的是他们并没有遭遇阻拦。他们一路下到沟底，放出前哨侦察，一直逼近碉卡。

土司在最显要处建的碉卡，既可瞭望，也可御敌。黑暗中的碉卡死一般寂静，在清兵的喧闹声中居然审出几只山雀，惊出阿桂一身冷汗。士兵对着瞭望孔射了几箭，里面也没有反应。原来他们走到了一座空碉，平白扑了空。

阿桂身先士卒，踹开木门冲进去，碉楼里只有一堆堆吃剩下的牛排羊骨，地上还撒落了一些糌粑面，烧尽的柴火灰堆在那里，早已没有了火星。摸营发了一点小财的土司兵已经躲回到寨子里的家中，留下空碉楼庞大的身影震慑山坳里的清军。土司兵不是正规部队，纪律涣散，一家之中的男丁，只要没有出家当喇嘛，就得轮番应征，即使是头人的兄弟也不例外，他们虽然能打，但只要没有头目管束就要溜号。

天一亮独眼就咆哮着率领清兵朝擦耳寨居高临下发起猛攻。

土司兵从暗道里重新进入各个碉楼，将清兵清理出去。从碉楼里逃出来的清兵都是背后中枪中箭，转身挥刀，却连敌人都看不真切。这次作战，独眼亲自督战，断了清兵的逃路。山岗上冲下挥舞刀枪杀向碉楼的清军士兵。他们人数众多，排山倒海，但这种攻势很快就淹没在河谷中的碉楼之间。

他们遇到了一座平碉，架木为层，独木作阶梯，如锯齿，凹处仅容半足。土司兵上下攀缘如飞，而清兵登爬不上，尽落下风。凭借烽火碉、伏魔碉、战碉、坚碉，土司兵与清兵周旋，用枪矢攻击，他们从高处扔下乱石，在碉上不断变换玛尼旗，使清兵弄不清哪一座是指挥战斗的坚碉。碉外的土壕沟里灌满了水，水下是尖利的石块，一座只有几人把守的碉楼就可以阻挡成百上千的清兵攻击。

独眼副将丧心病狂地进攻没有取得丝毫进展，巨大的人力、物力损失让他难逃阿桂的责罚。阿桂罚人就踢屁股，一脚踢来独眼倒地半天爬不起来，天天遭受这种责罚，独眼的屁股余肿还没消就添上了新伤。

回到帐中独眼就拿那些戏子出气，戏子所剩无几，唯有蓉娘还在硬扛，她被掳来前是成都有名的旦角，唱功了得，独眼多少对她还算体贴。在戏子们身上发泄够了，独眼就举着明晃晃的长剑逼迫又一拨清兵去碉楼送死。

大小金川仅有三四万人，却歼灭清军一万多人，伤及数万众。许多士兵都是死于自己人之手。那些逃跑出营的士兵被独眼手起刀落，砍下头颅，脑袋顺着山梁滚落到沟底，多少年后沟谷中还能捡到这些头骨。

经过多日相持，在河北邯郸铸造的冲天炮和威远炮终于从成都运来，同时运来的还有铅铁炮弹。一百多门大炮对着擦耳寨一阵狂轰滥炸，终于有碉楼经不住炮轰，在烟尘中轰然坍塌。清兵趁势一拥而上，冲进去却发现土司兵早已从暗道逃走。清兵进入暗道追击，暗道四通八达，追击的清兵陷入迷魂阵，一些士兵进去后就再没有出来，被困死在陷阱里。土司兵则步步为营，又在别的碉楼里布下防御阵地。

清兵虽多如蚂蚁，但在狭长的沃日河谷里难以施展人数优势，擦耳寨阻挡了清军的进攻线路，二十里的山道用了九个月的时间仍攻打不下。前阻大河，后负高碉，卡栅碉楼，座座都是堡垒要塞。

这时传来阿桂的军令，砍伐树木，做成柴捆抵挡箭雨，并将口袋盛满沙土，命官兵匍匐在地，头顶柴捆土袋，以手推转而行，到达碉楼之下，层层堆起，以此一层层攻进碉楼。这种方法比云梯兵从上攻击更为有效。眼看碉楼一座座被攻占，才旺措美同土司兵们只能退至官寨碉内严防死守。

多数碉卡虽然被攻取，但清军士气仍然低落。他们大多是从各省调派的绿营兵，甚至还有从荆州调遣来的驻防兵，战斗力低下，素质不高，多是些酒囊饭袋，又是从低地平原而来，不适应高原气候，根本不是能征善战的土司兵的对手。

才旺措美将火绳套在羊角上，让羊群在碉楼之间行走。独眼副将站在他的大营所在的山坡上，在黑夜里看见有那么多光影在移动，他万分疑惑，这土司兵怎么越打越多？这是有别的土司率兵前来增援？饶坝土司一直保持中立，不敢同朝廷为敌。土基土司也只会耍耍嘴皮子，光打雷不下雨，在战斗最激烈的时候赶了一群羊到河谷来表示声援，气得河谷土司洛桑郎卡当天就把那些瘦羊宰杀了炖给手下士兵吃掉，毕竟战斗还得靠自己支撑。

畏葸观望，辄尔动摇崩溃。

连阿桂也在叹气，十万大军出动，耗银上千万两，却迟迟不能拿下大小金川，整个清营官兵沮丧。朝廷给阿桂下了死命令，三个月内必须攻占整个官寨。阿桂无奈之下又给手下的副将下令，两个月之内要拿下所有碉楼！独眼已被冷箭刺瞎了一只眼睛，哪怕再被扎瞎一只眼睛也攻不下碉楼。眼见碉楼间晃动的光影越来越多，他只能在营帐中拿戏子们撒气。

戏子们的日子越来越难，却不得解脱。士兵们没有戏子可以发泄，只好一个个把自己灌得大醉。河谷出产好酒，用沃日河水酿出的青稞酒不仅甘洌，还劲道十足。

这一夜又有土司兵扰营，仅凭几十人，从山梁上呐喊着压下。独眼副将营中有清兵三千之众，混乱中踉踉跄跄奔走，以为有千军万马杀将而来。黑暗中清军士卒互相踩踏砍杀，土司兵只在高处朝营中放冷枪，才旺措美的腾枪也不需瞄准，只管朝黑影处乱放。三千之众竟不能抵御数十人。清军将领无能，兵丁怯懦，军纪涣散暴露无遗。

从营中跑出来的清兵被土司兵砍成肉块，逃回营的也都断手断脚成为残废。逃避中有士兵慌不择路滚下悬崖，有将校在绝望中上吊自杀。有戏子趁乱逃出，流落各地，后来又在各地闯出了名堂，这是后话不提。

这一仗，清军的名声在宝塔形状的金川碉楼前完全破灭。

然而战局的转换只在一夜之间。

在清军疯狂的报复下，土司兵已退到了最后的堡垒官寨碉。官寨碉高耸入云，气势磅礴。河谷土司洛桑郎卡亲自坐镇指挥。才旺措美和其他土司兵将箭羽檑木滚石搬运至其间，准备拼死做最后的抵抗。

这一夜才旺措美太过劳累，紧绷的神经突然放松了。这是出事的前兆，他的一个小小的过错导致了整场战局陷入相反的走向。才旺措美抽烟时不慎将烟灰落在了火绳上，数十笼火药被引爆，二十四层的碉楼有十五层贮藏了火药，爆炸的威力超过了九节劈山大炮的轰击，战碉倒塌，压死了守碉的土司兵和土司的家奴上百人，所幸没有波及其他碉楼。这毁灭性的打击，却是自己闹的乌龙。清兵站在河谷对岸，望着倒塌的碉楼目瞪口呆，他们费了九牛二虎之力也没能攻陷的碉楼顷刻间便灰飞烟灭。

真是天助我也，阿桂立即命令健锐营攻到战碉下。射击手压住残存的几层碉楼射击孔传出的火力，云梯兵则开始攀缘进攻。清兵们用抓钩和绳索一层层爬进碉楼。他们进去前先朝里面投掷西瓜弹，在一声声的爆炸中战碉里传出阵阵哭嚎。

攻进官寨的清兵越来越多，杀声震天，硝烟从一座座碉楼中冒出，阿桂率领的清军终于吹响最后的号角，攻下了擦耳寨。

才旺措美狼狈地从暗道逃走，乘牛皮船渡过沃日河，他惊慌失措，并没有意识到这次河谷土司与清廷的战事的胜败与他有关。土司洛桑郎卡也并没有追责，反而认为这是天意，战斗到最后一兵一卒的土司认栽，输得心服口服。

3

金 矿

才旺措美深一脚浅一脚地在山道上奔走，山上全是些羊肠小道，他准备去地窝子躲一阵子。地窝子是通往老台子金窝子的驿站，如有清兵追来他就上老台子去淘金。

地窝子并没有房子，直接挖一个地坑，上面搭一个木棚子就可以住人。地窝里有一个木板搭建的通铺，可以睡二三十人，被子只有一床，用十几张牛皮缝合而成，从来就没有拆洗过，臭气熏天，可以同时盖住通铺上的人。到了夏天牛皮被子的缝隙里还要爬出臭虫，吸食过往旅客的血。才旺措美的皮肤又硬又厚，汗味又重，臭虫都被他一掌拍死，虱子更不在话下，被他又掐又抓，全都报销。只有那些来来往往的汉人淘金者皮子薄，被臭虫虱子弄得浑身是包，甚至溃烂流脓。

住地窝子也不用给钱，都是用货物抵押，身上有什么抵什么，哪怕什么都没有也可以脱了衣裳来抵。旅客们别无选择，遥远的路途中除了这家驿站根本没有第二家，也没有第二个有胆子的人像地窝主人一样敢在这种地方开店。他的店除了臭虫虱子，更厉害的还有跳蚤，都是些吸食人血的猫蚤和狗蚤。很多虫子即便不吃不喝也能在墙缝、地缝或床缝等角落存活一两年，并传播疾病。害虫们仿佛知道谁能给它们提供食物，只是不咬地窝主人，它们熟悉了主人的体味汗味。地窝主人仿佛早已练成了铜体铁身，百害不侵。

地窝子的主人叫罗布丹，一脸横肉，专干杀人越货的勾当。他甚至专门去灌县拜过把子，许多手段都是跟汉人师傅学的。这里虽然偏远，但已是离汉地最近的一个隘口，所以受汉人的影响大。这个罗布丹面无表情时都能令人汗毛倒竖，他一旦对人露出笑脸，犹如狼对人露出獠牙。从金窝子下来的人因为没留下买路钱被他闷死在那张大被子下的不在少数。

这些传说才旺措美小时候便听过。地窝子后面确有一个大坑，里面有牛羊骨和不知什么动物的骨头，也有人骨，那些传说中被闷死在大被子下的淘金人的尸骨可能就被扔在坑里。以往一想起地窝子才旺措美就毛骨悚然，但现在不同以往，他刚从战场上下来，从死人堆里爬出来，也就把对地窝子的恐惧抛到了脑后。

罗布丹对才旺措美还算客气，让他白吃白喝，还白白在大被子下睡了一觉。他是看上了才旺措美的佩刀，外鞘镶满了宝石，刀柄上包裹着黄金，这正是才旺措美摸营时从独眼副将处盗走的那把刀。罗布丹趁才旺措美在大被子下熟睡时把玩过佩刀，他吐了一口唾沫在刀刃上，用衣袖在刃上擦拭，刀锋闪闪放光，是把好刀。这么好的刀，主人只应该是他罗布丹，暂时让这个吃了败仗的后生在大被子下睡一阵子，他随时可以结果了他的性命。

牛皮大被又沉又厚，也只有罗布丹可以把它搬来搬去，他在被子的四个角藏了鹅卵石，随时用来打人。在这山道上开一家客栈也不容易，没有几个手段，那些烟客、货贩子或淘金人又有几个是好对付的？棒老二也很凶，饿慌了什么都抢。但罗布丹有他的牛皮大被，只要你住进了这个地窝子就得老老实实地听他摆布，那张四个角埋伏了鹅卵石的大被子所向披靡，可以憋死一切持非分之想者。江洋大盗罗布丹靠一张大被子独霸江湖，在这条驿道上混得风生水起，成为响当当的地头蛇。

当天就有人从老台子上下来，说挖金人打到了金窝子。他们仅用毛铁锤打洞，用火烧，一天打十几米，打进尺，打深点，挖岩金，主要是凭经验看脉线，只要找准了脉线就可以打到金窝子。找准了一个塘窝，下面是砂子，像白糖的颗粒一样，可以筛到岩金。遇到品质稍差的，也能看见很小的，像针尖一样大小不一的金砂。有些窝子与蜂窝一样，有的像珊瑚，老台子是岩金的富集矿，历朝历代的淘金人都找到过这种原生矿。有的洞子打得深，要是打到了金脉，淘金人就发了。大小金川的一些富户就是靠在大河边上淘金或上门子沟老台子挖金发的财。

大小金川名不虚传，不仅大河边有沙金，老台子和新台子还有沙金，取之不绝，只要吃得了苦，熬过苦日子就可以发财。

挖到窝子的人叫牛老三，他用火烧岩石，得到的是火烧金。那是一处私窝子，他不让别人靠近，金洞子里面潮湿，不能在里面居住，大多在洞外搭棚子，棚子用石头砌成，同碉房一样的构造，淘金人用的也都是木碗或土巴碗，靠木梯进出。探路的灯是清油灯，棉线做的灯捻。牛老三用最原始的手工打矿，然后用木漂，木制的滑槽，上面编个篓篓备料，用水摇提取金子，后来用木橥和水摇沙，用水冲木槽板提取金粉。再后来修砌大池子，用水银、锌丝等提取黄金。金子沉，在汞的黏合下，容易提取，淘出来黄黄的，但岩金颗粒小，不如沙金颗粒大。

牛老三弄到金子的事走漏了风声，就有棒老二来抢金子。淘金者挖到金子不容易，要保住金子就更难。

牛老三的岩窝很窄，是陡坎，他准备了滚木和乱石对付棒老二。

棒老二叫杨星兰，一个干抢人勾当的棒老二取一个女人的名字，这在金川一带很普遍。当地最大的抢匪叫朗山老母，另一个叫牛角刺花，不一而足，堪称奇事。杨星兰只是其中一个小爬虫，但他气焰嚣张，是匹孤狼，没有帮手，同牛老三一样都是吃独食的。杨星兰干不过牛老三，被牛老三滚下来的木头砸断了腿。杨星兰气不过，拄着拐杖来找罗布丹，他并不是要同罗布丹分赃，只想合伙把牛老三灭了。他同罗布丹也是仇人，曾被罗布丹闷在牛皮大被下，只是他的气力大，没有被闷死，从此两人大路朝天，各走一边。

杨星兰找罗布丹，要他把牛老三闷了，牛老三挖到金子要下山去懋功交易，把金子换成银子，然后去窑子把银子败光，淘金人走的都是这条路。后来发财的就去抽大烟，再多的金子也不够他们败。懋功的街上有二百多家烟馆，而人口不过二三万。那些烟馆主要是靠淘金客和过往商人养活。懋功的烟田很少，烟田都集中在饶坝的半山，半山土地贫瘠却非常适合种植大烟，那里开满了罂粟花。靠卖烟土，饶坝比河谷富裕，河谷就是饶坝大烟的倾销地。

罗布丹没有闷死杨星兰，也没有闷死牛老三，谁也没有料到，牛老三被泥石流给灭了。杨星兰来找罗布丹的那晚雨很大，老台子到后半夜就发了泥石流，这里常年有淘金人挖矿，山上到处都是挖垮了的金窝子，泥石流冲下来，岩窝里的砂石把狭窄的岩嘴挤爆了，牛老三躲在洞里以为可以避开泥石流。洞里有十九个坪，牛老三下到一个坪，泥石流便挤进一个岩嘴，最后牛老三无路可逃，所有的地洞都被挤进来的泥石塞住，飞石在洞里乱砸，人要挖岩洞里的金子，岩石就要砸烂人的背架子、拐把子。

岩洞塌方了，老台子最深的金窝子被泥石流堵死，大小金川最出名的淘金人牛老三死在了洞中。他一生挖金无数，却并不富有，钱都砸在了烟馆和窑子里，他死的时候怀里还抱着他挖到的一大包金粉。

棒老二杨星兰自然没有抢到金子，跛着腿离开了罗布丹的驿站。可怜的是才旺措美，他本打算上老台子挖金，这下也断了念想。

树林中遇见独眼

泥石流闷死牛老三的同时也打乱了罗布丹抢夺佩刀的计划，才旺措美蔫头耷脑地从地窝子出来，犹豫着要不要返回擦耳寨。有败兵彭措晋珠带来消息说取胜的清军已陆续返回成都，有两千四百座战碉、五百座石卡、两百座城堡和几十处寨落被毁，大小金川改土归流，设屯安营，一切又将归于平静。最可恨的是，乾隆皇帝居然立了一个御碑记述这次胜利，没有人敢把这座碑给废了。

败兵们纷纷返回村寨，彭措晋珠路过地窝子，就是准备回到家乡鄂什克。这个傻里吧唧的土司兵打了败仗一点也不沮丧，反而异常兴奋，他终于可以回家了。他娶了老婆就出来打仗，好几年都没有回家，他正急切地要返回家乡同老婆亲热，好生下一大家子儿女。可谁知，满心期待回乡的彭措晋珠却死于非命。他是个话匣子，什么都爱打听，白天还吃着罗布丹请的青稞酒和奶渣包子，晚上就被闷死在牛皮大被子下。罗布丹闷死他几乎不费吹灰之力，醉成一摊烂泥的败兵彭措晋珠在牛皮大被下伸了几下腿就断气了。

彭措晋珠的牛皮口袋里什么也没有，罗布丹当着才旺措美的面一阵翻找，只从口袋里翻出两颗西瓜弹。这也不错，罗布丹可以把它卖给山上的淘金客用来炸岩。这让才旺措美看得目瞪口呆。这个杀人不眨眼的地窝主人让他胆寒。

罗布丹嘴里哼哼着一首古道上流传多年的小调，曲调并不令人惊悚，反而显得欢快，但才旺措美无论如何也欢快不起来。一个人的小命就这么被轻巧地结束了，罗布丹甚至都没有用上藏在牛皮大被四角的鹅卵石。

可怜的彭措晋珠，没有死在金川战役中，却死在地窝子的牛皮大被下。在鄂什克老家等他的老婆遥首以待，却再也等不到自己的男人。其实彭措晋珠可以直接回家，毕竟鄂什克并不遥远，但他害怕被清剿，在外面游荡了好一阵子，见风平浪静了，才要回乡，却死在了这家黑店。

罗布丹从地窝后面的坑里起出一坛老酒，要同才旺措美对干。这老酒是灌县来的马帮带来的，罗布丹收藏多年不舍得喝，他要用老酒换得才旺措美的佩刀，而不是用牛皮大被闷他。才旺措美太过小心，睡着了都很警惕，罗布丹无从下手，何况牛皮大被里爬出来的那些臭虫、虱子、跳蚤等对才旺措美毫无作用。他的皮肤呈古铜色，油浸浸的，泛着一层亮光，还有一股油脂的香味，敲一敲仿佛也能发出金属的声音，所以罗布丹不敢在他面前用大被闷人。罗布丹只有把人灌醉，他在老酒里加上蒙汗药，让人上口就倒，然后将就用才旺措美的佩刀结果其性命。

他对罗布丹的诡计了若指掌。在金川战役前，他同彭措晋珠一样呆傻，但经过战争的洗礼他已茁壮成长，不再是那个毛头小子，他无数次摸过清军的大营才得到这把金光闪闪的佩刀，罗布丹企图夺走他的宝刀真是痴心妄想，这把刀已是他的家传，他要世世代代传下去。

他不知道罗布丹为什么会对自己发善心，但他的刀不会送人。连清兵的大炮都没有炸死他，那个大被子更压不死他。

才旺措美深一脚浅一脚地从地窝子里逃出来，他并不怕罗布丹的追赶。离开了那张臭烘烘的大被子，罗布丹便英雄无用武之地。这条汉子也就只能在他的地窝子里耍横，跨出地窝子半步，他就是一副怂样。

"怂人"罗布丹仍在哼他的小曲，但明显已不欢快，变得沉闷，他太想得到那把佩刀，但刀和它的主人已消失在山道上。

罗布丹除了有一股蛮力，并无什么武艺，他的那张牛皮大被除了板结和厚重，最大的威力就是臭气，人闷在下面都是被熏晕，然后窒息而死的。才旺措美早已做了准备，用佩刀在被子里戳了无数窟窿，被子一旦漏气，臭气就跑了不少，威力自然减半。可惜罗布丹还被蒙在鼓里，他一旦知道他的神被已被才旺措美做了手脚定会气得背过气去。

才旺措美的目的地是山岗上的青冈林，林子里生长着无数的白木耳和黑木耳。才旺措美把它们采下来直接丢进嘴里吃，嚼得一口白浆。还有那些杜鹃花，开得比脸盆还大，是高山大花杜鹃，花瓣也可生吃，才旺措美吃了个饱。花瓣和木耳吃起来都甜津津的，十分受用。

同他一起采食的还有鸟儿，有鹧鸪、杜鹃和伯劳，最多的是乌鸦，一来一大群，成百上千，呱呱乱叫，从树上朝下胡乱喷粪，一点不爱干净。才旺措美一声声叫骂乌鸦，但乌鸦更狠，它们的聒噪声宛若诅咒，天生就是"巫鸟"，对嚼舌十分精通。才旺措美生气的是，这些乌鸦为什么不去诅咒地窝子的主人，那个杀人魔王才是最该被诅咒的，可它们偏偏要对一个落难之人发出悲声。

才旺措美嘴唇渐渐红肿，头昏脑涨，嘴皮也发麻，这是中了花粉的毒，头也有点晕，他靠在树干上睡了过去。

他是被一阵风吹醒的。不！并非如此！那是自一口水塘发出来的吵闹声。水塘在林子深处，是一处热泉，间歇性地朝空中喷出泉水，汇入几个小水塘中。水温有四十多度，朝外冒着热气，在林中弥漫，云雾缭绕。

吵闹声从水塘中传来。

才旺措美拨开灌木的层层树枝望过去，在水塘中泡着的正是清军副将独眼，这个挨千刀的恶棍正在这处森林温泉中干着坏事。被他压在身下的是那个花旦蓉娘。她的眼睛尤其撩人，才旺措美在摸营时已经记住了那种目光，在月光下水汪汪的，带着惊恐，也含着哀怨。当时才旺措美就是被那撩人的目光勾了魂，特别是蓉娘在黑暗中发出的尖厉叫声，震撼了才旺措美，使他每每在梦中与她的目光和叫声相遇而不能自持。

才旺措美不曾想到自己与她再次不期而遇，并不是在梦中，而是在这个叫热木塘的林中温泉旁。才旺措美把这看成天意，只有天意才可以使相同的情景再现两次。

撤退途中的独眼一时心血来潮，押着花旦来到这处天然温泉。这里如仙境一般，独眼有美人相伴，早已飘飘欲仙。他本就是一个淫棍，在被射瞎了一只眼睛后就更加肆无忌惮，放纵声色。他从成都带来的那个戏班中的戏子死的死，逃的逃，如今也就只剩下蓉娘一人，也完全是因为他看得紧，不然蓉娘早就同其他戏子一样遁入山林。

独眼将蓉娘的乳头含在嘴里吮吸，突然他兽性大发，一口咬下去，蓉娘痛楚地号叫，一股鲜血喷涌而出，独眼并不怜惜，将血吞下，红着嘴还在浪笑。被他缠绕在身下的这个戏子越是痛苦，越能勾起他的快感。他又将嘴移到另一只乳头上。才旺措美已经热血贲张，似乎听到蓉娘另一声痛不欲生的叫喊，从热泉中发出，冲破这宁静的山林。

埋伏在密林深处的才旺措美紧盯着水塘，他甚至感到自己乳头也在肿胀。嘉绒汉子采取行动了，他砍断一截树藤走进水塘，从背后朝独眼扎下去，用藤条勒住了他的脖子。独眼突然喘不了气，将乳头放开，嘴张得很大，想吃空气。他已被才旺措美从水中提出，赤条条被藤条捆绑在一棵青冈树上。

独眼用一只眼睛打量着才旺措美，面露不屑，喘了一阵，把气出匀，说："你们土司已向我大清皇帝投降，乾隆爷已立碑一块，就立于美诺官寨。你是什么人，敢偷袭我朝廷大将？"才旺措美冷笑着用一截树杈将独眼的辫子钉在树干上。独眼嘴里还在骂骂咧咧，他威胁着眼前的这个汉子，并没有把这个嘉绒青年放在眼里。他是一个班师回朝的清军副将，连土司、守备、千总都得给他下跪，眼前这个人是什么身份，是百姓、科巴，还是头人？他并不知道他的佩刀就是这个人夺走的，他认为眼前之人就是一个不怕死的爱管闲事之人。

"把刀放下，可以饶你不死。"

独眼十分傲慢。虽然他还光着身子，却一点也不尴尬。他的自大来自他的出身，他是朝廷命官，还是旗人，身体精壮并不干瘪，每天好酒好肉养着，皮下堆满了脂肪，他就是靠着一身油脂纵横天下，欺男霸女。

"杀死他！杀了他！"

这是蓉娘的吼声。她还赤身裸体泡在水里，胸口的鲜血染红了半池泉水。

独眼鄙视才旺措美，却在蓉娘的喊声中口吐白沫。他从这个女人的目光里读到了自己的末日。独眼从成都的梨园将她掳来，白天让她给自己唱戏取乐，夜晚就在她身上宣泄。她的身体里早已埋下了复仇的种子，这种子瞬间抽芽并开出花来。

"杀死他！"

蓉娘的吼声已由无法抑制的愤怒变得平静，更加坚定的喊声刺激了才旺措美。他天生语言能力出众，嘉绒地区的藏人大多精通汉语，这里是茶马古道的必经之地，他们祖祖辈辈与汉地茶马互市，不仅熟悉汉人的语言，也了解汉人的习性。才旺措美去过雅州和灌县，又同清军打过多年的仗，在蓉娘的呼喊下他举起了那把佩刀。佩刀的外鞘镶满宝石，刀柄上镶着黄金，这把刀独眼再熟悉不过，这是他的佩刀，那镶嵌的宝石是鸡血石，只要沾了人血，鸡血石就会红得发亮。这把刀是被土司兵摸营时摸去的，原来眼前的这个汉子就是那个摸营人。

独眼由傲慢变得气馁。这是一个什么样的人？他长相英俊，轮廓分明，鼻梁高挺，嘉绒汉子不论是安多哇、白马哇还是嘉绒哇都是那么挺拔，他们英勇善战，以两三万兵力抵抗数倍于己的清军。独眼已经又惊又怕又累，那个刚才还在他身下百般柔顺的戏子还在呼喊，句句铿锵，字字悲怆。她反复告诫这个年轻人一定要杀了独眼，果然才旺措美用独眼的佩刀将其脚上的大筋挑断，同时藤条也被挑断了。独眼蜷成一团在地上翻滚，血不仅洒在泥地上，也喷洒到佩刀上，鸡血石果然发亮，那红色的宝石舔血后红得更鲜艳了。天边的一抹阳光正照射在刀柄上，宝石光彩夺目。

"再给我一刀吧，给我来个痛快的。"

才旺措美在独眼的呐喊中补了一刀，正扎在胸口上，他并没有拔出佩刀，任独眼在地上扑腾。

独眼用双手刨地，其状惨绝，恶魔在临死之时悲凉异常，赤裸的花旦用马靴盛来泉水给独眼灌下，说："你去吧，黄泉路上会遇到戏班的十二乐人，他们全都死在你的手上，如今你好同他们结伴而行。"

阳世上毫不相干，黄泉路上都是同路人，他们唱着相同的阴曲，却是在阳间填好的词……

5
河谷就是家乡

金川之战后，才旺措美辗转回到了擦耳寨。他带回一个女人，女人用黑布绣花头帕把脸遮得严实，只露出一双汉地女子特有的大眼睛观察着擦耳寨的一切。她不会说藏话，也不同人接近，但她的衣裳让寨中的女人啧啧称奇，她穿的是戏服，自然是戏子，还是成都的名旦。

她同其他的嘉绒女子不同，她同才旺措美的婚礼也没有按当地的习俗举行。她没有家人，也就不能等男方接亲者到来的时候紧关大门，并向其泼水，直到男方送上三五斤酒后方才开门请入屋内，亲友们送上茶、手帕之类的表示庆贺，还给姑娘添箱。这些都是当地的习俗，蓉娘并没有享受到，但她并不在意，一个落难之人能够找到一个家已经是不幸之中的万幸。

蓉娘直接进了才旺措美家门，并没有兄弟背她进屋，一切仪式都没有，连一条哈达也没有收到。人们只是围坐在一起跳锅庄，边跳边饮咂酒。新娘本应回娘家居住三四个月或一两年才回男方家，但蓉娘是汉地女子，娘家路途遥远，她又是落难至此的，只能住在才旺措美的碉房里过起了夫妻生活。

她每天清晨爬上才旺措美家的碉房平台吊嗓子，咿咿呀呀的，邻居们听不懂，但都爱听。

擦耳寨也唱戏，但唱的多是《苏吉尼玛》《卓瓦桑姆》之类的藏戏，散发着酥油和糌粑味儿，对这种带着川味的调子感到新鲜。但这个汉人女子与才旺措美的家人都合不来，她吃不惯他们的吃食，也不穿他们的服饰。才旺措美的家人们头顶黑色的头帕，头帕上绣有红、黄、绿等各色图案花纹。服装也很烦琐，里套红黄白裙，外套洁白绸面长裙，再套深绿底色、浅黄暗花图案的长裙，裙边和大领边镶有氆氇，胸前佩戴各色珍珠、玛瑙、佛珠和银制"嘎乌"，腰系镶有银制饰品的腰带。擦耳寨的百姓十分富裕，因而服饰考究。才旺措美的父母已经过世，只有哥哥一家和一个还未出嫁的妹妹。哥哥看不惯才旺措美娶的这个女人，来路不明，显得突兀，嘉绒话倒是学得很快，但发音稀奇古怪，拖着戏腔。据说是个戏子，才旺家还没有出过这样的媳妇。兄弟俩爽快地分了家，从此再无来往。

这件事惊动了河谷土司，他不能让才旺措美带着这样的女人住在寨子中，他让才旺措美去寨外过活。为这事土司召见过才旺措美，指给他寨外一处空地，上面长着几十棵核桃树，还有金川雪梨树，土司说："去吧，不叫你就不要进寨。"才旺措美是土司老爷洛桑郎卡的卫队成员，还是贴身侍卫，但老爷放了他一条生路，让他自生自灭。

刚吃了败仗的土司老爷心情郁闷，对任何事情都不感兴趣，万念俱灰，幸亏皇帝老儿没有追责，只废了他的土司印信，还拨银下来让他恢复被战争破坏的民舍，算是给点安抚。奇怪的是饶坝那边，土司杰瓦结森并没有参与战事，朝廷却怪罪于他，说他没有出兵协同朝廷征战，罚了巨款，还下旨让杰瓦结森闭门思过，这让饶坝土司尤为不服。杰瓦结森认为这个皇帝是个昏君，不明事理，敢跟他对抗的人不罚，安分守己的人却要受到不公的待遇，早知如此还不如跟朝廷干一家伙，说不定还能捞点银子来用。

勤快的才旺措美很快就在寨子外面安好了新家，他搭了一座新的碉房，照例把牲口关在楼下，寨子里的老房子仍然归他，只要他不带老婆进寨居住，土司也不管他。搬家那天他们赶着羊群，由牧羊犬西娃领路，蓉娘跟在才旺措美身后赶着马车，车上载着生活用品，车上坐着的是才旺措美的妹妹旺姆。旺姆是唯一同蓉娘亲近的人，她喜欢蓉娘唱的川戏，也喜欢她的戏服。这一点同才旺措美的哥嫂一家态度截然不同，所以才旺措美将这个没有出嫁的妹妹带在身边一同过活。

但寨子里的人不这样看，他们闹哄哄地跟在马车后，女人们大声议论，男人们也在评头论足，家家户户的狗也来凑热闹，吵吵闹闹，要不是迫于西娃的威势它们早就一拥而上，好像要将这个汉族女子撕成碎片。因为多年打仗，当地的狗早已把汉人认作仇人，一闻到气味就蜂拥而上。只有西娃护着蓉娘，这是因为主人才旺措美的缘故，只要是主人喜欢的东西它就要护着，比如一只羊、一头牛，抑或一个人。

西娃是擦耳寨狗群中的头领，只要它一昂头，没有哪只狗敢作怪，对于敢发杂音的狗西娃下口很重，不咬断它的喉咙也要打得它满地找牙，所以没谁敢出来闹事。

才旺措美将他的皮袍敞开，他的胸口是光光的，古铜色的肌肉，不似阿卡那么多毛。他将蓉娘扯到身边搂在怀里，朝寨民示威。寨民们"阿喳，阿喳"地叫着，有人欣赏，也有人惊讶，但他们都一致认为这个汉族女子真不愧是个"戏仙"，像山上的羊角花一样美丽。她的嗓音也特别，没有山地女子的那种绵羊音，连土司太太都爱听，寨民们自然也跟着认同。

从此以后，寨子里再也见不到才旺措美一家。他们住在寨外的碉房里过着平静的生活，碉房就建在沃日河谷边的空地上，依山傍水，背阴朝阳。盖房时全寨人都去帮忙，出劳力，别家盖房时才旺措美也去帮忙。建好的碉房周围，格桑花开得艳丽，蒲公英更是恣意生长，没有人敢轻易走到那里，西娃会一头钻出来横亘在山民面前，令人胆寒。

西娃是一只神犬，是狗中的美男子，黄色的皮毛油光可鉴，叫声铿锵，犹如一首豪情四射的懋功神曲。只要它同主人才旺措美走出来，一人一犬，仿佛大地都要生辉。

太阳一升起来，才旺措美和蓉娘就赶着羊群和牛群上了沃日山岗，西娃把羊群赶得四散开来，旺姆把牛粪用火点燃，锅里煮的是人生果粥。人生果是在斯古拉山脚下的沙地里现挖的，斯古拉柔达是邛崃山脉在横断山脉最东段的山脉，是四川盆地和青藏高原的地理界线和农牧业的分界线，也是岷江和大渡河的分水岭。夏季可以在山上的树林里找到松茸和黑松露，树林里或草场上的出产实在丰盛。

蓉娘的戏唱得好，烹饪的手艺也了得，一家人就坐在一块油亮的大卵石上野餐。他们望着沃日河谷，西娃正在河谷里打猎，叼回来一只野兔或一只斑鸠，这时旺姆就会跳一段嘉绒锅庄。"嘉绒"即"嘉摩察瓦绒"的缩写，居住在拉钦嘉摩墨尔多山脉一带而谓"嘉摩"，属于较炎热的地方而谓"察瓦"，生产小麦、青稞、土豆、玉米等作物的农区而谓"绒"。

在春耕时节一家人就要举行隆重的农耕舞仪式，才旺措美扮成牵牛人和耕地人，旺姆是撒种人，蓉娘自然扮成背种人。一家人其乐融融，成为擦耳寨最快活的一家。

作为一名土司兵，才旺措美热衷于表演出征舞，他穿上用牛皮做成的铠甲并抛撒"龙达"，一家人像模像样地手持木质的刀剑，燃烧柏树枝进行烟祭，戴上百兽面具表演百兽舞。他们来到纳则旁，高呼"哈甲罗"，祈求铠甲护佑其刀枪不入，旗开得胜。这就是才旺措美最爱跳的"卡斯达温"舞，蓉娘本是戏子，一学便会。

旺姆也有舞蹈的天分，生来就会歌唱。关键是西娃，它也不闲着，会把歌唱得呜呜咽咽，还会跳狗舞，双腿直立，转着圈，它早已从擦耳寨的狗群中脱颖而出，成为一代狗王。西娃已完全融入才旺措美家，成为家庭中的一员。嘉绒人家莫不如此，家家都有一两只护家犬，与主人生活融洽。

直到太阳落山，一家人才回家去。这时西娃赶着羊群牛群，旺姆哼着小曲赶着马车，才旺措美背着蓉娘回到碉房。这让寨子里的人看不惯了，这种行为从来没有在擦耳寨出现过。妇女们就嚼舌根，特别是关于蓉娘的闲话，越传越神。

这期间河谷土司又召见过一次才旺措美。这次召见主要是满足土司太太的好奇心，她要土司下一道命令，要才旺措美去土司衙门听差，并要带上他的老婆。土司太太这是要听蓉娘唱戏，而蓉娘终于可以观赏土司衙门的排场。

　　土司太太早就想派才旺措美的差，借故把蓉娘招进官寨，她这是要过戏瘾。她听蓉娘唱过一段《五丈原》，听得如痴如醉，从此成了蓉娘的戏迷。听说蓉娘唱得最好的是《杨家将》，她就吵着土司洛桑郎卡把才旺措美招进衙门里来，自然他的妻子也可以随同前来，土司太太巴桑拉玫可以舒舒气气、安安心心听这个成都名旦唱戏了。

　　洛桑郎卡不爱听戏，他迷的是画唐卡，整天关在密室里画个不停，在太太一再催促下也就答应了她的要求。

6

土司衙门

　　河谷土司官寨设立郎宋、土舍、大小头人和寨首等职位，方圆上百亩内有街道。横向三条大道，纵向九条商业街，寨北有水磨三座，溪水流经寨内每户人家。所有房屋都垒石为室，高者丈余，为邛笼。官寨由经楼和碉楼组成，经楼两座呈南北向排列，石木结构，三重檐，四角攒尖顶，屋顶施小青瓦，共五层。河谷土司在第二层的客厅接见才旺措美，官寨的第一、二、三层为库房、客房、厨房、茶坊等，第四、五层正中为大经堂，两侧对称排列着藏传佛教格鲁派及苯教风格的小经堂。第四层经堂墙外悬挑出墙的木质转经回廊，内置牛皮包裹的木质经筒若干。四面墙体正中镶嵌石刻彩绘的天神或地神一尊，起镇妖辟邪的功能。大小经堂内帷幔低垂，神灯长明，香烟缭绕，内墙四周绘有壁画，色彩艳丽，笔法细腻。土司本人就精于绘画，连成都藏传佛教大庙也有他手绘的壁画，河谷地界上多处寺庙也有他的作品，这一点连乾隆皇帝也知道，并曾给予夸赞。

　　河谷土司洛桑郎卡气色很好，他穿的是一身藏袍，毪料考究。

袍子外面罩着"罗夏"，底边用氆氇镶嵌。筒靴用牛皮做成，鞋腰用的是软羊皮。河谷土司洛桑郎卡坐着不动声色，他已渐渐从金川战事中解脱出来，心情归复平静。重点是土司太太巴桑拉玫，她的好奇心很重，对于那个汉地女子她早有耳闻，听说是个戏子，还是名旦，便一直想见上一面。

土司太太是个戏迷，她曾在"雪顿节"期间去拉萨观看各地藏戏团在哲蚌寺演出的戏目，从开场戏"温巴顿"，正戏"雄"到结尾的"扎西"，每一部都使她着迷。她特别喜欢《朗萨姑娘》和《顿月顿珠》，百看不厌，无奈在家乡很难看到这种大戏，所以听说才旺措美居然娶了一个汉地女戏子为妻，就十分好奇。

土司太太巴桑拉玫这一天穿着随意，一身"得斯托"外衣，金丝缎的面料，衣领、胸襟及袖口镶有金丝缎料，衣服的内衬镶有蓝色的边，裙子是一种叫"得满嘎"的白褶裙，用藏绸制成，边幅镶红布，襞绩细致，临风飘扬。

巴桑拉玫本是头人家的女儿，嫁给河谷土司后掌管着家事，大管家仁青直接听命于她。洛桑郎卡作为土司，不管政事，全部放手给妻子，自己热衷于绘画和打猎，太太要他召见一个平民和他的汉族老婆，他倒也无所谓。

见到蓉娘后土司太太强装傲慢，这个汉地女子实在太美，首先是白皙的皮肤就比过了她，皮肤不仅白嫩而且细腻，这沃日河谷的风像刀子一般刮人，也没有把她的皮肤吹得粗糙。但真正吸引土司太太的还是蓉娘的那身装束，汉地的戏服完全用丝绸制成，把本就美不胜收的汉地女子装束得跟仙女一般。

蓉娘的衣服并不多，但擦耳寨处于茶马古道的节点之上，有许多从灌县贩来的布帛，经蓉娘加工缝制，很快就有了许多式样，连才旺措美的妹妹旺姆也穿着蓉娘做出的服饰出门，成为擦耳寨的一道风景。

巴桑拉玫把蓉娘看了个仔细，她屁股很翘，身材像柳条，不仅修长还有弹性。尤其摄人心魄的是蓉娘两只又黑又大又闪亮的眼睛，水汪汪的，嫉妒得土司太太想把眼珠子都给她抠了。蓉娘最美的本来就是眼睛，戏子的眼睛会说话，那种目光不仅可以征服才旺措美，也立即抓住了土司太太的心。

见了蓉娘，土司太太有些气闷，管家事先向她汇报说这个汉地女子奇丑无比，瘦得跟一条树棍一样，而且是条干柴棍。管家还发挥想象，说这个会唱戏的女人每天早晨在才旺措美家的碉房平台上吊嗓子，其实是在施法，这个女人就是个妖女，只要她一唱起来，那些乌鸦就会飞来同她合唱，乌鸦们都听她的指挥，这样一闹腾搞得村寨不安宁，连百姓、科巴都不干活了。他们像乌鸦一样听她摆布，尤其疯狂的是他们家那只狗西娃，她唱，它就跳！一只狗会跳舞，这是鬼附了身。管家仁青本来就不安分，惯于制造谣言，可以把鸡吹得飞上天，唯恐天下不乱，何况他还同曾是土司护卫的才旺措美有过节，便添油加醋进行渲染。

"这还了得！这还了得？"

土司太太啧啧连声，土司大人却在一边冷笑，他不相信会唱戏的女人有这么大的本事。管家仁青就是个乌鸦嘴，一贯喜欢造谣生事，善于把一丁点儿大的事情夸大，但仁青不敢在土司面前学舌，他知道太太喜欢危言耸听，便一味应承，投其所好。

此时，土司洛桑郎卡的心思都在鸦片上，嘉绒十八土司中的土基和饶坝等土司家种了这种植物发了大财。土基土司家的耕地大多在高半山，种粮食一亩地也就收个八九十斤而已，而种这种开满鲜艳花朵的植物，收烟泥一百至二百两，就可换粮食上千斤。最可恨的就是饶坝土司，他家的田土种满了这种植物，正经的粮食都不种了。他的百姓吃啥？闹起饥荒来就要打河谷地界的主意，洛桑郎卡自然不放心。

洛桑郎卡尝试过吸食鸦片，他从灌县回来路过饶坝，受到饶坝土司的招待，请他躺在卡垫上，由侍女裹好烟泡，备好一切，递到他嘴里抽现成烟。饶坝土司先请洛桑郎卡吸烟，再请他吃藏餐，烟饭两开，洛桑郎卡才吸两次就上了瘾。烟都是饶坝土司家自熬熟烟，但饶坝土司早已是个烟鬼，烟瘾发作后要直接吞食生鸦片才过瘾。本就皮包骨一般的饶坝土司愈发瘦得不成体统，他认定了只要种了鸦片就可以繁荣昌盛，这是鸦片烟抽多了成了傻子。

这是一种神奇的植物。将未成熟的罂粟蒴果用利刃割破果皮，待流出的浆液稍稍凝固后，将其刮下，阴干，即成为生鸦片。生鸦片经过烧煮和发酵后制成条状或块状，即熟鸦片。还可以熬制成膏状物，用烟枪吸食。也可以生吞。但成瘾以后可以要了人命。

洛桑郎卡对鸦片念念不忘，但饶坝土司只愿卖给他成品，不愿分给他种子，这使得洛桑郎卡很头痛。土基那边的土司就更狠，连成品也不肯卖，要他用快枪去换。洛桑郎卡手上也没有几杆快枪，正因为有快枪才能在土司中站稳脚跟，不然有恃无恐的土司们个个如狼似虎，抢粮的抢粮，抢人的抢人，河谷地界便没有一点安宁了。这条沃日河谷又是汉地通往高原的贸易大道，客商过往不断，会收到不菲的买路钱，这正是河谷土司洛桑郎卡的肥缺，全靠几杆快枪威慑，岂能拱手让给他人？

土司洛桑郎卡想到了才旺措美。才旺措美走南闯北，去过很多地方，人家打仗不是缺胳膊就是少腿，他不仅毫发无伤，还不知从什么地方弄回来一个汉地的戏子为妻。本事呀！这货有本事。他吩咐才旺措美扮成流浪人去饶坝土司的领地上走一圈，去偷，去抢，无论用什么手段都要弄一些罂粟种子回来。他要把自家的整个河谷和高半山都种上罂粟，他要成为十八土司中最富有的土司。

"你可以搬回擦耳寨居住，只要你把神种给我弄回来。"

才旺措美跪在地上，他不知道罂粟为何物，但对于土司大人的吩咐不敢不从，既然是去偷盗，他请求土司给他派一个帮手，这就是阿卡。阿卡别的事都不会干，但专干坏事，偷羊偷牛都是好手，这回要去饶坝土司家偷神种，非他帮忙不可。

阿卡不务正业，成天偷鸡摸狗，却也是百姓身份，洛桑郎卡土司听才旺措美说要阿卡去当帮手，便应允了。只是蓉娘并没有能够给丈夫送行，她被土司太太巴桑拉玫留在了土司衙门，唱了三天戏。就是这三天，两个女人结为金兰，情谊延续了一生。

瘟　疫

才旺措美离开村寨后，沃日河谷发生了前所未有的瘟疫，这是一场严重的伤寒，连牛羊都染上了。沃日河谷的河岸边每天都有牛羊的尸首，引来了乌鸦、秃鹫和老鹰，飞禽们成群结队地在河岸上分食牛羊尸体，以至于飞禽也染了病，在天上飞着飞着就落了下来，挣扎几下便断了气。有些染了病的人扛不住，死去了。人们念经求神，做术驱鬼，做糌粑人儿，送火面，都无济于事。

"是抖抖病!"

有村人一发病就打抖，全身发冷，盖五床被子还是觉得冷。有人又烧得浑身发烫，焦渴难耐，就去喝凉水，结果肚子胀得圆滚滚的，屙不出屎尿来，一命呜呼。土司家已经开始施粥，因多半百姓失去劳动力，有的人腹胀身肿，有的消瘦如柴，有的刚领到粥就倒地身亡。河谷土司的领地上有成百上千人逃亡，这时，擦耳寨传出了恐怖的谣言。

"是那个汉地来的妖女施的法。"

"是她每天在碉房的平台上哼哼唱唱，连那些乌鸦也要飞来听唱，然后把瘟疫带到大地上。"

这些议论传到土司太太耳朵里，连她也惶恐起来，她还让汉地女子在土司衙门唱过戏，这不是招来妖孽吗？虽然她们现在已成莫逆之交，土司太太尤其喜欢蓉娘，却也经不住有人嚼舌。

这是一场巨大的危机，为此土司洛桑郎卡召集了一次家庭会议。土司有一个儿子叫多吉马，在成都读书，所以家庭会议只有土司大人和夫人参加，当然，管家仁青也列席了会议，他只有发言权，没有决定权。土司家并没有土舍（直系亲属），他家人丁不旺，土司领地内的事务多由大小头人管理，只有紧急事件发生才召集大小头人开会解决。

仁青是洛桑郎卡的大管家，他手下还有"尼罗布"（内务管家）、"恩布"（修建管家）、"牙尔巴"（小管家）等，所以，仁青的权力很大，但在土司大人面前他仍然毕恭毕敬，侍候穿衣盖被，端茶送水，给土司穿鞋，侍候如厕，包括洗浴，土司所有的杂事他都要干，而他本人则有其他差役侍候。

会议并没有结果。洛桑郎卡是一个养尊处优之人，什么事情都拿不准主意，大多由他夫人主事，而土司太太对汉地女子颇有好感，她本想把她留在土司衙门做自己的侍女，可以随时给自己唱戏，特别是她唱的高腔尤其令她着迷。一出《打金枝》听得土司太太神不守舍，甚至自己也扮了妆演唱起来，成为铁杆票友。无奈她看出了这个汉地女子已经怀孕，她甚至看出她怀的是男丁。土司太太一生怀孕多次，虽然只生下了一个多吉马，其他几胎都流了产，但她的眼睛毒辣，对怀有身孕的女子尤其敏感，她不得不放她回家，她不能把一个要产崽的女人留在身边。她甚至对土司说过，只要蓉娘生下一个儿娃，就让他做多吉马的侍从，多吉马有了一个忠心耿耿的奴才她才能放心。

这时多吉马虽在成都念书，也不过十多岁，给他安排一个小十来岁的侍从正合土司太太的心意，这是巴桑拉玫的私念，她有很多私念，喜欢戏子就是其中之一。洛桑郎卡也有私念，绘画就是他的私念之一。他同巴桑拉玫各有私念，井水不犯河水，所以活得很滋润。

不料她放走了一个孕妇，却发生了伤寒疫情，大家都说是这个女人带来的灾祸，但巴桑拉玫根本不信。她只是苦于封不住那些人的嘴巴，这些下人表面恭顺，但背地里嘴巴可不饶人。尤其是管家仁青，成天四处散布谣言，巴桑拉玫狠狠地教训过他，还命令小管家甲巴打了仁青的嘴巴，但造谣者死不悔改，背地里仍然不歇嘴地造谣生事，这就是河谷土司家的状况，土司太太只能指望从成都回来的儿子多吉马能够镇住这个惹是生非的大管家。没有读过书的管家仁青对读书人有一种敬畏，真是一物降一物，他不怕土司和土司太太，却惧怕少土司多吉马。更为可笑的是，小管家甲巴在土司太太授意下打了仁青，被仁青报复罚做苦力，无人替他申冤，这令甲巴四处喊冤。

这时，饶坝土司却不请自来。

饶坝土司从自己用木头搭建的官寨来到洛桑郎卡土司的碉楼，还以为走错了地方，碉楼旁边增修了一座石头砌成的大房子，这是粮仓。修这么大的粮仓，足以显示洛桑郎卡家粮草充足。沃日河谷本来就是富饶之地，粮食丰产，不像饶坝那地方高寒，粮食自然不够吃，若不是种了罂粟，每年生计都犯愁。他盯着石头修茸的粮仓，这是要用鸦片换粮食的意思。

这一切都是出于贪婪。饶坝土司杰瓦结森非常贪婪，从女人到黄金再到粮食，只可惜饶坝是一块贫瘠之地，出产不丰，这更促成了杰瓦结森的占有欲。缺什么就渴望什么，饶坝最盛产的就是鸦片，杰瓦结森要用他的宝物去打通财富之门。你河谷地带可以进行茶马互市，饶坝就要搞罂粟花贸易。

洛桑郎卡有些吃惊，他这才派人去饶坝盗取罂粟种子，而饶坝的主人却突然天降，他看天上太阳高照，太阳并没有从西边出来，这个饶坝的吝啬鬼走那么远的山路跑来干吗？

杰瓦结森的儿子叫杰瓦波，父子俩一个干瘦一个高大，一个性格绵软但十分阴险，一个孔武有力却毫无心计。干瘦的父亲笑里藏刀，高大的儿子总是喊打喊杀。父子俩是一对宝器，在土司中名声不好。

"叔叔该不会是来请我吸大烟的吧？"

饶坝土司与洛桑郎卡有那么一点转弯抹角的亲戚关系，其实十八土司各家都可以拉上亲戚关系。名义上饶坝土司还是洛桑郎卡的叔辈，所以他用这种戏谑的口气同饶坝土司打招呼。不料叔叔还真的带来了烟扦、烟灯和烟枪，自然也带来了烟锅和烟膏，他既然是来进行鸦片贸易的，就要先把这个侄儿拉下水。他要向洛桑郎卡普及一下吸烟知识，这个傻侄儿贵为土司，还什么都不会，只知道抱着自己的老婆猛吸，还不知道除了老婆之外有更销魂的享受。

侄儿曾在叔叔的地盘上经过，叔叔让他开过荤，初试鸦片烟的美好，听说现在已成烟鬼。但并不够正宗，他得让这个侄儿真正品尝到吸烟的至高境界，才可能心甘情愿地把那些粮食贡献出来，让饶坝百姓也能填饱肚子。不然，河谷地界产的粮食都装在那个石头大碉房里，而饶坝百姓一个个饿得瘦骨嶙峋，那就是他这个土司的失职。

同饶坝接壤的只有河谷，别的土司地界隔得很远，哪怕要到达土基土司的地盘也要翻山越岭，远水解不了近渴，只能盯着沃日河谷，打洛桑郎卡的主意。

饶坝土司是个猴精，瘦得皮包骨，风都吹得倒。他不骑马，而是乘坐马车，他尖尖的屁股会刺得马背很痛，使马误以为主人下了死命而奔跑不停。乘马车就不同，可以垫上厚厚的羊毛卡垫，甚至躺在上面吸烟。路途再遥远、再颠簸也不怕，不过就是一泡烟的功夫。

饶坝土司的下人都是侍候土司大人吸烟的好手，他们在自己主人的授意下，侍候洛桑郎卡土司和他的夫人美美地吸了一盘烟膏。这可都是上好的烟膏，吸过的人很快就会染上烟瘾，欲罢不能。整个过程很是滑稽，饶坝土司的侍从送上烟枪，点上烟灯，将烟土搓成小丸子放在烟枪上对着烟灯的火苗烧，然后用烟扦挑着烟泡……这时洛桑郎卡土司夫妇正躺在铺着羊皮的大床上，他们已完全进入了另一个世界，那是一个别样的世界，洛桑郎卡只在成都的青楼里享受过，却也有不同的感受，比青楼更胜一筹。

巴桑拉玫没去过成都，更没有进过青楼，但她泡过林卡温泉，她喷着烟圈有种成仙的感觉，仿佛在温泉里泡着，成了一位大仙。如果这时让蓉娘来唱一段戏就更巴适了，顶好的就是唱《凤求凰》，这戏经典，巴桑拉玫百听不厌。她不仅是个戏精，还是一个票友，现在又成了一名烟客，她的人生体验不可谓不丰富。饶坝土司的引诱初显成效，他就是要用自己土地上的出产加倍换取河谷土司土地上的出产。

洛桑郎卡夫妇吃了人家的"美食"并不嘴软，粮食他们有的是，但他们要换的是罂粟的种子，而不仅仅是鸦片。饶坝土司气得跳起来，把种子都给了这个河谷里的老鬼，他上哪里去找粮食喂饱他的百姓。河谷有粮食，饶坝有鸦片，倘使河谷什么都有了，饶坝又种不出粮食，饶坝人还怎么活？饶坝土司转动着他的眼珠子，心里盘算一阵就有些泄气了。

这桩生意谈不成。

"我这里发了瘟疫，每天都在死人，再这么下去就快找不到人干活了。"洛桑郎卡吐出苦衷。

"没有粮食，我那里的人都要死光了，更别说找到人干活。"饶坝土司的理由似乎更加充分。

饶坝土司示意手下将那些好东西呈上来，这东西很贵但很轻，几斤几两，不是那些笨重的猪膘肉或粮食要人挑肩扛，一个下人呈上来的烟膏就够土司大人吸食很久，而一个壮汉背上来的粮食还不够土司官寨消费一天，这让洛桑郎卡土司眼睛都泛着绿光。他那个喜欢唱戏的太太也欢快起来，这下她的爱好也要变了，变成青烟的拥趸者。

但管家仁青出来说话了，在这种场合本没有他说话的份，他却在洛桑郎卡的眼色唆使下，不失时机地说了话。他的话很短，却简明扼要，就像那些鸦片，量很少，作用却很大。

"我们只要罂粟的种子！我们要让沃日河谷开满罂粟花，听说这种花比格桑玫朵更美丽，甚至比羊角花还令人激动。"

饶坝土司和他那帮手下相互交换着绝望的眼神，他们以为种了鸦片就可以使他们那片穷乡僻壤丰衣足食，现在看来粮食才是最重要的东西。可惜饶坝土地太硬，山又太高，寸草不生，牛羊也养不活，这才被人抓住了软肋。

管家仁青知道是时候了。他为这帮传播鸦片的客人准备了丰盛的酒席，要让他们知道不仅大烟好吃，酒肉更好吃。他准备的是大小金川最有名的藏式火锅，一层层的牦牛肉、猪臁肉、松茸、木耳、鹿耳韭等食料在锅里码好，石板烧烤更是火焰升腾，烟气袅袅，五花肉、排骨、土豆、玉米棒子在石板上发出香气。酒是有名的懋功青稞酒，三杯下肚，客人就要唱歌跳舞，其间穿插着奶渣包子、火塘烧馍、牛粪烤土豆……随后上场的就是嘉绒锅庄和"筛糠"，要将每位客人"筛糠"，一群青壮年男女齐心协力，将贵为土司的客人和他的手下用力抛向空中数次，这是一种礼遇和优待，也是让他们昏头昏脑签下城下之约的意思。

与此同时，伤寒仍在沃日河谷里传播，更多的尸首被河水冲走。这一年的瘟疫持续时间特别长，羊角花都开败了还没有走，饶坝和土基都关闭了边境，生怕疫病传播过去，用鸦片换粮食的计划自然也就搁置了。

8

木头大房子

　　阿卡潜入了饶坝土司那座用木头修建的大房子，他肩上担着重任，要从大房子里窃取罂粟的种子。他浑身长毛，一身横肉，但头脑简单，在才旺措美几句挑逗下，就自告奋勇潜了进去。才旺措美则在房子外面观望，他知道要得到那种种子并非易事，尽管房子外面守卫的大狗正在酣睡，房子里面也没有看到家丁把守巡逻。这分明是外松内紧，只能骗过阿卡这种一脑袋糨糊的人。

　　这是一座戒备森严的房子，任何想从里面搞走点什么东西的人都将会被弄去点天灯。

　　木头大房子很大，是饶坝镇上最显赫的建筑。这座房子在饶坝土司杰瓦结森的爷爷那一辈就开始修建，但几次毁于火灾。到了他父亲那一代再复建，又被大火所毁，直到杰瓦结森这一辈终于建成，规模已比爷爷修的那座房子大了几倍。饶坝土司家所有的盛典都在这所房子里举行，现在又在这里生产饶坝最重要的出产——鸦片。

　　这里虽是一处烧房，但并不生产烧酒，未成熟的罂粟蒴果被人用刮刀割破果皮，白色的浆汁稍微凝固后将其刮下，阴干，制成生鸦片。在这座房子里，生鸦片被烧煮和发酵后，制成条状或板片状或块状的熟鸦片。工人将鸦片用锅在文火上熬成可以用烟扦挑起来的膏状物，再通过烟枪吸食。心急的甚至可以直接吞服。

那几个熬制鸦片的能手，连同守卫，都因生吞了烟膏正在做着春秋大梦，两只松潘狗也因吸了过多的烟气而熟睡。饶坝土司家的下人都愿意到大房子里劳作，这里的烟气闻着都会上瘾，包括镇上的野狗也爱赖在这里不走，它们都成了"瘾君子"，呼吸着潮湿的空气很容易进入幻觉。

阿卡以为大房子毫无生气，没有活物可以任由他翻箱倒柜。这种一年生或两年生草本植物的种子原产于地中海东部山区，七世纪由波斯传入汉地，再传入高原。阿卡不知道地中海是什么地方，更不知道波斯，但他知道这东西是宝贝，他只闻了一点从锅灶上冒出的烟，就感觉要成仙了，难怪他的土司老爷要派他和才旺措美窃取仙果的种子。

饶坝土司也太不警惕，这么重要的地方，守卫却如此松懈。两只担任守卫的松潘狗也很失职，长着那么大的脑袋，还露出快刀般的牙齿，却是用来吃闲饭的，这会儿连眼皮也不抬一下，正呼呼大睡。殊不知，扒手已经潜进大房子，就要得手了。

阿卡认为自己这么轻松地拿到种子都有些胜之不武了，没有挨刀子、中冷箭，连盘查也没有遇到，这个饶坝土司老爷别是个大傻子吧？听说他老婆就不聪明，打扮得跟花牛一般，喜欢在各家土司间走动。其实，饶坝土司太太是想从走动中发现一个像她这般貌美的花牛，好给她那个大块头儿子杰瓦波当媳妇。杰瓦波只喜欢一些蛮女子，但土司太太要改变家族的血统，使饶坝家变得斯文起来，像汉地的那些读书人家一样也出几个大儒。这是土司太太的私心，却没有得到土司老爷的理解，反倒认为她野惯了，就喜欢到处招蜂引蝶。饶坝土司太太没有给儿子杰瓦波寻找到目标，自己却在土司间留下了许多风流韵事，土司之间在传扬这头花牛的闲话，不免传进饶坝土司杰瓦结森的耳朵。干瘦的老头将她打入了冷宫，但儿子杰瓦波却将她放虎归山，土司太太逃往了雅州，至今没有音讯。饶坝土司家缺少了女主人，这引起许多好事人的关注，都在设法填补这个空缺。新的乱局又围绕在土司衙门上空，老土司已近迟暮，有心无力，懒心无肠，这就是饶坝土司家的现状。

阿卡发现了卵状球形的蒴果，他甚至想象着将棕褐色的种子播撒在平整疏松而又肥沃的细沙土中做畦浇水的情形。河谷里开满了鲜艳的罂粟花，它们的青果流出了一道道白浆，这可都是黄金呀！比沃日河谷中淘出的沙金和从老台子的金窝子中挖出的岩金更加珍贵。

阿卡窃喜之际，两只大狗从梦中醒来，或许它们并没有熟睡，只是在暗中睁只眼闭只眼等待盗取仙果的贼人。阿卡被逮个正着，他多毛的大腿被饿狼一般的大狗犬牙刺穿，可以听见棒子骨碎裂的声音，仿佛山上滚落的巨石砸中碉房发出的巨响。阿卡来不及呼救，就被另一只大狗叼住，一阵撕扯，殷红的鲜血从阿卡毛蓬蓬的下颚喷出，这时阿卡才想要呼痛，但已发不出叫声。

刚才还在嘲笑土司太傻的阿卡已经被两只大狗撕成了废人，阿卡光顾了防人而忽略了防狗，这才遭此大难。其实狗比人更难防，更凶狠，更不留情面。

阿卡成了一个被血糊住的毛人，他连滚带爬地从大房子里逃出来，幸亏那两只河曲草原獒嘴下留情，没有让他毙命，但从此这个河谷土司手下的毛人就成了残废，脖子歪了，腿也瘸了。带着捡回来的半条命，他见人就诉说盗取仙果的不易，他总是强调狗有多猛，并不认为饶坝土司的手下有多么厉害。他认为那些下人都是些蠢货，厉害的是两只恶狗，他眼看就要成功，却被弄成了残废。两只狗还非常精明，装得很懒散，其实很凶残。阿卡认为自己是受了两个狗东西的蒙骗。

这一切才旺措美都看在眼里，他同阿卡的区别就在于他有头脑，阿卡四肢发达，脑袋里却长满了牛屎。他在大房子外面转悠了几天也无从下手，这期间那些炼膏人出出进进，松潘狗也不断走出大房子提腿撒尿，没人能有机会闯进大房子，却有成群的乌鸦染了烟瘾，飞来肆虐。

生鸦片被炼成了熟鸦片，成了黑色的烟膏，炼制鸦片的烟在空气中传播，乌鸦不断光顾，它们从天窗栽进去，不顾死活。它们已经被烟瘾控制，这些喜欢聒噪的鸟儿，成了被贪欲控制的巫婆。它们深入炼膏房，叨上一口没有加工成鸦片的罂粟。这些果实里的种子，可都是准备明年播种的。

乌鸦们疯狂地叨食，反复不断，这些"瘾君子"并没有受到惩罚，守卫的松潘狗也放任它们偷盗，只顾打着瞌睡。狗的职责是看人，不是看鸟，乌鸦便肆无忌惮，疯狂地盗取仙果。

乌鸦从天窗潜入大房子吞食罂粟壳，用它们的喙和爪子弄断罂粟秆，带着完整的罂粟壳从天窗里飞出。对这些举动炼膏人不加理会，松潘狗连看也不看一眼，谁都不认为这会带来什么损失。这一切都被才旺措美看在眼里，原来得到罂粟种子还真的非常容易，那个毛人阿卡却付出了大腿骨断裂的代价。

在野外，才旺措美朝乌鸦叫喊，用石头砸，试图让它们扔下叼着的罂粟秆连同罂粟壳，但要让这些黑色的幽灵就范并不容易。它们十分兴奋，在天空中飞来荡去。不过奇迹却发生了，有吃了过量罂粟的乌鸦迷迷糊糊撞到了树干上，掉在地上，被才旺措美捡到，真是得来全不费工夫。河谷土司家这就有了罂粟种子。

9
难　产

回到沃日河谷的才旺措美，来不及向土司表功，就陷入了另一场劫难。

河谷里的瘟疫愈演愈烈，在人群中传播的瘟疫不断向牲畜扩散，牛瘟、猪瘟和鸡瘟相继发生，羊群一波一波地倒地，管家仁青对寨民们说，这是那个汉地来的妖女传播的瘟病。妖女每天在碉房的平台上哼哼唧唧，不是在唱戏，是在念咒语，她引来了汉地的妖孽……

管家仁青造谣功夫了得，他对汉地来的蓉娘怀有天然的怨恨，凭他的本事早就可以将蓉娘驱赶，但土司太太对她颇多关照，还是她的戏迷，仁青才不敢胡来，只能栽赃陷害，往她头上泼脏水，将她诬为妖孽的化身，让百姓们对她也产生怨恨，以此来影响土司太太，最终将她赶回汉地。

仁青同蓉娘并没有什么冤仇，他同才旺措美结过梁子，这么多年也已化解，但他就是克制不了自己要干一些蠢事。他把栽赃陷害一个女戏子当成一件大事来干，干得非常卖力，幸亏才旺措美及时赶回，否则就大事不妙了。

对于仁青的说法，土司太太巴桑拉玫不以为然，她对管家仁青的专权越来越不满。她本想让蓉娘来府上唱戏，但蓉娘有了身孕，行动不便，又因为仁青不断生事，她也犹豫起来。土司洛桑郎卡更是不闻不问，他的心思只在鸦片上，试图通过各种渠道得到烟膏。他也想得到罂粟的种子，但那毕竟太慢，由种子长成果实还有漫长的生长期，他现在越来越心急，恨不得天天泡在鸦片的烟膏里过神仙日子。

仁青散布的谣言在擦耳寨的大街小巷流传开来，而且越来越活灵活现。

有人声称看见妖女穿着汉地的戏服在黑夜里往连接每家每户的水道里抛洒大米，这是一种汉地仪式，是在散布瘟疫。也有人出来反驳，说这种仪式恰恰是在驱散瘟疫，于是两派辩论起来，莫衷一是，吵得不可开交。

这一天，寨民们在仁青的煽动下朝才旺措美寨外的新家奔去，这一切正好发生在才旺措美从饶坝返回之时。

西娃首先发现异样，它赶紧跑回碉房报信，旺姆站在碉房的平台上发话。

"各位前辈老人家来我家，是要喝咂酒，还是跳锅庄？"

人群无声地聚拢，没人讲话，一个个怒目而视，这一切的煽动者管家仁青并没有来，甚至于土司老爷都不知情，土司太太也未置可否。她对于河谷地带发生的这场前所未有的瘟疫也忧心忡忡。总得有人表明来意，带头说话的是红鼻子老罗布。他犹豫着，想出头又怕得罪人，在小管家甲巴的鼓动下才站出来。

"把你家那个唱戏的女娃交出来，她该被乱石打死在沃日河里。"

"逮出来，逮出来……"

"这婆娘还怀着崽，不能让她把妖孽生下来。"

有人发话后，别人也乱哄哄地喊叫起来，寨民们压抑的愤怒瞬间被点燃。本来仁青是派甲巴领头的，甲巴不想揽事，煽动老罗布打头阵，这计策起了效。

才旺措美一看老罗布的红鼻子就知道要出大事，他的酒糟鼻子已经红得浸血，疙疙瘩瘩的鼻头往外冒着油汗。老罗布的鼻头上一次浸血还是在金川战役之时，当时他杀红了眼，鼻头浸着血就冲入了清军的阵地，结果被清兵一刀砍翻，连他自己都以为自己成了鬼魂，却在半夜从尸首堆里爬出来，一路大喊着"我还活着"跑回了官寨。守卫碉楼的土司兵们不放他进去，半夜三更一个满脸是血的人叫唤着跑来，不是鬼魂又是什么?! 红鼻子老罗布命大，这个已倒在死人堆里的人总算是活了过来，从此红鼻头就发暗，到了冬天同一脸的冻疮肿成一片，分不清脸和鼻子，只看见一个红肿的蛋蛋，只有等到夏天冻疮消了肿才重新露出红鼻头，也不再浸血。人们觉得，他的红鼻头一浸血，就是要发生什么血案。

见红鼻头浸血，才旺措美掉头就朝碉房跑去。他要去取他的腾枪，金川战役之后他还没有动过这杆枪。但才旺措美半道上被已经成了瘸子的阿卡使了绊子，这个多毛的家伙作为帮手和才旺措美一起去盗取鸦片种子，被饶坝家的大狗废了棒子骨，他绊了才旺措美一个趔趄。阿卡虽然腿废了，但给人使绊子的坏心却大涨。这个毛人还在一旁咧咧。

"是你这个杂种咒我脑袋里长满牛屎，才让我废了一条腿。这回是你脑壳里长牛屎了！快把你那个唱戏的女人交出来，不然我们这里的牛羊都要死光。我们不会弄死她，只要把她撵回汉地，让她不能祸害我们的庄稼和牛羊。"

甲巴站得远远的，他在观战，一副生怕血沾到身上的表情。他其实很同情才旺措美，知道瘟疫跟才旺措美老婆毫不相干，但他又惧怕大管家仁青，他被仁青派来督战，战火烧起来他就完成了任务，只需作壁上观，看结果是牛打死马，还是马踩死牛，他好回去向大管家仁青复命。

在人群后躲躲闪闪的还有才旺措美的大哥才旺甲花，他并不是来给弟弟一家消灾的，相反他巴不得弟媳妇蓉娘被赶走。自从与弟弟才旺措美分家后他对弟弟的情况不闻不问，兄弟俩在寨子中相遇了都要绕道走。但听闻大家要驱赶弟弟的老婆，他飞快地跑来看欺头，他想象着蓉娘被人扯住头发推过沃日河赶往汉地的情景，激动得浑身都在战抖。倒是他老婆丹姆措发了善心，在人群中劝慰着愤怒的人们，让他们手下留情。

蓉娘一个女人家怎么翻得过巴朗山？汉地那么遥远，路上不仅有棒老二，还有豺狼虎豹，丹姆措哀叹，几乎要哭出来。

这时旺姆从碉房里冲出来，对才旺措美喊道："蓉娘出血了！"

宛如一声霹雳，才旺措美立即血涌止头，蓉娘下身出血，正要临盆。才旺措美已没有时间去取他的腾枪，他从腰间拔出佩刀，外鞘镶嵌了宝石，刀柄包裹了黄金，这时阳光正烈，照得刀锋寒光闪闪。才旺措美把刀挥舞得飕飕生风，他对准就近的阿卡，饶坝土司家的大狗没有要他的命，才旺措美却要拿他开刀。

这可是清军副将独眼的宝刀，才旺措美使出浑身力气将刀锋刺进阿卡多毛的另一条腿，这条腿并不比那条瘸腿健壮，阿卡跟跄地往前冲了几步就倒下了，大腿处喷出一股鲜血。他嘟嘟囔囔地不知说着什么，头从早已歪斜的脖子上耷下。他本是一个瘸腿，现在两条腿都瘸了，这就是管闲事的下场。祸害阿卡的并不是妖女，是他自己，他被自己的长舌给祸害了。不久前他同才旺措美还是盗取仙果的战友，现在已经成了仇人。

见主人发威，西娃的叫声更加响亮，朝四散而逃的人群追击。西娃的犬牙并不比那把佩刀差，它咬住一个妇女的长裙，三下两下就撕成了碎片，伴随着妇人尖厉的叫声，飞舞的破布把场面演绎得很悲惨，仿佛发生了惨案。这个被撕破长裙的女人正是丹姆措，她本来是来劝架的，却无端地遭到西娃的攻击，叫得比任何人都惨。她骂着西娃，说："你这个狗东西连家里人都不认了，敢对老娘下口，我还喂过你羊心肺呢，你怎么能对自家人下死口呢！"

西娃已经杀红了眼，六亲不认，只护着才旺措美一家，这个背时的丹姆措，还有才旺甲花，西娃要咬死他们才解恨。英勇的西娃护主心切，见谁咬谁，老罗布红着鼻头叫着"疯狗疯狗"，跑得比兔子还快。

擦耳寨的这次驱赶戏子并没有死人，但被传播得非常遥远，以至于多年之后还有人拿这件事当茶余饭后的谈资，尤其是管家仁青，添油加醋说了多少遍连他自己也数不清了。事后仁青他照着甲巴的屁股踢了一脚，骂道：

"你他妈的纯粹是一个蠢货，一点事情都办不好。"

蓉娘难产了，胎头娩出，胎儿前肩被嵌顿于耻骨上方。这是肩难产。在一旁的旺姆还是一个姑娘，早已被吓得六神无主，哇哇大哭。胎儿的双肩被卡住了，怎么办？

才旺措美也束手无策，寨子里的女人生产都是叫央金玛去助产，死于难产的母亲并不少。央金玛住在沃日河谷对岸的大山上，站在河谷左岸可以同住在右岸的央金玛喊话，但央金玛要从山上下到河谷底部，再过河进寨，得走一整天。

蓉娘已被汗水湿透，她的叫声越来越无力，那叫声就像戏剧中的高腔，先前还十分尖厉，最后嗓音都破了。而旺姆的哭声更让人惶恐，才旺措美没有因蓉娘的叫声惊慌，却在旺姆的哭喊声中战抖。他的这个妹妹平常很管用，家务活样样拿得起、放得下，但到了这种关键时刻就只会哭喊，扰乱人心。

天无绝人之路，央金玛竟然恰好在此时出现。她一早就从山顶的林子下到河谷，准备去达维村的喇嘛寺，才过了沃日河就听见蓉娘和旺姆的哭喊声。一听见这叫声她便知道又有孕妇临盆，一脸沉闷进了才旺措美的碉房。女人的哭喊更甚了。

这期间央金玛只出来喘过一阵气，喘完之后又挽了衣袖进屋里接生。央金玛并没有什么别的手段，有的就是蛮力，而且吼声震天，声量超过了所有产妇，把屋子震得像雷场，但那些妇女不管是顺产的还是难产的都服她这套，孩子大多能够生下来，所以她在河谷地带有许多干儿干女。

半个时辰之后，才旺措美才又有了力气来到碉房外。婴儿的啼哭声已经响起，清脆有力。央金玛真有本事，她一辈子接生无数，力气越练越大，吼起来连狼都要吓破胆。不管是横位或枕后位，她都有办法。她将蓉娘趴在床上，四肢着床，在胎儿前肩加压，向下、向后缓慢牵引胎头，使嵌顿的前肩娩出。

蓉娘躺在地毯上，浑身水淋淋的，有血有汗，头耷拉着，牙齿已把嘴唇咬破，舌头也破了，头发在挣扎时掉了一缕。旺姆将头发放在墙角和杂木中，这可不能乱扔，更不能脚踩，否则要头痛、生疮。才旺措美也在流泪，他用叫作"色帕"的白布片包裹着婴儿，白布片的边缘缝着黄色的正方形小布片。这是一个男孩。

"你这个小肉球，一个肉蛋蛋，叫你什么好呢?"才旺措美嘟囔着。

这个消息很快就传到了土司太太巴桑拉玫耳朵里，她指着管家仁青一顿臭骂，说:"你个嘴碎的狗头，诅咒别人是妖女，现在人家生下了一匹儿马，看不把你剁成烂泥。"巴桑拉玫立即就认定了这个儿娃子是他儿子多吉马的随从，他儿子是一匹骏马，这个小马驹就是陪伴，而小马驹的生母还一点都不知情。

丹蓉娃

才旺措美的儿子叫丹蓉娃。他们是居住在邛崃山脉大渡河上游和岷山山脉岷江上游的嘉绒人，他们的居住地不是草原，而是高山峡谷，不以放牧为业，而以农耕为生，说的也不是牧区话，而是农区话，因此才旺措美叫自己的儿子为丹蓉娃，名字中含有他母亲蓉娘的"蓉"字。

丹蓉娃一断奶就会吃五香味糌粑。这是用青稞、莜麦、麻籽、黄豆、玉米漂洗、风干、炒热后磨粉制成的。一碗糌粑有酥油的芬芳、曲拉（干酪）的酸脆、蜂糖的甜润，能充饥御寒，让人浑身都热乎起来。这是上等的糌粑，丹蓉娃从出生便被富养。

丹蓉娃的另一种食物是烧馍馍，用麦麸面、青稞面或玉米面做成，中间盖有花纹印章，或有拇指、中指、食指的三宝印。馍馍做好后在烙锅或烙片上烙一下，然后埋入桦木、青冈等硬杂木烧成的滚烫火灰中，不断翻动，用手掌拍在馍馍上，当馍馍发出"噗噗"的响声就熟了，趁热把馍馍正面的皮子用刀旋下来，馍馍上放进酥油和佐料，酥油当即融化，浸入馍心，这叫"达步白"或

"波罗部"，丹蓉娃常常跟在旺姆身后嚷着要吃这种又香又脆的烧馍馍。

对丹蓉娃操心最多的并不是蓉娘，而是旺姆，旺姆走到任何地方都要带着他，跟在他身后的则是西娃。西娃对丹蓉娃比对才旺措美还上心，它随时随地都要护着小主人，眼睛一睁开就要找他，一刻不见就要四处寻找。西娃简直就是丹蓉娃的奶爸，等有一天丹蓉娃长成一个标致的小伙子，西娃已经老态龙钟了，但它仍然偏偏倒倒地跟在小主人身后。丹蓉娃得到的每一样食物，都让西娃先吃，看着西娃将食物囫囵吞进缺牙的嘴巴，丹蓉娃才开始吃。这一人一狗，是一对多么完美的组合。

吃着这样的饮食，丹蓉娃渐渐长成了一个剽悍的嘉绒少年。他长相帅气，继承了他父亲才旺措美的精瘦身材，也有他母亲高亢的歌喉。他英俊活泼，生来就会跳舞和唱歌。与其他人不同的是，他爱吃猪肉。沃日河谷高山上有牦牛，半山有犏牛，河坝里盛产黄牛，寨民们更习惯于吃手抓牛肉和干牛肉条，而丹蓉娃却偏偏最爱吃猪膘肉。猪腿里灌的肉叫"巴部"，猪耳里灌的肉叫"巴拉"，猪肚子里灌的肉叫"巴多"，猪肠里灌的肉叫"巴过"，猪小肠里灌的血叫"囊生"。猪的心、肝、肾、肺等切好，放上适当佐料，在陶罐中密封好焖上数日，叫"得热"。丹蓉娃对香猪腿特别偏爱。

才旺措美一家搬回了擦耳寨的老屋。他家特意在住宅门上放置了展翅飞翔的大鹏鸟的木雕，以辟邪禳灾。

才旺措美已明显衰老，他的青春活力已转移到儿子丹蓉娃身上。但他还是那么精瘦，不似阿卡，不仅又瘸又拐，还发胖，肚子腆着，头发胡子都白了，也不像年轻时那么多毛，稀稀疏疏的几根毛在风中杂乱地飘着，显得尤其苍老。这是人生走到尽头的标志。

才旺措美的衰老并不表现在体形上，从背后看衣衫还是挺括，只是不能转身，一转过身来便面相老态，而且吃不动牛羊肉，只能吃多谷饭，用麦面、胡豆、豌豆、莜麦等加骨汤煮得稀烂，呼呼啦啦地吞吸下去，一嘴缺牙巴，嚼不动硬东西。妻子蓉娘也老得臃肿不堪，不再是当年那个爱唱戏的美貌女子，满脸都是蛛网般的皱纹，白嫩的皮肤经不住高地刀子一般的狂风肆虐。她成天都在念叨想回汉地去看看，她的家在成都的皇城坝，祖辈三代都是戏子，是梨园世家……她因为一场战事流落于此，在这个遥远的山地中只有一个知音与她为伍，这就是土司太太巴桑拉玫，她们常常聚在一起唱戏，她甚至跟巴桑拉玫学会了唱藏戏。她一直有土司太太护着，躲过了一次又一次的灾祸。这两个出生背景完全不同的女人凑在一起总是叽叽喳喳说个没完没了，她们总有那么多摆不完的龙门阵。管家仁青也不敢再使坏民了，反而要讨好这个戏子。

"这一对娘们儿前世是姐妹。"

土司洛桑郎卡也这样评价。他太太唱戏唱得越来越精彩，而老土司自己的绘画技能也炉火纯青。他不仅画唐卡，也画壁画，甚至受到承德避暑山庄外八庙的作画邀请，只是因为路途遥远，他本人年事已高，最后不能成行。

她们的孩子丹蓉娃和多吉马或许在前世也是兄弟，但这时两人还没有交集，一个在成都，一个在沃日河谷成长。后来两人相遇，第一眼便彼此欣赏，虽是主仆，却在高原河谷形影不离。这是后话。

　　战事又起了。清乾隆五十三年，廓尔喀以西藏当局收贸易税太重为借口，派兵侵入西藏境内，抢劫后藏济咙、聂拉木、宗喀等地，四川将军鄂辉奉旨带领绿营军、屯土兵进藏讨伐。进军路途遥远，而这时的洛桑郎卡已不年轻，仍毅然决定，领兵前往。大军抵达后藏，廓尔喀军已逃走，遂收复济咙等地，并迫近廓尔喀边界。大军到了廓尔喀部族境内，传唤头人，该部族大头人率领寨民出寨投诚。其时河谷土司以高龄之躯，英勇善战，声名远播。

　　三年后廓尔喀人再次与西藏因钱债关系挑起战事，侵占后藏的聂拉木、济咙、定日、春队等地。四川总督鄂辉奉命率兵入藏，其中仍有河谷土司守备率领的众多勇士。他们攻克了济咙，在热索桥将入侵者赶出境。嘉绒屯兵由东路茂绿山绕至热索桥，砍树造筏，渡过河岸，出其不意迫近敌寨，摧毁石卡，廓尔喀酋长遣大头人来大营请降。屯兵大获全胜，返回故乡。

　　在这场反击战中，清廷调集大小金川屯土官兵随清军进讨，多人获得清廷奖励。守备取得世袭权，赏戴花翎，赐赠"巴图鲁"（忠勇之士）称号，撰入功臣图。

西　娃

　　日子过得飞快，西娃也老了。它已经是一只迟暮的老狗，体力已不充沛，动作迟缓，目光呆滞。才旺措美同西娃一般老迈，他近日连多谷饭也不贪，只能喝柏伯（面块）。把麸面糅合后扯成片片放进锅里，放进酸菜，煮得稀烂，放一点肉块和盐。这时西娃已在屋外听见了动静，从门缝外挤进来，叼着它的木碗放到才旺措美面前。西娃的眼睛望着主人，才旺措美就将面块舀出一份倒进西娃的木碗，特别将锅里不多的几块肉挑出来给了西娃。

　　"太烫，放冷了再吃。"他叮嘱西娃。

　　西娃便耐心地等待。而才旺措美仿佛并不怕烫，他对食物的温度感觉迟钝，呼呼啦啦地将面块吸溜进嘴。等主人吃完了，西娃才开吃，一小口一小口，似乎并不着急。

　　它年轻时没有这么斯文，吃什么东西都是狼吞虎咽的，一边吃还一边护食，连主人才旺措美也不能靠近，它喉咙里发出"呼噜呼噜"的喷痰声，威胁任何可能靠近食物的人。只有丹蓉娃可以从它嘴里掏食，丹蓉娃并不是跟狗争食，而是把塞在牙龈里的食物给它掏出来。

"豁嘴——豁嘴!"

丹蓉娃打趣它,西娃则一脸受用地把小主人看着,泪水已从眼眶中涌出来。

西娃是一只浑身黄毛的狗,只在头顶有一抹黑色,这叫乌云盖顶。才旺措美是在野外捡到它的,当时它还是一只奶狗。母狗把它产在野地的草丛里,然后死去了。这一窝生了三只,才旺措美发现时有两只已经饿死了,只剩西娃奄奄一息。才旺措美将它裹在羊皮袍子里带回家,用羊奶喂养。起初才旺措美以为西娃是一只傻狗,叫它时,它好像听不见,转身都费劲,目光呆呆地望着主人,费劲地想弄懂主人的意思。半天后,仿佛懂了,但腿脚又不听使唤,手脚一点也不协调。让它提鞋,它歪歪扭扭地去执行命令,却叼来羊鞭。

西娃长大后并不傻,甚至还很聪慧,喜欢跟着才旺措美去放牛牧羊,而且尽职尽责。西娃最大的特点是护家,外人根本进不了家门,倘使来了要走,也得先过了西娃这关。它要检查,看你有没有拿走主人家的东西,连一根草也不放过,然后很警惕地跟着客人出门。但是,到了发情期它就不管不顾了,出去野十天半月也不回家,然后蓬头垢面地回来了,瘦得皮包骨,跟饿狼似的见什么吃什么,然后不几天就恢复了元气,精神饱满,一如既往地护家牧羊。

才旺措美很爱西娃。西娃完全明白主人的情感,并加倍地爱着主人,他俩总是形影不离。后来有了小主人丹蓉娃,西娃又跟小主人腻上了。只要谁敢动小主人半个指头,西娃都会护崽,拼着老命扑上去一顿撕咬，不管对方是狼还是乡民，连丹蓉娃的母亲蓉娘也不敢当着西娃的面打骂自己的孩子。西娃会喷痰，垮下狗脸，六亲不认。

但对丹蓉娃，西娃又是另一副嘴脸，见了小主人它的眼睛会放光。在丹蓉娃很小的时候西娃就会咬住他的裤腿，把他带到碉房的墙角，刨开泥土，扒出它精心埋藏的牛尾骨。它要把自己也舍不得啃的骨头献给丹蓉娃，然后四脚朝天亮出肚皮，等着丹蓉娃的奖赏。那时丹蓉娃已同西娃打成一片，一人一狗情深似海。同样，家里有了什么好东西，丹蓉娃也会趁人不注意拿一块藏在衣袍里，然后引了西娃去野外，喂给它。其实，家里人都看在眼里，只不过心照不宣，不去说破。

那一年才旺措美又动了去老台子挖金的念头，家里的碉房实在太老，需要翻修，但他却没有挣钱的营生。把牛羊都卖了也无济于事，只有上老台子挖金这一条路。但挖金要过罗布丹的关卡，他的运气可不一定还像上回那么好。才旺措美对罗布丹的那张大被子还心有余悸，许多挖金人都被闷在被子下，丢掉了性命。最后，才旺措美带了西娃出行。

西娃成为主人的守护神。它寸步不离，搞得罗布丹无从下手。半夜里一有风吹草动西娃就大叫发出警报，叫声不但令罗布丹胆寒，也将所有淘金客惊醒。后来这种警报每时每刻都可能出现，连罗布丹到野外拉屎撒尿也会引来一阵狗叫，他只能一动不动，否则西娃就会叫得让人心慌。罗布丹被西娃困住了手脚，他曾试图用各种办法解决掉这个麻烦，想用大被子闷它，但西娃根本不会上当，在那个地窝子里跟他捉迷藏。这期间罗布丹的金子丢了，是真的丢了，他在跟西娃斗智斗勇时，那些淘金客趁机下手，扒走了他多年积攒下来的黄货。为了这些黄货，他做了多少伤天害理之事，收了多少人的性命，如今反倒因为一条狗被人算计了。

罗布丹败下阵来，求爹爹告奶奶地把它和它的主人请走，还给他们准备了牛肉干巴，但愿他们走得越远越好，再也不要到他的地窝子来。才旺措美在老台子还真挖到了黄金，也无人剪径留下买路钱。老房子就这样得到了修缮。

12
狩　猎

才旺措美家人丁不旺。他有了儿子丹蓉娃之后，还短暂有过一个女儿，可惜夫妻俩还在讨论是叫女儿达瓦好还是尼玛好时，女儿就夭折了。

女儿哭起来惊叫唤，要是活下来也是一副好嗓子，但她消化不了奶，包括牛奶、羊奶，一吃就吐，夫妻俩束手无策。眼看着女儿因为饥饿越来越虚弱，蓉娘没有母乳，只能给女儿喂米汤，但仅靠一点米汤为生的女儿瘦得皮包骨。

连土司太太巴桑拉玫都被惊动了，她张罗着给这个小女婴找奶妈，擦耳寨总会有女人在生娃娃，但奶妈的奶仍然不合小女婴的胃，她还是吐奶，最终被活生生饿死。

在寨里，人死之后通常要通知亲友，请喇嘛念经开路，亲友们送来酥油为这个刚刚落地不久就死去的小生命点油灯，连土司太太也表示了关切。这时土司太太巴桑拉玫与蓉娘的关系已非常亲密，她并不把蓉娘看成下人，尽管她嫁给了下人才旺措美。蓉娘是成都的名角，因为金川之战流落到沃日河谷，巴桑拉玫认为这是蓉娘与她的缘分，有缘千里来相会，所以她特别关照这个知音，把她当成了姐妹。

因为蓉娘，才旺措美被提拔成小头人，在土司衙内做一名差役。因为能干，才旺措美甚至得到了土司洛桑郎卡的嘉奖，几次气得管家仁青吹鼻子瞪眼，这个下人要升天了，靠的还是老婆，这令仁青尤其不满，所以不断使坏。

仁青自己也只是一个狗腿子，但他最不能容忍别人得宠。土司对任何人脸色好一点，那个人都要受到仁青的打击，他要掐掉一切碍眼的萌芽。包括路边开得艳丽的花朵，也碍他的眼，要被他掐掉并踩上几脚。土司身边有这样一个管家，他的名声就不会好，管家会打着土司的招牌对下人进行迫害。

河谷土司在河谷地带拥有的多数恶名，几乎都是拜管家所赐。但土司本人一点不知，自认为非常善良，是河谷百姓的衣食父母。其实百姓并不尊重这个统治者，只是慑于土司的权威不敢反抗。

小头人才旺措美还是靠自己牧羊、种地，并无实权。他唯一的特权是可以自由出入土司官寨，侍候土司穿鞋如厕，服侍土司骑马到领地巡视。土司去西藏平定廓尔喀的入侵时带着才旺措美，这使才旺措美长了见识，后来他不仅随土司老爷去了成都，还去了拉萨，成为沃日河谷中少有的眼界开阔之人，比管家仁青的见识都多。这一点让仁青尤为不满，仁青一生都没有出过河谷，去过最远的地方就是丹巴，来回不过就是两天的路程。仁青的理想是有一天能够去打箭炉看一看，打箭炉是他心目中的大城，是懋功这座小城不能比的。

回到才旺措美女儿的葬礼上来。这个女儿来到世上并不久，但葬礼仍很讲究。

小头人才旺措美的女儿死去，葬礼自然就比别家的百姓或科巴更有排场一些。他家收到很多玛尼布，用来印制玛尼经，他给死去的女儿穿上七件衣服，正值冬天，择了日子安葬。葬法有火葬、天葬、水葬和土葬，由喇嘛打卦决定葬法。才旺措美给每一个前来送葬的人一块白布包头，并烧了一块猪膘，由老人给每位客人发一片，然后才旺措美将切肉的面板踢翻……

才旺措美家本不多的人口又少了一个。

多年后的又一个清晨，太阳从沃日河谷的远山后冉冉升起。丹蓉娃第一个醒来，他一边走一边扣着"罗夏"外衣，这件长袍外衣没有镶嵌各种兽皮或氆氇的衣边，只用普通的棉布做成，是丹蓉娃的日常穿戴。他来到院子里，院里堆满青草，他打开栅栏，把牛羊放出去。这一切本是西娃的工作，但西娃岁数越来越大，愈发嗜睡，连走路都走不稳了，家里放牛牧羊的活已干不动了。

挤奶的活由旺姆承担。蓉娘从来就不善家务农活，除了哼哼唱唱她似乎并不爱干活路，不过做菜是把好手，从汉地来的人在做菜上仿佛都有一手。旺姆挤了奶，顺手就在院子里采了几把车前草和蒲公英，这才走进屋去，准备做奶食。

院墙外的苹果花凋谢了，风一吹，粉红色的花瓣就如同雨一般落下。沃日河谷出产苹果，日照很足，昼夜温差大，苹果特别脆甜。早年苹果都在野外生长，并没有人工栽种，果实疙疙瘩瘩，看着又小又丑，但味道香甜。与苹果一样著名的是金川雪梨，这种梨皮薄如纸，脆甜如蜜，汁多欲滴，馨香化渣。古老的梨树不仅在大金川河谷一带分布，小金川河谷也有，梨花比苹果花早开，这时梨树已经发出绿叶，并挂上了一串串新梨。

金川一带的梨花早已传世，各种文献都有记载，梨花盛开是金川一带著名的风景，整个河谷半山白成一片，梨花雨飘来，可以覆盖大小金川的河谷，真是人间奇景。有成都的诗人，千里迢迢来到大小金川观此奇景，留下无数千古绝唱。

"丹蓉娃，起来了，去打獐子。"

丹蓉娃正想回屋睡个回笼觉，听见父亲的呼唤就来了精神。他冲进厨房，抓了一个馍馍啃起来，这时才旺措美已拿着他的腾枪走出来。他带儿子去猎獐很多时候用不上腾枪，只需用绳子在獐子必经的路上下套，然后将其活捉。才旺措美靠多年的经验，可以在崇山峻岭中寻到獐子的路径，甚至可以从道上獐子的脚印和走道的方式，辨别出獐子是公是母。

听见要打獐子，西娃也从昏睡中爬起来，一步一颤地从窝里走出来，望了一阵天，它老眼昏花，眼角堆满眼屎，喘了一阵气，明显已力不从心。过去它最善于撵獐子，主人猎獐子都要带上它。它可以把獐子从草丛中逼出来，才旺措美便一枪将獐子毙命。他取下麝香后，将獐子卖给从灌县来的汉地商人，换取布匹和盐茶以及针头线脑。见西娃这副模样，才旺措美爱抚地摸着它的头，把它劝回窝里去了。

父亲的那把佩刀已由丹蓉娃佩戴，这刀成了才旺措美家的传家宝，佩刀外鞘镶嵌了宝石，刀柄包裹了黄金。才旺措美又在刀柄上镶了一圈藏银，是雪山的图案，这刀成了一把真正的宝刀，传给了儿子丹蓉娃。

擦耳寨人人都羡慕丹蓉娃的佩刀。寨民们羡慕的并不是刀有多锋利，他们认为这是一把值钱的刀，觉得连土司老爷的佩刀也不如这刀值钱。他们都在叹息，觉得这是瓜人有瓜福，鲜花插在了牛粪上，黄金落进了大粪坑，越是蠢笨的人越有飞来横财。

才旺措美把腾枪仔细擦过，这才下坡走下一百级石梯下到沃日河边，丹蓉娃早已坐在牛皮船里等父亲一起渡河。

"去哪条沟？"

"木尔寨沟。"

"这可够远的，到夹金山北面的沟底要走一整天，还得骑马。"

"那里山大林深，长沟深处是雪山，瀑布飞挂，溪流条条，有草甸和冰川，是獐子爱去的地方，"才旺措美对兴致勃勃的丹蓉娃说，"我去年就在木尔寨沟布下了陷阱，抓了一头大獐子，收取的麝香很有分量。今年去肯定也有搞头。"

才旺措美亮出经验之谈。这更调起了丹蓉娃的胃口，他知道父亲收获的那块大麝香，后来卖给了灌县来的药材商人么三，还换了两匹白棉布和一坛烧酒。

丹蓉娃拿起木桨在岸边的石头上撑了一下，牛皮船就滑进水里，朝对岸驶去。沃日河水湍急，发源地斯古拉山的长坪沟和双桥沟同样谷深林密，四座超过五千米的大雪山巍峨而立，壮丽无比，给沃日河提供了日夜不息的活水源头。

激流把牛皮船冲得摇摆不定，但无法把它掀翻。才旺措美是一个老船手，在他的教授下丹蓉娃也成了划船高手，父子俩一个在船头，一个在船尾，各使一把木桨。别家的牛皮船都是圆的，只有才旺措美家把牛皮船造成长条形。一般百姓家的牛皮船应该造成圆形，才旺措美家的长条形牛皮船是得到了土司洛桑郎卡的默许，从这一点足以看出土司对这个随从的首肯。各家各户的牛皮船形状、大小都不同，从牛皮船的造型就可以看出主人家的来路和身份，不同的人家有不同的传承，这就是船形文化。

牛皮船在河中打了几个转，让过了河中的几块巨石，便驶向对岸，父子俩几乎没有用力，只用桨在石头上推了几下。擦耳寨的狗吠声响了起来，其中还有西娃的叫声，虽然不再像往日那么雄壮，但从叫声里还能听出它对跟着主人去狩猎的向往。曾经的猎手现在只能拖着老迈之躯在河岸边遥望，可见流逝的时光对万事万物的摧残。岁月将锋利的石头都磨平了，包括血气方刚的嘉绒汉子才旺措美，青春如同这东流的沃日河水一去不复返。而丹蓉娃正当年，父亲的血性在他的血液里再现，如今的他那么英气逼人，那么伟岸矫健。

牛皮船打着转，旋进了河湾，靠了岸。这是一处回水湾，水里鱼很多，却无人捕捞。上岸后父子俩径直往次仁家走去，在那里可以租借到上好的马匹。次仁家是专业养马户，给过岸来的山民提供去达维或夹金山方向的马匹，他家租马也不收银两，年底送来粮食或布匹即可，这时又流行收取大烟，这是比粮食更诱人的硬通货。

父子俩顺利地骑上马背，丹蓉娃少年心性，选的是一匹刚从牧场上牵来的火爆脾气的儿马。丹蓉娃刚一骑上去，马就立起了前腿想把他甩下去，丹蓉娃双腿夹紧马腹像夹子一般钳在马背上，火爆脾气的儿马狂暴地奔跑起来。

才旺措美的坐骑是一匹温顺的老马，被甩在后面根本跟不上前方的儿马。转眼工夫，丹蓉娃就在山道上消失，而老马才呼哧呼哧地刚爬上山道。才旺措美年轻时骑的都是烈马，奔走如飞，现在老得只能骑老马了，但老马有老马的好处：老马识途呀！

父亲爬上了山坡，就见儿子早已在山坡上休息，等待落后的父亲。儿马已被拴在一棵松树上，老实了许多，嘴里卷着青草，而老马已喘得吐着白沫，根本无心吃草。人老了和马老了都一样那么无能，才旺措美又一阵感叹。如今他骑马都骑得头昏，年轻时他可以同马在山道上赛跑，想一想这也没有什么不对，现在丹蓉娃那小子不正同自己年轻时一样闯劲十足？

"吃点东西吧。"才旺措美对儿子说。

丹蓉娃起得仓促，没有吃什么东西，见父亲拿出烧馍馍，肚子便咕噜响，迫不及待地要吃。这馍叫"达步白"，在红火灰里烤熟，又趁热从中划开，放进酥油，味道又香又甜，是可以放置很久的干粮，如果中间放的是岩蜂蜜，味道就更巴适。但才旺措美家的做法与众不同，他家往馍里加了花椒面和辣椒面，还裹了河谷里恣意生长的沙棘熬成的浆汁，那味道又不一般。

丹蓉娃连吞了两个，又去山崖旁用手掬起一捧泉水喝。这当儿才旺措美已在草丛中找到了两朵松茸，在泉水里洗净了，捡了一些干树枝点了一堆篝火，将松茸放在火上烤着吃。最令人兴奋的是，他还找到了黑松露。平常他都是放母猪到上山找，母猪寻着松露的味道而去，然后将黑松露从土里拱出来。现在没有母猪，才旺措美凭着经验也能找到，他在树下一挖，就挖出一块，这里的松露无根无藤，有奇异的香味，切开呈现出大理石的纹路，美味无穷。

丹蓉娃不爱吃素食，他爱吃肉，这些东西才旺措美也带得有，他那个皮口袋里什么东西都不缺，有牛肉干巴，还有羊肉条。丹蓉娃用佩刀切下一块放在嘴里，嚼得嘎嘣嘎嘣响。

父子俩在傍晚时分赶到了木尔寨沟。才旺措美找到去年下套的陷阱，陷阱已经荒废，里面积满了残枝败叶和雨水。才旺措美说这是动物们干的，它们知道这是陷阱，便往坑里排泄，还将废物推进去，这是在警告和泄愤。特别是老熊，记性很好，一旦吃了亏就要报复。多半就是它们把这个陷阱弄废了，它们这会儿或许正躲在某块岩石或大树后面偷笑呢。

丹蓉娃对父亲的说法表示怀疑，他四处望了望，居然有两只黄羊从岩石后面闪出来，一步一回头地走开，仿佛验证着才旺措美的说法，丹蓉娃惊叹不已。老头子真是料事如神。

才旺措美狡黠地一笑，对儿子说，这些都是经验，自己在高原上活了一辈子，什么事心里都有数。他一边教导儿子，一边清理陷阱，心想，或许这个废坑还会派上用场。

木尔寨沟里果然有獐子出没，一头公獐子正率领一群母獐子在草甸里散步。父子俩骑着马追了一阵，才旺措美骑的老马体力不支，喘得败下阵来。丹蓉娃的儿马奔跑速度很快，但丹蓉娃没有经验，被獐子耍得团团转，獐子们转了几个圈儿就跑得无影无踪。丹蓉娃打算放弃时，公獐又带着"妻妾们"从草丛里露出了头。丹蓉娃挥舞着佩刀冲上去，它们一眨眼又消失了。反复折腾，父子俩一无所获，天色渐晚，两人只得去木尔寨沟里找人家借宿。

投　宿

　　边巴次仁一家住在木尔寨沟的高山上。林子很大，坡陡，人迹罕至。沟尾就只有边巴次仁一家，独门独户，房子阴森而僻静。

　　他家的房子很大，依山而建，是石头垒的长方形石屋。在这里修房子完全凭自己意愿，想怎么修就怎么修。山上有的是石头，不仅有砾石，还有大理石和石灰石，片石也容易找到，沟底的溪流里有大块的鹅卵石，只是需要花力气运石。红石滩上布满了红石，在阳光下一片绯红，非常耀眼。石头呈现红色，是因为上面长着一种菌类，把石头染红了。这种石头富含铁，可以用来冶炼。一切都依赖天上的太阳，阳光普照着沃日河谷，才产生了丰富多样的动植物，造就了大自然的绚烂。

　　边巴次仁和他老婆力气都很大，他们只需要一根青冈木头加上一条牛毛绳，就可以把一块块石头抬回家。几十年下来他家的房子越修越多，越修越大。两口子还不满足，他们计划着修一座山寨，这是为儿孙着想。他们修房有瘾，一有空就垒个猪圈牛栏什么的，反正整个木尔寨沟沟尾只有他一家人。屋外的山坡上东一块西一块地分布着玉米地和土豆地，都用石块围成墙，以防野兽进入偷粮偷菜，祸害庄稼。

进了边巴次仁家的大门就是一个大火塘，火塘里常年烟火不熄，灰烬里煨着土豆和玉米，随时可以刨出来食用。火塘边的石板上有烤好的烧馍馍，石板保温，馍馍可以一直保持香脆。关键是那个石板已用了几代人，腊肉和猪膘肉的油已将石板浸透，在上面烤馍馍不用抹油，馍馍也会透着油香。石板成了一个宝物，在木尔寨沟尤其有名，都知道边巴次仁家有一块会出油的石板，可以烤出焦黄的土豆，香死个人儿。

边巴次仁家最有名的就是猪群，猪都放山上敞养，只需隔三岔五把它们喊回来饱餐一顿玉米。只要边巴次仁站在山头上吆喝一声，猪就成群结队下山，多得连边巴次仁都不知道数量。边巴次仁是木尔寨沟的首富，他家牛羊成群、猪满山，可惜的是他没有儿子来继承家业，只有一个女儿，养得肥肥壮壮，完全是条"汉子"。

边巴次仁家屋前屋后都是森林，取柴十分方便，直接将树干放进火塘，这些树干不是松木就是青冈，特别经烧。为了省事，主人有时索性将整棵枯树放进火里，烧完一段再推进一段，一棵树可以烧几天几夜。

野兽随时出现。边巴次仁家的石墙有一米厚，到了夜晚能听见老熊在外面拱墙的声音。老熊不屈不挠，似乎不把墙拱倒誓不罢休。为了防止野兽闯入，边巴次仁家修得跟堡垒一样，门闩就是一棵大树的主干，晚上顶在门上，老熊也撞不开。所以老熊才去拱墙，为的是进屋弄一点牛肉干巴或猪膘肉。

边巴次仁每到傍晚天还没黑就要关上大门，到了夜晚，山林里就成了豺狼虎豹的天下。

这天夜幕降临时，他听见了才旺措美父子的叫声。才旺措美与边巴次仁有拐弯抹角的亲戚关系，这同十八土司大多有亲戚关系一样，嘉绒地区的平民百姓很多也是这种状况。丹蓉娃大声武气地叫着"叔叔"，边巴次仁的老婆从黑森森的窗洞里伸一个头出来，辨认了半天，又看看月亮，并无异常，月亮又大又圆，这是什么日子，这个远房亲戚突然前来拜访。

起初是才旺措美瓮声瓮气的叫声，像发怒的老熊，后来换成丹蓉娃脆生生的叫声，边巴次仁才确定是客人来访。边巴次仁的老婆警惕性一向就高，就这样还把老熊放进来过，两口子打断了一根碗口粗的青冈木棒才把顽皮的老熊撵走。那次他家损失了半扇猪膘肉，以后就加倍小心了。

边巴次仁老婆大声招呼自家汉子把顶门的大木头挪开，她一个女人家搬不动。边巴次仁早已乐得合不拢嘴，叫唤着："我的亲人呀，你怎么就来了，走夜路可是要遇见老熊的……"

边巴次仁虽然兴奋，但仍小心翼翼地挪开了顶门的大木头。他老婆手里提了一根充当武器的青冈木棒，先伸出头在门外仔细分辨了一阵，确定只有才旺措美父子，并无尾随的野兽，这才将父子二人让进门。父子俩在火塘烤火的当儿，边巴次仁已将马匹牵到大屋底层的马厩，用上好的蚕豆喂食。边巴次仁老婆忙着做晚餐招待客人，晚餐是一大锅柏伯，揉好的面团一块块地扯进锅里，切好的羊肉放进去，再加一大碗老酸菜。父子俩早已饥肠辘辘，先喝饱了哑酒，再连干三碗柏伯，这才有了精神头。

这当口自然还吃了烤猪膘肉，这是不能不吃的美味。许多人走远路到边巴次仁家来为的就是这一口，所以他家每年要做很多猪膘肉，反正山上有大群敞放的猪。这种山猪体形并不肥大，精精瘦瘦的，嘴筒很长，尖嘴猴腮，行动敏捷，肉质紧实，做出来的猪膘肉，香气可以从沟尾传到沟头，引得四面八方的人都来品尝。才旺措美父子也不例外，早已被边巴次仁家的猪膘肉所折服，肉是放在那块出油的石板上烤出来的，父子俩吃得满嘴流油。

"你家女子呢?"

才旺措美吃饱喝足后顺手从火塘灰烬里刨了一块烤土豆出来拍打着。父子俩进了这个家门便成了饕餮，停不下嘴。

边巴次仁乐呵呵地说，他女儿去了董马，去过羊角花节。董马的羊角花漫山遍野，梨花和苹果花开过接着就是羊角花登场，这个时候嘉绒男女青年都要去山上观花，山坡上的嘉绒锅庄跳起来彻夜不停，有摔跤，有舞狮表演，还有马尔、马奈锅庄的展演，演出《龚扎达尔尼查错》表达年轻男女的相互爱慕和情谊倾诉。

听了边巴次仁说女儿桑吉巴拉去过羊角花节了，才旺措美将烤土豆重新扔进火塘，说要谈点正事。所有人都望着他，不知他说的正事是何事。原来他突然有了主意，让丹蓉娃明天一早也赶到董马去参加羊角花节。丹蓉娃一看父亲的表情就明白了其中的含义，桑吉巴拉与自己年龄相仿，父亲这是要撮合他俩的意思。父亲说要请媒人来边巴次仁家协商此事，要送一坛咂酒一包酥油过来。这是谈婚论嫁的礼节。

这个才旺措美真是一下天一下地，想一出是一出，连主人都被他弄糊涂了。他儿子丹蓉娃可是河谷里有名的英俊少年，而主人家的女儿胖得赛过老熊。这个才旺措美是看中了主人家的财富。还是想天天吃这美滋滋的猪膘肉？主人家的女儿可不会做家务，脾气还不好，嫁到夫家会气死公婆，才旺措美想清楚了吗?!

事情来得突然，丹蓉娃不知所措，但边巴次仁两口子嘿嘿地笑着表示首肯。桑吉巴拉是一个胖姑娘，劲很大，扛一袋玉米在山路上走气都不喘，腋下还可以夹半袋土豆。但丹蓉娃的嘴已翘得老高，他早已有了心上人。

才旺措美的提议让女主人心花怒放，甚至有些按捺不住。女主人高兴地煮香猪腿，又打酥油茶，给明天的客人准备吃食。半夜三更，女主人居然拿出烙片为客人烧馍馍。烙片是长长的铁柄，前端有一块直径一卡长的铁薄片，圆圆的，可以用来在火上烤馍馍，烙好的馍馍再放在火灰中烫熟，便成为香脆的烧馍馍。这是给丹蓉娃带在路上吃的，烧馍馍可以放置很久保持脆香。显然女主人已经把丹蓉娃当成女婿看待了。山里人实在，老两口巴不得有丹蓉娃这样的女婿。

第二天一场意外，打乱了才旺措美父子的行程。

他们临时到废弃的陷阱查看，本来并没有指望会有收获，却发现坑里掉进了一只小鹿，正惊恐地在坑里乱撞，全身伤痕累累。鹿群在远处观望，母鹿发出悲声与小鹿呼应，其声苍凉。丹蓉娃趴在坑口看了一阵，对父亲说：

"把它放了吧，我不要小鹿皮做的手套了。"

"你不是喜欢鹿皮做的筒靴吗？穿上它去参加转山会，跳舞很不错的。"

母鹿的叫声又响起来，穿过林子传进父子俩的耳朵。丹蓉娃打定主意，下到陷阱里，给筋疲力尽的小鹿套上皮绳，才旺措美则在上面拉拽，将惊恐万分的小鹿拖上了坑口。小鹿被放走了，一溜烟消失在树林中。受到惊吓的小鹿被母鹿接走了，走了很远还能听见它们惊悸的叫声。

"它怎么也不谢谢咱们?"

"还谢你呢，都是你设的陷阱惹的祸。"

父子俩互看对方一眼，索性把那个坑填了。

这耽误了不少时间，父子俩不得不改变行程。其实之所以不能成行，多少是丹蓉娃出于私心，磨磨蹭蹭，就是要废掉父亲要他去董马羊角花节上会桑吉巴拉的提议。丹蓉娃的心气很高，无论如何也看不上五大三粗的胖姑娘桑吉巴拉，他甚至怀疑父亲这次约他出来狩猎并投宿边巴次仁家早有预谋，一声不吭的父亲藏着自己的心计，丹蓉娃觉得自己上了当。

才旺措美对儿子的小心计了若指掌，他知道丹蓉娃正恋着守备家的千金，那姑娘好是好，但太尊贵，不可能成为一个下人家的媳妇。才旺措美心里明镜一般，他要寻找机会跟儿子讲清楚。

丹蓉娃漂亮吗? 才旺措美觉得比自己年轻时欠缺一点。丹蓉娃长得好看是因为他母亲蓉娘，她毕竟是成都的名角，但丹蓉娃身上缺少一点男人的勇武，胡须还没有密实，毛发也不粗黑，眉毛不浓，像两条弯弯柳叶飘在额头。所以，才旺措美看上了边巴次仁家的胖姑娘，儿子需要一个健康女人的调教，才能成长为一个孔武有力的汉子。

胖姑娘的事并不是事先预计好的，只是才旺措美临时起意，也算是老天爷的安排，老父亲不能让自家不知天高地厚的小子误入歧途。才旺措美年轻时也是一个美男子，对长得好看的年轻人想攀高枝的心理心知肚明。少男少女们长得好看一点就谁也瞧不上，一天到晚做着美梦。

返回的路途中父子俩都不说话。回到沃日河边还了马，丹蓉娃又划动牛皮船，牛皮船在水里打着转，父亲不划桨，丹蓉娃看出父亲有话要说，但他却忍着不张嘴，一直盯着水面。才旺措美正在斟酌字句，看那严肃的表情，说出来的话一定不好听。才旺措美年轻时能说会道，年龄大了反而不善言辞，也不爱在儿子面前喋喋不休，但往往不爱唠叨的人一说起话来便如鹅卵石般打得人很疼。

"你不喜欢桑吉巴拉那丫头。我……知道，"父亲下意识地划了几下桨，犹豫了半天不知道怎么措辞，"我知道你不喜欢那个胖丫头，她一顿饭可以吃下整条羊腿。你是不是跟守备家的千金格桑玫朵好上啰……"

才旺措美的脸涨得通红，他把脸背着儿子，一脸油汗，似乎比儿子还紧张。才旺措美是个慈父，一向不干涉儿子的事，但一张嘴就说明事情很严重，不得不多嘴。

"你当心点，一匹儿马在草原上跑要套上缰绳，"话已开了头，老头子就放开了，他教训起儿子，这个还没长成的嘉绒汉子必须得管教，否则不知天高地厚，"守备家的女儿可不是你随便能带进林子的。你是没有经历过那些战事，不知道守备有多厉害。我不准你跟格桑玫朵胡混，浑身是力气的胖丫头才是你的媳妇。我再听说你跟守备家女儿在一起，就打死你！"他顿了顿，又加重语气："把腿给你打断。"觉得还得加重语气，不然镇不住这个浑小子，又说："实在不听话就送你去老台子挖岩金，那里可是随时有泥石流冲下来，还有罗布丹那个强人开的黑店。哼哼！"

最厉害的就是最后这两声"哼哼"，完全是从鼻孔里喷出来的，胆小的人会被唬出毛病。丹蓉娃也打了一个寒战，这是父亲说过的最狠的话。老头子这是受了什么刺激？完全是莫名其妙，好端端地就发起疯来。为什么就认定了那个胖姑娘？她可以把丹蓉娃像一口袋土豆一样扛在肩上，也可以把丹蓉娃压趴在地上。丹蓉娃喜欢好看的姑娘，会唱弦子，锅庄也跳得好，最好是会念诗，丹蓉娃自己没有读过多少书，但对读过书的女孩非常敬佩。守备家的女儿成天抱着一本书，是仓央嘉措的诗集，想必她很有学问，像母亲一样出口都是戏文。那个胖姑娘会什么？整天下地干活吗？徒手把萝卜一根根拔出来？或者上山放羊，遇见了狼，可以将狼活活劈死？丹蓉娃不喜欢这种大力士，树疙瘩虽然耐烧但太难看，还是花朵好，又美丽又芬芳，自然招蜂引蝶。

丹蓉娃胡思乱想着，没有理会父亲的说辞。

才旺措美话说得重，他把佩刀从儿子腰上抽出来，将刀锋对着阳光吹了一口气，夕阳下他曾经英俊的脸已堆满了皱纹，腰身也不再健硕。

丹蓉娃无可否认，他就像着了魔一般地喜欢格桑玫朵，在他心中格桑玫朵就像开在河岸边悬崖上的花。丹蓉娃对守备很敬畏，但并不害怕，他甚至连土司老爷也不害怕，土司太太成天同母亲交往，一点没有傲慢的样子，这使他对等级观念认识不深。母亲说，土司太太要他做少土司的随从，他也乐意做。这个少土司是什么样？也是个英俊的？听说在成都跟大儒学习，一定很有学问。

084

他也读仓央嘉措的诗?

丹蓉娃又开始胡思乱想,思绪又跳到少土司多吉马身上。要是能跟多吉马去成都就好了!那是一座大城,人很多,都喜欢念诗。

丹蓉娃不明白父亲为什么生气,他同格桑玫朵这么美的花结合有什么不好?寨子里的长舌妇惯会传些闲话,父亲耳朵里不知是传进了什么夸张的谣言。丹蓉娃使劲划船,将船从漩涡里划出来。他有些生气了,让他跟胖丫头好,他偏不。那丫头胖得跟行走的羊油似的,看着都腻,他生气地把桨打在水上,发出啪啪响声,以示抗议。让他大胆地跟父亲顶撞,他又心虚,完全违拗他更不敢,只能发点小脾气。

丹蓉娃打定了主意绝不跟那个胖丫头沾上关系,父亲要逼得急,他就上成都去找少土司多吉马。听说要走十天半月才能到成都,他无所谓,反正他浑身是劲,天边也能去。他也不怕翻巴朗山,遇见棒老二也能对付。他曾爬过夹金山,一直上到雪山垭口,连气都不喘。他知道自己结实得很,同老熊打一架也不怕。

上了岸,丹蓉娃不想回家。

"不准出去疯耍,又去找老罗布的儿子小罗布鬼混。"

"我是去找阿卡的儿子卡嘉。"

丹蓉娃知道父亲与阿卡结过梁子,故意用这话刺他。父辈有过节,儿子一辈却不理会这些,他跟卡嘉好得跟兄弟似的。丹蓉娃就是喜欢卡嘉,这小子嘴巴甜得跟蜜似的,整天腻着自己,娃哥长娃哥短的,他怎么可能听父亲的废话,跟自己的好兄弟绝交呢?父亲喜欢的他偏不喜欢,父亲讨厌的他就要结交,丹蓉娃知道自己是个赖皮，专跟父亲对着干。

"闭上你的嘴巴！"

听儿子反驳自己，才旺措美的油汗不仅从额头沁出来，也从鼻头上冒出来。当年为了蓉娘他刺了阿卡一刀，这个小老头子瘸着两条腿仍然在寨子里不安分。瘸腿也不影响他生下儿子卡嘉。卡嘉自生下来那张脸就没有干净过，泥猴一般疯癫，也没见这孩子吃过几顿饱饭，眼看着就长大了。卡嘉成了丹蓉娃的跟班，成天在才旺措美家的碉房外喊"娃哥"，不争气的儿子也不停嘴地回应"卡嘉"，才旺措美最看不上这一点。阿卡也不记仇，见了才旺措美老远就弯腰表示恭顺，还给他点烟，才旺措美总是"哼"一声，不想搭理他。才旺措美觉得阿卡是个脑袋装满牛屎的人，除了帮土司家当差，就是在寨子里打短工，有吃的吃一顿，没吃的就饿一天，还乐呵呵的，也不知他乐点什么。自己饭都吃不饱还生了娃，娃长得有鼻子有眼，不仅不瘸，两条大长腿把人衬托得高高挑挑，一脸英气。唯一继承他爹特点的就是多毛，不仅头发黑而密，连眉毛也似两把大扫帚竖在额头上，衬得那双眼睛水汪汪的。

在擦耳寨，丹蓉娃是第一帅气，卡嘉就是二等小生，这俩小子才能好到一块去。他俩就是擦耳寨的活标本，美名已传到了饶坝和土基，有人大老远地跑来提亲，连管家仁青都惊动了，对外说我们河谷的好小子肥水不流外人田，少来打我们河谷土司家的主意。

土司家的百姓生下来的娃娃也属于土司，所以管家仁青把寨子里的小子姑娘们都看成土司家的财产，像母鸡护小鸡一样护得很严。

丹蓉娃跟在父亲身后进了村寨。他盯着父亲的后脑勺想，我就跟卡嘉好，气死你这个老顽固，我今天晚上就要去参加篝火晚会，跳一个通宵的锅庄，还要唱歌，演野牛舞，还要演"桑格"，咱阿妈就会唱戏，成天跟土司太太一起唱戏，我也要唱……

父子俩还没有回到家，半道上就被卡嘉截住了。这小子大惊小怪，举着打羊的摔带，鼓着一对水汪汪的大眼睛，脸上还有黑泥，但并不能掩盖他的英俊。卡嘉是典型的嘉绒小汉子，身材挺括，五官周正，与他爹阿卡完全不同，好像山上的羊角花一般生在旷野，却欣欣向荣。卡嘉与丹蓉娃两个人都是擦耳寨的美少年，成了形影不离的朋友，两人好得跟双胞胎似的。

"你们才回来?!"

"我们去木尔寨沟了。"丹蓉娃说。

"哼! 哼哼!!"才旺措美从鼻孔里发出声音，心想，你爹阿卡爱管闲事，你也来管。

"你们家的西娃出事啦。"

卡嘉并不在意才旺措美的反应，他的话倒是让丹蓉娃父子很在意。西娃可是才旺措美家的爱犬。它平时就知道睡觉，牧羊的活计现在也懒心无肠，催半天也不出窝，躺在家里也会出事?

"你个狗日的瞎咧咧啥，给我滚蛋!"

连丹蓉娃也生气了。他瞄了一眼已气得吹胡子瞪眼的父亲，怪卡嘉这小子不明事理，敢拿父亲的爱犬乱开玩笑。

"真的出事了!"

卡嘉怕是疯了，还要犟嘴，也不怕才旺措美老爷子把他的腿打瘸，像他那个瘸腿的爹一样。这时，就听见丹蓉娃的母亲蓉娘的哭声从碉房里传出来，她哭起来也像唱戏一样好听。

"我的西娃呀，西——娃——"

原来，大小主人走后，成天昏睡的西娃突然清醒，它偏偏倒倒地走到沃日河边守着，等着大小主人归来。日升日落，忠犬西娃巴巴地守望着。或许它是感知到了，自己的日子已不多了，再也不能为主人放牛牧羊了。这期间蓉娘来河岸边唤过西娃，她的呼唤像戏文中最悲恸的唱词。

"西娃吔，咱回家吃饭了，是喷香的酥油拌的糌粑，你回家吃一口啵……"

西娃呜呜地回应了几声，不再有往日雄壮的犬吠。等蓉娘再次来河岸边唤西娃时，它已栽进了河里，湍急的河水将它冲走了。它并不是意外摔下河岸的，而是自己跳了下去，这是它选择的死法。河谷里几乎每一条百姓家的家犬都会选择某种悲壮的形式告别主人，有的会走进原野里静静地等待死亡，有的会爬上高山草甸让饥饿的狼群吃掉它们的躯体，却不愿死在家里，让主人难过。

西娃选择了跳河。

沃日河是一条生命之河，它接纳了无数有形或无形的生命，这一天它又接纳了一条高原的忠犬……

老罗布的儿子

老罗布的儿子可是个人物。他同他阿爸一样也是个红鼻头，像熟透的樱桃挂在脸上。他的衣服穿得敞大，像披了一床被子，非得用手提着，否则就成了一个大扫帚，只要他走过的地方都被扫得干干净净。管家仁青很爱给他派活，特别是打扫卫生，他从楼板上走过，活还没有干，楼板已找不到渣滓。

老罗布和他儿子小罗布都是擦耳寨的"人物"，两个红鼻子一出现，整个寨子就欢腾起来。关键是小罗布还有一个妹妹叫罗布查多，鼻子不算太红，但脸上有两团高原红，夏天还算正常，到了冬天长了冻疮，变成两团乌红，像是唱戏时画的花脸。

老罗布是个咋咋呼呼的人，只要有他出现就会发生很多事情。老罗布经常胡扯，譬如谁家的狗长着三条腿，另一条腿并不是腿，而是狗鞭。他的红鼻子闪着金光，一脸坏笑。别人还没有被逗乐，他自己已经乐不可支，笑得弯腰驼背。

连土司洛桑郎卡走过见了他也要打趣说："老罗布，你家的苍蝇是公的多，还是母的多？"

老罗布低头顺眉地垂着双手，一本正经地回答："报告老爷，是公的多，它们都追着母的在飞呢。"

"你数过数?"土司老爷故作疑惑的样子。

"数不清楚，老爷。"

"那就快去数一数。"

这种戏码每天都在擦耳寨出现，寨子里没有他似乎就不快乐了。其实每个地域都有这种活宝，所不同的是，老罗布并不是在刻意扮演一个小丑的角色，他完全是发自内心，完全是出于本色。到了小罗布这一辈，他已把他爹的顽劣发展到新的高度。

一天早晨醒来，小罗布突然嘴歪脸斜，他这是得了面瘫。或许是因为头天晚上喝多了青稞酒，又受了风寒，就中了邪。找汉地来的中医看了看，中医说要用牛血糊脸，再扎银针，一卡长的银针要刺进眉骨和人中，这是穴位，叫攒竹、鱼腰和丝竹空……

小罗布坚决不干，这个白胡子老头胆敢把那么长的针扎进他的皮肉，他就要揪掉他的胡子。他不是怕痛，而是怕把脑袋扎穿了。他觉得鸡蛋壳被针扎通了，蛋清就会流出来，最后只剩蛋黄，而人脑要是被扎穿了，脑浆就会流出来，所以小罗布坚决不干，甚至气得要打人。老中医诊断小罗布是得了邪症，毒火攻心，还要在他心口上扎一针。小罗布曾一度冲上去要撕烂这个白胡子老头的嘴，让他吃不了饭，也不能瞎咧咧。那个爱管闲事的老中医声明，可以不要钱，免费扎针，但还是挨了小罗布一记重拳，被小罗布打跑了。

从此之后，小罗布就成了红鼻子歪嘴，像他爹咋呼时只有半边脸笑，另一半木然，以红鼻子为界，成了阴阳脸。

阴阳脸并不影响小罗布散布谣言，那些奇怪的传说从他的歪嘴里飞出来有些含混不清，反倒更增添了一丝恐怖。村民们听得一愣一愣地，小罗布已先笑起来，笑得翻开了肚脐眼。他完全继承了他爹爱笑的特点，擦耳寨的上空整天响彻他奔放的笑声，人们一听就知道又是那个歪嘴活宝在搞笑了。

小罗布的妹妹跟哥哥一点不像，她不仅不讲笑话，还一脸严肃，跟小罗布面瘫的半边脸一样麻木。有小罗布出现的地方总会找到他妹妹的影子，但她并不靠近，而是远远地躲着，在小罗布笑得抽筋之时，她才出来给哥哥捶背。

丹蓉娃和卡嘉在广场上遇到了这对兄妹，打了声招呼："今天是公苍蝇多，还是母的多。"

"哈哈，"小罗布用阴阳脸中那一半阳脸淫笑说，"汉人的地方打起来了，打死了好多人。老百姓同官府干上了，这可不是谣言，是灌县来的商贩么三说的。"

说这话时小罗布阴阳脸全都阴着，鼓着牛眼，但无人信他。他的话同他爹一样不靠谱，何况汉地打起来与咱懋功何干，牛打死马还是马打死牛，隔着一座巴朗山，天远地远的，一点都不沾边。

见众人都不害怕，小罗布便加重语气说："汉地的贩子们都不来咱藏地贩盐贩茶了，咱们的皮货山货也销不出去，还不得饿死？"

"少废话，"卡嘉说，"娃哥有木尔寨沟带回来的'牛屎干巴'，你还是把它先买了去吧。"

"是呀，便宜你，买吧。"丹蓉娃附和。

小罗布不动声色，他只要不笑，那张阴阳脸也看不出表情。

"什么价?"

"一头公猪加两只母猪。"

"好哇，给你们两头公猪一人配一只母猪，干不干?"

"两只母猪都留给你自己吧，要不然老罗布家就要绝种了。"

几个人打着趣，银匠却在一边兜售他的银器，自称是资格的藏银。但他的那些银盘子却不争气，黑乎乎的，银筷子也令人起疑，像是铁打的。这个银匠来自饶坝土司地界，所以卡嘉就打岔："你们饶坝土司家卖的都是鸦片，你咋卖起银器来了?"说话时，说书人又在鼓噪："到我的牛皮帐篷听书去，今天讲《青稞种子的来历》，还有《青蛙骑手》，好听着呢，去不去?《金川战役》可以听一天一夜，只要一袋土豆或一条干牛肉，就可以进帐篷去听。"

这是美人谷来的说书人在拉生意。他早就发现丹蓉娃提的口袋里有货，对他宣传得很起劲儿。美人谷那边的人很会说书，巴塘人则会唱戏，不同地方的人有不同的特色。

"咱们去听吧，金川战役你爹也参加了，还有我爹，咱也听听过瘾。"卡嘉撺掇丹蓉娃。

丹蓉娃对听书不感兴趣，他更爱听他阿妈唱戏，都是汉地的戏曲，好听着呢。关键是听阿妈唱戏不用给钱，听这个说书人说书，还得拿出心爱的牛肉干巴。

这时，就见小罗布从广场后面的藏戏台的台阶下爬出来，这才一眨眼的工夫他就从众人眼皮子底下消失到戏台底下去干了坏事。戏台下面黑咕隆咚，一些青年男女就去那里幽会，跟着小罗布脚后跟出来的是一个小寡妇，大家都叫她尼西阿加，她的男人去金川河淘金被洪水冲走，她从此就跟那些年轻后生们钻戏台子。见丹蓉娃等人窥破了自己的秘密，尼西阿加并不在意，倒是小罗布羞红了脸，用手捂着，把另一半看不出表情的脸留给众目睽睽的观众。

"看见你哥干的好事啦！"卡嘉首先发难，却是对小罗布的妹妹罗布查多说的。她远远地站在戏台前面，其实是在给小罗布放哨。

"关你屁事。"小罗布可以由着别人嘲笑他，但不能容忍有人挖苦他的傻妞妹妹。

"尼西阿加，你看咱娃哥才是擦耳寨数一数二的美男子，你跟他也去钻戏台吧。"卡嘉又拿小寡妇开涮。

"去！黄瓜还没有起蒂蒂的缺卵公猪。"小寡妇搔首弄姿，扬长而去，一点也不难为情。

丹蓉娃和卡嘉勾肩搭背，已笑得岔了气。

格桑玫朵

　　丹蓉娃和卡嘉打闹着，像两只戏耍的小狼崽，他们来到了守备府邸。守备府邸很气派，一座两层的藏式小木楼，台阶前是密密麻麻的大丽菊，大朵大朵粉红或紫红的花朵正迎着阳光盛开。台阶上是大盆的吊钟海棠，倒挂金钟般的花朵挂满了花枝。这种吊钟海棠花最适宜在高地河谷里生长，河谷里的人家几乎家家户户都用各种各样的盆盆罐罐种着这种花，并亲切地把它叫作铃铛花。风一吹，花朵摇曳，仿佛千万盏金钟齐鸣，其实并没有发出响声，但人人似乎都能听见那种醉人的仙乐。

　　"哇！哇哇……"卡嘉发出阵阵感叹。

　　守备平常并不住在这处宅邸，而是住在军营。房子四周很安静，这正是喝茶的时候。守备家的茶特别考究，酥油茶里加了核桃、花生等坚果，还要放糖，而不是加盐。这糖也是康巴商人从印度地区贩运而来，历经千山万水，到了沃日河谷早已成了黄金价，所以特别金贵。佐茶的点心也不再只有烤土豆跟烧馍馍，而是小笼包子，这是从成都传来的吃法，包子馅儿用的是坝上生长的野葱和香猪肉。懋功许多食物做得比川西坝子还讲究，是因为这里南来北往的商人很多，他们往往糅合藏地和汉地不同的手法，加上当地独有的食材，发展成一种新的吃法。譬如这小笼包子的馅就是用酥油调制的，也有牦牛肉馅和人参果馅的，形状如樱桃嘴。蒸包子的屉笼是用柳条编成的，层层叠叠，有一人多高，所以风味奇特。

"来啦?!"阳台上传来格桑玫朵的声音。

丹蓉娃怯怯生生地探头探脑，一下子就变得扭捏，收敛了顽劣少年的本性，装得很斯文。他的粗犷来自父亲，斯文则来自母亲的遗传，所以这个生在河谷地带的山地少年性格具有两面性，既有山地的狂野，亦有平原的柔顺。而卡嘉从小跟着丹蓉娃混，也在狂野之外多了那么一点斯文和平和，这是小罗布兄妹所不具备的。老罗布就是一个糙人，一生活动的范围不出方圆几十里，又不识字，整天上山放牛放羊，说得最多的话都是对牛羊说的，他自然带不出一双出人头地的儿女。

格桑玫朵坐回一张宽大的木椅上，手里端着的正是她家那特别的酥油茶。这是用著名的"康砖"熬制的茶水倒入"董莫"（酥油茶桶），加酥油和盐，用"甲罗"（搅棒）来回抽打，搅得水乳交融，再用铜锅加热制成，不仅可以御寒，还生津止渴。盘子里放着几个小笼包子，其中一个被咬过一口，留着格桑玫朵的牙印，这让丹蓉娃想到姑娘的红嘴唇。两个莽小子走近了反而让她埋下了头，一眼一眼地观察着他们。这两个"小公鸡"真是太俊了，走起路来像是吹来两股清风，一直暖到人的心坎里去，他俩这是要干什么，是要把姑娘的心收走，还是要把魂勾走，抑或是都收了去。

格桑玫朵外表平静地坐在那里，但心口已怦怦乱跳，像小鹿在撞。擦耳寨虽地处偏远，却真有这种俊俏的小哥，似神山仙界。

　　这种场合一般都是卡嘉打头阵，能说会道的丹蓉娃变得木讷起来。放在平时，卡嘉跟丹蓉娃比起来只能甘拜下风，但此时他倒成了会耍嘴皮子的那一个。卡嘉嬉皮笑脸地说，给小姐带了木尔寨沟上好的牛肉干巴。格桑玫朵扑哧一声笑起来。小子们用的是尊称，所以更为可笑。

　　"是天牛还是仙牛。该不会是神仙牛牛？"

　　守备家的牛肉难道还少吗，要这两个愣头青特地从木尔寨沟带来？见小姐发笑，丹蓉娃的脸已由红变成紫茄子，但卡嘉仍然脸不红心不跳。

　　"不是什么天上的牛，也不是神仙牛，只是一点普通的在山间乱跑的牦牛身上的肉做成的干巴，确实有一点费牙，但是很香的。"卡嘉强调。

　　他故意做出迷醉的表情，所以非常滑稽。卡嘉在表演的天赋上一点也不亚于丹蓉娃，他虽然没有会唱戏的母亲，但有一个多毛的老爹，老阿卡搞笑起来也非常拿手。卡嘉比丹蓉娃更拿得下脸，一点也不胆怯，是个人来疯，越是关键时刻越疯狂。不像丹蓉娃碍口识羞的样子，心里仿佛烧着一个火盆。

　　格桑玫朵已经不是哧哧地笑，而是笑得咯咯作响，几乎蜷成一团。这两个傻小子长得英俊潇洒，说话却又一本正经，所以说什么都显得非常好笑。但卡嘉并不理解守备家的大小姐为什么这么爱笑。大小姐且她穿的是金丝缎的"得斯托"，衣领和胸襟及袖口镶有金丝缎料，衣服的里边都镶有蓝色的边，显出不同的层次。

裙子是缎子做成的百褶裙，这是春夏时节姑娘们的首选，用藏绸制成，边幅镶上红布，襞绩细致，飘飘欲仙，早让两个情窦初开的小伙子着了迷。

丹蓉娃特别注意到，格桑玫朵皮肤细腻，白里透红，不似边巴次仁的女儿桑吉巴拉，那胖妞黑得跟木炭一般，又雄壮如山，同眼前的格桑花恰成对比。父亲相中的是那座"大山"，对鲜花却打不上眼，丹蓉娃对父亲的眼光非常怀疑。其实父亲也爱花，不然怎会把成都的大花旦娶回来，而且一生都珍爱有加。可是这个爱花的老爹对于自己的儿子就要棒打鸳鸯，不许儿子爱上美丽的格桑花，而将那肥胖的羊角花许给自己，想到这里丹蓉娃就生气。

"瞧那百褶裙波浪形的花边，像珍珠鸡的羽毛……"

卡嘉悄悄地同丹蓉娃耳语。

格桑玫朵笑够了，并没有拒绝丹蓉娃的礼物，她家的牛肉多得吃不完，但这是丹蓉娃特意从木尔寨沟拿来的牛肉，味道肯定不同。她并不知道这牛肉干巴出自一个叫边巴次仁的牧民之手，还是作为送给准女婿的食物拿给丹蓉娃的，现在这东西又辗转到了她的手中，若是知道了礼物的出处，不知她又会做何感想。其实那个木尔寨沟的胖姑娘桑吉巴拉跟格桑玫朵还真有关系，桑吉巴拉是她选中的侍女，丹蓉娃自然一点不知，这为后来几个人的关系埋下了伏笔。

丹蓉娃去取他的牛肉了，他把口袋放在了守备家的大房子外。这下就只剩下卡嘉和格桑玫朵两人。卡嘉看着姑娘，眼睛直勾勾的，姑娘故意也这么看他，显得十分顽皮。

"你就是那个全身上下毛茸茸的老阿卡的儿子?"

"他是他，我是我。"

"哟，还很自尊。"

"你叫卡嘉，我知道，他们都说你是那小子的跟班。"

"别听那些长舌妇乱嚼舌。"

"你们谁去了木尔寨沟？"

"是娃哥，我去过汗牛，那里更好玩。"

"去木尔寨沟可以打獐子，我也想去，可是你的娃哥怕他爹发脾气，不让我去。"

"我可以带你去呀，我还会打黄羊，这方面我可是高手。我家的粮食都是靠我打猎换来的。我还可以带你去汗牛，那里有老熊，我们兴许可以带几只熊掌回来。"

"那地方可得骑马去吧。我有一匹枣红色的母马，跑得很快，它叫达瓦，在草地上可以飞起来，你信不信？"

"你们在说什么呢，这么热闹。"丹蓉娃返取了牛肉回来插话道。

"格桑玫朵要我带她去汗牛打老熊。还要带上她的狗拉多。"

卡嘉已在添油加醋。拉多是格桑玫朵的爱犬，被惯得脾气孤傲，这时正不怀好意地盯着两个愣小子看。拉多对任何人都保持警惕，好像觉得任何人都在打自家小姐的主意。这是一个卫士，一条忠犬，而且爱管闲事。

守备大人回来了，三个年轻人的谈话戛然而止。守备下了他那匹高头大马，蹬着他的牛皮靴子，踩得地板咚咚作响。闻到主人的气味，家犬拉多跑了出去，大声叫着迎接主人。守备叫杨春旺，这是他的汉名，他的藏名叫仁巴多切。他只是一个守备，却傲气得不行，对于这些下人根本不拿正眼瞧一瞧。他穿着打扮也很考究，从头到脚全是手工精制，为了他这身行头不知要累瘫多少匠人。

"哪里来的浑小子?"守备边走边把马鞭交给随从，边大声问道。

"是来送牛肉的。"格桑玫朵回道。

"是哪户的娃娃? 当兵没有? 嘿! 都是当兵的料。"

两个小子愣在一边，垂下头，吐着舌头，不敢出声。

16

旺　姆

从守备家回来，丹蓉娃满脑子都是格桑玫朵的样子，抹都抹不去。为此他还跟卡嘉起了争执，这家伙竟真的试图带格桑玫朵去汗牛打老熊。这种事说说可以，但他偏偏想付诸实际，并且不听丹蓉娃的劝阻。

这个顽皮的家伙居然大言不惭："我凭什么就不能带她去？我还可以带上你。"

丹蓉娃非常好笑，说："我要你带？你还是省省吧！"

卡嘉嬉皮笑脸的，惹得丹蓉娃很生气，丹蓉娃便踢了他一脚，两人为这事闹掰了，赌气各自回家。

寨里百姓每户有一兵。因百姓领有一份土地房屋，就要出兵一人，遇有战事，要自备枪支弹药、马匹和口粮。家无男丁者，就要出钱雇人顶替。以往才旺措美家都由他本人出兵，现在他老了，自然得由丹蓉娃出兵。父亲已给儿子备好了一切，到了入营的时节就要去守备军营操练。

丹蓉娃把筒靴脱下来在过道里摆好，这样走起来才不会出声。挂好了他的藏袍后，他躺在地毯上，却无法入眠。旺姆又在哼她的小曲，她一直没有嫁人，跟着哥哥才旺措美生活。她曾跟流浪汉阿牛好过，但阿牛四处漂泊，在一处不会停留十天半月。他曾对旺姆说，跟我走吧，去拉萨，去尼泊尔，去不丹，去所有想去的地方。阿牛没有正当职业，是个流浪吟唱者，走到哪儿唱到哪儿，一路都在播种，却没有一个正式的妻子。他这回是认定了旺姆，还专门为她写了一首歌，是昌都那边的弦子。对于阿牛来说，这已经算是最痴情的一次。但旺姆使劲摇头，她离不开她的嘉绒之地，离不开魂牵梦绕的沃日河谷。

阿牛破例等了她半年。那半年他们去了斯古拉山，登上了大峰，还在海子沟里的大海子旁搭了帐篷，在那里住了几天。这几天成了旺姆一生为数不多的欢愉时光，她非常留恋。她每天对着么妹峰唱歌，一首接着一首，唱也唱不完。

旺姆是要留下阿牛，但阿牛执意要带她去走天涯，他不仅喜欢斯古拉山四季变幻的风景，也喜欢南迦巴瓦峰高耸入云的雄壮，喜欢希夏邦马峰的壮阔，喜欢冈仁波齐的神圣……他还要去吉隆，去亚东。

旺姆留不住他。是阿牛还不够爱她？并不是！相反，他爱她爱得忘了自己，这才有半年的情分。对于阿牛来说半年已经很漫长，他的灵魂已去了远方，天下再大阿牛都要踏上他的脚印。他爱她爱得再深也只能给她半年的时间，在这半年里他耗光了所有的爱意。

从山上下来阿牛就走了，旺姆没有流泪，只是不停地哼着小曲，这是属于嘉绒的曲子。

纳尼色莫，纳纳哟耶，

纳尼色莫，纳纳哟呀！

布扎戏绽芬芳，

撒拉子绣画廊，

口弦子飘过沃日河，

在蛇皮梁子悠悠传响，

穿过枷担湾的牧场，

醉了嘉绒的吉瑞香。

从此这支曲子就伴随着旺姆，一有空她就哼唱。她是唱给永远在路上的阿牛听的，这时阿牛或许正在某处雪山下的营盘里侧耳倾听，在遥远的沃日河谷有一个叫旺姆的嘉绒女子在为他哼唱一曲嘉绒的曲调。

丹蓉娃用被子捂住脑袋，歌声仍然灌进他的耳朵。

纳尼色莫，纳纳哟耶，

纳尼色莫，纳纳哟呀！

董马有牛血那么红的羊角花，

沃日河谷的苹果就要采摘了，

锅庄通宵达旦还在跳，

石板上烤熟的松茸实在香……

在朦胧中，丹蓉娃被马的嘶叫吵醒，这正是父亲给他准备的战马，叫得儿哟，这马来自塔公草原，是父亲用五头牦牛换来的。丹蓉娃既没有睡沉，也没有睡醒。旺姆姑姑哼唱的曲子对他来说不知是催眠曲还是起床号，他在这歌声的伴随下过了多年，习惯了，又说不上太习惯，这得看心情而定。他更喜欢阿妈蓉娘唱的那些曲子，那么婉转，那么悠扬，虽然很多地方他都不懂，因为那是唱的汉地的事情，他并没有去过汉地，这反而让他更加向往。

底楼关着牲口。丹蓉娃下到底层把得儿哟牵出来，走到沃日河边。天边还没有完全放亮，但通往河边的这条碎石路他闭着眼睛都能走。月亮还没有退隐，太阳也还没有从山那边爬起来，沃日河水波光粼粼，静静地流淌。得儿哟仿佛并没有睡意，四蹄甩动，走得很精神。对岸是次仁家的马厩，母马们似乎闻到了得儿哟的气息，开始骚动，把爱意传过河来。得儿哟正值青春，和他的主人丹蓉娃一样青春无敌，快活无比，热血贲张。丹蓉娃同得儿哟一样情窦初开，向河流、山川、原野广播爱意。

他在岸边遇上了母亲，母亲早早地起床吊嗓子，这是她几十年的习惯。在藏地生活了这么多年也没能改变她的乡音。但母亲老了，腰身粗壮，奶子松松垮垮地掉在胸前，河谷的阵风已将她的脸面吹得起皱，但她的嗓子一如既往的高亢，坚定地把汉地的故事传唱。

母亲已经成为这条河谷里的一个传奇，她是成都的名角，这片土地成为她人生中最为壮丽的舞台，她的人生大戏日日在这里上演，男主角是一个叫才旺措美的嘉绒汉子，这故事演绎得苍凉而又悲壮。

蓉娘老了，已到了谢幕的时候。西娃不是投河而去了吗？蓉娘觉得，人的离去就像唱戏唱到人生的高音，嗓子会撕裂，声带会被拉断，然后口中喷出鲜血，如同一朵从口中绽放的血色杜鹃。人的一生不正是为了这朵红花的怒放而生的么？

得儿哟被牵进了河道，欢快地洗了个澡，丹蓉娃用一根牦牛尾巴做的刷子给他洗刷。旺姆也早早地出了门，将路边的牛粪用铲子拾进筐子里，这可是用来烤馍馍和土豆的上好燃料，用牛粪火烤出来的馍馍有股淡淡的草香。旺姆将发了水的牛粪装进一个大木桶，用脚反复踩踏成糨糊状，然后把牛粪饼整齐地贴在墙上，这是擦耳寨家家户户冬季最好的燃料。

17

入 营

守备在军营前贴出了告示，百姓每户得出一兵，父亲过了年龄就由儿子顶额，没有儿子的家庭则花钱雇人顶替。丹蓉娃、卡嘉和小罗布都上了名单。名单中还有丹蓉娃的叔伯哥哥堆龙巴，他是才旺措美哥哥才旺甲花和老婆丹姆措的儿子。他在父母的教唆下从来不跟丹蓉娃来往，这很让卡嘉看不顺眼，一有机会就要调笑堆龙巴。

"堆脓包，你们傻子王国的人长没长屁眼儿，吃了东西都屙不出来，肚子里堆的都是脓包！"

堆龙巴根本不敢正眼看卡嘉，埋着头快步地走开。有时候被调笑得太过分，堆龙巴就跑回家向母亲丹姆措告状，丹姆措就拦下阿卡，指着他的鼻子数落一顿，却没有什么效果，阿卡根本管不住儿子卡嘉那张嘴。

这一季擦耳寨有十多人入营，年轻人被召到守备军营的操坝训话。饶坝土司的士兵在少土司杰瓦波的率领下来犯，他们用鸦片换粮食的计划没有得逞，现在派兵来抢粮了。他们的目的地正是河谷土司衙门旁的那座石头大房子，里面装满了粮食。守备这才把士兵召集起来，集合在操坝上训话，他并非要操练士兵准备迎敌，而是组织人力先将粮仓里的积粮搬运到汗牛的大山里，那里有另一座石头大房子可以存粮，在一个山坳里，饶坝土司的儿子杰瓦波无法到达那里把粮食抢走。

守备杨春旺皮笑肉不笑，他并不准备领兵打仗，而是藏进深山。杨春旺打的主意是把粮食运到汗牛去，再把路切断，将桥断了，饶坝人到了河谷什么也捞不到，饿也要把他们饿回去。饶坝不是有大烟吗？光抽烟不吃饭，看他们能不能活下去。土基人也在观望，只要饶坝人得手，他们就会跟着来分一杯羹。河谷人不会让他们得逞，躲进大山坐山观虎斗，倒要看看是饶坝人厉害还是土基人霸道。

河谷土司对守备杨春旺的举动未置可否，他对这个藏名叫作仁巴多切的守备向来都不信任，他在平定廓尔喀的战役时就是个脓包，别人都立了功返回，他连一顶顶戴花翎都没有捞到，但这家伙却一点也不害臊。

这时河谷土司洛桑郎卡正准备去董马的行宫避暑，那里有他的东风官寨，依山就势而建，层层叠叠，错落有致。官寨掩映在蓝天白云、绿树红花之中。阡陌之间村民们往来耕作，牧歌袅袅，无比恬静优雅，这就是一处世外桃源。这时河谷土司的心早已飞到"杂花生树，群莺乱飞"的深山之中，那里道路险峻，一夫当关，万夫莫开，土司只要带着他的卫队就可保万无一失。

董马藏寨坐落于高山环绕的山谷盆地之中，这里山峦连绵起伏，土地肥沃，森林无边，山顶积雪皑皑，山腰树木葱葱，山脚梯田连绵。河谷土司住在这里逍遥自在，他倒要看看杰瓦波这小子有多大能耐，能把他的擦耳寨老营荡平不成？他的儿子多吉马也不是吃素的，就要从成都返回，杰瓦波根本不是多吉马的对手。

洛桑郎卡感叹自己已经老了，没有雄心壮志了，要把希望寄托在儿子多吉马身上。他在年轻时骁勇善战，惧怕过谁？现在却要看守备杨春旺的脸色！

新入营的士兵们第一次集合操练是跳"卡斯达温"，这是勇士出征前所跳的祭祀舞，为穿着铠甲之意。士兵们边跳边唱，年轻人被分成几组，高声由老歌手担任，低声部中丹蓉娃和卡嘉最为突出。丹蓉娃很好地继承了他母亲的嗓音，音域厚重粗犷，善于运用颤音，卡嘉则能很好地配合他，歌声展示出一幅在高山荒野空旷谷壑中身披铠甲的斗士呐喊的图画。

跳完"卡斯达温"，士兵们便各自回家准备出征。

才旺措美一家都在为丹蓉娃的出征做准备，首先得把战马得儿哟喂得长膘。才旺措美天天在马槽前转悠，他给得儿哟喂的是自家种的蚕豆，这样上膘快。蓉娘在给儿子缝制战袍，用料都是上好的牛皮和羊皮。最忙乱的还是旺姆，她在为侄儿准备干粮，有奶制品，还有干牛肉等。出征打仗除了自备枪支弹药，马匹、口粮也都是自备。

丹蓉娃显得很兴奋，这是他第一次入营，他不时骑上得儿哟出去遛遛。得儿哟是一匹塔公草原马，长得高大有力，跑起来也很快。除此之外，得儿哟非常善于跑山路，不像别的马只适合跑草地，一上了山道，不是害怕，就是乱尥蹄子。

丹蓉娃骑在得儿哟背上很愉快，他用马鞭在得儿哟的屁股上轻轻拍了拍，并不舍得使劲。他双腿夹了夹马肚子，得儿哟就跑起来，很快上了山岗，下坡时丹蓉娃收紧了缰绳想减慢速度，但根本收不住，马已跑得浑身大汗，跟洗过澡一般。人和马就这么一口气冲到了沃日河边。

这时另一匹马也来到了河边，两匹马跑在一起扬起一片尘土，直到两匹马完全停下来烟尘才逐渐散去。

格桑玫朵下了马，也拉住了得儿哟的缰绳。

"你这个儿娃子，骑了一匹儿马就疯成这样，你这是要直接冲下河去?!"

"这马看起来温顺，其实很不听话，脾气犟着呢。我这是在驯它，多来这么几下它就老实了。现在它还很不习惯，把我们沃日河谷当成大草原来跑，收不住缰绳呢。"

"我去跟阿爸说说，你还是别去入营了，咱们也去董马的官寨玩吧。谁要去打那个破仗，让别人去跟饶坝人干仗，咱去偷闲。"

"杰瓦波的人就要打过来了，谁去抵挡？自然是我们这些小兵。"

格桑玫朵大笑起来，说："你这小子真是不知天高地厚，咱河谷土司的地盘上除了你，难道就没人去打仗了吗？守备的军营光是在达维就招募到五十个猛小子入营，离了你天塌不下来。何况土司老爷都逃往董马躲避战事去了，你一个平民百姓的儿娃子这么积极干什么？听说土司洛桑郎卡派人去成都接他儿子多吉马回来主持家务，被那小子一口回绝，他根本不听他老爹的招呼。人家土司家的人都这么不扎劲，你才是咸吃萝卜淡操心呢。"

"可是，可是……咱百姓家的小子入营去打仗是祖上定下的规矩……"

丹蓉娃已显得口讷，他说不过守备的千金，也找不到反驳的理由。格桑玫朵语调清脆动听，这是一个特别的女子，不似木尔寨的桑吉巴拉那么蠢，也不像阴阳脸小罗布的妹妹那么阴沉。格桑玫朵给丹蓉娃的感觉越奇特，越使他疯狂地想亲近她，哪怕她是守备的女儿，他也按捺不住。这是一个美丽的女子，从天外降临到河谷的仙女，一朵正在招蜂引蝶的鲜花。

一切都发生得那么突然，丹蓉娃也为自己的行为感到害怕，在没有任何征兆的情况下他冲上去亲吻她。格桑玫朵并没有推开他，而是放任他的鲁莽。在他收住嘴对自己孟浪的举动感到难为情时，她热烈地回应了他。她试探着把舌头伸进了他的嘴里，他立刻就像遭了雷击，两条舌头缠绕在一起。显然，守备家的女儿比百姓家的小子更加热情，两人的气息如同燃烧的火焰，瞬间烧遍全身。

真是少年轻狂。山野中的牧童吹响了笛子，正在演奏一支牧歌。这时正是牧童骑着金牛走下山岗的时辰，仙女正在采摘河岸上的沙棘，果实已经熟透，放在嘴里酸甜可口。那是火焰在口腔中燃烧的味道，有烧灼和刺激，却是幸福的感觉。

但火焰很快就被浇熄。

大惊小怪的人正是影子兄妹，这对擦耳寨的活宝。小罗布的妹妹罗布查多顶着她脸上两团高原红，不知从什么地方冲出来大声叫唤，生怕别人不知道一对金童玉女干的好事。叫声招来了阴阳脸小罗布，他早已兴奋得红鼻子上直冒油汗，连卡嘉也闻声赶来，不久整个擦耳寨都知道了，才旺措美的儿子入营前在月黑风高的沃日河边与守备家的千金干了好事，尽管当时没有入夜，艳阳高照。故事传得很离奇，何况有小罗布兄妹的渲染。

丹蓉娃的马得儿哟与格桑玫朵的马达瓦可不管这些，两匹马早已走下了河岸，呼哧呼哧地喝着清凌凌的河水。达瓦是一匹枣红色的母马，它用前蹄踢打着河水，得儿哟也用后蹄打水与之响应。达瓦是一匹漂亮的马，来自红原草地，它跑惯了广袤的草原，来到河谷地带还颇有些不习惯。而得儿哟来自塔公草原，性子也很野。

格桑玫朵可不在乎小罗布兄妹的大惊小怪。这时河谷阵风准时到来，格桑玫朵整理着她的头帕，这是一张火红的绣帕，右边用彩色的棉线和丝线绣有边纹，面上和四角用彩线绣有花卉鸟类的图案。她头上盘有假辫，长长地从头上垂下，套上头匝和珠环系在头上。精致而又美观的头饰把美丽的嘉绒少女格桑玫朵打扮得楚楚动人。

丹蓉娃对小罗布兄妹的咋呼却很在乎，这要是让他爹听见了"动静"可不得了。那两个傻乎乎的活宝并不歇火，像打了鸡血般起劲地呐喊。幸亏卡嘉帮忙，他的摔带打得精准，牛毛搓制的牛毛绳中间的那块牛皮里包裹的是鹅卵石，百米之外射过来，准确地落在傻兄妹的面前。这是警告，也是威慑，太阳下小罗布顶着阴阳脸带着妹妹跑开了。

沃日河谷里太阳正烈……

"我带你去木尔寨沟打獐子吧。"丹蓉娃去河里拉上了两匹马，忽然对格桑玫朵发话。

"是我带你，不用你带我。"

"小女子！哼哼。"这口气明显带有挑衅。

"小儿马！"格桑玫朵回应。

两人各自牵着马并排在河岸的碎石路上走着。丹蓉娃扶着格桑玫朵的腰帮她上马，说："我们去沃日山岗跑一圈吧。我浑身都在酸痛，要出一身大汗才好。"

"就要入营了，不怕把你的战马跑坏吗？它可是刚打了蹄子。"

"不怕，让它把腿跑折了才好。这样不正如了你的愿打不成仗了么。我总不能骑上牛去战场吧。"

说着话丹蓉娃已把他的马得儿哟别在格桑玫朵的马达瓦前面，两匹马差点撞在一起，把格桑玫朵别得就要掉进河里。

"你这匹儿马一点不老实。"

丹蓉娃呵呵地笑起来，更加大胆，把格桑玫朵挤到无路可走。格桑玫朵装作生气的样子说："我要用马鞭抽你啦，你这浑小子。把你的骨架子抽散才好，让你入不了营。抽成一个瘫子最好，成天躺在床上，哪儿也去不了。"

"抽呀抽呀……"丹蓉娃低着头，做出挨抽的样子，"我的皮子正痒呢！"

"别闹了！卡嘉在那里嘲笑咱们呢，你难道没有长眼睛？你那个哥们儿可不是什么省油的灯。"格桑玫朵故意用吃惊的眼神四处瞧着："罗布顿珠的老婆来河边取水了，那可是个长舌妇，让她看见了咱俩挤在一起，在喝酥油茶时全寨老少都会拿我们下茶喝啦。还有你的那个婶娘丹姆措，唯恐天下不乱，只要是你家的新闻她就恨不得把天闹垮。"

"你还怕那婆娘，让你爹把她男人第一个派上战场去送死，让杰瓦波的手下一箭正中罗布顿珠的脑门，再一剑刺穿丹姆措男人的喉咙，这才有好戏看呢!"丹蓉娃一边说着挑逗的话，一边捯动着自己的马将格桑玫朵的马往河岸边挤。那可是一段陡坡，下面就是奔流的河水。

"放我走吧! 我要被你挤下河去了。我可不想同那些鱼儿一起在河里游。"

"让我亲亲，亲够了就放你走。"

两人就蹬在马上亲吻起来，也不知过了多久才兴犹未尽地回家。这期间，罗布顿珠的老婆一直在那里张望，啧啧连声，不敢相信才旺措美家的儿娃子这么大胆，敢和守备的千金亲嘴。她兴奋地准备把这消息在寨子里散播出去，这不炸锅才怪。何况这一切尼西阿加也看见了，这个爱钻戏台子的寡妇就爱飞短流长，整座擦耳寨有一个罗布顿珠的老婆已不太平，再加上一个尼西阿加不山崩也会地裂。这还不包括爱嚼舌根的丹姆措，这几个女人凑在一起就是一出人间大戏。

家人都在等着给丹蓉娃送行，旺姆给得儿哟换好了作战用的马鞍，才旺措美把佩刀又精心地擦拭了一遍给儿子挂好，蓉娘也在忙碌，把切好的猪膘肉装进一个羊皮口袋里准备给儿子入营后吃。家里的另一匹老马已老得瞎了一只眼睛，这时也觉察出小主人就要离家而在马厩里沙哑地叫唤了几声，引得丹蓉娃上去抚摸着马脸，往食槽里添了一把青草。老马早已食欲不振，这下也勉强地嚼着草料，吃给小主人看，嚼得满嘴的白沫。

老马才是才旺措美家的老油条，它来这个家已有很多年，地里的活路大多是它干的，对得儿哟这种后来者它打不上眼，只不过它瞎着眼睛才不看它，否则非把它盯死。老马爱欺生，但老得一塌糊涂，欺也欺不动了。它曾跟才旺措美去过西藏参加平定廓尔喀的战役，路途那么遥远而又艰辛都挺过来了，它是功臣，又是丹蓉娃的"长辈"，自然要不时发一点小脾气。

丹蓉娃是在老马的陪伴下长大的，对老马有很深的感情。他对父亲说不要再让老马干活，河坝里那块田里的蚕豆长得很好，收了以后就不要卖掉，可以喂给老马。今年塔公草原的草长得很好，雨水足，可以买那里的草料来喂马。也不知道老马还能不能活到他打完仗回来。

才旺措美嘴里念念有词，送儿子上路，蓉娘已经哭起来，她的哭声也像唱腔一般婉转，引得全家都陷入伤感。丹蓉娃牵着得儿哟朝大门口走去，佩刀在他腰上晃动，镶嵌在外鞘上的宝石和刀柄上的黄金在阳光的照射下熠熠生辉。蓉娘站在院子里用衣袖擦着泪眼，鼻子已红红的，被她揩了又揩，似乎就要破皮，沁出血来。

"娃，烧馍馍，忘装进口袋了吧。"旺姆从厨房里追出来。

"太多了，吃不了。"

丹蓉娃已走出门去。他不敢回头，怕被家人看到早已掉落的眼泪，偷偷地揩了一把，在衣角上抹干。他还是个半大的小子，嘴上的绒毛还没有变黑变粗，这么小就要去跟饶坝人打仗，但愿饶坝人的冷箭不要伤了他，旺姆想。

旺姆哭成了泪人儿，嘴里唱道：

> 送郎送到屋外头
> 手拿馍馍打倒油

打倒油来莫来头

泪水湿娘花枕头

送郎送到河那边

身上已把战袍穿

左手取件葱白褂

右手又拿蓝布衫

娃娃拿去打敞穿

送郎送到山岗上

爹送儿郎五吊钱

钱虽不多散碎银

拿给儿郎当盘缠

送郎送到大路边

五黄六月不见面

手拿豆腐要油煎

爹娘吃了把心宽

忽听马蹄嘚嘚响

十冬腊月又团圆

蓉娘用手捂住嘴，注视着远去的儿子的背影，他的那件袍子正是蓉娘用小羊皮一针一线缝制的。她早已悲从中来，唱道：

青冈林林红刺尖

想儿一天又一天

白天想到打瞌睡

夜晚想得床上翻

丹蓉娃很快就在河边的碉楼下与阿卡的儿子卡嘉会合了，阿卡瘸着腿也来给儿子送行，他嘴里一直不停地叨叨，说当年他年轻时也是这么同才旺措美在碉楼下会合然后入营，接着就打了金川战役，一起入营的年轻人大多战死，只有他和才旺措美活了下来，现在孩子们长大了也入了营。"唉!"他长叹一声，竟老泪纵横，一把鼻涕一把泪，都以为他是一个麻木的人，不曾想到，只是未到动情处。这时他同才旺措美隔得并不远，彼此都能看见，他们的儿子又是那么亲密，但两个老人形同陌路，并不像他们的儿子是一对生死兄弟。

> 娃儿入营莫回头
> 爹有句话给儿留
> 摸营莫进深山沟
> 过河莫踩滑石头

打黄羊

寨子里的年轻儿娃们几乎都入了营，寨子就成了小罗布兄妹的天下。

小罗布也想入营，但他那张阴阳脸害了他，把他从名单中剔除，别人整死都不要他，视他为异类。他歪着一张嘴，把命令传错了咋办。这让小罗布非常闹心，其实他也有优势，不用化妆就可以潜入敌后去侦察，特别是在夜里可以随时变脸。对于他的这个特长无人认可，而是粗暴地把他划成另类。

最为可恨的是管家仁青还出来使坏，让他家出钱请人入营，老罗布本就拮据，还牵了两头大黄牛去顶债。老罗布自己实在是太老了，否则他宁愿自己再去入营，留下两头牛给小罗布娶亲。更为可气的是，替他家入营的居然是尼西阿加的弟弟尼西平措，一个八字脚，盘着一双大脚板连路都走不快，也不适合骑马，骑马顶好是外八字，他却是个内八字，还是一个斗鸡眼，不适合放枪。老罗布家又没地方申冤，谁敢反驳管家仁青，这可是个大魔头，成天无事生非，敢跟他翻脸看不整死你。老罗布这么要强的人也只能忍气吞声，眼看着尼西平措夺走了老罗布家的两头牛，得意地盘着腿鼓着斗鸡眼入了营。

老罗布家的人可不是省油的灯，小罗布垮着阴阳脸四处散布谣言，说草原上发了水灾，连下了七天七夜的雷雨，逼得黄羊迁到了沃日河谷，这下可是打黄羊天赐的良机。小罗布作古正经地发布消息，仿佛他亲眼看见过黄羊群，他的妹妹则在一旁帮腔，说是呀是呀，那些黄羊只只肥美，还会飞呢，在天上跟乌鸦撞在一起，撞死的乌鸦掉得满地都是。

也不管人们信还是不信，小罗布兄妹已经在准备打黄羊了。这也不能确定是他兄妹在搞破坏，赔了两头牛自然要想方设法补回来，打黄羊不失为一个很好的补救办法。

这一年河谷里特别干旱，雨水都落到草原去了。终于有一片云飘到河谷的上空，还带来了阵风，闪电过后是雷吼，也只是光打雷不下雨。河边的土地里干得裂着大口子，庄稼都旱死了，风一吹就把尘土扬起来。老阿妈眯着眼睛哼哼着：

> 太阳出来像盆火
>
> 晒得庄稼无处躲
>
> 乌云飘来头上戴
>
> 等它太阳来晒土
>
> 麦子干成铁麸子
>
> 玉米成了火烧果

干热得烤焦的土地终于落下了一阵雨点，立即将飞扬的尘土压灭了。小罗布的妹妹罗布查多从暗处冲出来兴奋地在雨中来回奔跑，也不管她家的羊圈没有关，羊跑出来在寨子中四散开来。

这些羊也是干渴久了，要在雨地里狂欢。

小罗布顶着一张阴阳脸也在雨地里跑得欢，正因为他长着这张脸才没有被弄去入营，而在寨子里寻衅滋事。他那张脸非常吓人，胆小的人都不敢正眼看，怕他入了营涣散军心，他因祸得福，在别人就要上战场之时还在寨子里兴风作浪。特别是那个戏台子，他有事没事都要去钻一钻，许多时候尼西阿加根本就没去，小罗布也要去闲逛。

现在尼西阿加的心思都在那两头牛身上，她幻想着有公牛来骑那两头母牛，然后大牛生小牛，几年下来她家就可以开牛肉作坊了。可惜的是小罗布经常在戏台子下骑她也没见她怀孕，自从她男人被洪水冲走后她就是单身，如果能像老罗布家送来的两头母牛一样怀上牛犊就好了。

旺姆从家里出来看雨，别人都在下雨前溜回了家，她却蹚到屋外，羡慕地看着小罗布兄妹疯闹。她在家里关久了，想到雨地里把身上淋湿，省得到河里去洗头。河岸边长着一蓬蓬的沙棘，黄色的果实已经成熟，揪一把下来放在嘴里酸爽无比。这时她就想她的阿牛，他现在在哪里？是多雨的林芝还是干旱的阿里？这一生还能见到她的流浪歌手吗？想到这里已泪眼滂沱，和着雨水从脸上滑落下去，滑落下去……

蓉娘站在屋子里看着屋外，雨点声越来越大，这是一场透雨，雨阵从草原来到河谷，这雨过后沃日河就要涨水，通往各家各户的水道也会流淌着清凉的水。水都汇入一处水凼，水凼正好处在土司衙门前的广场边，这时正好一个炸雷在水凼边的大柳树梢炸开，把柳树劈成两截，接着一道道闪电跨过沃日河朝对岸滚去，这是多年都没有打过的大雷，也是多年未曾下过的大雨。本来清亮的河水已经变浑，这都是山上下来的水，涨满河岸漫灌进两岸的果园和田地可以给土地增加肥力。

小罗布兄妹已经在招呼打猎的人，越是不让他入营，他越是爱把事情张罗得很大，也算是对那些看不起他的人的报复。小罗布认为自己绝不是一个废物，而是擦耳寨的宝物，只怪那些不识货的人没有慧眼，才把他这个宝物当成垃圾乱甩。

吵吵闹闹之中有人准备了摔带，也有人手持猎枪，赤手空拳的也不少，到了野外形成包围圈扯嗓子吼叫，把黄羊赶进河里便大功告成。这是一个很大的黄羊群，由上千只黄羊组成，它们从甘南草甸，沿着若尔盖草原一路南下，进入了沃日河谷，尾随它们的是狼群和豹子，按照雨带的南下驱赶着它们，现在它们就要成为村民们的美味。

男女老少集结起来，旺姆叫上了蓉娘，自然少不了才旺措美，老罗布和瘸腿的阿卡都来凑热闹，连管家仁青也被惊动出来压阵。才旺甲花和他老婆丹姆措自然不会落下，两口子煞有介事，显得多么精通似的。

才旺措美知道他这个哥哥就是个草包，当年金川战役之时连枪都打不准，不是打在石头上就是打断一棵树，打猎也很糙，只要不误伤了百姓就算是幸甚。但这个草包叫唤得比谁都凶，叫唤的麻雀没有二两肉，这很让才旺措美不屑一顾。

水渠里灌满了水。罗布顿珠的老婆湿漉漉地跑过来，她一出现就会有惊人的消息。

"寨子后面的崖壁垮了，上山的路已被阻断。"

"鱼儿游进院子了。"

"都跟我们去吧，连老奶奶也别落下，多一个人就多一份吼声。"

"还有哪几个懒娘们儿不出来，窝在屋里想吃安胎，打了羊不分肉给她……"

女人们倾巢而出，大家喜气洋洋，都手持家伙，似乎忘了饶坝土司的儿子杰瓦波正率领人马前来攻打擦耳寨。人们打闹着朝沃日河走去，他们知道黄羊群这时正顺着河流的方向在移动。

黄羊在河谷里待不久，雨季一过它们就会回到草地去，那里才是它们的繁殖地。在这个时候也没人管杰瓦波是否打过来，黄羊不打就会从眼皮子底下跑个精光。黄羊群来到沃日河谷，历史上并没有几次，据祖辈人说要上百年才可能遇上一回，寨民们自然不会放过这个机会。连土司老爷和土司太太也站在大碉楼的平台上观望，并一再说多吉马回来就好了，这可是百年难遇的好景观，这娃娃不能亲眼所见真是可惜。

才旺措美走在人群里面，他提着他的腾枪，很久没有用这枪开过火了，这回为了打黄羊枪又派上了用场使他特别兴奋。一高兴他就掉进了水沟，幸好他的桩子还稳没有摔倒，湿漉漉地爬上岸，嘴里骂着这鬼天气。

"稳当点，老东西，你当是还在当年。"蓉娘过来扶他，但她自己都站不稳。

阿卡和老罗布拿来了一张网，这是专门用来捕黄羊的，他俩一人站在河的左岸，一人站在河的右岸，断了羊群的去路，众人一吼叫，慌张的黄羊就往网里钻，羊角一钻进网眼就再也拔不出来。果然，就有一个年轻人渡过河去，将网拉开了，其余的人上山的上山，下河的下河，看着很杂乱，其实都是在搜索羊群。寨民们很懂得排兵布阵，管家仁青在这上面很有一套，把小管家甲巴指挥得团团转，再由甲巴把指令传到寨民耳朵里，井井有条，把黄羊经过的线路算得死死的。

下雨天羊群必然会下到谷底的河岸，就有慌张的头羊已经露头，后面跟着大部队。小罗布兄妹先叫起来，人们闻讯纷纷围过来，叫喊声响彻山谷，惊慌失措的羊群仿佛接到命令似的朝预先设好的大网涌去。

才旺措美的腾枪响了，黑暗中无法瞄准，只往黑影处打。摔带裹着卵石，也朝黑影砸来，有人在敲锣，有人在打鼓，这是在制造混乱。

沃日河岸一阵阵喧嚣，吼声震耳欲聋。有快枪的射击声响起，这是管家仁青带来的家丁在打枪。这比打仗的场面还要热闹，有人站在碉楼上往下扔炮仗，河对岸的年轻人叫唤着要人过河去帮忙，大网太沉，不断有羊撞进网去，他已拉不住网了。

妇女们点燃了火把，发现有母羊带着小羊躲进了河边的岩穴里，它们头朝里屁股朝外，以为这样就能安全，这可乐坏了妇女们，她们吵吵嚷嚷地嬉笑着，拉着黄羊的后腿试图把它们拖出来，却被羊用力地踢打，摔得仰面八叉。罗布顿珠的老婆被踢得滚进了河里，幸亏河水不深，半截身子露出水面，只是河水太冷，冻得她心口一阵阵吃紧，黑暗中人们也看不清她狼狈的表情，她爬上岸使劲拧着湿衣衫。

同样落水的还有尼西阿加，她穿着厚厚的袍子，打湿后特别沉重，她几乎要被袍子压垮了，像背着千斤的重担。丹姆措在一旁当甩手掌柜，说着风凉话，遭到尼西阿加好一通数落，说："你也到水里来试试，不打摆子才怪，还有心在一边看笑话。"

沃日河水十分湍急，又下了雨，冲劲很大，把落进河里的黄羊朝河中间吸，羊一旦被冲到河流中心便失去了反抗能力，只能随波逐流，直接撞进网去。

这似乎是小罗布兄妹的胜利，他俩的喊叫声尤其响亮，已经沙哑，每当一只羊冲进大网，黑暗中就能听见这兄妹的欢呼。可能还有老罗布的帮腔，只不过这老头子的中气不足，只能发出低沉的附和之声，完全被河水的喧哗淹没。

雨越下越大了，河水已浑浊，人们已毫不在乎，他们获得了一次意外的丰收，从遥远的草地里席卷而下的黄羊群将变成他们口中的肉食。生气的是那些狼群，它们费了那么大的劲尾随着黄羊群跋涉了上千里路，却被河谷里的百姓轻易收获而去，它们只能在暗中发出幽幽的目光，怒不可遏。

危险顷刻而至，上游冲下来一棵枯树，巨大的树枝如果冲向大网将使这次狩猎前功尽弃。大树在水流的冲击下破坏巨大，轻易就可以把大网冲破。这么大一棵金丝楠木被冲进了河里很是罕见。有一年发洪水时上游也冲下来一棵大树，把河都闸断了，当大树形成的堤被冲垮时水漫进了村庄，把房子都冲毁了。

浪头一个接一个扑来，树干在水面上一起一伏，黑暗中人们看不真切，但也能看见那沉浮的巨大黑影。河水轰隆隆地咆哮着，在两岸拉网的年轻人还不明就里。

妇女们已发出尖厉的叫声报警。

在河里游动的黄羊撞上了大树，沉重的撞击声完全被河水的咆哮声压了下去，沉浸在欢快中的人们已被这突如其来的情形吓坏了。叫喊声此起彼伏，叫得特别响的小罗布兄妹已带着哭腔。天空中挂出了一道闪电，接着是一个炸雷，大树被卡在了河中两块巨石中间，险情瞬间就被解除了。借助那道闪电，众人看得真切，两岸都传来欢呼之声。喜悦总是与危险相伴，两者只在一瞬之间。

人们都来到大网前齐心协力地收网，他们收获了十几只大大小小的黄羊，黄羊的大部队在头羊的率领下拼死从河岸的陡坡攀爬而上，朝高山上奔命而去。黑暗中人们也无力追赶，他们早已冷得上牙磕打着下牙，只想带着战利品回家。羊肉会公平地分配给每户人家，天一亮就要在广场上点火烤羊。

19

入营路上

入营的年轻人都要到懋功兵营集合，兵营设在粮台。十几个擦耳寨的少年入营，最大的丹蓉娃十八岁，最小的张家的十七岁。张家的是典型的嘉绒哇，却有一个汉姓，这在大小金川很普遍。十几个年轻人中混了两个大叔，四十岁的老光棍仲马贝罗和五十岁的鳏夫木旦。这两个人都是独户，家里没有人顶额，只能胡子拉碴了还来入营。他们都骑着自备的马匹，数仲马贝罗特殊，家里有两匹马，他入营后马匹无人照料，索性把两匹马都带来了。

这一公一母两匹马互相看不上，虽然生活在一个屋檐下却不在一个槽里吃草，母马怀着身孕，并不是公马的种，也不知是何时何地做下的胎，这使主人仲马贝罗很高兴，公马却不高兴，所以不时会摔母马一蹄子。趁着母马不注意就上去拱它的屁股，被母马用后蹄反击，挨了踢的公马就更不高兴，伺机报复。

仲马贝罗家的两匹马在家里不断上演这种把戏，现在又把这戏码带到了入营路上。两个畜生并不知道是去打仗，以为主人又要带它们去看花节，所以疯得不成体统。

四十岁的大叔和五十岁的小老头在这群人里并没有领导权，大伙儿自然而然地都听丹蓉娃的，丹蓉娃通过跟班卡嘉向其他人传话，这似乎更巩固了他的权威。两个年长者并没有嘉绒人粗犷的身躯，反倒显得瘦弱，真正孔武有力的是年轻人，一个个身手矫健，说说笑笑，无忧无虑，快活无比。他们并不认为打仗会有多么残酷，同仲马贝罗家两匹糊涂马一样以为是去赶一趟转山会。

"这时有一碗甜茶喝就好了。"卡嘉的嗓子在冒烟，一路上就数他话多。

"这一路连个人户都没有，哪儿来的甜茶?"

丹蓉娃骑在马上，脚已离开了马镫，坐在鞍上，显得懒散。其实路边的涧水很多，掬一捧倒进口中甘甜无比。金川之地处处都是森林，树多好水就多，从山上泻下汇入一个个碧潭。

鳏夫木旦年龄最大，似乎对女人也最感兴趣，猥琐地抽着烟。他是越老越不正经，在年轻人面前摆出一副老江湖的嘴脸，老婆早就作古，却摆出夜夜笙歌的架势。他说甜茶有什么好喝的，还不如抱着女人的大奶子喝个饱，这前面不远的山坡上就是寡妇丹巴拉加的家。他一边说着一边露出十分受用的表情。这话挑逗得年轻人一个个眼露绿光，卡嘉第一个坏笑起来，口舌生津，巴望着甜茶的香味。

"大叔同寡妇有一腿吧?"

木旦并不回答，只顾沉浸在他的妄想里，倒是张家的最激动，一个劲儿打听寡妇家的位置。张家的正血气方刚，情窦初开，一说到女人眼里就发出绿光。这引起了仲马贝罗的鄙视，教训说你一个嘴上无毛的青沟子娃娃少不正经，谨防那寡妇打断你娃的腿。

丹巴拉加的劲比罗布顿珠老婆还大，她俩在转山会上摔过跤，罗布顿珠老婆被摔得狗啃泥，包括尼西阿加也不是她的对手。只有汉子能够打败她，但汉子们不屑跟大妈比试，所以丹巴拉加号称擦耳寨第一高手。

"还是唱首小曲吧。"丹蓉娃提议。

"我唱《柏木板凳柳木脚》。"卡嘉应和。

> 柏木板凳柳木脚
>
> 情哥闲妹坐到说
>
> 一来人才配不过
>
> 二来班辈也不合
>
> 眼睛好像过天星
>
> 辫子过腰是神鞭
>
> 长腿纤手杨柳腰
>
> 岩上松树正抽条
>
> 风不吹来自己摇
>
> 隔壁儿娃打烂条
>
> 叫声闲妹你忒高
>
> 上坎下沟由你挑

歌声悠扬，调起了大伙儿的情绪，连大叔也掺和进来。嘉绒哇人人都是民歌高手，一个个引吭高唱，每人都有一肚子歌词，调子有长调和短调，长调可唱一天一夜，短调三两句。歌词大多是现编现唱，看见什么唱什么。

郎吹哨子已进沟

小妹还在灶背后

哨子一声打进屋

筷子一拌碗一丢

爹妈问我发啥气

地上洒水滑溜溜

手持火钳熄灶火

免得挨爹柴火头

木旦也张着长满花白胡子的大嘴跟着吼叫，老头子唱起小调来比年轻人还卖劲。

郎在山上打石头

妹娃河坝放黄牛

石头打在牛背上

看郎抬头不抬头

郎在坡上盖石屋

妹在屋后摘石榴

郎说热得嗓冒烟

妹扔石榴让你酸

大伙儿来到了山坡下，坡上就是寡妇丹巴拉加的家，木旦蹬着马镫站起身朝坡上吹了一阵口哨，就见丹巴拉加提着铜茶壶从坡上下来。寡妇长得很丰满，全身上下的肉不断颤动，肉滚滚的，一张脸笑得堆成一团。难怪她的劲大，块头就很大。她招呼着入营的儿郎们喝茶。大伙都下了马，心照不宣地望着木旦，他却十分大方，仿佛丹巴拉加就是他屋头的人，他接过她递上来的酥油茶。

丹蓉娃第一个夸起来："这茶好香，还放了核桃和瓜子仁。"

"是呵是呵。"每次都是卡嘉头一个附和。

丹巴拉加说昨晚上狼来过了，围着屋子转了好久，还拖了两头猪走，都是半年的小猪。丹巴拉加讲得平静，木旦却很激动，说要不是去入营，就帮寡妇家守夜，不丢翻几头土狼誓不罢休。仲马贝罗也感慨，这人户家没有男人还真不行，连土狼也要来骚扰。

丹巴拉加

　　喝过茶大伙就又上路了，奇怪的是张家的不肯走，捂着肚子说痛得受不了，要去林子里拉屎。这引起木旦的疑惑，这小子一路上都是好好的，茶水就数他喝得多，一碗接着一碗，一副想把人家寡妇吃穷的架势，怎么突然就生出毛病了？但是张家的满头是汗，不像是装病，只得由他走进树林。

　　木旦无论如何不能打消疑惑，一方面是出于他多年的经验，另一方面是因为他天生的警惕性。张家的虽然小小年纪，却是个有主意的主，他看寡妇的眼神就令人生疑。丹巴拉加是一坨肥肉，谁都想咬上一口，木旦本人就咬过好多口，知道其中的滋味儿，自然怀疑别人也要下口。

　　"林子里可有野物。"

　　木旦吓唬这个毛头小子，嘴上的胡须还没有长硬，不像木旦已开始谢顶。正因为如此，小子们才色胆包天，不知道害怕要铤而走险。张家的已迫不及待地在解袍子。这家伙猴急猴急的，难道丹巴拉加在茶水里加了泻药，是木通还是番泻叶？擦耳寨的山民个个都是药客，长年在山上采药，大多粗通一些药性，有些头痛脑热的就自己煎些草药服下。

一行人走走停停，他们是在等张家的追上来，张家的人小鬼大，野矢得很久，半晌不见踪影。

不觉就到了一处路边的温泉，大家把马牵到泉水旁，塘边是一些沙棘丛，一串串的黄色果实无人采摘，卡嘉撸了一串果实放进嘴里，酸得他吐出了舌头。沃日河和抚边河的源头沙棘林随处可见，这是嘉绒人家日常的饮料，用沙棘拌上蜂蜜制成的饮料是平常人家用来待客的上佳饮品。

大家把马腿绊起来让马自己吃草，纷纷拿出干粮，点起篝火。反正天色还早，他们要大吃一顿。人人的行囊都装得鼓鼓囊囊，有许多吃食，但不敢喝酒，喝了酒入营要挨小头目的鞭子。这个小头目正是尼西平措，一个八字脚加斗鸡眼居然还有运气，他先入营就被千总丹绒多吉看中了，任命他为前卫，算是一个小头目。他真是踩了狗屎运，长着那么一张讨人嫌的嘴脸也能被千总看上，这实在令人费解。

这个老罗布家出了两头牛请来顶额的家伙一当上小头目便不知天高地厚，成天挥舞着鞭子，一双斗鸡眼看谁不顺眼就要抽人一顿。擦耳寨的伙计们还在路上就已经耳闻尼西平措的德行，很有些看不起他，也懒得叫他的大名尼西平措，只简略叫他平措。但这时大伙的心思只在张家的身上。

"狗东西，是不是被狗熊掏了蛋？"仲马贝罗骂骂咧咧。

"该不会做了寡妇家的上门女婿了。"卡嘉开着玩笑。

说者无心听者有意，他纯粹是开玩笑，木旦却表现得很警觉。

这话触动了他的神经，他甚至有些后悔让寡妇招待这伙子人喝茶。本来是为了炫耀一番，显示自己的能耐，反而引狼入室，让张家的这小子有机会鸠占鹊巢。木旦把肠子都悔青了。对于卡嘉的调侃他很反感。

"你说什么?"木旦没有心情开玩笑，他十分警觉，只要提到寡妇他都会关心。

"寡妇比他妈还老，可他还是个青沟子娃娃。"仲马贝罗不以为然。

木旦正掏出一条牛肉干巴在嚼，忽然跳起来牵过他的马一溜烟朝来路奔去。大伙互相觑着，不知发生了什么事。这营还没有入就发生了奇怪的举动，有人入了林子，又有人离队而去。这老家伙预感到了什么?

木旦呼哧呼哧地出着大气，寡妇丹巴拉加的秉性他太了解了，所以他急成了一团火。他径直来到林子里，张家的连影子也看不到，他的马还拴在那里早已不耐烦，喷着响鼻，也无心吃草，见有人来了就长长地嘶叫了几声。木旦情知不好，疯了似的大声呼唤寡妇的名字。

"丹巴拉加——丹巴拉加! 老娘们儿吱一声……"

丹巴拉加衣冠不整地从树林里走出来，也不看急成一团火的木旦，牛头不对马嘴地说着昏话。她说昨晚上狼来了，是一只母狼领的头，围着屋子转悠了好久，还拖了两头猪走……

木旦放过了寡妇，他一双眼睛只顾搜寻那个半截子么爸。

张家的诧兮兮地从林子里钻出来，一边走还一边扎着他的长袍外衣"罗夏"。他根本不敢看木旦，低着头去牵他的马。同寡妇的喋喋不休不同，他一言不发，让人一眼就看出干了什么亏心事。这小子还是太嫩，不会掩饰，而木旦却是一个老鬼，什么事他没有见识过，能够瞒得过他？

"你这是要招赘到寡妇家当赘婿了？你家肯定不止你一个儿子，而是兄弟多人啰？我可以帮你写一张契纸，还可以帮你办一个招赘的仪式！"木旦有些气急败坏。

张家的根本不敢回嘴，低着头牵着马走下山坡。木旦已经平静，气也出匀了，但眯着眼睛，只留一道眼缝看着这个嘴上还长着绒毛的半大小子。他紧紧地跟在张家的后面，哼哼着，也不知他哼的是什么曲子。木旦越是这么怪声怪气的，张家的心里就越是害怕。

其实并不是他主动的，他离开众人走进林子就有某种企图和幻想，寡妇的那对大奶子颤动着，使他完全失控，他喝着茶偷偷瞄了一眼那个大嫂，她也正好在看他，四目相对，干柴便被火石打燃。张家的肚子痛起来，他并没有说谎，是真的剧痛，肠子绞成一团，肝脏仿佛被秃鹫啄了一口，汗水顺着额头淌下来，他强撑着走进林子去……他并不知道这是什么症状，他还是个尕娃，没有经历过这种情形，只感到胸口有一股欲火在燃烧，烧得他关节咔咔作响，肌肉紧绷，只想把寡妇的奶子抱在怀里，手顺着下滑……

丹巴拉加望着远去的一老一少两个男人，吞了一下口水，把紧身的羔羊皮褂子整理好，这件褂子是她过世的男人从打箭炉给她带回来的。看着两个男人走得还算平静，这才上坡返回她家的石头碉房。

挂在胸口的那对大奶仍在发涨，涨得她胸口冒火。她的心是虚的，两个男人打一架她还放心些，哪怕打得头破血流这个结就解开了，但老家伙没有出手，还哼着小曲，问题就很严重。她一个人住在这山坡上过得并不平静，为她打架的男人不少，一个寡妇要过平静的日子住进岩洞里去也过不了。她咂着嘴忍不住泪流满面，先是呜呜咽咽，后来竟号啕大哭。

刚拐过一个路口，木旦便毫无征兆地发作。他一马鞭从背后给张家的兜头抽下，力道之大，张家的长袍外衣从背后爆开一道口子，露出白花花的羊毛。

张家的一转过头来又遭到几击，特别是脸颊遭到的那一鞭子使皮肉立即开出了花朵，鲜血淋淋，和着鼻涕口水，使清秀的小子变成了大花脸。张家的爬上他的马朝前路奔去，他身后打人的那个小老头也不追赶，只顾嘴里咧咧着不知在说些什么。

张家的没命地逃窜，一直奔到泉水边，从马上滚下来爬在丹蓉娃面前哭喊：

"娃哥……救我！"

老 马

　　寨子里的年轻人大多入营了，给土司家挖药的活自然派给了留守的人。

　　管家仁青一大早就在土司楼前的广场上给百姓、科巴们分派活路。这个季节山上的药材已到了收获的时间，羌活、大黄、秦艽早已成熟，珍贵的药材还有贝母、虫草等，所有的土地都属于土司所有，自然所有的出产也属于土司老爷。药材是土司家一年中不小的一笔收入，有灌县来的药贩子收购。

　　嘉绒地区的贸易分上下路生意，上路生意是用嘉绒地区的粮食换草地的牛羊牲畜和皮毛、酥油奶渣等畜产品，下路生意就是用嘉绒的山货、药材换取内地的百货、油盐茶米和布帛。

　　可笑的是小管家甲巴，他天真地以为自己可以置身事外，不用上山去采药。在侍候完仁青喝茶后就只等那些挖药的人回来交货，他可以吆三喝四地挑刺，还可以发一发淫威。不料仁青突然发作，扇了他两个大嘴巴，说你一个懒货杵在那里偷奸耍滑，还不上山去干活，不采回大筐的大黄回来就等着吃鞭子。

甲巴捂着脸上山去了，一路走还在一路诅咒这个可恨的大管家，龟儿子一点情面都不留，真是不得好死。

半道上遇见了才旺甲花，甲巴这下找到了嫁祸的对象，命令说今天你得给我采满大筐的大黄，装不满筐子就等着吃鞭子。才旺甲花疑惑地望着这个红肿着脸还气急败坏的小管家，心里说我这是撞了鬼还是中了邪?!

才旺措美被派去采草药，他采到的草药要能换回一口袋火药，正值多事之秋，土司对火药的需求量很大，所以给他的百姓、科巴下的任务越来越重。

"要换一口袋火药，这得采多少大黄和羌活。"才旺措美回到家对家人说。

"什么时候上山？这不是要打仗了吗，杰瓦波率领的饶坝土司兵随时可能打过来，土基那边也在看着我们，看是牛抵死马，还是马踩死牛，他们好来收尸。这都什么时候了，管家还要给咱家派这么重的活?"

蓉娘不满。她同土司太太的关系非同一般，仁青心知肚明，所以在派活时总是留有一手，但这次似乎不讲情面。

"唉，越是打仗越要军火，所以每家每户派的都是重活。"

"带旺姆去吗?"蓉娘努努嘴。

旺姆近来身子不适，蓉娘有点担心。在这个家里数蓉娘和旺姆的关系好，蓉娘除了唱戏就干些无关紧要的事，重活累活都有旺姆操持，旺姆任劳任怨，从不计较。但现今情形变了，自从阿牛走后旺姆总是有一阵没一阵地发愣，肯定又是在想她的阿牛，在这一点上蓉娘很懂她的心，同是天下沦落人，蓉娘也时常想起她的家乡。

才旺措美不耐烦地说:"全家出动还弄不过来,多一个人就多一份力气。家里剩下的那匹瞎眼睛老马也得带上山去驮货,挖了草药没有马驮靠人力怎么弄得下山。"才旺措美叹了一阵气,如果让儿子丹蓉娃知道这么使唤老马他可不依,这老马的命跟他爹娘的命一样重要。家里人吃的都是粗粮,老马喂的却是最好的蚕豆,这是儿子临走时吩咐的。

这时旺姆把弄好的饭菜摆上桌,是一碗青辣椒炒牛肉丝和一锅菜汤,辣得才旺措美一头大汗。他喝着菜汤把管家仁青数落了一通,仗着是大管家就一肚子坏水,当着太太的面对蓉娘很照顾,背地里却使坏,是个笑面虎,咒他生了娃娃也没屁眼,只会进不会出,撑死他。才旺措美发着毒誓诅咒仁青。擦耳寨无人待见这个狗屁大管家,哪天土司洛桑郎卡作古了,估计寨子里的人会把他五马分尸。才旺措美说到这事就咬牙切齿。

旺姆说谁去草甸里捡贝母,她一个人可捡不过来。还有虫草,这得爬很高的山,她眼力也不好了根本寻不到。蓉娘说:"我也不能跟你去,我一爬山就气喘,在河坝里走都要心慌,人老了路都走不动了。到桦松林里去捡黑松露还得把猪赶去,只有猪能闻见松露在地下的气味并把它拱出来,靠我老婆子的眼力可把这东西找不出来。"所有的草药中只有这东西最值钱,只要几块就能换一大袋火药,甚至可以换快枪。这要靠那些草药一马车还换不回一枚西瓜弹,要完成管家派下的活就得走捷径,要取巧,找值钱的东西采。

这时老罗布牵着他那匹大肚子马来到才旺措美家,他的马肚子很大，却并不是怀孕。这本是一匹公马，已老得一塌糊涂，肚子里全是积液，是腹水，老罗布根本骑不上去，只好牵着它走。他又喝多了青稞酒，醉醺醺的，咋呼着走进院子，蓉娘一见就嚷起来。

"老东西，你个老醉鬼，又跑来干啥？"

她一点不客气，这个老东西一向使她头痛。她最怕这老家伙来招惹她丈夫喝酒，才旺措美年轻时就不能喝，一喝就醉，现在上了年纪就更不能喝，闻着酒味就要说胡话，所以见了老罗布她就要发狠话。其实老罗布也不能喝，一喝了酒红鼻子就血浸，但他毫不在意，仍然拼命灌着"马尿"，脸上总是一片血红。

老罗布还真是来找才旺措美喝酒的，他一边拴马一边还在摸腰间挂着的用牛角做的酒壶，试图往嘴里灌上一口。只是才旺措美家瞎了一只眼睛的老马不待见老罗布牵来的大肚子公马，趁它立足未稳踢了它一脚，正好踢在大肚子上，痛的大肚子一阵挛缩，惹得蓉娘哈哈大笑。

"你家老东西在哪儿蹲着呢，让他出来见我。"

"在屋顶喝酥油茶，你自己不会爬上去吗？"

老罗布很不满，说没人这么对待客人的。正说着才旺措美已走出来，他拿着一根用牦牛尾巴做的扫尘舞来舞去，在老罗布脸前扫了几下，说老东西你多久没有洗脸了，正好扫扫你的厚脸皮。

"别闹了，你个老东西，都七老八十的人啦还这么不正经，我来找你有正事。"

"你个糟老头子会有什么正事。"

"是这样，这匹老马跟了我多年，如今活干不动了，肚子又大，吃得还多，你帮我把它卖给灌县来的商人么三，你不是跟他熟吗！拿了钱我再去买一匹小儿马回来，也给我那儿子备上，有一天守备看上他了，也让他入营好有匹战马。"

才旺措美听老罗布的胡诌笑得嘴都歪了，老东西真是喝多了，他还想把他的大肚子马卖出好价钱，那个商人么三可是个人精，大肚子马一肚子积液，连走路都在打偏偏，还能入了他的法眼？他说："你把大肚子老马开膛破肚兴许还能谋张马皮做靴子，谁瞎了眼会掏钱买它的老酸肉。何况你那儿子阴阳着脸，怎么老想着入营？他是能打垮杰瓦波，还是能打败土基？"

老罗布对才旺措美的数落可不认账，他认定大肚子老马还能参加赛马，起码能赛过才旺措美的那匹瞎子马。"你的老瞎子马什么活都不干，整天拴在厩里享福，却看不上别人的高头大马，这正是老不正经。"

这是两个犟老头，斗起嘴来互不相让。两人还真把马牵出来要到河滩上去赛一赛。蓉娘出来当和事佬也挡不住老头子，她真的生气了，就骂老罗布，这个老糊涂一出现就知道没什么好事，这会儿要去赛马，赛驴还差不多，也不看看那是两匹什么马，跟老东西们一样了，嘴里连牙都没有了，草都嚼不动还想逞能。

"赶快把马鞍备上，拉到河滩地上去遛遛，我要给这个老东西厉害瞧瞧。"才旺措美的嘴巴从来不会输。

两个老头子一个拉着瞎了一只眼的老马，一个牵着肚子里积满水的公马来到沃日河边。两匹老马连走路都不顺当，根本骑不上去，马蹄踩在石子上也不脆响，一些围观的乡邻都在掩嘴发笑，小罗布兄妹也夹在人群之中，兄妹俩十处打锣九处在，虽然是他们父亲的笑话也不放过。

"我在这儿画条线就开跑，一直跑到日尔，你要跑到达维也陪你。"

"去你的吧，我看跑过河去你的公马就得断气。"才旺措美是心痛自己的老马，想打退堂鼓，但嘴上又不服软。

老罗布不依不饶，几次想爬上马背都滑了下来，突然他的马大喘了几口气像一袋土豆一样倒了下去，四脚朝天，腿在空中乱蹬乱踢。看热闹的人都围了上来，小罗布妹妹尖厉的叫声响起来，使气氛一下子变得恐怖。原来老公马嘴里冒出一股血水，接着七窍都在出血，眼睛浸着血，当血水耗干之后便翻了白眼。

在人们一阵又一阵吆喝声中，老公马抽搐了一阵便断了气，但老罗布的酒还没有醒，牛角酒壶里已倒不出酒来，他只能干做着灌酒的动作，抿着嘴，仿佛尝到了甜酒的甘洌。

儿子小罗布的阴阳脸一红一白，用脚踢着老公马硕大的肚子想把血水放出来，但无论怎么说他入营的战马是备不齐了。其实他知道没人会让他入营，长着那样的鬼脸，仗还没有打起来先乱了自家的阵脚，把自己一方的人先吓瘫了。

才旺措美扫兴地牵着他的瞎子老马往回走，嘴里嘟囔着说本是匹好马，让老罗布这杂碎给弄废了。这时就看见旺姆疯扯扯地跑出来，她只听人说老马倒地而亡，也没弄清楚是谁家的老马死了，就失声哭了起来。才旺措美拦住她说："你这么疯疯癫癫地是往哪里去？"旺姆见自家的瞎眼睛老马好好的便破涕为笑了。

挖 药

擦耳寨各家各户都张罗着上山挖药，灌县来的药贩子以么三为首也都到了，甚至还有成都来的药贩子。他们翻过"立马秋风绝顶山，千崖万壑拥斑斓。披开云雾依辰极，身在青霄紫气间"的巴朗山，过了猫鼻梁，从日隆关沿着沃日河，一路往西，过达维、日尔、沃日、老营到达懋功县城。一路上商人们唱着歌，有一首歌唱的即是"懋功在哪里"。

> 懋功在哪里？
> 在墨尔多神山那面，
> 沿着沃日河谷行走，
> 看见有班爪的房子，
> 窗户上有白色的八卡图案，
> 只要你看见了营盘，
> 粮台建在山岩，
> 谷底流淌着金川，
> 金川里流的是金子

这是闪光的嘉绒史诗，

比金子还要绚烂。

哦，我梦里的家乡懋功哟，

沙棘布满河畔，

那是剽悍的扎西，

等你站在岸边，

还有仙女拉姆，

热切地把郎期盼……

天还没亮，人们就背着筐和牛皮口袋上了山，山坡上到处都是男女们穿戴的"普等""夏罗""头帕"和"拉嘎"，寨里的人，除了土司家的贵人，全都出动。上山的人穿着节日的盛装，带着烧馍馍，唱着高亢悠扬的"羌嘎"，从古至今都是这样。他们举着尖锄和弯刀，朝绰斯甲的大小山沟爬去，来到草甸地带，甚至到达梭磨河上游，挖取各种药材。

才旺措美全家出动，他们牵着瞎子老马，所以走得很慢。他们的目的地是甲斯沟，准备挖取贝母，顺便打一些牛耳朵大黄。他们并不是起得最早的，山上已经有人干得热火朝天了。

"老才旺，你懒觉睡得好哇。"

"是东西带得太多，老马又走不快，那边山上在滚石头，滚进河里，砸出一个大坑。"

才旺措美家的对头老罗布也上山了，带着他那两个奇葩儿女，这下山上可就热闹了。小罗布兄妹只会惹事，大家就等着看好戏吧。

阿卡已是孤老头，老婆死了，儿子又入了营，但他不甘寂寞，腰上别着镰刀，豁着一口无牙的嘴，瘸着腿，牵着一头老牛在山上东找西找，什么也没有找到，但他嘴硬，声称要到高山草甸去找虫草。看他瘸腿豁嘴的样子，大家都在暗笑，这老头子已经疯了。

"把你的老牛赶快些，不然还没上山天就黑了。"

罗布顿珠的老婆也出来了，她男人也入营了，家里就她一个人守着活寡，所以眼珠子滴溜溜乱转，想发现一个可以靠上去的目标。这女人一生不孕，是他那个男人不中用，但男人不认可，声称在外面一碰女人就下崽，屋头的女人天天下种也没有收成。两口子闹着别扭，这下可好，男人走了她就可以放心大胆地出门揽活，反正肚子又不会大，不怕被人戳脊梁骨。

罗布顿珠老婆的大名叫巴桑卓巴，但很少有人这么叫她，大家都叫她罗布顿珠老婆。巴桑卓巴与土司太太巴桑拉玫名字似有重复，但她们没有一点干系。河谷地界的人有名无姓，从名字上看不出血缘关系。饶坝地方的人取名却有延续，杰瓦结森家的人都以杰瓦开头，他儿子叫杰瓦波和杰瓦仁堆，孙子叫杰瓦多多，其子叫杰瓦更扎，但杰瓦也不是姓氏，只是一种刻意的延续。

罗布顿珠老婆巴桑卓巴用头巾把脸裹得严严实实，怕晒黑了，其实她并不白，黑得跟锅底灰似的，但她最怕别人说她黑，把脸捂着，只把眼睛露在外头，看着远处的才旺措美。寨子里留下来的年轻人已经不多，像小罗布这种阴阳脸，她根本看不上，就把才旺措美这种白胡子老头盯上了。

才旺措美的家人根本没有觉察，旺姆在啃着土豆，蓉娘在跟瞎眼睛老马说话，老头子自己正专心地摆弄他的弯刀，用一块磨石在刀刃上使劲地磨着。天很蓝，云很低，草甸很宽，野花烂漫，羊在吃草，牛在溜达，有几只藏香猪在草地上打滚，打着打着，它们就长大了，但沃日河却永远也不会长大似的，像一条腰带在山谷里盘来盘去，细细的，弯弯的，躁动着，雨季变粗了，旱季又瘦下去，仿佛永远都长不胖。

老马不肯走，蓉娘用手把草递到它嘴边也不肯吃，嗅一嗅就掉过头，马老了就爱生气，脾气也大，它知道主人不会用鞭子抽它，索性愈加任性，用马尾巴不断地撵着苍蝇。草甸里的苍蝇很多，太阳一出来它们就伏在牛粪上，人一走过就轰的一声飞起来，围着人畜团团转。

许多草药都藏在草丛中，蓉娘和旺姆总能把它们找出来，才旺措美就不行，踩着虫草和贝母走过去，他也没有看出来，两只眼睛就盯着牛耳朵大黄。这药好认，一大片一大片的，牛耳朵大黄下面有许多蝎子，都爬在大石头下面，把石头翻开，便手到擒来，用柳树条穿成一串儿，这是祛风的神药。

也有珍贵的绿绒蒿，生长在海拔高的流石滩，开着红色、蓝色或黄色的花，花的颜色得根据山上土壤里的矿物而定。红景天生长得十分旺盛，这是抗高原反应的良药，这种红景天生长在溪流旁，铺天盖地，十分壮观。车前草漫山遍野。风一吹就把蒲公英的种子吹得遮天蔽日。最多的还是野菊，发出一股苦涩的香气，花开得正艳丽，吸引了无数的野蜂采蜜。

才旺措美运气好，可以找到七叶一枝花，这种药具有毒性，涂在箭头，中箭后的伤口会溃烂。七叶一枝花还是治疗蛇伤的良药。才旺措美善于收集这些奇异的植物，牛马都不敢吃的草药，才旺措美却是手到擒来，对普通的天麻贝母之类反倒视而不见。

药都卖给灌县来的药商。最为罕见的是一种多年生草本植物宽苞棘豆，为适应干旱缺水的环境，它的茎缩得很短，甚至接近无茎。这种药材是典型的高原特有之物，最好的药是要上缴给管家仁青的，私卖了会遭到处罚。

各种草药实在太多，人们用牛皮口袋装好，这些草药很快就会干掉，河谷两岸的山岗上空气实在干燥，人要不断喝水，否则就会干成肉干儿。只有罗布顿珠的老婆是个例外，她的心思不在草药上，两只眼睛一直跟着才旺措美。在寨子里住了半辈子她居然放过了他，心思都在别人身上。终于这个精瘦有力的老头成了她的猎物，只要进入了她视力范围的雄物，不管是公牛还是公羊，都不能逃脱。

罗布顿珠老婆开始朝她的猎物靠过去。

她把保护得很好的脸露了出来，但脸上全是糙肉。她长得并不美，但很壮实，母牛般的腰身，肥肥的屁股，硕大的奶子。总之，一个半老女人应该拥有的部位，她都拥有，并且更为发达。她在草地上走着，把草一片片压倒。草丛中蹦出一只孵蛋的野鸡，飞向天空，打了一个转又飞了回来，它不愿放弃它的那窝蛋，那些蛋就要孵出小野鸡，却被这个壮硕的大嫂坏了好事。

罗布顿珠老婆根本不理会这事，一只孵蛋的野鸡吸引不了她的注意力，但她粗暴的踩踏却干扰了野鸡。野鸡妈妈愤怒地从她头顶掠过，并用翅膀狠狠地拍了她，这一击还不至于把她拍晕，但把她的情绪煽动了起来，这还得了！没有把野鸡抓来炖了就算便宜了这只野鸡，还敢对堂堂的丰满大嫂进行挑衅。罗布顿珠老婆怒火中烧，回头就使劲踩了野鸡窝一脚。这一脚够狠够用力，野鸡蛋全被踩破了，那只可怜的野鸡只能远远地落在草丛中，哀鸣了几声，悻悻地飞走了。

这很悲惨的一幕并没有人注意，只有旺姆看见罗布顿珠老婆奇怪的举动，远远地问道："巴桑卓巴大婶"，旺姆是寨子里少数几个叫她大名的人，"巴桑阿加，你在找什么?"

"没什么，是一坨牛粪。"

旺姆根本不信，罗布顿珠老婆那么认真，肯定是捡到了松露，但松露并不长在草甸上，她或许是找到了虫草，也不像，看她一脸狰狞的样子，难道真的是踩到了牛粪。旺姆心里暗自想到。

才旺措美一家人围坐在草地上，吃着五香味的糌粑，这种味道独特的东西是河谷人的主要食物，用青稞、莜麦、麻籽、黄豆和玉米磨成"恩波糌粑"，炒制五香糌粑关键是河沙，要到沃日河里淘取，河沙淘洗干净后用酥油炒沙，这就是油沙，在烧烫的油沙里倒入青稞，炒成花白带黄色，冷却后筛去沙子，磨成浓香的糌粑粉。洛桑郎卡土司家的五香味糌粑都是由才旺措美家制作，管家仁青把这活专门派给他家，才旺措美家的女人都是制作这种糌粑的高手。

罗布顿珠老婆老远就闻到了香气，蓉娘在拌糌粑，不仅用上好的酥油，还加进了奶渣，这使罗布顿珠老婆直咽口水。她扯了一把草擦手，就接过旺姆递过来的木碗，狼吞虎咽地吃起来。

吃过饭女人们都去草甸深处挖药去了，剩下才旺措美在修理着他的尖锄。罗布顿珠老婆在一旁用饿狼一般的眼睛把他盯着，才旺措美背着她也能感到从她眼珠子里射出来的炙热目光。他忽然转过背来，同她的目光撞在了一起。

"你没有吃饱？可是糌粑粉我们带的也不多。"

罗布顿珠老婆哼了一声，像是怪才旺措美欠了她多少牛羊似的，在心里说："我要吃你，谁稀罕你的糌粑。"

两人各怀心事，打着哑谜，心照不宣地各忙各的。

旺姆和蓉娘喜滋滋地走回来，她们各有收获，一个找到了天麻，一个挖到了贝母，所以很大方地请罗布顿珠老婆留下来跟她们吃晚饭。

"她可不一定想吃饭，她要吃人。"才旺措美不失时机地打岔。

那两个女人听不懂这哑谜，所有人都莫名其妙地笑起来。罗布顿珠家的也跟着笑，却是干笑，眼皮子耷拉着不敢抬头，她怕从眼睛射出火来。这个老头子太让她动心，她后悔自己白活了这么多年，在她眼皮子底下的一个大活人居然没有被她打上眼。他的儿子丹蓉娃倒是成天在她面前晃，但那还是一个小牛犊，连犄角都没有长全，还同守备家的千金勾搭，让她看不惯。

罗布顿珠老婆并没有得手，这个才旺措美是个顽固老头，她趁着黑夜向他靠近，他正在撒尿，水柱很猛，冲得草地嗤嗤地响，说明才旺措美还没有老态龙钟，还有壮年人的腰身。罗布顿珠老婆从背后搂住他，闪了他一个激灵，立刻知道是那个长得像母牛般肥壮的女人。他腰上一用劲，屁股一甩就把母牛摔倒在地。

"我是巴桑卓巴！"她很吃惊，她用这一手战无不胜，包括阿卡、老罗布，连同租马的次仁都被她轻易拿下，没想到在才旺措美这里翻了船。她那对大奶子只要靠近那些老头子，他们没有一个抗拒得住。

"你给我滚远点，一条发情的老母狗。等你男人入营回来，我让他打断你的腿。"

罗布顿珠老婆并不尴尬，只是生气，看上你个老东西，是鲜花插在了牛粪上，这个缺牙巴的老公猪还鹅卵石般打人，敢驳自己的面子。她只是不好发作，蓉娘和旺姆就睡在不远处的草地上，地上简单铺了一块毡子，连篝火都没有点。幸亏天黑，天上又没有星星，这才给母牛提供了一个契机，但老东西却不上套。

罗布顿珠老婆嘴上嗫嚅着，她在无声地诅咒着才旺措美，她咒他遭到报应。果然应了她的金口玉牙，成了现世报，下半夜瞎子老马就被豺狗掏了肠子。那些豺狗一来一大群，黑暗中眼睛发出幽蓝的光。瞎子老马发了梦癫，鬼使神差地在草地乱转，才旺措美家的人睡得沉，老马本来就没有拴死，它一向很黏人，不会走得很远，但这一晚它瞎着一只眼睛竟走向草甸深处。

豺狗嗅到了老马的气味，它们从四面八方汇聚过来围上了它。老马打着响鼻，后蹄拼命地踢打，一只母豺吊在它的脖子上，并叼住了它的喉管，其余的母豺蜂拥而上，咬得它遍体鳞伤。一只公豺显然是豺王，从后面攻击它，并用尖利的豺牙拖出了它的肠子。肠子拖了一路，老马根本跑不起来，发出的哀号也显得无力，内脏很快就被饥饿的豺群掏空了。

丹蓉娃并没有看见当时的情形，这时他正在守备营里熟睡，睡梦中他发出梦魇般的叫喊，等他醒来已是一身冷汗。老马的灵魂已从它的肉身中游走而去，这是它的灵魂在同小主人的灵魂碰撞，做最后的告别。它曾是才旺措美的坐骑，他骑着它参加过金川之战，还跟主人进藏去参加平定廓尔喀之战，一生战功赫赫，后来它随着主人告老还乡，在小主人到来时陪伴他长大成人，因而与小主人有父子般的情谊。

呼救声还是罗布顿珠老婆发出的，她睡在离惨案发生地不远的地方，本是和衣而睡，所以睡得不死，何况还没有从上半夜被拒的沮丧情绪中恢复，一直耿耿于怀，比较清醒。她听见了老马的叫声，凄惨得让她不寒而栗，起了一层鸡皮疙瘩。黑暗中她看见了晃动的黑影就发出一阵又一阵惊叫。

老马就这么死了，蓉娘哭得很伤心，才旺措美和旺姆刨了一个坑，把老马埋了。在他们还没有回到擦耳寨时，那个坑就被豺狗们重新刨开，老马的肉够它们吃上好一阵。

23
军　营

　　饶坝土司老了，不像他年轻时动不动就带人打仗，闹得土司间不得安宁。现在领军前来的是他儿子杰瓦波，杰瓦波没有他爹那么爱嚷嚷，虚张声势，饶坝土司的队伍还离得老远就派人四处生事，闹得满城风雨。而杰瓦波带着大队的人马，却悄无声息，很快就占领了达维，并布下了阵势。

　　达维的守军是个肉头，还天真地以为杰瓦波同他父亲一样爱闹腾，没有十天半月根本到不了，谁知一眨眼工夫杰瓦波已出现在达维街上，将达维的守军堵在了他们睡觉的碉房里。

　　河谷土司洛桑郎卡如愿前往董马寨避祸，家里的一切都交给管家仁青料理。仁青找过守备仁巴多切多次，想知道他准备如何迎敌，仁巴多切用马鞭子敲着靴子上的泥巴，答非所问地说：

　　"你家小主人多吉马好久回来，这从春天等到了秋天，还不见他的影子。他这是跟他娘一样在成都被那里的川戏迷住了吧?"

　　"春旺兄……"仁青一向都直呼仁巴多切的汉名，"听说你要把队伍拉到汗牛去，那里的粮仓已经修好，这是要放弃擦耳寨的意思?"

"哈哈",仁巴多切一阵大笑,他一向老奸巨猾,才不会冒死为洛桑郎卡卖命,只是搪塞这个土司的管家,声称将会把三官桥一带的守卫移防擦耳寨,士兵都在加紧操练呢。仁巴多切打仗不行,但诡计多端,眼睛一眨就有一套说辞,对付土司家的这个傻乎乎的管家不费吹灰之力,几句话就把仁青打发了。

守备营设在粮台,营门口是两处碉楼,背山靠河。守备营的设立并不是守卫土司的地盘,而是为了清廷在西南的战事,在两金川地区设立懋功厅,其下分设靖化、崇化、抚边、懋功、章谷五汉屯,驻屯兵将五营六千五百人,另外还设有河东、河西、八角碉、宅垄、汗牛、别斯满六个屯,分驻各地监视各土屯。入藏平定廓尔喀动用的就是屯土兵。

粮台的这处守备营即为懋功营,守备杨春旺毫无章法,他的守备一职为世袭,手下的千总把总与头人大多为他的亲戚。入营士兵的马匹都是自备的,花花绿绿,老弱病残都有,有的马匹还没有上战场就自毙了。枪支也是各色各样,有的人还在使用父辈传下来的腾枪,射程不远,连打猎也不好使。有的人背着一支无用的猎枪装门面,还在使用弓弩,因是祖传,所以射技精良。有人干脆就用火铳充数,或用佩刀,他们用的是蛮力,把刀舞得呼呼生风,却无法准确地劈刺。

听说杰瓦波攻占了达维,军营里人心惶惶。

只有丹蓉娃的坐骑得儿哟很自在,它彪悍有力,是一匹刚成熟的儿马,一有机会就试图骑跨,把那些母马追得在场子里乱跑。仲马贝罗带了两匹马来入营,母马很快下了崽,是死胎,他的公

150

马不知体恤，还照着母马的屁股踢了一脚，母马本就虚弱，遭了这番意外，出血不止，奄奄一息。气得仲马贝罗摔了公马一顿鞭子。这公马属于老弱病残之列，发脾气踢母马还行，一顿暴力的鞭打就吃不消了，垂着尾巴，耷拉着脑袋在一边喘气。这时得儿哟就靠向母马一顿抚慰，得儿哟同它的主人一样，专会讨女人欢心。

丹蓉娃一入营就在兄弟伙中建立了人缘，小伙子们都很喜欢他。连营盘附近的农家姑娘们也跟他套上了近乎，带着人参果、青稞粥或核桃甜茶，在营地外呼唤他。她们用唱歌般的嗓子喊着"娃哥"。

"娃哥，喝一点青稞粥啵，喷香呢！"

"喝我的，我有甜茶，加了核桃仁，可香啰。"

这惹得木旦和仲马贝罗两个老鬼十分羡慕，这小子同他的爹才旺措美一样是个情种。他爹娶的是汉地的戏子，这小子比他爹厉害，收了那么多"普姆"的心，连同他的战马得儿哟来到营地里，都有那么多的母马簇拥，真是如鱼得水，欢喜得乐不思蜀。

一切都应了那句老话，乐极生悲。

仲马贝罗的母马在半夜就倒了槽，瘫在地上爬不起来，他火急火燎地跑去报告千总。千总正请懋功唯一的中医老头给他扎针，这中医老头非常厉害，尤擅针灸，当年小罗布的阴阳脸就是拒绝了他的针灸落下的。千总浑身上下扎着针，老中医正在治千总的酒瘾，这家伙带兵打仗不行，但灌起酒来了得，已经吐过几回血了，这才把中医老头请来治病。他一边治病一边还在灌酒，中医老头根本不敢劝阻，听了仲马贝罗的报告，千总才把酒碗放下。

"你去给他的母马扎上几针。"

老头诧异地看了千总几眼，又把仲马贝罗望了好一阵，嗫嚅地说："我不是兽医。"

这下可把千总惹得生气了，他咆哮起来，说："给你老东西一顿鞭子你就成兽医了！连人都能扎针扎好，难道马比人还金贵？一坛青稞酒给母马灌下去，再用一尺长的针给它扎进去，它不站起来才怪。"

仲马贝罗也是急疯了，好言求那中医老头："好歹给它扎扎，死马当成活马医吧。"

老中医被押着来到马厩，那马蹬了几下腿就断气了，老头子摊开双手表示爱莫能助。仲马贝罗跪在马尸旁，一头大汗，牙齿咯咯地响个不停，像是夜磨牙，过了好一会儿才大声地哭起来。

24

桑吉巴拉

桑吉巴拉的劲还是那么大，一手提一口袋土豆气都不喘，这肥头大耳的姑娘不知何故居然就成了守备仁巴多切女儿格桑玫朵的侍女，这一切来得太突然。丹蓉娃正和士兵们练习劈刺，骑在马上朝木头人冲过去，把马镫踩紧，立起身朝木头人劈去，可惜他使的还是那把他爹传给他的佩刀，却总是不得要领，木头人的头没有劈掉，手臂却被劈掉了一半。这引得那位千总大喊大叫。

"你……你个挨千刀的，把头给我劈下来，你他妈的总是砍手干什么？我要的是杰瓦波的人头，不是他的手臂！"

千总是个公鸭嗓，声音一大就劈叉，像劈开松木一般。

丹蓉娃垂头丧气地回到队伍里，就听卡嘉骑在马上说快看快看，守备家的千金带着她的侍女来探营了。士兵们都眨着眼睛，守备的千金真是仙女呀，但她那个侍女却是一个大肥猪，把她骑的马的腰都要压弯了。

仙女显然很信任她的这个侍女，走到什么地方都带着她。也不知守备家的千金从什么地方把这个大力士发掘了出来，有大力士的护卫千金不仅安全，完全可以高枕无忧，没有人能够靠近千金小姐，持这种奢望的人不是缺胳膊就是断腿。

丹蓉娃的心咯噔一下，这真是天上一个霹雳，两个女人跟他都有关系，一个是他心上爱慕的人，另一个是一堆肥肉，这不是他的所爱，但他父亲曾想让他要那个胖姑娘，想必她已有了耳闻，所以一对眼珠滴溜溜乱转，正在队伍里找他。两人的目光正好对上，丹蓉娃赶紧把目光移开，这丫头也太不知掩饰，目光火辣辣的，是想把他吃了。而格桑玫朵就不同，高傲地直着腰挺着胸，并没有拿正眼瞧这些排着队站在马上的士兵，径直朝她父亲所在的那个大黑帐篷而去。

丹蓉娃眼见格桑玫朵离开，由惊奇变得闷闷不乐。

格桑玫朵的出现扰乱了他的心，包括那个胖姑娘桑吉巴拉，这可不是一盏省油的灯，这两个女人犹如土拨鼠一般从地下冒出来，让丹蓉娃无所适从。他咬住嘴唇，死死地揪着马的鬃毛，把得儿哟弄得来回摆动着脖子，以此摆脱主人的纠缠。丹蓉娃用脚紧紧地踩住马镫，伸长了脖子望着守备所在的黑帐篷。帐篷很结实，全是用牛皮缝制的，可以抵御寒冬的暴风雪。

在那黑幕下不知在上演何种狗血的剧情，守备的千金为何会心血来潮前来军营里探视，她真的是为了看她那个草包父亲？或者还有别的意图？丹蓉娃不敢肯定她是为他而来，他们的情分还没有到那一步，但她是为谁而来，这么突然？真是天有不测风云，来就来吧，还带着一个侍女，此人正是丹蓉娃避之若洪水猛兽的女金刚，张着乐呵呵的大嘴对着自己，她这是要把他一口吞下?!

只有卡嘉在暗中观察丹蓉娃的神情，他正在心里打算着怎样耍一耍他，他知道这两个女人出现在此时此刻会有多么精彩的好戏可看。反正军营的生活无聊透顶，过起来空闷无比，还不如闹点笑话出来排遣一下。

士兵们都睡在一座大碉房里，楼上楼下是一排排的通铺，窗户很小，石头墙有三尺厚，夜里月光都透不进来。兄弟们一熟睡就像开了音乐会，鼾声如雷，伴之以磨牙声和梦话，空气已被脚臭熏得令人窒息，加上木旦老汉的嘘嘘声，他一睡着就要吹这种口哨，经常把同伴们吓醒，以为长官发出了紧急出动迎战敌军的命令。这些都令丹蓉娃睡不着，他干脆起来摸黑去院子里撒尿，黑暗中四处都能听见滋滋的撒尿声。当兵的都懒得去远处的茅坑撒尿，就近在碉房外解决，弄得碉房周围臭烘烘的。

这一天很晚才起床，长官们都在睡懒觉，连带兵的小头目也懒得出操，士兵们自然也就懒散。兄弟们起床的第一件差事就是喂马饮马，也有刷马的，三三两两聚在一起谈天说地。他们多是些年轻人，包括木旦之类的年长者一生也没有翻过巴朗山或夹金山，更没有爬过梦笔山，他们就在这几条山谷里打转，所以见解有限。他们三句话离不开本行，除了女人还是女人。

"兄弟们呀，守备家的千金可真是仙女哇，那腰杆可真是歌里唱的细如柳条……"

"她那女仆却是要下崽的肥猪婆。还是个姑娘就挺着那么大的肚子，谁会要她？"

卡嘉本想公布说女仆可是丹蓉娃他爹看中的儿媳妇，但见丹蓉娃正用眼睛斜睨着他，只好改口。卡嘉看起来无拘无束，在丹蓉娃面前打情骂俏，很是自在，但在内心里很敬畏这个娃哥，只要丹蓉娃一个眼色就能把他弄得情绪低落。但只要两分钟他又会亢奋起来，他是一个乐天派，从来不相信天会塌下来，反正有娃哥顶着，他一点也不害怕。

"管我们的头目尼西平措不过就是个前卫小官，也敢在我们头上作威作福，要咱们兄弟供养他。"

"可不是么，这厮吃得又多，还顿顿喝酒，谁供养得起。昨晚上又不归营，也许正在和哪家寡妇睡觉呢。"

"唉，也没人敢去千总那儿告他。"

"唉，也不知丹巴拉加在干啥？"木旦叹气。原来想着寡妇的还不止木旦一人。

"你想他了！"卡嘉一听见这种话就来情绪，他用眼睛在人群中搜寻张家的，为了寡妇这小子曾挨过木旦好一顿鞭子，所以记忆深刻。果然张家的低着头，几乎要把头夹在两腿之间。卡嘉故意大声说话让所有人都听见。

"那娘们也许正在想，我的心上人这会儿在干啥呢？"

所有人都笑起来，只有张家的脸上僵着，是不敢笑，木旦正盯着他。一对上木旦的眼神张家的皮子就紧。背上挨过的那一鞭子让他永生难忘，这个鳏夫下手也太狠了，又不是他媳妇，他凭什么出来下毒手？

卡嘉是说笑的高手，他正值青春期，不久前还拖着鼻涕，一张脸虽然长得英俊，但从来洗不干净，自从入营之后就讲究起来，用酥油把头发抹得发亮，"普等"是用最好的毡料缝制，颜色鲜亮，筒靴也是用上等的氆氇做成，红色的鞋帮，白色的羊毛靴带，牛皮的腰带……卡嘉把自己打扮成一只花公鸡，最爱哗众取宠，脸皮比牛皮还厚。要拿谁打趣非把那人说得一跳八丈高。他连丹蓉娃都敢揶揄，别的人当然不在话下。

卡嘉编排的又是丹巴拉加和木旦，虽然不提名字，但人人都知道他意有所指，各自便心照不宣，只用眼睛意味深长地把木旦锁死。木旦可以拿鞭子抽张家的，却拿卡嘉毫无办法，还得跟着大伙一起发笑。他被卡嘉编排得十分下流，却并不记恨这小子，他苦笑着哼哼。

"你亲眼看见我干那事了？"

卡嘉坏坏地淫笑着："嗨，都是我瞎掰的。"

"我得抽你一顿鞭子，照着你那张大嘴巴抽，把嘴巴给你抽烂，省得你成天瞎咧咧。"

这时小头目出现了，他并没有完全清醒，大着舌头喝道："小子们不干正事，一个个是皮子痒了找抽呢。"

小头目平措一出现便鸦雀无声，大家忙着找活干。这家伙像头蠢驴，成天叫唤个不停，动不动就要拿鞭子打人，只有千总来了他那张脸才变得柔和，一副谄媚的表情。

他用袖子把木碗擦了又擦，将青稞酒双手托上，直到千总饮下，他的脸才笑得稀烂。其实他的衣袖早已是油辣片，脏兮兮的，用这袖子来擦碗，那么讲究的千总居然能够喝下去，这很让人咂舌。

千总就是一个令人捉摸不透的人，一方面十分矜持，很爱干净，另一方面又十分邋遢，对油腻的木碗呈上来的酒可以随意饮下，让士兵们看得眼珠都掉地上了。

千总这是要笼络下属？

毕竟战事马上就要展开，他要表现出体恤士兵的情怀，何况这个尼西平措还是他一手提拔的。他也不叫他的全名，只叫昵称"平措"。但多数时候千总对平措献上的酒视而不见，抽着烟，突然发令。

　　"全体集合，练习劈刺……"

　　"妈的，是匹瘸马，还大着肚子，给我换了！"

　　小头目反应迟钝是喝酒把脑子喝坏了。对千总没头没脑的命令一时反应不过来，随即，小头目就挨了千总一耳光。

　　"士兵骑着这样的马怎么打仗，身为前卫的小头目，心思成天都在女人身上，喝得醉醺醺的，走路都在打偏偏……"

　　千总用鞭子敲着靴子，朝小头目的屁股踢了一脚，踢得并不重，小头目却一个趔趄，差点摔个狗啃泥。这可把千总惹急了，这么不经打还要去打杰瓦波？千总冲到小头目前面，对着他就是一顿鞭子。不要以为喝了你一碗青稞酒就不打你，不把你抽得浑身起猪儿虫都算轻的。原来千总是个虐待狂，小头目平措就是个被虐待狂，两人配合得天衣无缝。

　　千总根本不给小头目留什么情面，他手下的这种小头目很多，哪天一高兴就可以任命几个，给他洗脚的都是一个头目，是土司的管家仁青的远房亲戚，还不是在他手下干些无关紧要的差事。关键是他今天很不高兴，他在懋功开的大烟馆生意不好，土司和守备都开起了烟馆，懋功的人口就这么多，一下子冒出二百多家烟馆，这生意还怎么做。杰瓦波带人攻占了达维，切断了通往汉地的道路，往来的客商也绝了迹，而烟客中大多是这些人，本地有银两吸烟的富户也不多，所以千总根本高兴不起来，这下正好拿这个小头目出气，劈头盖脸地一顿猛抽，直到打累了才哼哼着扬长而去。留下跪在地上的小头目，这下酒终于醒了，但脸面已经扫地，不用看他就知道士兵们一个个乐不可支，正在看他的大笑话。

士兵们都目睹了这场面，大家面面相觑，没有人敢上前去对小头目表示同情，都在心里感到窃喜，但脸上还得装出各种沉痛的表情。当着这么多士兵被打让小头目感到很丢人，他以后还怎么带兵，这时他早已完全清醒，用衣袖擦着头上脸上的血痕，把那个脏衣袖擦得更脏，下次他还得用这袖子擦碗给千总敬酒。

他看见丹蓉娃背过身去偷笑，等转过身来却是一脸的苦大仇深，这深深地刺激了他，他一下子跳起来冲到丹蓉娃面前。他本想把他暴打一顿，以泄其愤，但当他看见丹蓉娃笑眯眯的目光就害怕了，这目光像是要吃人，而且还是不吐骨头那种。他再看其他人一个个眼露凶光，有冷笑的，有不屑的，还有杀气腾腾的，脸上的变化太快，他刚挨了千总的一顿鞭子，这些小子们就要造反了！

小头目张着惊愕得合不拢的大嘴，终究没能对丹蓉娃动手，但还得维护自己的脸面，用含混不清的声音发出命令："都给我清扫马圈，一点马粪都不能看见。"

小头目同丹蓉娃的梁子算是结下了。

这之后他只要一见丹蓉娃就要像马打着响鼻一般呼气，命令他去打扫马粪，丹蓉娃很不情愿地扫着马圈，算是对小头目的一点顺从，但随时都在同卡嘉密谋，准备给他好看。

小头目有什么了不起，不久前还不是跟他们一样是擦耳寨的平民百姓，只不过因为他先入营，千总这一天酒喝得高兴，一时兴起将他提拔成前卫，算是头目中最低的一级，这家伙就耀武扬威起来。就凭他那两下子，还不够丹蓉娃跟卡嘉收拾呢！

格桑玫朵带着侍女桑吉巴拉在守备营住下了，短期内没有离开的意思，这很是扰乱丹蓉娃的心情。格桑玫朵还好，她并不出现，只在那顶大黑帐篷里往外观察，但桑吉巴拉就不那么老实了，她像一头小母牛一般在营盘里撞来撞去，只要看见了丹蓉娃就用火烧火辣的目光锁定他，生怕别人不知道她的心思。她已经把他认定为自己的男人，但士兵们并不这么认为，他们同样用火烧火辣的目光搜寻她，谁都认为这母牛很好上手，特别是木旦和仲马贝罗这种过来人，一看见小母牛出现就挤眉弄眼，还怪声怪气。

由于军营里出现了两个女人，士兵们变得欢欣鼓舞，年轻人的想象力是很丰富的。桑吉巴拉并不知道格桑玫朵与丹蓉娃的关系，也不了解小姐的心思，时不时要向她汇报丹蓉娃的近况。说他又在练劈刺，真是好身手，把木头人劈成了两半。又说丹蓉娃在扫马圈，他的上司为什么要折磨他，这很让她心疼，恨不得冲到马圈去替他。

格桑玫朵很认真地听着，完全掌握了丹蓉娃的动静，这就是她为什么要带这个傻大粗侍女来的原因。桑吉巴拉一点也不知情，只顾自说自话，向格桑玫朵传达丹蓉娃的行踪，她就是军营里的包打听。

卡嘉知道格桑玫朵同丹蓉娃的关系，就断定桑吉巴拉是看上了自己，他挑唆丹蓉娃说咱何不大胆一点把她主仆二人约到后山上去，那里树林密，好干事。丹蓉娃就拍着卡嘉的脑门说你小子省省吧，你没发现小头目平措随时都盯着我准备下毒手！卡嘉"哦"的一声反应过来，眼珠子一转，拍着脑门说好像暗中是有这么一对贼眼。

终于要打仗了，大家都在做着准备，这还都是些没有参过战的小牛犊子，对打仗并不知道害怕，甚至还有些兴奋。当丹蓉娃再次撞见小头目平措时，这次他竟然没有命令他打扫马圈，而是慌里慌张地朝营地外一座废弃的碉房走去。碉房后面有一个岩洞，那里经常发生一些偷鸡摸狗的事。这引起了丹蓉娃的好奇心，是什么事弄得小头目连报复自己的事也忘了。

丹蓉娃尾随着小头目来到破旧的碉房前，这是一处有两百年历史的老房子，在金川战役时被快炮的榴弹击中屋顶已经坍塌，所以一直风吹雨淋无人居住。小头目窄着身子钻进屋后的岩洞，就听见里面传出沉闷的声音，伴随着女人的呜咽声。丹蓉娃断定小头目又喝了酒，胆子才这么大，这回不知又是哪家的寡妇遭殃了。

"发生了什么事情?"

丹蓉娃的心提到了嗓子眼，这小头目一向都不安分，不是喝酒就是乱搞，最近又学会了抽大烟，一有空就往懋功跑，一上操不是腿软就是打瞌睡，经常被千总训得跟狗似的。他只要几天不挨鞭子就皮痒，这会儿又跑到这废墟后的岩洞来，肯定是不干好事。

这时传来一个熟悉的声音:"我把马被套打开了。"

丹蓉娃的好奇心完全被调动起来。

"有动静。"

正试探着要走进岩洞的丹蓉娃居然同仲马贝罗撞在一起。丹蓉娃疑惑地看着他："你在这里干什么？不会又同哪个女人有什么关系？"丹蓉娃知道他一向有这种癖好，走到任何地方首先同当地的大妈大娘打成一片，专干一些偷鸡摸狗的勾当。

仲马贝罗把丹蓉娃往外推，说你别瞎打听，坏了小头目的好事。人家答应给我弄一匹好马，我那匹母马死了，只剩下一匹老公马，要是平措真给我弄一匹抵上，正好可以赔偿我的损失。仲马贝罗嘴里叨叨着把丹蓉娃推出了岩洞。这个仲马贝罗是个马迷，他这辈子就指着马过活，只要有人许诺给他弄一匹马，他可以把命搭上。

被推出来的丹蓉娃还不甘心，伸长了脖子往岩洞里看，看究竟是什么好事可以被他坏掉。里面黑洞洞的什么也看不清，只听见有人大喘着气，还有女人的声音。这下丹蓉娃不管三七二十一硬闯了，他要使起蛮力来仲马贝罗根本拦不住。结果木旦从岩洞里冲出来，他一边往外走，一边还在拢他的皮袍。

"你！你又干了什么坏事?!"

"不是坏事是好事，我们蹲了好久的点才把胖姑娘套上，平措正在上呢……"

丹蓉娃突然听见了桑吉巴拉的叫声，他明白了其中的蹊跷，木旦和仲马贝罗是两个帮凶，他们用马被套套住了爱四处出风头的桑吉巴拉，扛到了这座废弃碉房后的岩洞来。小头目平措也真是色胆包天，敢奸淫守备千金的侍女。让丹蓉娃气愤的是这侍女曾差一点就被他爹说媒给了自己。

丹蓉娃一时手足无措，不知道该如何应对。

他转身就想跑开，这是要去报告千总，去告诉侍女的主人格桑玫朵，抑或什么都不是，只是乱窜一气。这侍女毕竟并不是他什么人，他根本看不上她，但他还是出于本能大叫起来，他要把桑吉巴拉从小头目平措的身下救出来。

但他并没能如愿，木旦从背后抱住他，仲马贝罗则按住他的脑袋，捂住了他的嘴，他俩像提一袋土豆一样将他扔在地上，用套桑吉巴拉的马被套套住了他的头，使他只能发出呜呜声而叫不出来。仲马贝罗使的劲最大，他不能让丹蓉娃坏了他的好事，平措答应给他弄一匹母马，丹蓉娃如果把人叫来他的马就泡汤了。仲马贝罗是一个贪财的家伙，一个许诺就把他收买了。

直到半夜他才被木旦解了套，他被闷了几个时辰，一解套才呼吸到几口新鲜空气，等他把气出匀了才发现那些人早就散了。耳边只留下木旦恶狠狠的话语："不准告密，胆敢说出去就把你胯下的蛋蛋掏了，另外……"木旦意味深长地说："另外，前卫官平措放了话，你明天就不用再去扫马圈了，让张家的那小子去干。"

达维之战

　　杰瓦波几乎不费吹灰之力就占领了达维，达维地理位置很重要，占领达维既扼住了通往夹金山和打箭炉的通道，也切断了通过巴朗山和灌县的大道，懋功几乎成了一座孤城。贸易的线路也中断了，连丹巴和巴塘也都出现了盐茶短缺，幸亏前往藏地还有别的通道，否则粮食和布匹也会出现缺口。杰瓦波一面派人向父亲饶坝土司报信，一面在达维寺前的广场庆祝了三天。

　　由于方言不同，藏区分成了三块：卫藏、康巴和安多。卫藏是宗教中心，康巴人长得俊美，安多草原宽广，盛产良马。其实卫藏又分成了前藏、后藏和阿里，前藏是拉萨和山南地区，后藏是日喀则地区，整个藏北高原是阿里地区。康巴藏区大体包括昌都地区、甘孜和阿坝，以及云南的迪庆，也包括木里和玉树。从阿尼玛卿雪山到青海湖，从阿坝的北部到甘南，就是安多。

　　守备仁巴多切把士兵集中在守备营的操场上发布命令朝达维进军，命令下达完毕，他就带着他的家犬拉多和女儿格桑玫朵一行人去了汗牛，进攻达维的战事则交给千总丹绒多吉。他是仁巴多切手下最得力的一员干将，总是骑马挥刀冲在最前面，而且武艺高强，年龄虽比杰瓦波大了不少，但同饶坝土司的这个儿子一样孔武有力。

守备不亲自带兵多少令士兵们有些失望，但有丹绒多吉率队出征又使士兵兴奋。一对一对的马队和一排一排的步兵朝达维开去，他们跳过"德尔蹦""博巴森根"舞，又开了几十坛从汉地运来的烧酒就出发了。

"打仗了！打仗了……"

"劈了杰瓦波。"

"让狗日的滚回饶坝！"

士兵们大声吆喝以表达他们第一次出征既亢奋又心虚的心情。连战马也多是些从未踏上过战场的儿马，它们受到主人情绪的感染，打着响鼻，发出呼噜声，尥蹶晃头，场面闹哄哄的。有几匹马激动得屙出马屎，还哗哗地排尿，搞得操场上臭气熏天。

> 我们在沃日河岸行军，
>
> 去收复土司的领地，
>
> 河谷里风在呐喊，
>
> 这是上司发出的号令。

队伍浩浩荡荡地经过一座座村庄，庄稼地里探出来一张张汗水流下冲出道道污垢的脸，他们一边打望着这些前去打仗的士兵，一边又试图从队伍里找到一两张熟悉的脸。这些儿娃子不久前还在家里种地或上山放羊，连同他们骑的那些马，也在地里悠闲地吃草，现在他们要去为土司老爷拼命，妇女们远远地挥着手，擦着眼泪。一个放羊娃离开了他的羊群，从山坡上冲下来羡慕地打问。

"带上我吧，我会扔石头，还会爬碉楼，一直爬上顶……"

"滚一边去，擦你的鼻涕去吧。"

"丧门星，看被马踢了脑壳！"

队伍在达维外围驻扎，路途并不遥远，但士兵们一路奔波仍觉劳累，他们临时征用了几户村民的房子，屋里屋外横七竖八地躺着，有的人睡在麦秆垛上，并不时从身旁抽出草来喂马，有人干脆就和衣躺在干牛粪上，烧火时就从身下抓出干牛粪投进火里。前卫官尼西平措用鞭子狠抽着马屁股，他正从镇上迷宫般的街道里冲出来，他的马已累得大喘粗气，汗流浃背。

"杰瓦波的人追上来了。"

士兵们都紧急行动起来。他们平常诅咒发誓说只要一打起来就从背后打平措的冷枪，但这会儿真正开了仗，他们还是站在自己人一边，准备掩护他。

杰瓦波的人都戴着宽边的牛皮帽，这是他们的标志。他们从街巷里冲出来，嬉哈打闹着朝平措打着冷枪。平措走进镇子里并不是为了侦查，他是去相好的女人家装酒，他把酒装在一个酒壶里，还没来得及灌上几口杰瓦波的人就钻了出来。平措戴的是牛耳朵帽子，杰瓦波的人一眼就认出了他，他们的第一个反应居然是要抢下他的酒壶，平措这才从迷糊中清醒过来，跳上他的马逃命。

双方交上了火，宽边牛皮帽互相咬着耳朵："河谷土司的人上来了。"

牛耳朵帽子也互相传达，瞄准那些饶坝兵打。

双方的火力都很猛，千总骑着他的高头大马指挥手下乱打一气，平常训练的那些射击要领无人顾及，只要有敌人出现就是一阵乱枪。有人根本不看目标，打猎时瞄准老熊和獐子也不是这么打的。有人的火药在枪膛里炸开，把自己的脸熏黑了，流出的血又在黑色的脸上开出几道水沟。

饶坝土司的带兵官杰瓦波手下个个都是神箭手，箭头都抹了七叶一枝花的毒液，中箭后哪怕当时不死也会因皮肉溃烂而死。结果小头目平措成了刺猬，背后中了无数毒箭，身前挨了无数自己人枪里射出的火药散弹，他把酒壶举到嘴边企图灌下几口压压惊，酒还没有进嘴，就一头栽下去一命呜呼了。

小头目平措成为这次战斗第一个战死者。他平常专干一些偷鸡摸狗之事，却并没有正式结过婚，他为了他酗酒的爱好，遭到了灭顶之灾，以至于他那个酒壶被双方士兵在街道上踢来踢去，仗打完后酒壶被街上一户银匠捡去，把玩了一阵觉得并不趁手，丢了又可惜，最后做了尿罐。

街道后面传来两声打雷般的巨响，把双方的士兵都镇住了，这是金川战役时使用过的西瓜弹的爆炸声，只是因为这种爆炸声很多年没有响起过才这么吓人。

丹蓉娃用手捂着耳朵，问身旁的卡嘉："我耳朵怎么这么疼？"

卡嘉说我一点儿也不痛，只是有些呜呜响，说着说着他就叫起来，他耳朵流出的血顺着脸颊滴下来。他有些惊恐，又有些茫然地问丹蓉娃："你看我耳朵怎么了，会死吗？老人们说七窍出血就是死相，我这算是一窍了吧？"

丹蓉娃摸了一下自己的耳朵，发现并没有出血，安慰卡嘉说死不了，顶多会耳聋。

卡嘉愣了一会儿，哭得更凶了："我再也听不到格桑玫朵唱的弦子了。"

"又不是唱给你的！"丹蓉娃纠正卡嘉，"聋了就聋了吧，反正我能听见。"

这时千总丹绒多吉骑马过来了，他居然跳下马关心地安抚卡嘉，说他的随从那里有耳药，可以拿来给卡嘉。打起仗来连一向威严的千总老爷也变得亲切了，他宣布说杰瓦波已被撵到达维桥一带，只需要来一个猛冲就可以把兔崽子赶过沃日河。千总惯于靠这种弥天大谎来鼓舞士气，其实杰瓦波正带人在大街上扫荡，已有多名河谷土司的士兵横尸街头，而杰瓦波的人伤亡并不重。

几只在街上闲荡的鸡死于非命，一头无家可归的牛被爆炸声吓疯了，一头撞在石墙上，把自己伤得不轻，头破血流之后躺在那里不动了。这些都被千总当成战果四处传播，他的传令兵见人就说街道上已经尸横遍野，血流成河。这果然有效，连木旦和仲马贝罗这种老兵也坚信不疑，挥着钝刀挨家搜寻，只要是活口就对人家乱挥乱舞。

仗一直从早打到晚，却并没有在开阔地带展开，而是在街巷里一个院子一个院子地交火。达维的天空上飞着冷枪，木旦就中了一枪，应是从很远的地方射过来的，击中他时已是强弩之末，连他的牛皮袍子都没有击穿，但他吓得不轻，捂住枪眼对同伴说——坏了坏了，我被打中了，就要没命了。仲马贝罗见他连血都没有流，把他的衣服翻开找了半天，说别倒在地上哼哼了，命这么大连枪都打不透，皮够厚的。

木旦和仲马贝罗斗着嘴，就有一颗飞弹击中了仲马贝罗的屁股。木旦刺啦一笑，说："这回轮到你了，让我也来翻翻，看子弹穿透了没有？"仲马贝罗"哇哇"大叫，痛得头上冒出了大颗大颗的汗，大骂木旦笨手笨脚。血把袍子浸湿了，这可不是强弩之末，而是流弹，这些可恶的饶坝士兵，不敢一对一地对垒，只会躲在暗处放冷枪，打人家的屁股算什么本事。

他俩躲进一处院子。

主人正准备逃走，马车已经备好，但外面一片混乱，他们又不敢出门。见了这两个闯进来的伤兵，脸上露出惊慌害怕的表情，卡嘉和丹蓉娃也闯了进来，卡嘉见了木旦就咧咧：

"我的耳朵聋了。"

"聋了就聋了，唠叨个没完。"

"我的屁股还中了一枪呢。"

"你们看看这些饶坝兵都是些什么货色，不打要害部位，尽打人家的薄弱之处，也不知杰瓦波是怎么训练他们的。"

几个人命令男主人生火，男主人正在摆弄他的马车，车上载着他的家当，尽是些破烂，没有一件值钱货，这老男人本打算载着他的这些破烂去逃难。车上还有一顶帐篷也破烂不堪，既遮不了风也避不了雨。

"让你生火做饭！"木旦的音量在放大。

"再不生火就烧你的房子，连你那些破烂都烧个精光。"仲马贝罗也不是善茬。

男主人惊恐地望着这些天降的神兵，无奈地把干牛粪点燃了，但牛粪并不多，几个人就毫不客气地将大车上的那些家当往火里扔，男主人先是护着，见几个士兵个个凶神恶煞知道家当是保不住了，索性也加入扔东西的队伍中来。他一边扔一边哭诉，说饶坝人已来他家里多次了，好东西都被抱走了，可惜了那些已放置十年的猪膘肉，都被抢去吃光了。饶坝是苦寒之地，那里的人都穷疯了，他平常连一片猪膘肉都舍不得吃，早知如此还不如自己敞开了吃，也不至于亏了自己的胃，却给饶坝人做了好事。

士兵们都不同情他，哈哈大笑，骂他是个吝啬鬼，千俭省万俭省，好东西让别人拿光了，只剩下些破铜烂铁。仲马贝罗诱导着问男主人还有没有藏在地窖里的好酒或埋在地下的金银财宝，还苦口婆心地劝他都挖出来跟士兵们一起吃了分了，吃饱了也好去打那些饶坝人。要不然又要被人家抢走，还不如自家人吃光喝尽，砍了树子免得老鸹叫。

丹蓉娃露出和善的面容说："大叔，他们就是来抢东西的，咱也去饶坝把东西抢回来。"

丹蓉娃他们几个人就在这户人家睡下了，他们不知道隔着一道厚厚的石头墙，另一户人家睡的是饶坝士兵，要不是他们用鞭子抽打那一家的主人，丹蓉娃他们还以为天下太平。

千总丹绒多吉率领着河谷土司的士兵在达维走街串巷，搜寻饶坝土司的残兵，杰瓦波并不像吹嘘的那么神，一击就溃败。不过打了这么久连杰瓦波的影子都没有看到，从俘虏那里得知杰瓦波并不在达维城里，难道他会声东击西，带人去进攻河谷土司的老巢擦耳寨了？

千总把脑袋都想痛了，也没有想清楚。他来到达维头人的宅院，头人全家都不知去向，千总舒舒服服地在头人的床上躺下来，侍从们为他煮肉的煮肉，打茶的打茶，这时的千总一改那种亲切，变得暴躁，嫌茶太烫，抽了侍从一个嘴巴，又嫌肉煮得不烂，还没离骨，在侍从的屁股上狠狠踢了几下。身边的几个侍从都挨了他的打骂，千总仍不歇火，让下人们去给他找姑娘。达维姑娘的漂亮在整个河谷地带是有名的，除了丹巴出美人，就数达维美人最多，但仗一打起来达维能跑的人都跑光了，下人们好不容易给千总拉来一个半老徐娘，气得千总暴跳如雷，下人们免不了又吃耳光，半老的小老太太也被撵走了。

千总自视甚高，再不济也不能让一个大妈大婶坏了名声。何况战斗才刚打响，今天躺在床上，明天还能不能够爬起来都不知道，不能降低标准亏待了自己。有这样一个长官就可怜了那几个侍从，被千总用鞭子赶出去给他找女人。

战斗平息下来。

然而平静之中总是酝酿着风暴。

杰瓦波在暗中带领他的精锐在火草沟隐藏，石鼓山也埋伏着他的人。他们采用的是调虎离山的方法，打算把河谷土司的人引到石鼓山用伏兵击溃，并切断石鼓山与达维的联系。他们知道河谷土司在董马的官寨据守，那里地形险要，易守难攻，守备又去了汗牛，擦耳寨是一空寨攻下无利可图，便制定了千总兵败石鼓山的计策。

达维对面的梁家山峁上有疑兵在活动。

饶坝兵一百多人从喇嘛寺向下进攻达维镇。

河谷土司的兵已被团团围困在达维，并不时受到骚扰。有士兵报告火草沟燃起了大火，火草沟成了真正的火草沟——燃烧之沟。杰瓦波养精蓄锐多时，他们已经到达大乌卡，对达维街上的情况了若指掌，杰瓦波的人都带着宽边的牛皮帽，只要看见戴牛耳朵帽子的河谷兵就开火。

丹绒多吉嚎叫起来，他的兵被四面八方射来的火药枪弹和毒箭击毙，西瓜弹把石头房子的屋顶炸开。达维的房子不像擦耳寨的碉楼那么坚固，有些还是砖房和土墙，很容易坍塌。

仲马贝罗的马受到惊吓，从院子里冲出来，跑进一条死胡同，跑得太快，刹不住车，撞在石墙上，一头是血，退回来再冲上去便倒地而亡。仲马贝罗在窗口看得一清二楚，他的母马生仔死了，公马又老得一塌糊涂，居然撞墙而死，他本就是一个老光棍，靠这两匹老马过活，现在成了绝户，气得他口吐鲜血，从窗口栽下来气绝而亡。一个经历过无数战役的老兵，身经百战都没有战死，现在居然死得如此轻巧。

杰瓦波用的是火攻，他把河谷土司的大队人马困在达维后就点燃了准备好的柴草，烈火炙烤着达维，不时有士兵从窗口和屋顶跳下来，有从火中逃出来的河谷兵被饶坝兵抓住绑在木架上，堆上干柴和草垛，吓得他们大声求饶。

在汗牛的守备仁巴多切得知战况后大怒，这个杰瓦波太不是东西。他命令手下——另一个把总率队支援达维，但兵至猛固桥就不再前进，因不时有达维逃出来的人报告惨状，弄得支援的带兵官举棋不定。

千总丹绒多吉带领进攻达维的人冲出来，来到河边碉房，人虽然还多，却都是残兵败将。他们一个个惊慌失措，千总碍于面子并不愿带人去猛固桥与援兵会合。他是仁巴多切手下最得力的干将，怎么会轻易认输。他困兽犹斗，还想组织反攻。

千总的据点选在河边碉房，这是一幢大房子，住着达斯满头人和他辖区内的几户人家。院子很大，临着马路有两座对应的碉楼，高的三十丈，低的也有二十丈，扼住沃日河两岸。河谷兵占据了达斯满碉房，易守难攻。

果然河谷土司的士兵立足未稳就遭受了饶坝土司兵的围攻。饶坝一方居然拖来了一门大炮，这大炮本是当年金川之战清军遗留在达维的，锈迹斑斑，根本不能使用，也不知杰瓦波用了何种方法使残炮复活，居然被推上了战场。

这是一门九节劈山大炮，重三百余斤，动用了多匹骡马拖动，又派了几十名士兵搬运，杰瓦波想用这炮将河边碉房炸塌，那阵势也确实吓人。河谷土司的士兵们一个个都战战兢兢，他们远远地望着敌人正往大炮里装填火药。这炮年生久远，已找不到炮弹，杰瓦波手下的能人自告奋勇制作了代替炮弹的火药。

第一次试射火药并没有被点燃。

第二次还是哑炮。

事不过三，第三次以为发射成功时就炸了膛。一声怪响，不是打雷，也不是塌方，响声怪异，把搬运和开炮的士兵炸死炸伤不少。浓烟翻滚中传来士兵的惨叫哀号，连在场指挥的杰瓦波也弄了个大花脸。

最惨的还是那个制造炸药的能人，他本来只是一个砌匠，以砌石墙为生，砌数十米的石碉不用吊线，仅凭眼力即可，所砌的房子不倾不斜。业余时间他还能烧炭，所以砌匠在达维一带的名声很大，也算是个能人，这回被杰瓦波开发出来，担任制作火药的重任。但他这回玩大了，在饶坝少土司面前夸下海口，结果把自己和那几匹骡子一起炸开了膛，天上地下到处散落着骡腿马肠，连同能人的皮肉。这个砌匠本是河谷土司地盘上的能人，仅仅为了杰瓦波答应给他的一锭金子就背叛了主人投靠饶坝，自己把自己炸死后也没人同情他，叛主投敌是很重的大罪，幸亏砌匠是个孤家寡人，一生没有娶妻生子，不然还会殃及家人被土司定罪。

河谷土司这边并没有人欢呼，他们一个个瞠目结舌，人在天上飞，证明了这并非神话故事。凭一个变节的能人就能使九节劈山大炮复活，这真是滑天下之大稽。

气急败坏的杰瓦波发了狠，命令必须拿下河边碉房。饶坝人举着枪矛，挥舞着弯刀，人潮般一浪又一浪冲来。河谷兵已看出对方的貌似强大，英勇还击。打了一天一夜，进攻方丢下数十具尸体，坚守方伤亡并不大。

河边碉房本来就是为打仗修建的，所以特别坚固。

达斯满头人几代人都是战斗之家，他的属下虽然只有几户人家，但每一个人都是为打仗而生，历史上这座碉房从来就没有被攻破过，金川战役时强大的清军也迈不过这道坎，在碉房前吃了大亏。杰瓦波却没有把河边碉房当一回事，他毕竟年轻气盛，如果换成他父亲饶坝老土司杰瓦结森就不会这么轻率。老土司虽然干瘦也不高大，却鬼点子很多，善用奇兵，曾经英勇善战，是饶坝的"战神"，只是如今老得连门也出不了，才轮到他儿子瞎指挥。

还是西瓜弹发生了作用，将围墙炸开一道豁口，但很快就被河谷士兵堵上。

丹蓉娃意外地发现自己的枪法很准，他使用的仍是他父亲打仗时用过的那杆腾枪，虽然与那门劈山大炮的年生一样久远，但日常保养得很好，又经常用它来打猎，所以用起来还是那么精良。

丹蓉娃的枪法并不是他父亲教的，他天生就是一个好射手，这一仗他只几个点射就丢翻了几个饶坝大汉，千总把他好一阵夸奖，连杰瓦波也吃惊河谷地带怎会也有这等神枪手，他自己就是百步穿杨的"神枪"，对方也出了一个神射手！杰瓦波求才若渴，否则也不会听信那个砌匠的大言不惭。他命令手下一定要把这个神射手看清楚，仗打完了他要用一口袋鸦片把他换到饶坝当他的保镖。

进攻一再受挫，杰瓦波来了气，他一生气就要喝酒，酒喝得越多气就越大。这时他已喝了两坛懋功烧酒，迷糊了一阵，忽然来了灵感，发话说给我烧！达维已被他烧红了，这河边碉房也要把它烧垮。

杰瓦波的手下立即准备了几十坛懋功烧酒，这些酒都是从达维张家大院抢来的，准备在庆功宴上喝，这下成了助燃弹。饶坝士兵骑在马上从阵地上一路冲刺，来到河边碉房用力将酒坛掷出，意图引燃碉房，但碉房建在河边，又不似达维堆满了柴草，酒坛砸在石墙上，酒液溢出，却并没有燃起熊熊大火，反而那些投掷酒坛的士兵成为射击目标，特别是丹蓉娃的神枪建了奇功，士兵还在半途已被击毙，只留下奔跑的战马失去了主人，在河坝里狂奔乱突。

这种战法是河谷人最想要的，他们大获成功，气定神闲地瞄准射击。

见一计不成，杰瓦波的木梯兵再次冲了上来。他们四人一组，抬着木梯准备架在碉房的外墙爬上石墙，用西瓜弹炸飞屋顶，朝里抛投干草木柴。这真是一种愚蠢的战法，是醉酒之后的杰瓦波的败笔之一，自己的人被烧伤了不少，河边碉房却砖石无损。杰瓦波能够烧红达维，却烧不垮一座河边碉房。

大火在碉房周围愈烧愈旺，饶坝士兵在火中乱窜，有人身上着火，有人扛着着火的木梯大喊大叫，但他们根本不能靠近碉房，只能成为河谷士兵的靶子。

抵抗拖久了河边碉房也出现了危机，他们的弹药告急。

带的弹药本来就不多，又经过两天两夜的战斗，火力从密集变得稀疏。外墙也残破不堪，守军只好退进碉房，从屋顶和窗口朝外射击，碉房的窗口本来就少，又小，限制了视线，有很多死角。饶坝士兵得到喘息的机会，他们顽强地把残破的木梯架在碉房四周，将燃烧的木柴扔进去，炙热的火焰和令人窒息的浓烟不断涌入，在碉房里滚来滚去，这使碉房内的士兵们睁不开眼睛，又呛又咳，呼吸困难。他们只能趴在地上才能喘息，这就让进攻者有机可寻。

杰瓦波又灌下几碗烧酒，他已经发狂，命令士兵："烧烧烧！"

这场仗打完之后杰瓦波得了"烧哥"的绰号，以至于到了老年他十分怕火，见了火焰就精神失常，在地上打滚，试图把火扑灭。这都是达维之战留下的病根。

河边碉房的水源被切断了！

尽管碉房就建在河边，但为了防止有人取水灭火，饶坝士兵便用火力硬生生地划出一道火线，切断了取水的通道。多名河谷士兵为了取水死在射击之下，以至于连饮水也告罄。战斗又延续了多日，碉房被围得跟铁桶似的，一滴水也进不去，粮食也告急，碉房的主人达斯满头人并没有多余的粮食可以供应，一下子涌进来几百人靠一点存粮维持不了多久。

饥饿和口渴不止于此，最难受的还是炙热和烟熏，烈火炙烤，浓烟滚滚，人像是被烤成了肉干，烦闷、窒息、惊惧和无望。

千总丹绒多吉知道再不突围必将死于非命，士兵们的情绪已低落到了极点，他们一个个口焦舌燥，饥肠辘辘，但河谷士兵以英勇善战著称，他们全然不顾仍在奋力抵抗。

只有木旦这种老兵不同，他们已经上了岁数，受不了这种罪，他把丹蓉娃叫到身边，说寡妇丹巴拉加独自住在坡上也不容易，要是张家的真喜欢她就上门入赘到她家，那女人会当家，也知道疼人，张家的虽然年少，但能得到一个老女人的真心疼爱也是一种福分。丹蓉娃说这话你为啥不亲口对人家说，木旦摇着头喘着气，不久便气绝而去。

血染碉房

援军终于从猛固桥和董马两个方向赶来，丹巴、靖化、懋功等地的头人也率部前来增援，杰瓦波毕竟是从遥远的饶坝打来，得不到当地人的支持，战事拖久反抗就会四起，多支增援部队汇聚到达维外围，这次是守备仁巴多切亲自指挥。他爬在一棵樱桃树上朝河边碉房瞭望了一阵，吼道："拿酒来。"

原来，守备也是一个酒坛子，打仗前也要灌个烂醉。那些把总头人们见杰瓦波在沃日河谷如此放纵，烧杀抢掠，个个愤怒，举着马刀乱喊一气，也要喝酒，然后杀上战场。

一时间到处都是摔烂的酒坛酒碗，河谷里一时聚集了几千人马，而杰瓦波的人已不多，所剩不到一千，战事的结局已然注定。杰瓦波抢不了河谷地带的粮食牛羊，河谷士兵将席卷整个饶坝，将他们多年来贩卖鸦片聚积起来的财富搜刮一空。这就是事与愿违，掠夺者反成了受害者。

大队人马在董马、日尔一线居高临下，对杰瓦波的先头部队展开攻击。几日的战斗已使饶坝士兵不堪一击，他们很快溃败。

仁巴多切率队在日尔击溃了杰瓦波的一部，这一部队的指挥官是大头人梭罗，梭罗耍了一个小心眼，离开了大路，将马队埋伏在小路上。他认为仁巴多切是个酒鬼，会出昏招，从小路绕道达维，结果自以为聪明的梭罗在五家寨遭遇了围击，山上的檑木滚石如雨水般落下，梭罗三百人的马队几乎是杰瓦波所剩精锐的全部，尽数损失在山谷里。没有被砸死的士兵和马匹均被仁巴多切俘获，梭罗自己也身负重伤，带领少数随从逃回河边碉房。

　　河边碉房因久攻不下，让杰瓦波内心烦躁，他正在以酒浇愁就见狼狈而回的梭罗，他的酒气便发作了，那三百匹马全是上好的红原草地马，为了置办这些马匹，几乎耗光了饶坝土司的全部家当，这下可好，全部葬送在这个肥头大耳、如蠢猪般的梭罗手中。杰瓦波又打又骂又跺脚又捶胸，梭罗知道惹了这个小主人自己没有好果子吃，他失落地走到沃日河边，长叹三声后跳了河。饶坝人也是有血性的，这正是他们打起仗来所向披靡的原因。

　　仁巴多切乘势带队来到了木桠桥边，他们沿着沃日河南岸行进，这是一条险路，一边是峭壁一边是深谷，多数路段都是羊肠小道，远远望去，队伍过后腾起滚滚烟尘。他们砍倒灌木铺路，边修边走，过了火草沟、四大安、冒水孔，越来越靠近达维。他们在河边碉房同杰瓦波激战一番，杰瓦波腹背受敌，关键是他已无心恋战，退到达维城后半坡上的老庙内。

　　丹蓉娃和卡嘉等人从河边碉房冲出来的第一件事就是大吃大喝了一顿，张家的因为饿晕了，连走都走不动了，是被人抬出来的。他昏睡了三天三夜才醒过来，一醒过来就呼喊着说："马尿……给我马尿……"他在河边碉房里靠喝马尿挺过来，所以一口渴就叫唤着要马尿喝。

　　河边碉房的对垒是达维之战最惨烈的一幕。千总带领的这一支队伍剩下的活口不多，他们依靠碉楼和石屋与杰瓦波展开拉锯战，几乎是一寸寸土地反复争夺。当年金川之战河谷土司就在沃日河岸的龙灯碉一带同清军大战多月，这一惨烈的情景再次在河边碉房上演。饶坝土司同河谷土司几辈人不断征战，所得的便宜并不多，遭受的损失却一点不少。

　　河边碉房内外躺着无数尸体，有的中弹而亡，有的遭了冷箭，有的身上还插着左插子，血水已由乌红变成墨色。有的被铁砂弹击中，胸脯腹部全是弹孔，但多数还是渴死饿死的……

饶　坝

　　杰瓦波在前面逃窜，仁巴多切在后面追赶，失去大量战马的杰瓦波残部几乎成了步军，跑也跑不快，而仁巴多切不仅战力充裕，又俘获了敌方大量战马，所以行动神速，但令人生疑的是不管追兵再神速就是追不上逃跑的败军，眼看就要追上仁巴多切忽然命令队伍停下来休息。

　　懋功头人疑惑地报告："大人我们的马匹连汗都没有出，怎么就停下了？"

　　懋功头人立功心切。

　　靖化头人原本不想参战，躲得远远地观望，他想迫不得已才出兵增援，现在发现饶坝人并没有想象的那么厉害，被一个小小的千总拖在达维一点脾气没有，这下又仓皇出逃，所以积极性也跟着上来了，主动请战说要独自率兵直击饶坝老巢。

　　"你们懂个屁。"

　　仁巴多切老谋深算，他怕杰瓦波在这种崎岖的山道上埋下伏兵，将长途奔袭的敌人逼入绝境。饶坝同河谷不同，这里是森林地带，道路在林间穿插，而且瘴气升腾，这对河谷地带的人是严重的威胁，前面的半山腰是一个村寨，瀑布汇入一个深潭，并流出一条涧水横在村前，陡立的河堤阻隔了大军进入，唯一的一座木桥已被拆掉。

仁巴多切望着那座村庄看了半天，这是去饶坝的必经之路，村庄的道路看得一清二楚。只有几十户人家的村寨由一个小头人统领，这个小头人长年累月为饶坝土司收取过往客商的买路钱，颇有实力，头人家建有几栋木头大房子，林区的人家都是木房，不似河谷人家住的是碉房。

"这就是河谷与饶坝的分界半山寨吧？"仁巴多切望着村子问千总。

因为没有打败杰瓦波，还被困在河边碉房差点全军覆灭，千总丹绒多吉在守备面前有点气馁，不敢用眼睛直视上司，眼睛望向一边回答说："也叫小溪沟，是进入饶坝的第一个村子，这里的头人绰号叫大熊汉，为人凶残。"

守备把手下瞥了一眼，心想这厮莫不是被饶坝人打怕了，遂命令说："先把木桥建起来，进村去。我倒要看看这个大熊汉有没有老熊厉害。"

这时的仁巴多切心气很高，毕竟，堂堂的杰瓦波也被他逼入绝境，他威名远扬的仁巴多切还怕谁，一个小头人大熊汉又能奈他几何？仁巴多切灌着烧酒，嘲讽着这个饶坝的小头人，真是贼胆包天，敢取名大熊汉，他应该改叫小绵羊。在河谷大军到来之时不出寨来受死，胆敢断了进村的村桥，仁巴多切发着脾气，发誓要把半山寨杀得鸡犬不留。

建桥并不难，到处都是树木可以砍伐，也没人在小溪边设防，一切进展顺利。士兵们分成一组组站队，从圆木架成的木桥上通过，向着村子开进。他们个个都是提心吊胆的，走在空空如也的村道上，生怕哪一间木屋的窗口会射出火药、枪弹。那些林间之中也可能发射鸟铳，或者有带火的箭雨从暗处飞出。

木屋的门都敞开着，这里家家户户都做山货生意，头人就是这里最大的老板，他家还开了一家客栈，但洞开的大门此时并不是在迎客，它们像一张张大嘴，随时想要吞掉这些不速之客。

河谷士兵们不寒而栗，他们虽然骑在马上，眼睛却一刻也不敢离开那些木房子。他们是闯进来的狼群，眼睛发出幽蓝的光，心却是虚的，四处都没有人影，连鸡也没有一只，突然有一头牛从一户人家的院子里踱出来，朝骑在马上的士兵观望了一阵，又缩了回去，这把士兵们吓得够呛，连守备大人都吓出了冷汗，把手举在空中差点发出进攻的命令。

道路的尽头是一座古老的寺院，村里的房子都是木头架的，但寺院却是石头砌成的。就在落叶被踩碎发出"咔咔"声的瞬间，黑暗之中打来一发冷枪，队伍立即就陷入一片混乱之中。

"是谁?"

"哪里打枪?!"

人们互相推挤，都在寻找子弹射来的方向，树林那么密，根本找不准目标。仁巴多切紧张的心终于可以放下了，他自言自语地说:"我就知道这个半山头人不会这么安静，狗日的想打我们一个措手不及，大熊汉就是大熊汉。"

仁巴多切命令队伍散开，摆开进攻架势，仁巴多切一直在人群里寻找丹蓉娃的身影，他问千总："你手下那个神枪手呢，让他到我这儿来。"原来丹蓉娃的名气已不限于杰瓦波，连守备大人都开始器重他。

接到命令，丹蓉娃骑着他的得儿哟飞快地来到守备身边，仁巴多切欣赏地看着他说："你的马也很神，同你的枪法一样神。"守备大人可能早已忘了丹蓉娃去过他的府上，他是借口送牛肉去的，当时守备还问他是哪家的娃娃，当兵了没有？他只能愣在一边，垂着头，吐着舌头不敢出声，但守备大人的家犬拉多还记得他。这狗随时都跟着主人，它记忆力超群，已闻出丹蓉娃的气味，跑上去摇着尾巴嗅个不停。

"你看哪里在打枪？"

"报告守备大人，半山寨的人在山岗上挖了壕沟，他们在那里埋伏，只等我们全部过河就要断桥，切断我们的退路，然后将我们围在这空无一人的山寨中蚕食。"

"哟……"

仁巴多切没有料到这个胡须还没有长全的儿娃子不仅枪法神准，料事也这么神。他立即命令丹蓉娃骑上他的快马去通知后队停止前进，摆开战队。

后队正在过桥，接到了丹蓉娃传来的命令，懋功头人不以为然，一个小屁娃娃的话谁听，要不是传达的是守备大人的命令，他早就一顿鞭子把这个小儿娃子打下马去。兴许是为了验证这个娃娃传来的命令的正确性，一发冷弹不知从何处飞来，正好击中头人的牛耳朵帽子，吓得他趴在马背上，差点摔下来，他这才知道锅儿真是铁打的。

队伍摆着各种阵型朝村子后面的山岗突击，仁巴多切和手下的千总、头人们都从刀鞘里抽出马刀，马刀在空中摆动，刀尖指向何方就是向那里出击的命令，刀尖指着山岗突然向下舞动，这是向山岗开枪的指令。一顿排枪射出，山岗上果然挖有战壕，但战壕里除了不时射出冷枪，并没有太大的动静。

战马被放开了，丹蓉娃抽出了他的佩刀，裹进潮水般的人马洪流中，被裹挟着朝山岗冲去。马队在树林中左突右冲，喊杀声响彻林间，这是河谷口音的号角，枪声也在助阵。山岗上的战壕里忽然冒出了许多宽边牛皮帽，他们操的是饶坝口音，同样铿锵有力，响彻云霄。

无数的檑木滚石从天而降，兜头淋下，转眼之间双方士兵已短兵相接，弯刀和剑矛在人群间闪动，红色的液体从人的头颅和脖颈处涌出，丹蓉娃伏在马脖上，用他的老枪瞄准发射，击中目标，然后找到另外的目标瞄准发射……

这是一场混战，双方只能从戴的不同帽子来分辨敌我，连仁巴多切也亲自参战。他幸亏有他的爱犬拉多护卫，在这种时候那些千总、头人一个都不顶用，他们各自为政，自顾不暇，似乎都被那个传说中的大熊汉震慑住了。

大熊汉人如其名，同老熊一般浑身是毛，只留两只眼珠在转，他手起刀落，总有人头落地。他的胡须竟是被血染成了红毛，使他更像是一头吃过人的黑熊。他的手下围在他身边，跟他一起进退，河谷士兵被拖入阵势，被砍瓜切菜般倒下。

守备仁巴多切的指挥刀尖不断指向他，落下，再指向他，再落下，这是全体朝他攻击的指令。千总丹绒多吉冲了上去，一阵刀光剑影，千总的人头滚落在地，嘴巴还在一张一合，不知想发出何种声音。身经百战的千总成了一个饶坝头人的刀下鬼。他可是仁巴多切手下最为得力的干将，连杰瓦波也不曾将他拿下，却轻易地死在大熊汉设置的混战中。

河谷兵节节后退，连立功心切的懋功头人也裹足不前，他被大熊汉吓傻了。

子弹在丹蓉娃头上飞来飞去，士兵们在山岗上奔上窜下，都眼望着大熊汉止步不前，他们已不能正常作战。靖化头人一向都在溜边边，尽管他离饶坝的这个半山头人那么远，但还是中了冷枪落下马来，他的马跟主人一样会溜边边，立即逃得无影无踪，却同从树林里跑出来的丹巴头人的马撞在了一起。他尥蹶摆头，被丹巴头人一把抓住缰绳，还不肯就范，使劲往树林中躲避，气得丹巴头人用刀背在它头上敲了一下，它才老实下来。

这次遭遇战遭受的损失巨大，不断有人落马，失去了主人的马匹到处奔突，它们受了惊吓，又脱了缰，无法控制。这里不是河谷，而是饶坝，到了别人的地盘一切都失控，连卡嘉也被摔下马。他仰面八叉地躺在地上，每天给它刷洗喂食的亲密无间的战马，这时却全然不顾他，从他身上跨过去，连看也不看他一眼，一溜烟儿就不见了踪影。为了不被其他马匹冲撞踩踏，卡嘉只能在地上左滚右闪，场面十分混乱。

"娃哥救我……"

卡嘉的呼喊无力而又苍白，但丹蓉娃听得真真切切，他在倒下的人堆中寻找，看见的是落地的靖化头人，他卧趴在地上眼凸嘴翘，平时的威严荡然无存。在他身边还倒下了几个士兵，他们像蛆虫般蠕动着，还没有站起来又被奔突而来的战马撞翻。

"散开……散开……"

守备仁巴多切传下命令，部队要排成散兵线，不能挤成一堆成为活靶子，要排成马蹄形攻击阵型，这在平时不断演练的科目一打起仗来就都废了。那些带兵官，包括前卫、后卫、放哨等各层级都不起作用了。

河谷兵们都各自为政。

一个大熊汉的手下长得特别英俊，高高大大，五官轮廓分明，嘴上刚长出绒毛，他用弓弩对准丹蓉娃，双方用炯炯有神的目光对视了片刻。两人都是俊美的青年，但战争让他们失去了理智，一支利箭朝丹蓉娃毫不犹豫地射来，箭头上涂了七叶一枝花的毒液，被丹蓉娃一扭脖子迅疾躲开，几乎同时丹蓉娃的佩刀已挥舞过去，他用力过猛，刀尖扎进了宽边牛皮帽，却并没有刺中要害。丹蓉娃还没有来得及把刀拔出来，对方已用手握住了刀刃，鲜血从手掌上滴下来，英俊青年的脸上浸着大颗的汗珠，渐渐的惨白，他在战抖，但握着刃的手始终没有松开，而是越握越紧。

丹蓉娃居然起了恻隐之心，这个饶坝儿娃子同卡嘉年龄差不多，他们如果相识肯定会成为生死之交，但在战场上他们是敌人，丹蓉娃抽出他的佩刀，看着对方慢慢地倒下去，却没有刺穿他的头颅，他放过了他，而他刚才还朝他射来一支毒箭。连丹蓉娃自己也不明白自己何来的妇人之心，半山寨的这个娃娃实在太英俊了，他不能毁掉他。

丹蓉娃调转马头，被其他人裹挟着朝山岗奔去，有好一阵子他都不能集中精力，神色有些恍惚，卡嘉重新抓住了一匹战马，从他身边飞奔而去。丹蓉娃想掉转马头跟上他，但得儿哟像是喝醉了酒的醉鬼，跌跌撞撞，很不听话，气得丹蓉娃用刀背敲打它的头，得儿哟发了脾气，昂着头，驮着丹蓉娃奔回半山寨，在村道上乱跑。

左突右撞就碰上了大熊汉，他大喊大叫，真像一头发怒的公熊，他根本没有把丹蓉娃放在眼里，一个河谷来的儿娃子在他看来就是一只还没开叫的公鸡。大熊汉挥舞着他的弯刀，宽边牛皮帽压在眼睛上，他是一路砍杀过来的，正在兴起，连路边的木桩也不放过，一刀劈去把木桩斩成两截，但他单单放过了丹蓉娃，恍惚间视而不见。他绝对没有恻隐之心，完全是忽视，一个小儿娃子能翻起什么风浪，他的目标是守备仁巴多切，他要把这个魔头打掉，所以红着血浸的眼睛在混乱中寻找目标。

大熊汉的无视让丹蓉娃有些生气，自己并不是一个影子，这么大一个目标，难道连一节木桩也不如，抑或是这条大汉红了眼什么都看不见了？

丹蓉娃感到自己受了侮辱，这比挨了大熊汉一刀更让人憋屈。

丹蓉娃用他的腾枪瞄准了准备起身离去的大熊汉，那是一个虎背熊腰的背影，目标实在庞大，甚至都不用瞄准，一扣扳机，他的背上就开出了一朵血红的杜鹃花，接着又是一枪，子弹再上膛，继续打了一枪……本来还在喊叫的半山寨主，一世英名的大熊汉瞬间就安静了。他像一袋土豆一般趴在马背上，马驮着他还在走，但他的两只手已垂了下来，著名的饶坝弯刀掉在地上，弹了几下，就躺在了一座木头大房子的门前，而这座大房子正是半山头人大熊汉的家。

"头人死了！"

发出这一叫声的是大熊汉的手下，而下手干掉半山头人的丹蓉娃还不能确信头人的死讯，他骑马上前追上头人的马，把他的头搬过来，那张棱角分明的阔脸已变得毫无血色，宽边牛皮帽压住的眼睛也没有闭上，充血的眼珠怒视着远处，他死不闭目，万万没有想到自己会轻易死在一个河谷后生的枪下。仅仅是因为一次小小的疏忽，便酿成了杀身之祸。一失足成千古恨，历史上饶坝与河谷决一胜负的大战因为这个小插曲而告终结。凭饶坝的实力和决心他们不应该是失败的一方，但历史从来就不相信眼泪，弱势的一方战胜强大的一方，这种结局在不断上演。

战斗戛然而止。

半山头人的手下失去了领头羊，也就失去了战斗力，村道上的枪声逐渐稀少，最后完全停了下来，只有那些慌乱的马匹满身大汗停不下来。其中一匹驮着大熊汉的尸身在村道上跑来跑去，大熊汉的一只脚卡在了马镫里，那匹战马就拖着它的主人在街上游走，让所有人都知道战斗的结局。士兵喘着粗气，都在询问是谁结果了这个莽汉。

"娃哥，娃哥。"

这是卡嘉在喊他，他说守备已知道他立下了大功，现在全体河谷士兵都知道他是河谷人的英雄，就像他父亲才旺措美一样出名了。不同的是才旺措美因自己的失误点燃了火绳将数十笼火药引爆导致了那场战役的失败，而他的儿子却击毙了饶坝的战将把河谷拖入了胜利。

这是一次历史性的胜利，以至于饶坝从此一蹶不振，数十年都无力再发动对河谷的战争。

杰瓦仁堆

这次对抗的结局有些出人意料，以饶坝土司的失败告终。河谷一方大军压境，只攻占了半山寨饶坝一方就投降了。杰瓦波逃了回去，老土司并没有责怪他，只是用另一个儿子取代了他的地位。

这个儿子叫杰瓦仁堆，他继任的第一件事情就是带着半山寨及其周边五十里地界的契约及五千两"过山银子"和一千两大烟来到仁巴多切营前，以换取河谷大军不攻打饶坝老营的协议，如果老营被攻占损失就不止这一点点。

仁巴多切在大营迎接杰瓦仁堆。同哥哥杰瓦波的孔武有力不同，杰瓦仁堆显得清秀，他的母亲是岷江边上的人，蔬菜是那里人的主食，他们同主要吃肉的地方的人行为举止大不相同。杰瓦仁堆生下来就不爱吃高原的食物，喜欢吃汉地的大米和蔬菜，也不擅长骑射，爱好诗文，虽然长得文绉绉的，但在饶坝却是一个了不起的人物。饶坝土司不用这个羸弱的儿子四处征战，但他知道在这种时候只有这个儿子能堪大用。那么多儿子中谁强大，谁阴柔，不能光看外表，事实往往相悖。

守备最大的嗜好是贪图钱财，谈判中杰瓦仁堆根本不谈纷争，只谈饶坝金矿出产的黄金成色有多么足，饶坝的美女亦有很多，有能歌善舞的，也有能生娃的，而且生下的娃娃个个优秀。杰瓦仁堆把优秀一词重复了三遍。谎话说三遍就成了真理，杰瓦仁堆说的本来就是真理，连说三遍已变成圣言。这么一谈，很快就把态度傲慢的守备大人洽谈了进去。这一天守备的酒又喝得太多，人已迷糊，在接过了杰瓦仁堆的两大坨金子之后就承诺退兵。

这是一个丢人的协议，双方的后台都大加斥责，河谷土司洛桑郎卡躲在董马的官寨找清静，这时已回到了擦耳寨。他暴跳如雷，大骂杨春旺是个酒囊饭袋，那么一点蝇头小利就葬送了血战得来的胜利。他知道自己的权利已经式微，根本制服不了这个守备，关键是那两坨黄金一两也落不到他的手中，所以耿耿于怀。

河谷土司与守备的梁子算是结下了，这为后来双方的大打出手埋下了伏笔。

饶坝的反应更为强烈，英勇威武的杰瓦波因为刚愎自用遭受了大败，失去了父亲的恩宠，在得知弟弟杰瓦仁堆的所作所为之后同样大发雷霆。他冲到父亲面前要求再给他一支战队，去偷袭河谷土司的老巢，以报这丢人现眼的奇耻大辱。老土司已老得失去了雄心壮志，说一句话都要咳喘好一阵子，他挥着手要人把杰瓦波叉出去，饶坝的百姓连粮食都欠缺，还拿什么来打仗。再给他一个战队，连战马都配不齐！

老土司呻吟着："逆子！逆子啊！！"他喘得差点背过气去。

还有几天杰瓦仁堆就要返回，他带着完成重任之后的喜悦，能够避免战火给饶坝带来的蹂躏，并得到百姓的拥戴使他十分得意。

杰瓦波与此相反，他天天到仁增旺姆家去。这个女人是饶坝著名的美女，能唱一口饶坝弦子，她是父亲杰瓦结森准备说给杰瓦仁堆的，但杰瓦波先下了手，他一来喜欢这个妖艳的女子，二来也是出于对那个满嘴斯文的弟弟的报复。

杰瓦波沉醉在癫狂之中，他本来就浑身都是力气，如果不打仗这力气就没有地方使，所以他根本不顾父亲的威吓，一到夜里就潜入仁增旺姆家，鸡叫三遍才回自家大睡。这么一来他把自己弄得疲惫不堪，这种夜夜狂欢使他消耗着自己。他的脸色阴沉，眼圈发黑，连走路都偏偏倒倒，这种白天喝大酒，夜晚疯狂出火的日子很容易把一匹儿马整瘫。

杰瓦波已失控，从山岗上冲下来已刹不住车，就要跌进山谷。

仁增旺姆其实很喜欢杰瓦仁堆，喜欢他的温良，但她又拒绝不了杰瓦波的粗犷，这是两种截然不同的气质，都合她的意，所以她便游走在这同父异母的两兄弟间。按照饶坝的风俗同时嫁给两兄弟是得到认同的，仁增旺姆用不着背负指责和骂名，但这毕竟要付出代价。

仁增旺姆根本不敢出去，她用头帕紧紧地裹着脸，她不是怕人指脊梁骨，而是脸色青紫，眼睛干涩，眼睛上仿佛有一层薄膜，雾蒙蒙的。这是飞蚊症，她还这么年轻就有了老妇人的症状。每天早晨起床眼角都堆满了眼屎，要反复清洗，她的整个脸都在发肿，她甚至怀疑自己的嘴角也在歪斜。她一向把自己的美貌看得很重，这下完蛋了，一场火热的缠绵就使高原玫瑰衰败了。

仁增旺姆并不是出生于名门望族，她父亲只是一个银匠，但她天生丽质，生来就有贵族气质，又跟民间艺人学得一些才艺，有这些东西压身，使她显得无比高冷，如果不是土司的两个儿子，似乎无人能够降服得了她。

她不能放弃同杰瓦波黏在一起，这个男人浑身都是肌肉，雄性的气息很远就能闻到，嗅过之后还有记忆，但她同样忘不了杰瓦仁堆的气味。如果他哥哥是雄性的膻味，弟弟就是一股书卷般的沉香，仁增旺姆也喜欢书香，雄性的气味使她亢奋，书香使她沉醉，所以她愿意同时与这兄弟俩来往，她敢爱敢恨不怕别人议论，她要像青冈木一般钻进灶炉里去燃烧自己，还要噼啪作响，向外释放油脂。

一场家庭风暴在饶坝土司府里酝酿着，其实这也潜伏着整个饶坝的危机，每一次土司家庭的变故都会殃及整个土司地界上的百姓，连杰瓦波最忠诚的手下因为他同仁增旺姆的关系也变得躲躲闪闪，他们都不愿去蹚这浑水，暴风雨终究会来，雷声已经隆隆，要尽快找一个避雨的地方。

这种事终究还是让老土司杰瓦结森知道了，他统治了饶坝几十年，到处都有自己的耳目，何况杰瓦波和仁增旺姆又那么不安分，明目张胆，十分张扬，生怕别人不知道。杰瓦波是骑着马上仁增旺姆家去的，当他从饶坝老营的大街上飞驰而过，将那些泥水溅得满街飞洒就等于向所有人宣告了他的风流韵事。他还带着女人去汉人的商店里买戏服，仁增旺姆戴着唱戏用的"颤翎子"，两只长长的羽毛在她肩上颤动，就穿着这样的服饰穿街过巷，这就没有要隐瞒的意思。

饶坝人都在等待杰瓦仁堆回来，又在观察老土司的动静，等待有好戏上演。

杰瓦波可不管这些，与其说他是尽情发泄，不如说是赌气。他用他握惯了弯刀的大手抚摸着仁增旺姆硕大的乳房，这乳房对他有极大的吸引力，乳头发出一股奶香，直往杰瓦波的鼻子里钻，桀骜不驯的饶坝少土司完全被仁增旺姆驯服。

仁增旺姆的大房子里全是毯子，有牛毛的地毯，还有羊毛的挂毯，一口小床般大小的金丝楠木的箱子里全是汉地的戏服。她是饶坝著名的弦子歌手，也能哼哼几句汉人的戏文，这时汉人的戏剧已在整个康巴地区十八家土司的地盘上流行起来，仁增旺姆就是一个戏迷。

"你弟弟就要回来了。"

"你怕啦，我可不怕那个乳臭未干的小子。"

"你弟弟可是立了大功回来的，他阻止了河谷大军对我们饶坝的占领。"

杰瓦波大怒而起，把自己马鬃一样的鬈发从仁增旺姆手里挣脱出来。他大发雷霆，不明白为什么整个饶坝的人都在敬佩一个男不男女不女的小男人，他干了什么？把饶坝的门户半山寨拱手给了别人！又奉上两坨大大的黄金……这个黄口小儿是在出卖饶坝，而为饶坝战斗的是他——杰瓦波！吃了一次败仗就这么不招人待见，这并不是他杰瓦波不英勇，而是那个叫杨春旺的奸诈小人学会了汉人的那一套，动不动就使诈，耍奸计。

他定要再次起兵，把整个河谷荡平。

他要运光河谷的粮食，让饶坝十年不播种也有粮食吃。他还要到土基去抢光他们的牛羊，他不信奉鸦片贸易，用饶坝的出产去换取十八土司的特产，还有汉地的盐茶，他不干这种麻烦事，他要靠弯刀解决问题，他信奉武力。

仁增旺姆使出浑身解数想把这匹脱缰的狂马抚慰下来，她挺起她的大乳，那种诱人的奶香果然有效，狂奔的野马收住了蹄子，慢慢地安静下来。但仁增旺姆的问题又来了，她担心杰瓦仁堆回来她无法面对，她更担心杰瓦波会扔下她，早就有别家土司想把女儿嫁给他，他不仅英俊而且英勇，又是饶坝家的继承人，仁增旺姆思前想后，只能长吁短叹。

"其实我爹已经打好了主意，想把仁巴多切的女儿格桑玫朵娶给我，靠打仗挣不来的东西，老头子想靠联姻来换取。"杰瓦波毫无心计地将他父亲的打算和盘托出。杰瓦波并没见过格桑玫朵，只听说是个旷世美女，只这一点就令他着迷。英雄爱美人，杰瓦波过不了美人关，他恨不得让天下美女尽入他的囊中。百姓需要的是粮食，他需要的是好酒和美女。而眼前的这个仁增旺姆只是权宜之计，是他给弟弟杰瓦仁堆找的不痛快，他要用占有他的女人来打击他，让这个书呆子心口流血。至于那个河谷守备的女儿他只能到时候再说，毕竟眼前他还有仁增旺姆陪着。先气死杰瓦仁堆，再抱得美人归。杰瓦波打的就是这个主意，他认为自己并不笨，还有些聪明过人，会耍美人计，他在心中暗喜。

仁增旺姆"哦"了一声，她恍然大悟，难怪杰瓦波要缠住自己，原来他这是要反抗他父亲给他的安排，她成了他的筹码还被蒙在鼓里，以为他对自己有多么迷恋，她忽然觉得心酸，但说出来的却是另外一套。

"守备家的女儿我认识，那可是沃日河谷有名的美女，是一朵格桑花，还是守备的掌上明珠。"

仁增旺姆脸上在笑，心里却在流泪，她本来还在杰瓦波兄弟之间游移不定，这下她突然明白了。她爱的是眼前这个五大三粗的汉子，他虽然缺乏他弟弟的那种文气，但武气和文气不可能集于一身，她只能抓住一个算一个。

"我才不要杨春旺的女儿，她美若天仙又如何，我也不要。杨春旺是我的仇人，我发誓有一天会亲手宰了他。我要娶你，不能让杰瓦仁堆占了便宜，等那小子一回来我就跟他摊牌，白刀子进红刀子出，跟他拼个你死我活。"

眼看狂躁的野马又要冲动起来，仁增旺姆梳理着杰瓦波的鬃毛，这个男人是头豹子，要顺着毛梳理，不能逆着来。要把他的毛和气都理顺了才不会出乱子。她忽然一字一顿地吐出了真言。

"杰瓦波，我们去汉地吧，去灌县，去成都，你可以做生意，我就唱戏，我有银子，够我们用的。我还有十张豹子皮，听说在汉地很值钱……"

仁增旺姆说得很坚定，她要杰瓦波放弃继承权，把土司的位置让给他弟弟杰瓦仁堆。她不稀罕什么土司印信，她要去拉萨，去演藏戏，她要当一个最有名的戏子。

杰瓦波扑哧一声大笑，他才不跟这个发疯的女人去流浪，他要当土司，他要打仗，他喜欢打仗，他不仅要统治嘉绒本部，当十四土司之王，他还要占领嘉绒冲部，以鹧鸪山为界，东起马塘，西达大小金川流域的苏部、杂谷部、瓦寺部通通都要听他的。他是一个有雄心壮志的土王，他才不会跟一个歌手去流浪，只有杰瓦仁堆那小子适合当她的行吟诗人，走遍藏地去又唱又跳。

　　仁增旺姆在杰瓦波的笑声中战抖，她知道她又掰玉米又剥蚕豆的结果便是什么也弄不到。

多吉马

　　格桑玫朵是在擦耳寨大街上遇见多吉马的，她的双眼为之一亮，芳心颤动，这青年多么英俊而又潇洒，这时的多吉马正值青春年华，刚满二十五岁，两个年轻人就在擦耳寨街头一见倾心。格桑玫朵完全忘了她的爱慕者丹蓉娃，她当时喜欢丹蓉娃就像今天爱上多吉马一样热烈。此时的格桑玫朵正在读仓央嘉措的情诗，那些诗让她沉醉，多吉马正好幻化成诗中的意象。

　　多吉马早年跟随叔叔洛桑丹增到寺庙学习，藏文、经书过目不忘，他是那种不穿袈裟、不当喇嘛也可以俗人身份在寺院里生活、学习经文的人。后来多吉马又随叔叔来到成都的书院读书，他性格独立，人们都认为他与众不同。他从小在家乡生活的时间并不多，却跟随叔叔洛桑丹增走遍了整个高原，又在汉地成都生活了多年。叔叔是一个康巴商人，又是典型的行吟诗人，一生都在行走和游历，但他不想让多吉马像自己一样，他认为自己是迫不得已。但他也不想让多吉马继承土司大位，成为一个统治者，他想让他成为一个自由的行者，无拘无束地自由生活。

这时土司制度已经式微，自金川战役之后许多地区已在改土归流，作为商人的洛桑丹增已敏锐地看到了这一点，并把它灌输给侄儿多吉马，所以他的行为举止在常人看来难免显得怪异。

洛桑丹增与洛桑郎卡虽然是兄弟俩，但生活的理念非常不同。洛桑郎卡在土司位置上崇尚的是权力，洛桑丹增在经商的同时喜爱文学。矛盾中的两兄弟经年不见一面，哥哥洛桑郎卡非常后悔把儿子多吉马放在弟弟身边，他只是拗不过太太巴桑拉玫，是他妻子非要儿子跟叔叔行万里路、读万卷书，成为河谷土司家有出息的一代才俊。但事情的发展与土司夫妇当初的愿望再次相悖，回到河谷的多吉马几乎让他们不认识了。

在成都多吉马与一批藏族孩子进入书院读书，学习汉语言文学，他不仅能说一口流利的四川话，还能背诵许多古诗词，特别是杜诗。他就读的书院就在杜甫草堂边的浣花溪畔，他似乎就要成为一个文人，但在这时他却又进入清营去当了一名清兵，从士兵做起，直至成为军官。他熟练地掌握汉语，又懂军事知识，从一个小小少年长成一个俊美的嘉绒汉子。他继承了嘉绒人的体魄，又有汉地文人的儒雅，更有对各地人文地理的亲历。他得到过各地高人的教诲和指导，形成了自己良好的修养和高尚的品德，甫一出现就深深地吸引和打动了格桑玫朵。

多吉马对于格桑玫朵是一块新的领地，她从未抵达，因而充满新奇，渴望攀登。

那天也是凑巧，格桑玫朵站在街头看着街景，由于打了胜仗，擦耳寨一片繁荣，一些新的店铺开张，有几家汉地来的服装店特别吸引她，她准备做几身丝绸料子的衣服。侍女桑吉巴拉忽然大惊小怪地嚷起来，让小姐看那个嘉绒汉子。他实在是英武，简直就是神人，在沃日河谷，在桑吉巴拉心目中丹蓉娃就是神人，谁也比不了他，但今天出现的这个神人把丹蓉娃比了下去，他那浑身的气派、那神态、那文气使她狂热。

丹蓉娃没有机会四处游历，也没有读过什么书，他身上多的是常年在山野河谷间奔跑带来的粗犷，而缺少多吉马那种儒雅的气质，这正是两人之间的区别。

格桑玫朵愣愣地望着突然出现的多吉马，完全融化在他的举手投足间，这是他们的第一次相见，格桑玫朵感到相见恨晚。

格桑玫朵以前只是听说过这个人，仿佛离她十分遥远，现在他从传说中来到现实，真人就出现在她面前，使她的心止不住地怦怦乱跳。他就是那个传说中骑着金象，驾着云朵降临人世的神人？天上霞光万道，地上万物茂盛，他就是祥云和甘露吗？格桑花饥渴的心得到了滋润。这片土地上并不缺少俊男美女，但非常缺乏儒雅之士，多吉马的出现填补了这一空白，使他成为众人仰慕的焦点。

"这就是我们的少土司，我们擦耳寨未来的主人，我们的小少爷。"

桑吉巴拉已激动得语无伦次，浑身的肉都在战抖。她现在更爱吃肉，而且少女的春心萌动，思春怀恋，特别是不能看见这种英俊的男人。她是一匹拴在马厩里的怀春母马，随时准备扯断束缚自己的缰绳，奔向她的雄性儿马。

多吉马并不是孤身一人，跟他走在一起的还有他的好友王轩。王轩是成都大儒王洛古的儿子，与多吉马在一个书院读书，遂成生死之交。两人虽然生性不同，但誓言生死相随结为兄弟，跟随多吉马来到沃日河谷的王轩正是桑吉巴拉激动得不能自持的原因，少爷的主意她自不敢打，但少爷的随行者她也非常敬仰。

说到王轩的父亲王洛古还真有来头，他是成都著名的桑梓学派的创始人，他的学生中有一大批官居高位，而他本人却并不出仕，独立隐居于闹市，住在成都浣花溪一处幽静的宅院里。院子高墙黑瓦，古木参天。院中有一水塘，是成都五十多口水塘中最妙趣横生的一个。大儒的书房就建在水塘边，两层的小楼藏满金石典籍，宽阔的读书台就架在水面上，水中种有荷花，岸边遍植垂柳，多吉马就是在这里聆听老师的教诲，度过了他的少年时光。多吉马在汉地最大的收获一是学识，另一个就是有了王轩这个学富五车的兄弟。

这个汉地来的青年才俊同多吉马一样散发着光彩，但穿着打扮完全不同。俊俏的后生穿的是青布长衫，头上挽着一个发髻，扎着丝绸的飘带，面容白皙，明眸皓齿，这种造型在擦耳寨出现使整个官寨都熠熠生辉。擦耳寨的汉人本就不多，出现的又是一个飘然而至的汉人，与那些经常过往的商人一点也不相似，犹如在擦耳寨的水凼里投入一块巨石，激起的就是一个大波。

这时丹蓉娃来到多吉马身边，他是经过千挑万选成为少爷贴身随从的。这正好应了他出生时土司太太的愿望，一切仿佛都是命中注定。丹蓉娃在战斗中的优异表现，神准的枪法，是他被相中的原因。多吉马带着他四处走访，拜访各地的土司头人，包括守备仁巴多切的府上也是他们常去的地方。

多吉马的穿着十分特别，当过清兵的他也不爱八旗装束，他穿的是一条马裤，脚蹬一双雅州黄牛皮做的皮鞋，鞋底还钉了马掌，走在石头路上，咯噔咯噔作响。上身穿的是齐腰的短式藏袍，腰间扎一根黑色的牛皮带，佩戴的不是嘉绒人常配的左插子，而是一支枪筒很短的手枪。他这身装束配上他倜傥的风度在当地人中显得鹤立鸡群，而且他走到哪里都会有长袍马褂的王轩相伴，有青春少年丹蓉娃相随，这一群充满青春活力的人走到任何地方都牵动人的眼球。

他们与守备走动得勤了，自然同格桑玫朵熟识，但他们并不知道格桑玫朵主仆的小心思。这主仆二人各自怀春，这其中还夹杂着一个多余的人丹蓉娃，他本是主仆二人共同的喜欢对象，但现在他已没人待见，显得处处碍眼。

多吉马在外面待久了，特别是他在拉萨生活过一段时间，他的藏语中卫藏方言很多，这与嘉绒话有了差异。王轩虽然也会藏语，却没有在沃日河谷生活过，他几乎听不懂嘉绒话。卫藏方言与嘉绒话最大的差异是卫藏方言里有很多敬语，王轩一点也不熟悉，这并没有难住格桑玫朵，她天资聪慧，敏而好学，对卫藏方言特别是那些敬语很有兴趣，虚心地向多吉马请教。

多吉马也很愿意教格桑玫朵说敬语，但王轩则不然，他很烦桑吉巴拉的纠缠，他这时才刚刚与她相见，并没有把她打上眼，只要桑吉巴拉表示想跟他学习，他就把她推给丹蓉娃。丹蓉娃觉得莫名其妙，他是多吉马的跟班，又不是格桑玫朵的跟班，为什么要教这个侍女说话？拉萨话他自己也还没有学会呢，更重要的是他的头脑中总是会出现那座废弃的碉房后岩洞中发生的一幕。当时的情形太过恐怖，她发出的呜呜咽咽的叫声已然在耳，虽然那件事的当事者小头目尼西平措和木旦及仲马贝罗已死于战场，但亲历者的他还在，以至于他一见到桑吉巴拉站在眼前就要出现那个挥之不去的场面。

这不是幻觉，而是真实的存在，过了很久他几乎要把这事淡忘，现在突然又历历在目，令人有窒息的感觉。反而桑吉巴拉似乎早已忘得干干净净，这是一个心里不存事的姑娘，过往的经历全部被她清零，甚至不长记性，仍然十处打锣九处在，来往于纷繁的人事之间，快活得像一只叫喳喳的麻雀。

丹蓉娃不想提及那件事，但他觉得这辈子再也忘不了了，他从始至终都在同情这个无辜的侍女，这件事已成了一个阴影，嵌入了他的记忆。他删不掉头脑中的备份，它们像影子一样潜入他大脑中的每一个回沟……他终于意识到自己是一个心思缜密的人。

见过世面的多吉马喜欢仓央嘉措的诗歌，他博学多才的朋友王轩会用藏语朗诵杜甫的诗篇，这一群年轻人聚在一起真是快乐无比。特别是格桑玫朵，她感到新鲜而又兴奋，这个从汉地回来的年轻人真是与众不同，他不仅是土司的儿子，还是一个多才的情郎。

多吉马从老师王洛古那里学会了古音韵，吟唱起来有一种地老天荒的感觉，这使格桑玫朵无比惊讶。甚至连丹蓉娃也闻所未闻，第一次听见这种诗歌就被震撼，他原以为他经常唱的民谣就很优美，原来还有这么美的诗歌可以表达深情。仓央嘉措在这世上活了二十四年，做了十一年活佛，写了七十余首诗歌，他的故事传遍卫藏，现在又流传到了康区。

那一刻，

我升起风马，

不为祈福，

只为守候你的到来。

那一天，

我闭目在经殿的香雾中，

蓦然听见，

你诵经中的真言。

那一月，

我摇动所有的经筒，

不为超度，

只为触摸你的指尖。

那一年，

我磕长头匍匐在山路，

不为觐见，

只为贴着你的温暖。

那一世，

我转山转水转佛塔，

不为修来世，

只为途中与你相见。

河谷土司的儿子多吉马同守备的女儿格桑玫朵在这种聚会中感情交织在一起，其他人也各怀心思，他们成了一个诗歌小团体。当然也有完全听不懂的人，这就是桑吉巴拉，她并不懂得这些诗歌中的表达，但桑吉巴拉有一副金嗓子，她能唱，声音高亢而又婉转，她记忆力又好，那些谱了曲的诗歌她听两遍就会唱。

我向她深情地望了一眼，

美丽的仁增旺姆，

含情地瞥了我一眼，

在一对睫毛之下，

我与仁增旺姆结下了不解的姻缘。

与心心相印的恋人，

我和仁增旺姆，

若能相伴同行，

即便靴子没有底子，

我愿与仁增旺姆，

欢快地走向远方。

桑吉巴拉的歌声动人，这个胖姑娘因为她的歌声打动了汉地来的才子王轩，他终于仔细打量这个姑娘。胖姑娘有一种豪情和奔放，这是一种炙热，也是一种纯真，情人眼里出西施，刚一开始王轩还烦桑吉巴拉的纠缠，这才几首情歌唱下来，他就改变了态度，长得瘦弱的王轩与长得肥美的桑吉巴拉对上了眼，成为高地上的奇缘。

爱情不分种族，没有地域的限制，更没有高低贵贱。一个叫王轩的瘦弱书生与一个叫桑吉巴拉的粗壮侍女的爱恋之火像山火一样被点燃，在那条叫沃日河谷的深谷里如火如荼地猛烈燃烧起来。

> 时来运转的时候，
>
> 竖起祈福的宝幡。
>
> 有一位名门闺秀，
>
> 请我到她家赴宴。

　　桑吉巴拉并不是名门闺秀，她只是守备女儿格桑玫朵的侍女，但王轩出自名门，他家几代举人，父亲王洛古为成都一代大儒。就是这样一位名门之后在沃日河谷结识了平民边巴次仁的女儿桑吉巴拉，并上演了一出可歌可泣的爱情大戏。

> 爱情渗入了心底，
>
> 能否结成伴侣？
>
> 答曰：除非死别，
>
> 活着永不分离！

　　王轩嘴上唱的是这一首情诗，心里还有另一首情词，他要把这一首单唱给桑吉巴拉听。

> 我问佛：为何不给所有女子羞花闭月的容颜。
>
> 佛曰：那只是昙花的一现，用来蒙蔽世俗的眼，
>
> 没有什么美可以抵过一颗纯净仁爱的心，
>
> 我把它赐给每一个女子，可有人让它蒙上了灰。

30

栁担湾牧场和木坡的山岗

擦耳寨举行赛马会，多吉马作为主持人参加，他这是头一次代表老土司支持这种活动。格桑玫朵自然要来捧场，她马骑得很好，她的马达瓦是一匹枣红色的母马，来自红原草地，格桑玫朵骑着它十分得意，但达瓦与丹蓉娃的坐骑得儿哟是一对老相好，只要两匹马同时出现就要互相追逐。

丹蓉娃扯着得儿哟的马鬃，根本控制不住。格桑玫朵坐在马背上咯咯笑个不停，她任由达瓦调皮捣蛋。这一天有一只鹞鹰出来砸场子，它是从天上冲下来抢食羊肉干巴的，猛地一击干扰了正在调皮的达瓦，它显然受了惊吓，屁股撞上得儿哟，这引起了连锁反应，几匹贴得很近的马互相推挤，把王轩的马挤倒。

王轩并不擅骑马，他刚学会皮毛，骑的又是一匹从饶坝少土司杰瓦波马队俘获的战马，它倒地的同时把主人也摔了下来，恰巧这个惊慌失措的主人有一只脚卡在了马镫里，惊魂未定的战马从地上一跃而起，拖着羸弱的王轩在场地上跑起来。这时王轩还没有忘记呼救，可他呼唤的并不是他的挚友多吉马，而是侍女桑吉巴拉，他本是出于本能，但在潜意识里他或许认定多吉马同自己一样，也是一匹笨马，不善骑术。

面对这种情况，最为担心的是多吉马，他知道王轩的骑术，但多吉马自己也很久不骑马，显得生疏，丹蓉娃想上去搀扶才子，但得儿哟的心思只在达瓦身上，丹蓉娃失去控制。倒是桑吉巴拉十分得力，她虽然很胖，但动作并不笨拙，甚至有些敏捷。她从自己的马上跳下来，追上王轩的马，一把抓住马尾巴按住了马屁股，她跳上王轩的马，紧紧拉住了马笼头，那马前腿腾空立在空中，等落地时已站在原地，与此同时，王轩抽出了卡在马镫里的脚。

这一切来得突然，结束得也突然。

瘦弱的王轩被强壮的桑吉巴拉扶起来，经过了这一幕两个年轻人会心地一笑，多吉马也笑了，他看出了端倪。

同样的大戏接连在枷担湾牧场上演。到了秋天，牧场仍然是茂盛的景象，山花烂漫，正是一年里最好的季节。擦耳寨的百姓扶老携幼，赶着马车或牛车到草地上搭帐篷，这叫"耍坝子"，在牧场上跑马射箭，夜以继日地唱弦子、跳锅庄，青稞酒更是一罐一坛地干，夸张的人家以桶装酒，一连几天，长醉不醒。

多吉马最爱这种活动，他离开家乡已有多年，如今又能纵马奔驰，并参加赛马。多吉马的骑术并不高明，这是因为他在内地疏于骑射，正因为如此他的兴趣更浓。多吉马选的是一匹枷担湾牧场上的马，是一匹纯白的儿马，十分高大，但它与格桑玫朵的坐骑达瓦不睦，见了达瓦就尥蹶子，这让多吉马略微尴尬。但白马同格桑玫朵的护家犬拉多很要好，见了白马，拉多就欢快地摇着尾巴，这令人奇怪，这一马一犬的举动成为赛马会上的佳话。

格桑玫朵头戴牛皮帽，身穿嘉绒藏袍，脚蹬一双牛皮做的长筒靴，与多吉马十分般配。但王轩与桑吉巴拉的装束却很不匹配，王轩青衫长发，面白齿皓，与高大健壮的当地姑娘外表差别极大，但这时两人的感情已经升华，汉地的儒生小哥与河谷的飒爽大姐成了公认的一对。

被冷落在一边的丹蓉娃很是沮丧，他既不会朗诵仓央嘉措的情诗，也没有桑吉巴拉动人的歌喉，虽然枪法神准，但此时也没有用武之地。他只能眼看着一对对的恋人互相倾慕，而自己却成了一只单飞的鸟儿，干瞪着眼着急。幸亏有他的朋友卡嘉前来助他一臂之力，他跳起了踢踏舞，丹蓉娃这才想起跳舞是他的强项，他与卡嘉在草地上舞动起来，舞姿奔放而又潇洒，很快吸引了马会上所有的目光，特别是他心中的仙女格桑玫朵。

多吉马摇动了格桑玫朵的心，丹蓉娃也使她心旌摇曳。这会儿她正陶醉在丹蓉娃的舞姿中，包括他的那个小哥们儿卡嘉的热情活泼也使她一时有些茫然，没有了主意。其实格桑玫朵的舞跳得也不错，锅庄和弦子自不必说，包括拉萨的踢踏舞、日喀则的谐钦她都跳得好。有丹蓉娃领舞，格桑玫朵也翩翩起舞，丹蓉娃有了表现的机会，他在暗中与他的主人多吉马较上了劲。多吉马是一个开放温和的人，又在外面走动多年，因而不像老土司洛桑郎卡那么古板，他也看出了自己的这个小跟班对格桑玫朵的情谊，但他并没有武断地出手干涉，而是用竞争的态度平和地对待。

"你的诗朗诵得很好，但马骑得不行，作为少土司，这会令人笑话的。"格桑玫朵对多吉马发难。

"哦，哦……"

对于少女半玩笑半认真地调侃，多吉马一时语塞，在嘉绒地区的沃日河谷，不会骑马的男子很没有脸面，但多吉马十分狡黠，他眨一眨眼睛说："我有骑马的老师，他很快会教会我的。"

多吉马指的老师是自己的随从丹蓉娃，而这时丹蓉娃还在起劲地跳舞，对多吉马和格桑玫朵的对话并不知晓，见两人哈哈大笑起来还摸不着头脑。

"你们那么开心是有什么乐事？"

"我们在笑你忽然成了老师。"格桑玫朵看着丹蓉娃笑得更加意味深长。

多吉马满脸开朗与平和，使得丹蓉娃更加迷惑。他面红耳赤，知道这是少土司和守备千金在编排自己，他知道得很清楚，自己的任务是守护少土司，怎么可能变成什么老师，多吉马成为自己的老师还差不多。他那么有学问，在擦耳寨地位至高无上，自己只是他的跟班、他的随从，他可以任意指派他、命令他，说自己是他的老师，这玩笑可开大了。

桑吉巴拉恰在此时不合时宜地搭话说她也可以成为老师。她指的是成为王轩的骑术老师，因为刚经过惊险一幕，救人的正是骑马如走平地的嘉绒女子，桑吉巴拉还沉浸在洋洋得意之中。

众人吃惊地看着桑吉巴拉，她羞涩地用目光指着王轩说："他强烈要求让我教他骑马。"

"为什么不用敬语？没有规矩！"格桑玫朵指责自己的侍女。

处在爱情之中的侍女对女主人的怪罪变得无所谓，她本来就是一个大大咧咧的女子。她果然把王轩引到枷担湾草场上去认真地教他骑马，王轩紧张得不得了，死死抓住马鬃，这让大家笑得弯腰。

那一次马会持续时间很长，这是因为擦耳寨的年轻人几乎倾巢而出，他们带着怀春的喜悦而来，享受着这美妙的时光。多吉马与格桑玫朵成了一对，王轩和桑吉巴拉也是一双，唯有丹蓉娃孤单，他只能同自己的爱马得儿哟经过弯曲的小路，走向草甸的深处。

草越来越深，奔跑的马蹄惊起草丛里的昆虫、鸟雀，丹蓉娃眼尖发现了远处灌木上一窝雏鸟，鸟妈妈紧盯着他，摆出警示的架势。他知道这是动物的本能，要保护自己的雏鸟，于是他顺手采了一些山茱萸嘉奖给那只鸟妈妈，也不知它是否爱吃这些草药。

他不敢纵马驰骋，怕踩上草丛里正在做窝的野鸡或野鸟，只好信马由缰，任凭得儿哟走向远方。他在马背上与得儿哟交谈，很久他都没空同它交流，在入营前他每天都要带着得儿哟去沃日河里饮马，给它刷洗，跟它交谈，仿佛有好多话说不完。得儿哟支楞棱着耳朵听他说，他知道它能够听懂，它是一匹神马，不仅能够听懂人话，还懂得人世间的种种情感。

丹蓉娃为情所困，但无法发泄，他索性下了马，扔开缰绳，任得儿哟在草地上乱逛，只要他一声口哨，它就可以回到他的身边。肚子饿了，丹蓉娃在草地里找到一些松茸，架上篝火烤成松茸片儿吃。草地里出产丰富，有许多黄花，直接用溪水煮成黄花汤，味道十分鲜美。他又在草地上仰面八叉地睡了一觉，数了一阵星星，很晚才返回。

多吉马并没有指责他，倒是老管家仁青把他数落了一顿，还作势要用鞭子抽他，说各家土司纷争不断，饶坝那边虽然战败，但并没有服输，让你护卫少土司，你却擅离职守，私自跑得无影无踪，万一小主人出了事咋办。管家仁青永远都是这么咄咄逼人，人已老迈，但火气还是那么大，动不动就要用鞭子抽人。

丹蓉娃自知失职，也不分辩，幸亏多吉马唤他去侍候，仁青这才放过他。

这个管家其实已经过气，但他仍然看重自己，认为他就是河谷土司地盘上的半边天，管着一多半的天下事。他管天管地，还管人屙屎放屁，其实下人们一个个心如明镜，都知道他早已失势，现在是少土司的天下，一朝天子一朝臣，少土司听信他那个好友王轩的话，对老土司的那一套政令早就丢弃，他有他的一套做法，自然对老管家仁青的所作所为一点都不认可。丹蓉娃是少土司身边的红人，这一点土司衙门里的人都清楚，只有管家仁青不愿承认，仍抱着他那套家规家法动不动就要惩罚这个压迫那个。如今连土司太太对仁青也不满意，要不是老土司洛桑郎卡还在支使他干这干那，在给仁青撑腰，他早就被少土司撵回去放牛放羊了。

这天晴空万里，多吉马一时兴起，让丹蓉娃去准备炊具和食品，要带上墨脱的石锅煮羊肉饭，还要带上铜锅熬茶，把藏毯和帐篷也带上，他要带格桑玫朵和王轩去木坡的森林中露营。

去木坡先要走抚边，抚边大坪宛如一朵刚刚出水的莲花，状如银色的宝塔，耸峙云天的萨武神山便是这群山中的花蕊。萨武神山的峰岩，俨然就是身着铠甲、外着披风的武将，神山脚下有林山、乱石山、草山、片石山，有七个大大小小的海子，远远望去，水天一色，幽静清爽，鸟语花香，美不胜收。

抚边河的两岸是陡峭的山崖，但沿着马道上去却是很平坦的坝子，溪流潺潺，森林密布。丹蓉娃和卡嘉在林中的空地上搭建了帐篷，铺上了藏毯，这里风景虽好，但海拔高，王轩有些不适，脸呈紫红涨成猪肝色，他张着嘴大口大口地吸着空气。多吉马说从成都平原到了我们这里的汉人大多是这种状况，还是桑吉巴拉用心，她用铜锅给王轩熬了红景天茶，王轩这才把气出匀。

> 站在木坡的山岗遥望神山，
>
> 那里凝聚着远古冰川，
>
> 在那雪域之巅，
>
> 升起了五彩的云烟，
>
> 这是嘉绒儿女不朽的诗篇。

桑吉巴拉一高兴就放声高歌，天空如洗，湛蓝深邃，云朵像羊群一般在空中行走，极目远望，雪山巍峨，那里终年积雪，从这里可以走到龙头滩和玛嘉沟，都有绝美的景致，这使多吉马心中燃起一股豪气。他走遍了山山水水，从滇藏到青藏，其实家乡的风景独好，大小金川方圆数百里美景无数，这使多吉马尤为看重。

> 家乡的美景让人梦魂牵绕，
>
> 董马的羊角花奏出朝颂。
>
> 绵绵的鸟语在玛嘉沟传响，
>
> 龙头滩的溪流直接长天。

桑吉巴拉确实能干，她去向阳坡地上挖了人生果，在溪水里洗净了用墨脱石锅煮起人生果粥，丹蓉娃也把甜茶烧好了，大家都在帐篷里喝茶。卡嘉的任务是煮手抓肉，有牦牛肉，也有羊肉，加佐料煮熟后用刀割食。在这方面卡嘉有绝招，他会在肉汤里加一些草药，煮出来的肉离骨又鲜美。喝茶的功夫肉就出锅了，是大块的手抓羊肉，汤里加了山萝卜，每人一大碗，喝得人人红光满面。

"敢不敢去洗海子？"

格桑玫朵突然提议。海子在玛嘉沟里，从这里骑马去要走半天路程，那是有名的月亮湖，神山圣水，在那里洗澡会百病不生、长生不老。

桑吉巴拉却不顾这是小姐的提议，第一个出来反对。她是担心王轩，去往月亮湖的路泥泞坑洼，一路向上，海子又是雪水融化聚集而成，王轩的身子骨肯定受不了。她用眼睛望着她的心上人说得很恳切。

"那海子的水冰凉浸骨，连牦牛都不敢下水，怎么能够洗浴？小姐你这么精贵，万万使不得。"

人人都知道这侍女的心思，她明明看着王轩，却说是为小姐着想。格桑玫朵不以为然，说王公子身子弱这不假，兴许洗过这冷水浴反而筋骨强壮了也说不定，这叫以毒攻毒。在嘉绒大地上生活的人身体虚弱了可不行。格桑玫朵看着自己肥壮的侍女意味深长地说这王公子迟早得过这一关，每天大块的牛羊肉下肚，几大碗奶茶一补，再上山去洗一洗温泉和冷水浴，三天两月的就会强壮起来，成为剽悍的嘉绒汉子。

一行人说走就走，拆了帐篷上路，一路往玛嘉沟而去。

月亮湖在玛嘉沟的深处，由山顶的雪水融化而来。湖水深蓝，周围是茂密的森林，多为松树，还有桦树和青冈。远处是高耸入云的雪山，倒映在湖中。湖面静得如一面镜子，美景在镜面上变幻，仿若拥有魔力的深渊，引得观看的人流连忘返。在这美景之中传来桑吉巴拉的歌声。

> 月亮湖上飘着紫烟，
>
> 哥哥的身影越来越远，
>
> 马儿呀你不要使劲奔跑，
>
> 妹妹我无法与哥哥相见。

与桑吉巴拉应和的是王轩，他终于有了精神，他唱的是汉地的杂戏，七腔八调，在这高山湖畔唱响显得有些怪异。

> 我有潘安的容貌，
>
> 也有赵云的身段，
>
> 家中更有婵娟。
>
> 我苦读高中了状元，
>
> 到这邛崃山外做高官，
>
> 却终是那偈傥的儿郎，
>
> 一生惆怅化为多情的诗篇
>
> ……

丹蓉娃和卡嘉拿出了柏树枝和藏香，煨桑祭湖。这是一个庄严的仪式，他们站在湖边，双手合十，举到胸前，微微低下头开始默默祈祷。多吉马默默诵经，包括王轩，也在虔诚祷告。

月亮湖水凉得刺骨，王轩敞开胸脯把水拍打在胸口，他发出一声声畅快的叫声。洗过月亮湖水后王轩异常清醒，他对格桑玫朵说:"我想要你的侍女桑吉巴拉! 作为她的女主人我请你同意,并为我们祝福。"这提议来得太突然,让格桑玫朵发了一阵愣。聪明的守备女儿早就看出了王轩的心意,连多吉马也凑了过来,笑嘻嘻地看着自己的这个结拜兄弟。桑吉巴拉走了过来,这一切她都听见了,她迫不及待地替女主人回答。

"我愿意嫁给他。"

"看把你急得成了这样!"

格桑玫朵心里仍在盘算,他们俩一个是汉地的公子,一个却是贫苦出身、地位低下的百姓女。话虽如此,桑吉巴拉从小在木尔寨沟长大,家庭富裕,父母宠爱,生活得无忧无虑,是一个性格奔放的女孩,同书生气十足的王轩恰好形成互补。

"还犹豫什么,我来做主成全他们吧。"多吉马插嘴说。"不般配是吗? 我看很合适,一个会作诗,一个会唱歌,会配合得天衣无缝的。"

婚　礼

　　一个侍女的婚礼本来并没有多么隆重，但涉及少土司的结拜兄弟这就升了规格。这时老土司洛桑郎卡已经老迈，家里的大小事宜都由同样老迈的管家仁青操办，给一个侍女办婚事仁青并不热心，他甚至觉得非常奇怪，这世上的婚姻机缘巧合太多，这一对男女就八竿子打不上，外貌体形差别太大，还远隔千山万水，居然也会走到一起？这个老套的管家百思不得其解，两个人是如何走到一起的？一个瘦得跟一根棍子似的，一个壮得像一头牦牛，还要他这个河谷土司家的大管家出面给他们张罗婚事，他一万个不乐意，只是顾及少土司的脸面才勉为其难。

　　占卜择了吉日就要把婚事办了。桑吉巴拉远在木尔寨沟的父母边巴次仁一家都赶到守备家来，这婚事仿佛与他们关系不大，全部由小姐格桑玫朵安排。边巴次仁家并非穷人，为了给女儿办婚事他几乎搬来了半个山寨，光是土豆就装了几马车，让擦耳寨的平民百姓看得鼓起了牛眼。这个木尔寨沟的山大王究竟囤了多少山货，真是富得流油。

河谷土司下属的大小头人都被多吉马招来庆贺，他完全把王轩的婚事当成自己弟弟的婚事来办。经堂诵经祈祷已经开始，仁青上下指挥，生怕少土司怪罪下来说办事不力。连饶坝那边也由杰瓦仁堆出面送来了贺礼。饶坝已由老土司的这个小儿子主事，哥哥杰瓦波率领一队人马驻守在临近半山寨的分界一带，他根本不承认弟弟杰瓦仁堆献出的五十里地界契约，扬言要把半山寨夺回去。

半山寨是空的，洛桑郎卡在多吉马的提议下决定由丹蓉娃为头人，率领了五户人家前去镇守。丹蓉娃成了河谷土司属下最小的头人，手下只有五户百姓，不足三十口人，还多是些老弱病残，包括阿卡家和老罗布家。这几家人真是一生的冤家，老一辈人纠缠了一生，小一辈又纠缠在了一起。

丹蓉娃率领他的"老弱病残"匆匆上路，赶往半山寨，好在那里空房很多，很快就安定下来。但半山寨周边的形势却很危急，杰瓦波咄咄逼人，经常肆无忌惮地骚扰势单力薄的丹蓉娃。丹蓉娃对饶坝土司的大儿子显得捉襟见肘，杰瓦波的手下足有五百人之众，丹蓉娃区区五户百姓防御起来十分吃力。

土司已派不出人手，军权掌握在守备仁巴多切手里，他仿佛是安了心要看土司家的笑话，不动一兵一卒，还不断向土司索取粮饷。最终多吉马把才旺措美哥哥才旺甲花一家派来助守。才旺甲花一路都在抱怨，他认为这个头人应该由他担任，现在却让他的侄儿占了先，他这个叔叔居然要听晚辈的调遣，让他愤怒之极。他老婆丹姆措更是喋喋不休，担心自己那个傻儿子堆龙巴受到他叔伯弟弟丹蓉娃的迫害。

"那小子从小就爱欺负我们堆龙巴，最可恨的是他的那个狗腿子卡嘉，动不动就拿堆龙巴开涮。"丹姆措真是牢骚满腹，抱怨连连。

才旺甲花一家就这么提心吊胆地来到半山寨，被丹蓉娃安排住在牛棚子里，这印证了才旺甲花的判断，迫害真的开始了。其实并非如此，很多房屋在战乱中损坏，先来的人家已将完好的房屋占完，丹蓉娃才将最大的一处牛棚给了叔叔一家，但婶子丹姆措已气昏了头，又不敢在头人面前发作，只好在背后嘀咕。

丹蓉娃手下小罗布兄妹意外地成了半山寨的神话，他们兄妹常常在太阳出来时站在半山溪边的木桥上，太阳正好照在小罗布的阴阳脸上，他的妹妹口中念念有词，这起到了震慑作用。杰瓦波的人非常害怕，阴阳脸成了山神的化身，念咒语的女子是传说中的女巫，整座山都会在咒语中移动。饶坝人远远地望着就心神不宁，要不是他们的首领杰瓦波压阵他们早就退避三舍。小罗布妹妹念的咒语无人能够听懂，抑扬顿挫，闻者无不为之胆寒。

这一点连丹蓉娃也被镇住了，这原本是一对在擦耳寨惹是生非的兄妹，来到半山寨却意外地成为镇寨之宝。在这件事发生之前杰瓦波还耀武扬威，不可一世。杰瓦波同他的手下不同，他不信邪，准备给丹蓉娃来个下马威。杰瓦波借口一头黄牛走进了半山寨，他的手下公然进了寨子来牵牛。丹蓉娃命令百姓们守住各家各户的木屋，由他带着阴阳脸小罗布前去交涉。

那天小罗布依然以红鼻头为界，脸一边阴一边阳，阳光正好照在他的阴脸，却使他整个人显得格外阴森。他的那个"影子妹妹"手持一把青冈木的硬弓箭弩若隐若现，给整个半山寨造出一丝恐怖的气氛。小罗布兄妹成了丹蓉娃最好的帮手。杰瓦波派来牵牛的是一个跟役，结结巴巴连话都说不囫囵，他自以为是杰瓦波的人可以表现得蛮横一点，却完全被小罗布给镇住了。比起跟役的木讷，小罗布反而成了快嘴，他不说话就令人不寒而栗，一张嘴，肌肉牵动阴阳脸不断变脸，更使人感到心虚。

"我……我要见，你们……你们寨子的首领。"

"你是来牵牛的，我们这里牛很多，你可以喊它名字，哪头牛答应你就牵走，没有牛应答，你就空手走，这里没有你们饶坝的牛。"

跟役装模作样地在寨子里转了一圈，自然没有牛应答他的呼喊，他只好空手而回。他其实是被小罗布兄妹吓退的，回去报告他的主人，结巴了半天杰瓦波才弄明白多吉马派来镇守半山寨的寨首正是那个神枪手，在达维之战时杰瓦波就领教过神枪手的厉害，他发誓要用一口袋鸦片将他搞到手，当自己的保镖，现在他成了半山寨的寨首?! 杰瓦波心想自己看上的人果然没让人失望。

跟役最害怕的是小罗布的妹妹罗布查多念的咒语，恰好他耳闻过咒语的魔法，仔细倾听了一阵，确实是咒语无疑! 他弄不懂这是天咒还是地咒，抑或是鬼咒?! 他早已两股瑟瑟，尿湿了裤裆。他跌跌撞撞逃了回去，却对杰瓦波说自己是飞回来的，确切地说是踩着咒语的乌云驾云而归。

杰瓦波根本不信这个跟役的鬼话，但可以确定的是半山寨来了高人，河谷土司家的儿子可以呼风唤雨，手下高人无数。

丹蓉娃遇上了对手，但他并不知道对手杰瓦波正盘算着把他据为己有。杰瓦波非常爱才，他的手下尽是些酒囊饭袋，这就使他更加爱才心切。他打听清楚这个高人叫丹蓉娃，不仅枪法精准，人还非常帅气，关键是手下有一对神童，男童是个阴阳大师，女童会念咒语，有移山倒海的功力，难怪河谷的少土司敢于只派一个小小头人率领几户百姓前来抗击他堂堂的饶坝大魔王，原来这是一伙神人。

与此同时在擦耳寨王轩和桑吉巴拉的婚事仍在紧锣密鼓地进行。婚礼的请柬送到了杰瓦波手里，他正大醉，那个仁增旺姆一点不让他省心，独自去了玉树，去当了一名戏子，还不断来骚扰他，招他到玉树去跟她会合，他一接到她的来信就要生气，猛灌几坛烧酒醉成一摊烂泥。就在这时他看见了多吉马派人送来的请柬，没好气地一把撕成碎片，便昏睡过去。

一觉醒来他改变了主意，他要亲自去河谷，去擦耳寨参加婚礼，醉翁之意不在酒，他打的是丹蓉娃的主意，他要把神枪手弄到自己身边。他虽是一个爱才之人，却愚蠢得不知人心所在，不知如何用人，而今天降神人，他打定了据为己有的主意，为此，他还真的准备了一口袋鸦片。

桑吉巴拉的身份已经改变，她不再是格桑玫朵的侍女，她俨然主人一般坐在主人的客厅里让佣人们给她打扮。她的丝绸缎子藏袍是小姐送给她的，她父亲边巴次仁给女儿送来整张羊皮做的袍子，桑吉巴拉本就长得黑黑胖胖，穿上华贵的衣服一下子就富贵起来，但她的护身符却是松石做的，不是黄金，这一点让她十分不满。王轩送给她一串九眼玛瑙的项链，一大串天珠十分珍贵，这又让桑吉巴拉十分满足。

光是给她做发饰就花费了很多时间，头上扎成一股股小辫子，辫子上又编入金银的装饰，关键是眉毛，完全按汉人的风俗由王轩亲自操刀，仿照戏剧脸谱的画法描绘而成，这下桑吉巴拉华服金饰，成为一个装饰品。她本来就是一个胖姑娘，这下人显得更加膨胀，映衬得瘦弱的汉地书生王轩更加瘦小。

土司衙门成了男方家，守备府则成了女方家，王轩依旧是长袍马褂，脚上是扎着绑腿的圆口布鞋，头上挽着一个发髻，扎着丝绸的飘带，显得玉树临风。他已向成都传去了家书，报告自己的婚事，但成都路途遥远，书信要到达父亲王洛古手中不知何年何月，书信只是一个仪式，一时半会儿并不指望回复。

土司衙门前院后院被人挤得水泄不通，人们都赶着牛车装满了礼物，木坡还来了歌舞队，准备通宵达旦地唱弦子、跳锅庄。在擦耳寨婚礼就是节日，大家都要参加到这喜庆中来。婚礼祝愿词中，就有这样的颂词：

这是天赐的姻缘

像枝丫上齐开的花朵

祝愿你们幸福的一对

像红花和绿叶在一起

像鹿和草原在一起

像鱼儿和湖泊在一起

像酥油和马茶在一起

像太阳和光辉在一起

像温暖和春天在一起

长寿圣母保佑你们健康长寿

財神保佑你们衣食无忧

菩萨保佑你们家族兴旺

　　杰瓦波带着他的人浩浩荡荡地开进了土司衙门，老土司洛桑郎卡称病不出，一切由多吉马接待。多吉马按照礼数接待杰瓦波，让管家仁青好酒好肉地招待，还特别夸张地拿出了几坛懋功老酒，结果杰瓦波被连灌三大碗后便人事不省，把来这一趟要干的正事都忘了个一干二净。

　　等杰瓦波一觉醒来，婚礼已经结束，杰瓦波气得开始砸东西，他大老远地赶来就是为了主持婚礼的，杰瓦波名义上还是多吉马的长辈，他父亲洛桑郎卡还得叫自己父亲杰瓦结森叔叔。父亲的这个侄儿不仅倚老卖老不肯出面，作为小字辈儿的多吉马居然敢于藐视自己，连招呼都不打就给他的结拜兄弟娶了亲，而他居然被蒙在鼓里。

　　多吉马也没有把他堂堂杰瓦波安置在土司衙门里居住，而是让他住在擦耳寨的一处馆舍，又用几坛老酒把他灌醉，好让他错过婚礼，杰瓦波一旦清醒想得就很多，他身边的那个跟役结结巴巴，却善于添油加醋。

　　杰瓦波一刀下去截去一对龙凤根雕的龙头，跟役不早不晚不紧不慢地结巴道，那个汉地来的新郎在婚礼上还唱了戏，而且穿上戏装后宛若天人，杰瓦波气得又砍去了根雕的凤尾。

　　杰瓦波暴跳如雷，婚礼没让他主持也就罢了，连汉戏也不让他观看这就尤其过分。他想起了仁增旺姆背他而去，在玉树唱戏，也是不让他观看的意思。杰瓦波十分绝望，天下人都在背叛他，他发起气来并不考虑这是在河谷土司地界还是在饶坝，他只顾发泄，在馆舍里朝天鸣枪，大声地呼叫跟役，让他去把西瓜弹拿来，他要把这个馆舍炸了。

馆舍是一座石头碉房，十分结实，估计西瓜弹根本炸不垮。他又叫嚷着去调九节劈山大炮来，干脆把擦耳寨炸个稀巴烂，自己来当河谷土司算了，反正饶坝土司的位置已被父亲传给了杰瓦仁堆，他不跟那小子争，他要自己给自己打下一片天地。

他对自己当河谷土司的想法十分得意，反正多吉马那小子继任大位的意愿并不强烈，他何不插上一脚，登上土司的位置，最终将河谷与饶坝连成一片，形成一个纵横千里的地盘，那将是多么宏伟的志向。

枪声惊扰了擦耳寨，这是寨子里很久以来头一次响起枪声，哪怕达维之战打得那么激烈，擦耳寨依然安静。反应最为强烈的是守备仁巴多切，这时他正在守备府里，馆舍传出的枪声使他十分警觉，他甚至爬上了碉楼观察动静，寨子里混乱了一阵又安静下来，杰瓦波的跟役传出话来说是走火。杰瓦波爱抱着枪睡觉，走火是常事，连那么可爱的仁增旺姆也是被走火吓得远走他乡，饶坝人早已习惯了这种走火，河谷人久而久之也应该习以为常才是。

"是走火入魔了么?"

仁巴多切嘲笑着杰瓦波这个手下败将，幸亏杰瓦波发泄了一阵后又把自己灌醉听不见守备大人的恶毒攻击，否则脾气暴躁的他不知又会闹出什么事来。

杰瓦波这一天里的举动招来守备大人的反感，他要替土司洛桑郎卡做主将杰瓦波扣为人质，将他关在馆舍之中。杰瓦波带来的人并不多，只有随从十多个，他的大队人马正在半山寨外的分界一带驻扎，并不能拱卫他们的主人，杰瓦波也是太过大意，所以很轻易便被扣留了。

其实仁巴多切也是借题发挥，这时土司的势力正在衰退，清廷已着手改土归流，一些土司被收回了印信图章，改为流官。仁巴多切想借故削弱已经老迈的洛桑郎卡的势力，并加深河谷与饶坝两家之间的裂隙。仁巴多切完全是在唯恐天下不乱，好乱中夺权，他刚在军事上取得战绩，现在又想尝尝搞阴谋的甜头。人们都说他是一个草包，他这就要干一件大事，去堵那些人的嘴。他是一个战略家，还是一个智者高人，谁再说他是草包，他就要打脸给那些人看。

他之所以没有硬来，是因为洛桑郎卡有战功在身，他随四川总督鄂辉入藏平定廓尔喀人的入侵，战后不仅赏戴花翎，还获赠"巴图鲁"称号，这并非浪得虚名，是朝廷的奖励，仁巴多切对此还是些顾虑。

杰瓦波一觉醒来已从座上宾变成人质，这是他万万想不到的，关键是杰瓦仁堆那边并没有解救他的意思，他这个文质彬彬的弟弟外表文弱，内心却很刚硬。他趁机收编了杰瓦波带队的人马，算是解除了对自己最大的威胁，同时解除威胁的还有丹蓉娃，饶坝的大队人马撤走了，半山寨重回太平，局势来了个大反转。

最为庆幸的自然还是多吉马，河谷土司就他这么一个儿子，没有多余的人跟他争夺土司的大位，不似饶坝那边，土司杰瓦结森妻妾成群，自然儿子的产量不低，虽然众多的儿子并没有能力争来夺去，只有杰瓦波和杰瓦仁堆在那里明争暗斗，这也够老土司受的。

　　仁巴多切将杰瓦波据为人质本来是想要挟饶坝一方，不料却帮了杰瓦仁堆一个大忙，他立刻对哥哥杰瓦波封闭了退路，这是要拒绝他返程的意思。饶坝土司的大儿子成了丧家之犬，成为河谷一方的累赘，可见仁巴多切是一个无脑之人，比杰瓦波还要无能。鹬蚌相争，渔翁得利，但这个渔翁并非仁巴多切，反而成就了饶坝的那个"文弱书生"。

32
人　质

　　将杰瓦波扣为人质并不是多吉马的意愿，但他还没有实力与仁巴多切抗衡。他索性出去游山玩水，去视察河谷地界的大好河山。烂摊子正好丢给这个自以为是的守备去扛，毕竟杰瓦波绝不是一盏省油的灯，而且非常耗油，他不会安分守己，本就是饶坝的毒瘤，现在转嫁到了河谷地界。

　　多吉马明白土司制度终将土崩瓦解，沃日河谷的天下终将为流官取代，他还在计划夺取守备的大权，土司大位继承不了就改任守备，但这一切都得秘密进行。朝廷中有王轩的父亲，也就是自己的老师王洛古在替自己周旋，这一切那个傻里巴叽的杨春旺还蒙在鼓里，以为他吃定了河谷的这片天地，天就要变了，这个蠢货还在歌舞升平。仁巴多切在这个节骨眼上居然将饶坝的少土司据为人质，还自以为高明，这是在往自己脖子上套枷锁。多吉马暗自庆幸，真是天助我也！

　　其时，叔叔洛桑丹增已经返回了汉地，他是带着多吉马的秘密使命离开的，走得很匆忙，连洛桑郎卡也不明究竟。兄弟俩为了一点鸡毛蒜皮的小事大吵一架，哥哥以为弟弟是生气而去，却不知这些都是障眼法，叔叔带着侄儿的谋略而去，洛桑丹增并不是人们认为的那种商人和行吟诗人，他也有自己的抱负和志向，他同哥哥道不同不相为谋，但殊途同归，各自要用各自的手法改变沃日河谷的未来。

杰瓦波人质的身份让他觉得很可笑，从来都是他把别人劫为人质，怎么可能自己成为别人的人质。他要求见老土司，老土司洛桑郎卡正在生病，全身上下被那个汉地来的老中医扎满银针。老中医自诩妙手回春，他家祖祖辈辈行医，只是在汉地犯了事逃到千里之外的懋功，缺医少药的地方因此得利，有了一个包治百病的大师。大师自有大师的理论，反正土司也听不懂，老中医怎么说都是对的。老中医说是要疏通老土司的任督二脉，所以根本不能见客。

多吉马也不露脸，他带着他那个新婚的兄弟王轩夫妇去了木尔寨沟探亲，住在桑吉巴拉家，接受他父亲边巴次仁的款待，正乐不思蜀，哪有心情来搭理这个人质。土司家的人让他去找仁巴多切，扣押他的正是此人，但仁巴多切也不见客，他已躲到汗牛去了。

仁巴多切对汗牛比对擦耳寨还要上心，那里建有大粮仓，粮食只会沤烂，永远也吃不完，这是仁巴多切最为看重的。至于人质杰瓦波完全是自投罗网，让他滚回饶坝去，他的弟弟又不接纳他，仁巴多切不想再管闲事，这已是饶坝土司家的家务事，他管不着。他在打河谷的主意，他要取代老土司，成为河谷的统治者。洛桑郎卡家统治这片领地太久了，也该改天换地，江山易主了。

仁巴多切并不是多吉马想的那么无能，他有他的小心眼儿，在朝廷里也有靠山，每年有几马车的山货珍宝运到成都去打点，成都的官员们得了他的好处自然会为他说话。就在仁巴多切还在歌舞升平之时局势已在变化，他的靠山们垮台的垮台，失势的失势，在偏远河谷地带的仁巴多切被蒙在鼓里，以为天下还是那个天下，朝廷仍是那个朝廷，其实早已风雨飘摇，要改换门庭了。

河谷地界难道就没有主事之人了吗？

对于杰瓦波的疑问，仁巴多切并不这么看，他认为这正好说明主事的是他堂堂的仁巴多切——汉名"杨春旺"的守备。他的这个汉姓大有来头，是当年金川之战时岳钟琪所赐，岳大人赐"杨"姓给了他父亲杨守仁，他是这"杨"姓的第二代继承者，并已升任守备一职，"杨"姓还将千秋万代传下去，管更多的百姓，当更大的官。

杰瓦波在馆舍里犹如困兽，他并没有九节劈山大炮可以把这座坚固的石头房子炸垮，这房子成了他的牛圈马槽，他不能越过雷池半步。这期间仁增旺姆却有书信传给他，书信先是传到饶坝，传到杰瓦仁堆手里。所有与杰瓦波有关的信息都受到他弟弟的监控，被认为无害的信息可以顺利到达杰瓦波手里，被认为有害的消息就对他封锁，看起来文弱书生与血气方刚的烈马缠斗总是文弱一方取胜。

杰瓦波的这个令人尊敬的弟弟杰瓦仁堆客客气气派专人将书信送达哥哥手里，原来仁增旺姆又到达了江孜，她还要到吉隆去，最终到达尼泊尔……杰瓦波读着信又开始一碗一坛地喝酒，懋功烧酒真是够味，否则他不知道该怎样打发被关押的时光。他认为仁增旺姆疯了，这个爱唱戏的女人疯得不可救药。他让跟役找来地图查找那些地名，跟役是个文盲，不仅看不懂地图，也找不到江孜和吉隆的位置，杰瓦波自己又喝得头重脚轻，连眼睛聚焦在一个地方都困难，根本定不了位。他只听说过工布江达这个地方，还有门隅，这些地名也都是听弟弟念仓央嘉措的诗时听到的，比较起来还是仁增旺姆厉害，可以满世界闲逛。

> 在那东山顶上，
> 升起了皎洁的月亮。
> 娇娘美丽的容貌，
> 浮现在我的心上。

仁增旺姆在信上写的所有的话，杰瓦波只记得她抄录的仓央嘉措的这首诗，确实，他的头脑中时常映出她的面容，特别是在寂静的夜里。

杰瓦波的力气越来越弱，肉也吃不下去，一味喝酒伤了身子。他本来是一个汉子，现在已失去了汉子的孔武有力，脸上胡须杂乱，早早就有了白须，两腮深陷，走路步态不稳，儿马被关久了需要到草原上去跑一跑，但他连门也出不去。饶坝那边似乎把他忘了，杰瓦仁堆肯定巴望着河谷这边长期关押杰瓦波，让他在那座石头房子里耗光所有的锐气。

仁巴多切终于来看望杰瓦波了，他从遥远的汗牛回来看望被他关押的这个囚犯并不是出于什么怜悯之心，他是来看笑话的，一只山豹关久了也可以关成一只猫，这让关押他的人非常具有成就感。他望着两眼深陷在眼眶里的昔日对手不禁笑了起来。

饶坝靠出产鸦片维持了多年，河谷土司当年多么看重烟土，千方百计要从饶坝搞到这种植物，把它变成银子，变成枪支和弹药。但土司之间争来争去并没有谁能够独占这种出产，饶坝和河谷长满了这种植物，压缩了粮食的出产，结果饥荒连年，饿死了多少人，现在这个饶坝的过气少土司整天不吃饭不吃肉，那就让他抽大烟吧，仁巴多切笑容可掬地拿出礼品，声称可以满足供应。

杰瓦波不吃鸦片，他的嗜好已被酒独占了，尽管他父亲饶坝土司杰瓦结森爱抽鸦片，他弟弟杰瓦仁堆也好这口，但他不沾这东西，他喜欢的是酒这种液体，不爱鸦片这种烟气。他问仁巴多切为什么不给他带几坛懋功烧酒，这酒来劲，可以使人忘掉一切烦恼。

杰瓦波不喝酒时还算清醒，他逼视着仇人，知道这是仇人在给他下药。仇人笑得那么虚伪，那么阴险，杰瓦波后悔当时在战场上没有一刀一枪干掉这个鸟人，他比洛桑郎卡还坏，跟杰瓦仁堆有一拼，都是些坏蛋。

杰瓦波不再生气，他要吃土豆馍馍，喝酥油茶，把身体养得棒棒的。他要等仁增旺姆回来，不管她是在工布江达还是在门隅，她终会返回饶坝，他要等她，让所有人知道他才是饶坝之王，他不会让这守备害死，也不会让杰瓦仁堆得逞。他要统治他的领地，他的山川河流，他的草地山岗……

"除了懋功烧酒，你还想要什么？"仁巴多切装得非常关心他关押的这匹烈马。

"我要我的半山寨，你把你的人马撤走，把那个神枪手给我留下，我可以用十口袋鸦片来换他，用三千两过山银子来换他。饶坝同河谷永不再战，我们共同修通巴朗山的牦牛道，共同与汉地做生意，把我们的羌活、大黄、秦艽卖给他们，用我们的贝母、虫草换回布匹、盐茶，我们共同来保护这条经嘉绒冲部翻越鹧鸪山至嘉绒本部各地的通路。"

杰瓦波一下子说了这么多，这让仁巴多切有些诧异，他一向把这个对手看成武夫、一个无脑之人，如此看来他并非没有想法，他不仅会打仗，还有长久的战略。嗜酒害了他，酒醒时他是多么理性，在酒精的刺激下他不仅害了自己，也害了饶坝。

"你得赶紧放了我，把我的马喂得饱饱的，让我的下人酒足饭饱，然后请我们上路。你得搞快点，否则饶坝就会让我弟弟霸占，他可不是你们的好对手，他比你们所有人都更加阴险，他会夺走擦耳寨，包括你们的土司衙门和守备府，占有你们的女人和粮食，牵走你们的牛羊，砍光你们的果树。他是一个魔，他是恶魔下界，读着诗，唱着戏，用礼貌的用语吸你们的骨髓，剥开你们的皮囊，掏出你们的心肝，他是一个会念诗的魔！这种魔在我们饶坝有，你们河谷也有，那就是多吉马！还有他那个风都吹得倒的弟弟王轩，他们同样念着诗唱着戏来到了你们的地域。"

仁巴多切开始发抖了，他完全被杰瓦波的情绪控制，这个酒罐子，只要一顿饭不给他灌酒就清醒得可怕。他不要他醒来，不要，他要给他带烧酒来，带懋功最烈的烧酒。

管家仁青

　　真正会唱戏的还是土司洛桑郎卡的太太巴桑拉玫，她听了一辈子戏，也唱了一生，这都得拜蓉娘的赐教。她同老土司不断吵吵嚷嚷，把蓉娘的儿子派到边远的地方去镇守让她少了一个知音，要唱戏也唱不成，丹蓉娃一家都在两天路程之外的半山寨，巴桑拉玫让土司把他调回来听差，这样她才能随时召唤她的知音蓉娘来开戏。

　　"我们都老了，就要唱不动了。"巴桑拉玫裂着缺了门牙的嘴，可怜巴巴地说。

　　岁月已经在不知不觉中逝去，就像戏里唱的：你的白发是风霜所染，你的岁月由阵风吹去，年轮在一圈一圈生成，幼苗也在一天一天地粗壮……

　　有一天巴桑拉玫在喝酥油茶时瞟了土司一眼，天啦，老头子的精力已从他稀疏的毛发、佝偻的腰身中消逝。他在不停地咳呛，喝一口茶也会噎着，不断地打哈欠，口眼歪斜，说话不利索，嘴角流着口水，视线模糊，看什么都不清楚。喝个茶也集中不了注意力，只记得久远的事情，刚才发生的事情也记不住。巴桑拉玫说不出的惊奇，她举着茶碗的手在空中抖动起来，与此同时，再看看儿子多吉马，真像年轻时的洛桑郎卡，意气风发，血气方刚，那么英武。他也在喝茶，一饮而尽，利索而又干净。

巴桑拉玫不禁潸然泪下，她最近也经常流泪，并不是因为伤感，而是莫名其妙地眼泪流个不停，难道也是因为老了？她不想老，她在土司家富足地过了一生，她的家人在丹巴，在美人谷，那里碉楼林立，也出产美女，她是最美的一个，姐妹十人都嫁给了嘉绒汉子，她们分住在大小金川两岸的村寨中，这时她多想姐妹重聚，重温少女时光。

这就是岁月，半点不饶人。

多吉马的皮肤在阳光照射下呈古铜色，他很瘦却并不弱，而是精壮。他到各地去转悠了多年，养成了读书的习惯，只要有书读，他可以在顶楼的平台待上一天也不下来。他那个兄弟王轩同他一样嗜书如命，两个人一点血缘关系都没有，却情同手足一般，这一点最让管家仁青看不顺眼，他担心王轩有一天会夺走多吉马将要继承的土司大位，但没人认同他的看法，这真是杞人忧天。

仁青恨恨地摇头，他认准了这一点，下人们已开始敬重这个汉人，尊敬地叫他小少爷，他当仁不让，显得十分受用，美滋滋的。

这让仁青管家恨得牙痒。

还有那个侍女桑吉巴拉，本是木尔寨沟一户百姓家的女儿，嫁给了王轩之后就颐指气使起来，好像真是什么少奶奶，对仁青的吩咐爱答不理。仁青让她去把牛粪和了，她居然哼哼几声，让别的侍女去干。一个百姓家的女儿，学做贵人非常之快，并没有人教她，也没有人册封过她，她凭什么就高贵起来？

仁青是旧有秩序死硬的维护者，虽然他也是奴才，但他绝对不能放任别的奴才超过他高高在上。这个桑吉巴拉还真敢这么干，她成为土司衙门中旧秩序的破坏者，仗着有少土司多吉马的护卫过起了尊贵的生活。在仁青看来一个下人永远都是下人，这在她出生时就注定了的，他绝不承认一只山鸡可以变成凤凰。

"啊……啊，夫人！"

佣人们斜起眼睛瞄着仁青，这么尊称桑吉巴拉，仁青打了一个寒战，赶紧去看天，天上太阳高照，并没有变天的迹象，但佣人们为何态度大变，这分明是在挑衅，挑衅他大管家的地位，这是要翻天的架势。

"这里只有一个夫人，别的只是佣人。"仁青咬牙切齿地说。他只认土司太太为夫人，一个佣人出身的女子也配称夫人？

和牛粪是一个技术活，土司太太就爱吃用牛粪饼烤的烧馍馍，这种做法做出的馍馍吃起来特别香甜，有一股青草和中草药的味道，土司太太一天不吃就喊头昏脑涨。她还爱吃猪膘肉烧蘑菇，这得用青冈木来烧，砍来的青冈木上还长着黑木耳和苔藓，木头烧起来有一股烟气，就是这种烟气侵入了食物才有那种神仙般的享受。

"把牛粪和了！"

仁青再次发出指令，他非让桑吉巴拉干这活，只有她能掌握往牛粪里掺和干草的比例，加多了烟熏，加少了气味不够浓厚。桑吉巴拉捣动着两脚，扑哧扑哧地和着牛粪，仁青就要这种感觉，他不喜欢任何佣人闲着。

仁青并不是土司，但他比土司还劳神费力管理着这个家，不仅不让每一匹马吃闲草，也不让每一个佣人松劲。

河谷土司在十八土司中只是一个小土司，地盘并不宽阔，百姓也不众多，但他占据着通往汉地和卫藏的通道，地势险要，物产丰富，歌里唱道：

> 沃日河，沟谷下，
>
> 天是一线，峰回路转，
>
> 峡谷阵风吼叫，
>
> 摧山崩石来袭准点，
>
> 雪水冲出斯古拉山，
>
> 奔腾汇入小金川，
>
> 两岸碉楼笋霄汉，
>
> 坡地果园串串，
>
> 嘉绒藏族人家，
>
> 村寨建在云间。

仁青知道这么大一块土司地盘并不是他的，但他当着主人洛桑郎卡半个家，而现在有人公然挑战他的权威。

桑吉巴拉轻蔑地说："管家你为什么不来和一和牛粪，尝尝这是什么滋味，光知道烧馍馍好吃，但和牛粪饼并不是什么好滋味。"

仁青对付下人一向是以鞭子来说话，但现在对付这个山鸡变凤凰的下人，他只能威胁说："我去报告巴桑拉玫夫人，就说你不愿干家务活了，最好让你去山上放牛，满山追着牛跑，日晒雨淋。"

他鼓着牛眼把侍女看着，意思再明白不过，在他看来，一个侍女永远都是侍女，不要以为跟了雄公鸡就可以不下蛋。

桑吉巴拉并没有按照管家的指令去干活，世道已经变了，土司的话不仅守备可以不听，现在连土司管家的话，侍女也在装聋作哑。

张家的

　　张家的一点伤都没有受就从战场上撤了回来，饥饿的经历使他无法忘却。一次偶然的机会他从丹蓉娃嘴里得知木旦临终的嘱咐，让他入赘到寡妇丹巴拉加家去，这令他十分震惊。为了寡妇他还挨过木旦的鞭子，心里一直耿耿于怀，不料这个鳏夫这么有情有义，临死还要把寡妇托付给自己。但张家的一直拖延着，真要去寡妇家入赘，他又犹豫不定，毕竟寡妇的年龄可以当他的阿妈了。

　　这一天张家的上山采药，在山坡上无意撞见了丹巴拉加，她也是上山来采药的。秋初正是收麻黄的季节，干旱的坡地上出产这种草本中药，寡妇收了一箩筐，正要背回家去晾晒，两人无意间在羊肠小道上遇见，寡妇额头上浸出一颗颗饱满的汗珠子，在脑门上闪着亮光。两人的目光对视在一起，张家的额头上青筋就鼓了起来。

　　她是他的头一个女人，她把他从一个青沟子娃娃变成一条汉子，但这还是在达维之战前的事情。经过了一场战斗，张家的经受了人生的另一场洗礼，再次遇见这个老师，他不但没有形成强大的气场，反而显得缩手缩脚，场面尴尬。

丹巴拉加一下子并没有认出张家的，头发遮住了她的视线，她其实也才四十出头，头发还很黑，一根白发都没有。她胸前抱着两只白色的小兔，这是她在草丛里捡的，老兔做了窝就不见了，或许是被空中的老鹰叼走了，两只小兔也不算小，在草丛中跳来跳去，正好被寡妇捡到，这引发了她的母爱，她要把失去母兔的小兔带回家去饲养。

"哦！张家的娃娃"，丹巴拉加认出了这个小男人，"你说出了营就会来我家，为什么都翻年了也没见你的影子。"

"我……我……"张家的一时语塞。

丹巴拉加把背上的箩筐放下地，顺便把小兔子也放进了筐里。"你们这些男人啊，不管是老的还是小的，说话都不算数。"

丹巴拉加说这话时讪讪地笑着，并不生气，也许她本来就没有把男人们的许诺当成一回事。男人们就爱对她承诺，只是为了哄她野合，他们干完了那事就躲得无影无踪。这个张家的娃娃许诺的话，她更是不放在心上，在她看来他同别的男人没有什么不同。

"太忙了，家里在修房子，要把祖上留下来的碉房维修一下。"

张家的无话找话说。他一面观察着寡妇的表情，一面努力回忆当时在树林里同寡妇干过的那些事儿，毕竟是他人生的第一次，所以印象很深，不可能忘记。他的目光又落在寡妇隆起的胸前，这里尤其使他眼馋。丹巴拉加知道他的心思，她什么男人没有见过，剽悍的汉子她见识得多了，但张家的这种小男人她经历得还很少，她的眼神变得火辣起来。

"你什么时候去我屋里？"她把目光从小男人的脸上移开，看着路旁的一棵树说道。

"我家的房子也维修完了，我上山去采了药交给药贩子，这是去年就定好了的，这一年的活路都干完了，只要头人不派活下来，我就完全空闲下来，只要你喊我上你屋头去，我就去。"张家的心口已在怦怦乱跳，眯缝着眼睛，说话也开始结巴。

"又要哄我们女人家，再见你一面恐怕又要翻年。"

"真的，我是老实人，最不会骗人。"

"自己说自己老实的人，其实最不老实。"

寡妇仍是笑模笑样，但话里有话。她看得出来，这个小男人真的很老实，虽然年纪不大，但已经男子气十足，去年他去入营的路上在树林里她就见识过，对他很有好感。

张家的原本准备一空闲下来就去找丹巴拉加，他风干了一扇猪膘肉准备送给她作为见面礼。他从她身上感受到的是一种母爱，这使他一想起她的面容就想倾诉，就想撒娇。张家的平常连话都少，见了人就往姐姐姐夫背后躲，说一句话要停三次，脸红得跟猴屁股似的，但见了丹巴拉加却判若两人，不仅话多，身段也放得很低，嗲声嗲气，像是儿子见了妈。

张家的很少得到母爱，在他很小的时候母亲去朝山就再也没有回来。他是跟着大姐长大的，大姐就像母亲，甚至在大姐嫁人后也把他们三个弟弟妹妹带着。姐夫是个手艺人，善于木雕，主要揽门窗的雕花，还在樟木家具上雕刻，用浮雕的方式把花卉、龙凤、狮虎、卷草、八宝等雕刻上去。在姐夫的带动下张家的也学会了木雕生活用具，包括打酥油茶的木桶、糌粑盒、木碗、鞍子等等。他的特长是在这些用具上箍铜镶银，因他有这样的手艺所以经常被派去当差。在嘉绒地区手艺人是饿不死的，活路比命长，总有无数的活路在等着他们，永远也干不完。

张家的忽然看到丹巴拉加的箩筐已经破旧，他一下子找到了话题，说："我送一个木编的大筐给你，用黄金木的藤条加崖柏的茎做框架，三辈人也用不烂。"

丹巴拉加看着眼前的这个老实人笑得露出了白白的大板牙，说："其实我去你家看过，借口让你姐夫给打几件木雕家具，你当时不在家，就没有看见你。"丹巴拉加诡秘地笑着说："你来我屋头吧！我炖上酥油烧牛肉等你。"丹巴拉加的甜言蜜语像阳光一样照在张家的心上，他幸福得战抖个不停。

他的目光一直把寡妇送到小路尽头，天气并不热，但他潮红着脸，直到她的背筐都看不见了。他想的仍是她胸前那对大乳，去年在入营的路上他曾亲手摸过，那么肥硕细滑，从此他就落下了一个心病，朝也想晚也想，她已幻化成他的女神，一个露着白牙笑个不停的白胖仙女。

张家的本来就很勤快，现在尤其热心，将黄金木条在火上加热编织成木筐，又将崖柏的根茎劈成合用的柱架作为筐架，他用银丝装饰筐边，在做这些时还哼唱着民谣，姐夫几次想来帮忙都被爽快地拒绝。

"你是要用这筐上山采药？"

连姐姐都看不下去，觉得弟弟太过夸张，这么浪费精力，应该是一件艺术品，而不仅仅是用来上山采药。

还是姐夫有眼力，张家的做这筐肯定不是用来采药，当年他不也是精心雕刻了一套家具才俘获了张家的姐姐的芳心。他是过来人，精于此道，强烈要求要与张家的一同上山去采药，他这是在打趣他。

　　"你去凑什么热闹，我一个人走路还嫌影子多呢，拉上你这算什么事。"

　　"带上我吧，我还可以帮你仔细寻摸寻摸，看看这是谁家的姑娘，可以让我们张家的小哥哥动心。"

　　张家的心里咯噔一下，脸就涨红了。这个姐夫不仅会雕刻，还能揣摩人心，让他知道自己相好的是一个大妈，这可如何收场。姐夫还不肯停嘴，说很久没有同张家的上山采药了，这回去准能采到贝母，蝎子也能抓一口袋。

　　对于姐夫的打趣张家的并不理会，他想尽快躲开他，什么事情只要他知道了就等于全家都知道了，姐夫会把事情弄得家喻户晓。姐姐的嘴也不慢，还隔着一条河就要扯起嗓子吼："喂，晓得啵，我家弟娃儿找女人啰！他老大不小了，满了十八吃十九的饭，还以为他不贪这事，人家却是个闷葫芦，不吭不哈就把事情办了。"说完就是捂着肚子一阵大笑，张家的闭着眼睛都可以想象姐姐笑痛肚子的模样，所以他羞得面红耳赤，赶紧走开。

　　他就是生活在这样的家里，并不是父母家，而是姐姐家，虽然姐姐姐夫人很好，但他总觉得自己是个外人。他走出家门又折了回来，姐夫什么事也没有从张家的嘴里探出来，正要拿一段木桩泄气，准备劈了它。见张家的又转身就抢白：

　　"你又回来干啥?"

"半夜你给牛添草时就把我叫醒。"

"你要去打狼？不是！那是要去打啥，啥也不打的话，那你半夜三更不睡觉，是要上山去捉蝎子？遇见老熊咋办?!"

这个姐夫真是个碎碎嘴，张家的没好气地说："你叫就是了，非得打破砂锅问到底。"

"不是我多嘴，明天要去寨子里雕门窗，活很多，你得跟我去。"

"哦，那药贩子来了，我交不出货，只好赔人家钱啰。"

"等一等，这些草药是去年就定好了的，人家翻过巴朗山来取货，咱可不能说话不算话，你去好了，多采些药也好多换点钱给你娶亲用。我鸡叫头遍就喊你，只要你不怕走夜路，反正我是不会陪你的，我是鸡猫眼，天一黑就啥也看不清。"

果然鸡叫头遍姐夫就从楼上下来，楼梯是一根独木，在上面刻出凹痕，天太黑踩空了就容易摔下来，张家的就摔过多次，揉着摔出的青包叫个不停，没妈的孩子叫不来爹妈的疼爱。

姐夫下楼很迟疑，生怕把手摔了，手是手艺人的吃饭本钱，从木梯上摔下来就得用手去支撑，很容易被摔成骨折，这就坏了吃饭的家伙。所以姐夫很爱惜他的手，小心翼翼地一步一步走下来进了牛圈。牛圈里有浓浓的牛屎味，他摸黑给牛槽里添了草，这才用脚踢了踢睡在草垛堆上的张家的。

"喂，起来了，你个牛犊子，鸡叫过了，连狗也叫起来，你还睡得跟死猪一样。"

张家的睡得比死猪还死，他打起呼噜来跟吹哨子一般，一声紧过一声，这幸亏不在战场上，否则等于是给摸营的敌军报告方位。姐夫把他的鼻子使劲捏着，又捂住了他的嘴，他憋着气还硬挺了半天才醒过来，大声武气地问：

"是不是杰瓦波打过来了？"

姐夫骂道："真是个蠢货，自己让人叫醒你上山去采药，一觉睡成了傻蛋。杰瓦波被关在擦耳寨呢，怎么来打你？！"

张家的一面去找他的木筐，一面蹬上靴子，三十年前睡不醒，三十年后睡不着，他正在睡不醒的年龄。他走出门去，背着他的筐，筐里装着头天烤熟的土豆。路边的草丛里有露水，家家的狗都在叫，彼此传递着信息。

在白天张家的胆子是很大的，哪怕独自走在山林里也不害怕，但在夜里一个人行走就莫名的心虚，他深一脚浅一脚也不知走了多久，其间有一只夜猫子从他面前窜过去吓了他一大跳。等他的眼睛完全适应了黑暗，就发现前面的草丛忽然长高了，黑压压一片，像一堵墙横亘在他面前。张家的定睛一看，就吓出了冷汗，原来是一群野牛从卧着的草丛里站起来，挡住了他的路，它们要干什么？吃人？显然不会，这些都是食草类动物，吃不了人，但用它们锋利的牛角抵上来后果也很严重。原来相亲相爱的路上也不太平，一些食草类动物也要出来剪径，这要是在光天化日之下，牛群早就被他用鞭子赶跑了，但在黑暗之中，他只得缩着身子，让它们逞凶。

急中生智的张家的开始学狗叫，他学的是藏獒的叫声，虽然没有藏獒的低沉雄浑，却也不失那叫声的威严和警告。他这是在向野牛发出威胁，他是一条汉子、一个儿郎，手里握着镰刀，腰上还别着左插子，他是同杰瓦波打过仗的人，不是一个孬种。

牛走开了，并没有进攻他，留下臭烘烘的牛屎和尿水，变成黑夜中消失的影子。牛粪本是可爱的火焰，是烤烧馍馍的牛粪火，现在却是臭气熏天的泥沼。他要从上面蹚过，变成一个臭烘烘的泥人，而他是要去见他的丹巴拉加大姐姐的。

张家的爬上了山坡，来到丹巴拉加家。她家的狗把鼻子埋在自己暖和的皮毛下，正安静地睡觉，这不是一只负责任的狗，如果真有贼溜进来把它一刀宰了，它还以为是梦中唱戏。

为了不让看家狗听见，张家的垫着猫步上了台阶，他推了推门，门闩着。他像壁虎爬上石墙般来到窗前，窗口黑洞洞的居然是敞开的，女人睡着时身体发出的甜香气味与他被牛屎粘得臭烘烘的身子形成了强烈的反差。香和臭须得对照才能显现，鲜花总是插在牛粪上，但这时他这坨牛粪却要去反扑鲜花，走的又是非正常通道，不是大门而是窗口。

"丹巴拉加！"张家的声音不大，但很脆，又是在夜里，应该很响亮了，再加大音量会把那只不负责任的狗招来。这种狗虽不负责，一旦管起事来大多凶恶，伶牙俐齿，嘴上一点不留人情，张家的爬在窗口上动弹不得，所以不能有恃无恐。

"丹巴姐姐。"他加了辈分。

"大妈！"辈分越来越高，他都要叫娘了。

她不吭声，是她不能吭气，她不能确定爬在窗口的黑影是她的相好，她的酥油烧牛肉还在锅里没有炖好，张家的头已经伸进了窗口。

"是你吗？张家的小子。"

"我这就爬进来，那条狗在下面等我掉下去，它要咬断我的腿。"

"哦，我这就给你开门，哦——开窗！你要抓牢，那条狗好久没有喂了……"

屋子里传出响动的声音，黑暗中的响动使张家的产生一连串的联想，他想爬到她的床上去，床上暖烘烘的，不仅留着她的体温，还有羊毛毯子发出的那种动物的臊气，张家的受不了这种气息的蛊惑，他本身就是一具浑身血气的公羊，不！是公牛，其实说成公熊也不过分，反正他已抓住了她的手，手感很粗糙，是经年干活长满老茧的那种"蹄子"，需要用锋利的刀修一修，只不过此时干这事不合时宜。他搀住她，她挽住他，却不是上床，而是出了门。

他们朝河边走去，明明双方的心都在怦怦地乱跳，但彼此还得装出平静。他们都在大口大口吃着空气，天还太早，他们就像一对夫妻出门去，不是看日出，毫无目的，其实又目的明确，他们是去野合。

天空是一张大被，地就是一张大床。一个叫丹巴拉加的妇女，一个叫张家的汉子，他们来到了河边，河床正在涨水，牛皮船在水里摇晃着，已离了岸，丹巴拉加说她男人在那一年就是被大水冲走的，在河里淘金沙，眼看就要发财，大水却冲走了一切。后来又来了一个男人，是个游吟诗人，在对她唱过一些弦子后乘着牛皮筏子顺水而下，进入了小金川，又汇进大渡河，从此天各一方，不见身影。一个女人住在山坡上就是在等待她的归宿，男人们今天来了，明天又走了，难道她的归宿终将是面对一些消失的身影？

水涨得很急，又退得很快。

丹巴拉加脱鞋下水，要去把牛皮船拉回来。张家的却将她抱起朝牛皮船走去，她搂住他的脖子，胡须刚刚扎手，还不坚硬，碰到面颊痒痒的，她就咯咯地笑起来，像一只下蛋的母鸡。她的招牌就是她的笑，龇着大板牙，难怪男人们要爬上山坡来朝见她，他们都抵御不了她的笑声。

张家的也抵御不了，他们坐在牛皮船里任它漂流，她坐在他的怀里，她的大板牙贴在他露出胡须的嘴唇上，水翻进了船里，将衣服浸透，两人身子冰凉，嘴唇和心却滚烫。

"我们走远了，小河已汇进了大河！"丹巴拉加使劲把嘴从他的嘴上移开，警告说。

牛皮船已冲到河对岸，张家的涉水上岸，望了好一阵，说由它去吧……

寡妇的婚事

　　张家的带着寡妇丹巴拉加在打箭炉游荡了一阵，他们还去过巴塘，渡过金沙江在盐井一带盘桓了一段时间。两人在一起并不像是夫妻，但也一点不像母子，有点不伦不类，但相处还算融洽，很少吵架，丹巴拉加将就着他，他对她还算尊重。她是一个吃苦耐劳的女人，走到任何地方都把自己收拾得干干净净，也把张家的打理得很整洁。但无论如何两人都是一对旅伴，一对游走的夫妻，而非那种真正居家过日子的两口子。她不是他的妈，也不是他的姐，更不是他的媳妇，他俩都努力想成为一对朋友，最终还是成不了。

　　她不断问他："你还没有烦我？"

　　这时他俩正在床上，他压在她身上，虽然仍有那种生理上的需要，却明显缺少了往日的激情。张家的说不上烦她，但已不像过去那么依恋。他虽然依然年轻气盛，却也过了毛头小子的年龄。两人走的地方越多，越是这么耗着，越有一种若即若离的感觉。甚至有许多次丹巴拉加一觉醒来就要惊慌地摸一摸身边的小男人还在不在，是不是已经趁她熟睡时离她而去。在确定他还在身边时她已虚汗长淌，浑身冰凉，要起床烧一碗滚烫的热水灌下去才能缓缓地暖过来。终于有一天他向她发话了。

"丹巴拉加，我们回老家吧。"

"回去干啥！出来了就回不去了！唾沫星子会把我们淹死。"

"我们回去结婚，堂堂正正把婚事办了，就不会有人朝我们吐口水了。"

寡妇忍不住咯咯笑起来，笑得弯腰驼背，用手捂住肚子喊痛。她笑得有些过火，让他好生奇怪，难道一男一女要结婚就这么值得发笑。她好不容易才收住了笑。

"我不让你干活，我有劲，还会木雕。我能养活你，把你养得胖胖的，再养一个好看的女儿，带一个强壮的儿子。你是能生养的女人，我这就去给人当差，挣下回去的盘缠，我可以到村里去给门窗雕刻。我还跟姐夫学了金漆木雕、浮雕、圆雕、凹雕或镂雕，我都会一点，我们能挣到盘缠。"

"我们结不了婚，我比你大太多，如果你厌倦了，我们就回老家去，然后各回各家。"

丹巴拉加说这话时想到的是她家的狗，她知道狗很忠诚，不会离家出走，它会自己去找吃的，然后守着家。张家的总说那条狗不负责任，就知道睡觉，来了生人也不叫不咬，他根本就不了解这条忠狗，他是知道男人的身份，知道谁是贼，谁是主人的相好，如果张家的真是一个强盗，它绝对不会放过他，早就咬得他落荒而逃。

张家的很失落，他不再提结婚的事，他带着丹巴拉加兜兜转转了一圈回了家，在路过土基的时候给人家雕窗挣到了一笔钱，张家的终于下定决心要娶丹巴拉加为妻。他知道自己并不爱她，但天下有多少两口子是因为爱走到一起的。张家的到家后第一件事就是对惊愕得张着大嘴的姐姐姐夫宣布：

"姐姐，让我结婚吧。"

"你姐夫说你去外面游荡够了，回来就说胡话吧。"

"我很清醒，比任何时候都清醒。"

"你走的这段时间流言蜚语都快把我们淹死了！"姐姐说，"老爷们都在考虑你的婚事，他们可不是想让你娶那个寡妇，他们在打主意把老罗布的傻丫头罗布查多嫁给你，看你还敢不敢干那种伤风败俗的事情。那丫头精灵古怪可是出了名的，你的好日子这就结束了，你就等着过苦日子吧。让那丫头在你的饭里拌上泻药，半夜里装神弄鬼把你吓醒。那丫头还有一个阴阳脸的哥哥，天不怕地不怕，现在正在山里边放牛，那可不是一盏省油灯，就让这兄妹俩来折腾你吧。"

姐姐一旦打开了话匣子就关不住废话。

姐夫补充说："既然都出了远门，又回来干啥？把傻丫头嫁给你可是管家老爷的主意，你知道只要是他起了意，九头牛都拉不转来。幸亏有少土司顶着，才没有把咱家人弄去顶差，你看看你都鬼迷心窍干了些什么事。"

"我不管，我这就去找管家老爷说我的婚事。丹巴拉加我娶定了。"

张家的很犟，是那种一根筋，没有转圜。他横扯着脖子，额头上青筋暴绽，像一头老牛抵在石头上火星四溅。

姐姐姐夫目瞪口呆，张家的已昏了头。寡妇家虽然没有男人但很殷实，她男人给她留下过好些金砂，虽然没人见过，只是传说，但丹巴拉加家确实有十几头牛，山坡上的碉房也很大，屋顶上挂着一扇扇的猪膘肉。这女人很会持家，一到秋天就上山打草，一个女人家打的草比别家都多，她有一大片家产，张家的该不会是看上了人家的家产了？

还是姐夫先倒戈，他本就是入赘的，对想要入赘的张家的深表同情。

他说："看起来咱们别拆台了，不就是年龄相差大了点，就让他们一起过吧，这到外面去混了那么久，早就生米煮成了熟饭。管家老爷怪罪下来咱也不怕，咱是百姓，不是科巴。何况咱是手艺人家，不是穷光蛋，咱入赘到她一个寡妇家她应该感到满足。老牛吃着嫩草她巴不得呢，连牙都笑掉了。咱入赘过去，她的家产不都是咱张家的了吗？咱一点都不吃亏。"

姐夫越说越激动，他在规划张家的未来。他也是一个贪财的人，在替张家的打寡妇的主意。

"咱是百姓人家，为啥要自卑，以为自己配不上她一个寡妇人家。咱娶了她是她家的祖坟上长了弯弯树，是光宗耀祖的事情，那半老的寡妇正巴不得呢。咱家的手艺在河谷地界是出了名的，我镂空的木雕是出了名的，能在木头上雕出层层叠叠、繁而不乱的浮雕，高低镂透，哪一种手法咱不精通。"

姐夫来了兴致，说得唾沫横飞。

"咱的手艺数一数二，靠着这手艺，咱家人再多也不会受穷。咱才买了几匹马和十头小牛仔，咱还要养猪呢，过年时多做几片猪膘肉，把咱家的家业做强做大……"

全家人听得生疑，姐夫的话听起来不像在夸张家的，倒像是自夸。

可是张家的要结婚，须得土司同意，土司不可能管到他头上，这就得管家仁青画印。管家可不是好说话的人，要得到他的允许，比登天还难，全家讨论了半天也没人敢到管家那里去请求。张家的口气那么硬，但要他去找管家仁青请求还是心虚。嗫嚅了半天姐夫才打定主意到仁青那里去说提亲的事情，这也是因为管家时常要派他的差，他和管家还算是有点交集。

姐夫特意把它的宽边帽刷了刷，又用酥油把脸涂得油光可鉴，用唾沫吐在牛皮靴子上，用袖子将靴子也擦得亮晃晃的，这才哼着小曲朝土司衙门走去。他走到有展翅作飞翔状的木雕的大门口，心就怦怦跳起来。

姐夫是那种典型的门槛汉，他的威风只限于自家碉房之内，一出门他就倒了威，这回要到土司家去他很是心虚。

他犹豫了半天，在大门外转了几圈这才诧兮兮地迈进了大门。那只守门的大狗盯住他看了半天并没有咬他，兴许狗先生今天的心情很好，痛快地吃掉了姐夫献上的一块牛肉干巴，所以对姐夫的闯入没有阻止。这可是个好兆头，这只把门狗的凶恶是出了名的，专咬穷人，但它今天特别开恩，这让姐夫感到意外，甚至有点受宠若惊。

他上了碉楼的平台，到了门厅，胆怯地问一个眼睛都翻上了天的仆人，管家在吗？仆人十分不屑，接待一个匠人他这个仆人已绰绰有余，根本不需要劳驾管家。看起来遇上了恶仆，他那骄横的嘴脸令人生厌。姐夫的好心情立刻落到了谷底，他诈生生地发问。

"仁青管家在吗?!"

无人理会。

"管家大人在吗?"

姐夫又鼓足勇气问了一遍。他心想自己并不是来讨差的，也不是来当贼的，为什么要对一个比自己地位还要低下的仆人低声下气。连看门狗都不咬人，你一个仆人为什么颐指气使。

仆人终于肯把望天眼低看一眼，从鼻子里哼哼说管家正在吸烟。姐夫这才明白为什么这种时间显得十分庄严，在管家抽大烟的时候是谁都不能打扰的，这已经是擦耳寨不成文的规定。管家在土司家人面前是个仆人，但在仆人们面前就是半个主子，而且这个"主子"更不好惹，更高高在上，更威风八面，更要摆谱。

姐夫只好在门厅外等待，研究那些雕花的木梁和窗框。终于等到过完烟瘾的管家走出来，后面跟着仆人，他不替姐夫通报，更不提及姐夫所来何事，是管家主动问起，他经常给姐夫派差，所以对他还算熟悉。

"桑结巴，你又来修门窗了?"

"回老爷，我不修门窗……我是……是来求亲的。"

管家有些迷糊:"你老婆死啦? 没有死你来求什么亲?"

姐夫结结巴巴，头上已经沁满了汗珠，头埋得很低，不敢正眼看管家仁青，说了半天也没有把话说圆。那个仆人实在看不下去了，替他向管家解释，说这个木匠是想再娶一房妻室，是一个寡妇，住在河边的山坡上，家里有牛有羊，很殷实，男人早些年

253

就被河水冲走了⋯⋯

"什么乱七八糟的!"

这个胆大的木雕匠人,会刻一些花花草草就来无理取闹,还想再娶一个老婆,别人连一个都娶不上,他还想吃着嘴里盯着锅里。

"我叫桑结巴,要娶亲的是张家的。"

姐夫对仆人的瞎说一气很是不满,他忘了胆怯终于可以字正腔圆地说话。

管家刚抽过大烟,情绪很饱满,也很稳定,所以还没有发火,倒是那个仆人觉得受到了冒犯,他要替主人惩罚这个木匠,踢了姐夫一脚,姐夫没有准备,根本没有料到会被仆人猛地一击。在这个家里连土司老爷和太太都不打下人,少土司更是仁义,现在一向凶恶的管家还没有动手,一个仆人居然踢了他一个踉跄,木匠也不知哪儿来的勇气,上去将仆人掀翻。

仆人倒在地上半天没有爬起来,不是他爬不起来,而是他觉得翻天了,一个百姓人家敢在土司家里对他堂堂的听差动手,所以他一直望着管家仁青,看他会如何发作。他龇着牙,张大嘴,意思是让管家把这个狂徒吃了,对这种野蛮反抗必须得镇压,土司有土司王法,剥皮砍头还是割舌,办法多得很。

这一切发生得很突然,管家仁青并没有弄清状况,他还在看热闹,不明白两个下人为什么会无端地打起来。

姐夫的气焰并没有被打下去,经过这一个回合他反而更加大胆,也不结巴了,口齿伶俐地说反正他家的兄弟已经同那个寡妇好上了,他这是来向管家报告,求管家开恩让他们结为夫妻。反正那个寡妇也是没人要的，现在可以组建一个家庭生儿育女，生下来的娃娃都是土司家的下人，让河谷土司家人丁兴旺。

仆人见管家没有制止的意思，便胡乱理解，以为是管家放任自己对这个无理的下人动手。他擅自做主招来了那只看家狗，让它扑倒这个罪人，咬他，下狠口，可以奖给它一坨拌了酥油的糌粑。但这条狗刚吃过姐夫一块牛肉干巴，一点也不饿，何况它一向看不起这个仆人，对于他的指令爱理不理。它是一只讲卫生的大狗，黑白相间的长毛，油亮油亮地打着卷儿，是有名的松潘狗，品种比仆人高贵，这时它正在专心地理着毛，并不想去扑咬匠人。

仆人动怒了，他认为管家听土司的话，他听管家的话，狗自然就应该听他的话，对于不听话的奴才管家老爷用的是皮鞭，他没有皮鞭，只好动用他的大长腿。这一脚踢怒了松潘狗，它并不认为自己应该听这个仆人的话，所以对他飞过来的一腿咬牙接住，同时斜起眼睛去看管家，这才是它的主人，它在等他发话。

管家仁青笑模笑样，仆人和姐夫都看不出他这表情后的深意，但松潘狗能看懂，这是它作为狗的天性，准确地领会主人的意图是狗奴才天生的本领。这是主人在怪仆人越权，主人还没有发话你一个奴才凭什么乱发指令。

狗一声闷哼就扑了上去，锋利的牙齿像快刀刺进了仆人的大腿，顿时鲜血如注，松潘狗这才跳到一边舔着嘴上的血水，欣赏着它的战果。谁叫你一个仆人长着一双大长腿就可以四下里乱踢。这就是爱管闲事的倒霉蛋的下场，没人给他疗伤，只能自己舔血。

姐夫桑结巴替张家的提亲非常成功，管家仁青从始至终没有点头，也没有开口，但那条可爱的松潘狗搞定了一切，它替管家仁青做主，咬翻了管闲事的仆人，这就等于得到了主人的许可。

他欢天喜地地往家赶，要急着把喜讯报告给家人，其实他是要狠狠地吹嘘他的能干，所有人都不看好的婚事居然被他轻而易举地办成了。

在半道上他抓住了罗布顿珠老婆巴桑卓巴家的一匹马，她正要把马牵到磨坊去驮磨好的青稞面，半道上被兴奋得忘乎所以的桑结巴把马掠去，骑上去一顿猛踢狠打，反正不是自家的牲口也不心疼，打得那劣马一阵狂奔，冷汗长淌。巴桑卓巴在一边跳脚，这个该死的木雕匠人是乐疯了，还是气得发了梦癫，拿别人家的马撒欢。

"我的马！你弄死了它得赔……"

桑结巴根本不顾那只叫唤的老母鸡，他进了家门，从那匹几乎散架的劣马身上滑下来一直在笑，开始是哈哈哈哈，接着几乎是在抽气，最后已笑得哽噎，要张家的给他捶背。

全家人都明白这门亲事已得到了批准。

这时得去寡妇丹巴拉加家商量婚事。出面的自然还是姐夫桑结巴，他这时早已被成功冲昏了头脑，认为自己不仅是木雕的好手，也完全胜任媒人的工作。他能说会道，连凶恶的看家狗也站在他一边。他提着一罐哑酒、一大包酥油和别的礼品，也没忘记往脸上抹酥油，抹得太多，厚厚的一层，和汗水混在一起变成油珠，在脸上形成一层亮闪闪的水泡。

丹巴拉加是有名的富户，虽然独自支撑着家务，但过世的丈夫给她留下的家业很殷实。羊群和牛群自不必说，那座碉房就很壮观。碉房有三层，顶层平台墙角置煨桑台，另一墙角插经幡，后半部分的人字形屋顶覆盖红瓦。她家的碉房与古碉房最大的不同是窗户开得很大，是花窗，雕有八宝、花草、动物，窗外饰以黑色窗框，呈矩形。碉房的三楼经堂全用实木装修，设有神龛和书架，供有佛像、经书和法器。丹巴拉加每天早晨在这里磕头、进香、换净水。二楼设有堂屋、灶房、卧室、客房和厕所。堂屋和灶房合二为一，十分宽大，这是丹巴拉加死去的丈夫经常招人聚会的地方。特别不同的是墙裙和壁橱柜上雕有各种复杂的图案，看得桑结巴目瞪口呆，他本以为自己就是最出色的木雕师傅，不料在寡妇家看到的一切让他瞠目结舌。

桑结巴本来是耀武扬威前往的，去寡妇家不像去土司衙门那么胆怯，但看了她家的陈设后不安起来。看起来张家的入赘到这一家完全是高攀，但愿自己不要碰钉子，他明显心虚起来，但还得保持架势。

围着火塘坐下来，火塘上支着锅，里面炖着天麻鸡，香气弥漫于空中。桑结巴一路上准备了许多话，都很傲气，毕竟十八九岁的小儿娃子要娶一个四十来岁的寡妇是该硬气的，但这时他的毛病又犯了，结巴起来。

"我们家的小叔子看……看上你了……"

丹巴拉加颤动了一下，脸上泛起了小姑娘般的红晕。她是一个独户，没人可以替她做主，她的事只要她自己点头就行。现在连管家老爷都不反对，她自然愿意。

"可是……可是……"

桑结巴是想谈条件，但面对这一切还有什么好谈的，据说这女人还有金子，又不能让她把家底亮出来摆一摆。桑结巴觉得自己一个堂堂正正的手艺人居然在一个寡妇面前委婉起来，这很丢脸。

寡妇一直都是笑模样，一副不求人不怕嫁人的样子，而且不奔主题，答非所问。她说的是天气，说沃日河谷里太阳一点都不偷懒，每天太阳出来得很早，连雄鸡报晓也好像提前了，这可把那些母鸡累坏了，它们得提前产蛋，可见一天的时辰不能乱，乱了连蛋也下不顺畅。

"什么意思?!"

桑结巴在心里连问三个为什么，这是低估了寡妇，娘们儿是一个有心人，专会东说南山西说海，顾左右而言他。老娘们儿会打岔，不好对付。雄鸡报晓乱了时辰，难道要牝鸡司晨? 这可是家门的不幸。寡妇话中有话，分明是要女人当家做主的意思，桑结巴在心里骂着张家的，什么女人不能找，偏偏找一个要母鸡司晨的主。

话不投机半句多。

两人就这样打着哑谜，锅里炖着的天麻鸡也没有请客人喝一碗的意思。桑结巴感到连管家老爷都能搞定的他可能会在阴沟里翻船。

就在姐夫桑结巴疑惑之时，寡妇丹巴拉加不动声色把牛粪火点了起来，烧馍馍也架在火上烤着，用木碗端出又香又甜的新鲜酥油，这是用来蘸烧馍馍吃的。天麻鸡舀了一大碗递上来，这把桑结巴乐得合不拢嘴。把这些东西吃光后便意味着婚事谈成了。

姐夫桑结巴只一顿饭的工夫就同寡妇丹巴拉加成为一家人，两人大块地吃着岩蜂蜜，真是甜到了心里。因张家的是入赘，他得带两头牛和一匹马来，牛是河谷的黄牛，母牛还怀着牛犊，这就算是三头牛了。马当然并不是什么好马，正是张家的骑去打仗后吓破了胆的那匹马，但它同张家的有感情，张家的丢不下它。

寡妇对张家的带不带东西来并不在意，她家牲口棚里关的牲口够多的了，每天割草喂它们都嫌烦，但入赘到女方家里要带聘礼是祖辈遵守的古礼，丹巴拉加不想违背。丹巴拉加同张家的出门游历的那段时间牲口都是早出晚归，自己出门去吃草，她家的把门狗也非常负责，把门看得很牢，不仅没人能够迈进那座碉房半步，连山上的野物也不敢前来骚扰。但这个家毕竟要有一个男主人，没有男人家就不完整，所以，要迎来男主人古礼自然要遵守，这样男人才能当家做主。连一头牛一匹马都没有牵来的男人是不受人尊敬的。

"我们不会违背。"

"知道知道……还有烤的土豆，你要吗？"

"太饱了，吃不动。我们不准备违背古礼。"

两人反复说着废话，都没有喝酒，但都涨红着脸，仿佛醉醺醺的。姐夫一时高兴竟代表全家承诺，把他家唯一的大车也搭上，他们平常用大车运货，这大车属于寡妇家了，做了张家的聘礼。他刚承诺完就后悔了，把大车给了人家他家用什么来运货，每年上山去采草药用什么运下山？唉！管它呢，男子汉大丈夫，一言既出驷马难追，话都吐出去了怎么可能收回来。他不仅搞定了管家老爷，也拿下了难缠的寡妇，他的成就大了。

婚礼前夜称作花夜，新郎要在祖屋的锅庄旁接受长辈与平辈人的祝福，这叫挂红。入赘的新郎骑着白色的马或怀孕的母马去女方家，亲友们带上哈达、酒，散发糖果。男女分排成两行站立，边喝边跳，一问一答，互相对歌，饮咂酒，至天明方才散去。

36
射箭会

　　丹蓉娃从半山寨回到了擦耳寨，同他一起回来的还有卡嘉，他俩真是鸭子的脚掌连着蹼。整个半山寨只留下两户人家看守，其余人家都调回本部。小罗布成了半山寨寨主，真是山中无大王，猴子来称霸。小罗布成了头人，尽管手下只有才旺甲花一户百姓，小罗布也快活无比。

　　他娶了饶坝铁匠的女儿为妻，妻子不仅不怕他的阴阳脸，并很快就为他生下了一个儿娃子，从此便一胎接着一胎，使半山寨很快人丁兴旺。

　　小罗布的妹妹嫁到了饶坝，不过两年男人就滚下山崖摔死了。她带着一双儿女回来投靠她的兄长，兄妹俩这一生注定要纠缠在一起，将他们兄妹演绎的大戏继续唱下去……

　　因为饶坝的衰落，半山寨已起不到防御的作用，饶坝土司的家务事大乱不止，一件接着一件，老土司一觉睡去就没有睁眼，杰瓦仁堆在床前问是让哥哥回来主事？老土司已不会点头或摇头。杰瓦仁堆刚娶的小夫人说咱不发丧，先把土司位继承了再告诉在河谷土司衙门当人质的大哥杰瓦波。杰瓦仁堆无比仁义，他并不是那种一心篡位的人，别人误解他，他一声不吭，从来都不辩解。他一直不把杰瓦波接回去是为了少生事端，到了这个节骨眼上，他立即派人把哥哥杰瓦波迎回来。为此，饶坝土司官寨还发生了一场不大不小的内乱。

以小夫人父亲为首的人采取兵谏，他们试图用武力把杰瓦仁堆推上位置，杰瓦仁堆誓死不从，文质彬彬的他不仅杀死了小夫人的父亲，还休了这个试图攀上土司夫人大位的小夫人。可见饶坝土司的这个小儿子并不羸弱，而且很有决断，他认定了土司大位只能由兄长接管，他不肯擅权。

杰瓦波得到父亲逝世的消息已没有了站上土司大位的激情，他已是一只关得太久的鸟，把笼子打开也不想飞出去，连饶坝来的信使也不敢相信少土司这种迟钝的反应。这是要变天的意思，却没人出来拨云见日。

最为着急的是守备仁巴多切，被他关押了那么久的人终于要当土司了，他每天好酒好肉，又是鸦片，又是懋功烧酒养了这么久的"人质"，这下要回去统治那块名叫饶坝的土地，仁巴多切觉得这是上天不负有心人。他要把女儿嫁给他，女儿是河谷地界的一朵花，要嫁给这个饶坝之王，让他这个一生不得志的河谷英雄当上饶坝土司的老丈人，决不能让女儿落入多吉马手中。尽管多吉马也要登上土司大位，而且还是独子，没人跟他争权夺位，但他仁巴多切就是个远香近臭的人，饭还是隔锅香，别人家的东西都好吃，自家的饭菜总觉得有馊味。他当初扣押杰瓦波只是为了给多吉马难堪，现在事情有了反转，他又见风使舵。

其实他还有另一层私心，他认为河谷地界本就应该由他专权，这个河谷老土司已是行将就木之人，他的儿子多吉马又是一个"浪荡之子"，应该被逐出河谷之地，到时候两个土司的地界都得落入他这个精明的守备之手，真是天赐良机。仁巴多切感慨自己劳神费力了一辈子，动了那么多的心思，搞了无数的阴谋却一无所获，到了老年以为一切无望之时，却功德圆满，真是得来全不费功夫。

　　杰瓦波获得了自由，是仁巴多切敲锣打鼓把他送走的，但他并没有回到饶坝，半道上拐了个弯，他去了卫藏，又从卫藏去了尼泊尔，他这是要去跟他的仁增旺姆会合。仁增旺姆早已是有名的流浪歌手，她带信给杰瓦波告诉了她的行踪，她这时已在尼泊尔的博卡拉，在那里演唱她家乡饶坝的山歌。

> 雷声在大山顶上轰鸣
> 是要下雨的缘故
> 迷人的鸟叫从林中传出
> 是森林茂盛的缘故
> 草原上歌声荡漾
> 是人们幸福团聚的缘故

　　她的高嗓门征服了那里的听众，这时就要杰瓦波出场，舞动家乡饶坝的锅庄。杰瓦波不仅是一个行伍之人，更是一个如风的舞者，只要喝上几口青稞酒，舞起来就如行云流水……

　　杰瓦波这一走使河谷和饶坝不再需要边界，也不再发生战争，之后的数十年间两地风平浪静，"战争之神"远离了故土，成为异乡的舞王。剧情并没有按仁巴多切的愿望上演，而是再次跟他开了一个天大的玩笑。

无比失落的河谷英雄只能借酒浇愁，了此残生，历史不会记住那些落魄者，以至于百年之后已无人知晓他的名字，连他的后人也无从记得他的人生伟绩。反而是那个半山头人小罗布和他的妹妹，靠了他们兄妹强大的生命力将一个起初只有两户人家的小村子，在百年之后繁衍成一座拥有百户人家的世外桃源。满山的苹果树和樱桃树簇拥着山村，村人长得精壮而又英俊，尽人皆知他们的先祖叫小罗布，并以此推演出更老的先祖叫老罗布。这个家族的共同特征是酒糟鼻，鼻头红得跟樱桃一般，这使他们在认祖归宗时一目了然。

历史就是一条河，在这片土地上流淌的就是沃日河，阳光普照着这条千古不废的河流，它日夜奔流，荡涤了无数尘埃，也淘洗出一抹金子。

丹蓉娃被多吉马调回土司官寨。他在藏历年前一天赶了回来，这时积雪已开始融化，道路泥泞不堪，在过沃日河时冰面垮塌，丹蓉娃的坐骑得儿哟差点掉进冰窟窿。那年雪水化得早，河上早早就有了浮冰。幸亏河边有次仁的马店，这才把受了伤的得儿哟寄养在马店，丹蓉娃自己去了土司衙门。

卡嘉的马没有这么幸运，他提起缰绳，高举着鞭子，大声吆喝着四蹄打滑的马。这匹马本来就不听招呼，打着响鼻，嘴角呼出泡沫，已累得满身大汗。平常遛弯它很在行，一干正事就撂挑子。

"喔……驾!"

这一鞭子下去那马就拼命了，一蹿跃上冰面，随着咔嚓的冰裂声，马腿已陷入裂缝中。冰面彻底裂开，河水涌上来，先是淹没了马腿，接着没过了马肚子，最终马被浮冰撞沉，冰冷的河水从马背上滚过，卡嘉的这匹可怜的马在水里嘶叫着，但他无能为力，只能声嘶力竭地吆喝，并不时摔出两鞭子。

卡嘉自己也栽进了水里，但他紧紧地抓住缰绳不松手，不断有冰块从他的身边冲过去，把他的皮袍划开一道道口子。卡嘉这匹爱撂挑子的马在河水中使劲挣扎，但这次挑子无论如何也撂不掉。打湿的缰绳牢牢地捆在它身上，马已惊恐万分，没料到这世上还有如此难撂的挑子，他的主人卡嘉始终不放开缰绳，缰绳几次从手中滑脱，又被他死命抓了回去。

那匹马被河水冲上浅滩，浑身湿漉漉的往下滴着水，像是得了抖抖病，打着摆子。卡嘉比马还抖得厉害，张着大嘴把冷空气吸进肺里。在冷空气的冲击下，他的肺在挛缩。突然，他那匹几乎要倒地的马沿着河岸奔跑起来，它这是在试图让自己发热，这畜生是在自救，它本能地往次仁的马厩跑，它天生就知道在哪里可以得到将息。

这一切丹蓉娃并不知道，他早早就上了对岸，而且还是踏冰而过。

次仁立即就升起了柴火，把卡嘉和马烤得浑身发热。

洛桑郎卡土司见到两个年轻的后生摆摆手让他俩在一旁听候吩咐，同这些后生子在一起越发显出自己的衰老。掉进了冰水居然还能生还，老土司想起来也要瑟瑟发抖。其实他年轻时也有这么强大，他率领几百土司兵同清军将领阿桂的上万大军征战了好多年，虽然最终还是失败了，却是虽败犹荣的战绩，历朝历代都要传颂。但现在已英雄不提当年勇，这期间伺候他的女佣一直在服侍他吃药，给他扎针的汉地老中医又开始给他开各种方子让他服用。他成天一睁眼就在吃药，要吃的药比吃下的饭还多，精神却并没有抖擞起来，反而更加萎靡。

这一天土司老爷突发奇想，说："我要去射箭!"

在场的人都吓了一跳，都把土司老爷看着，只有多吉马知道父亲说的射箭是要看他狩猎，并非是要自己射箭。洛桑郎卡土司老爷这会儿连看人射箭都困难，他把丹蓉娃调到身边是他刚刚过世的夫人特意嘱咐的。夫人听了丹蓉娃母亲一辈子的戏，临死还交代要丈夫和儿子善待她这个知音的儿子。土司夫人巴桑拉玫死后不设灵牌，后人不穿孝，但她临死吩咐她的好友丹蓉娃的母亲蓉娘死后可以立牌位，后人也得穿孝，每逢汉地的岁首、清明节、七月半以及忌日，蓉娘的后人还要扫墓、烧纸钱。巴桑拉玫深受汉地习俗的影响，得知她的吩咐，蓉娘已哭得老泪纵横，她用她早已沙哑的嗓子为她的挚友巴桑拉玫唱了一段川剧。

丹蓉娃去为土司老爷备了马车，在车上铺了厚厚的羊毛垫子。桑吉巴拉挤在人群里往王轩怀里塞了一块羊肉，她生怕自己这个弱不禁风的瘦弱丈夫少吃一口食物，她并没有考虑过王轩的胃能否接受这种坚硬而又不易消化的肉食，她会利用一切机会把他喂饱，根本不允许他拒绝，她这时的举动就是一个范例，既然是去射箭消耗肯定很大，当然要补充大量的肉食。

其实王轩在那种场合只是一个凑热闹的旁观者，需要消耗体力的是多吉马，他一个旁观者并不费力，却被他那五大三粗的太太硬塞下一条羊腿。

王轩仍是一味地干瘦，太太桑吉巴拉拿他当猪养也没有使他发胖，这是一只不长膘的瘦猴，哪怕在饭里给他拌上猪油也长不了膘。反倒是桑吉巴拉日渐肥硕，已膨胀得不成体统，这是一个吃风喝水都会长肉的主。

丹蓉娃已把一切收拾妥当，包括多吉马的马和土司老爷的马车，同时把土司府上的所有狗都集中起来，准备带它们去助威。那些狗吵吵嚷嚷，把整个擦耳寨都闹翻了天，所有人都知道土司大人要出行。洛桑郎卡穿了一件颜色鲜亮的藏袍，外面套了一件毛料的"罗夏"，"罗夏"的领边、袖口、底边都镶边，靴子是用小牛皮制成，垫了厚厚的羊毛。他走到哪里身后都跟着一个随从，怀里抱着一把大铜壶，里面装着酥油茶，他吸三口空气就要喝一口茶，然后喘一阵子，这才能继续走路。他活脱脱成为一个鳏夫，不是他不想续弦，是不能呀，他已老成了出土文物，再也无力娶一个小老婆了。

丹蓉娃拉住马，看着卡嘉把土司老爷扶上去。土司老爷坐在羊毛垫子上喘了一阵，这让看的人都感到吃力，就是这么一副老朽的身躯曾叱咤风云，带人出征，同周边各家土司打仗，现在他的精力已转移到了儿子多吉马身上。多吉马正跨在马上，用手指梳理着马鬃，吩咐说："出发！"

多吉马骑在马上，高昂着头，同他的马一样气宇轩昂，充满活力。他的朋友王轩早已入乡随俗，脱掉了一袭长袍，改穿嘉绒藏服，头上的发髻也梳平，戴的是一顶瓜皮帽，因而在队伍中特别扎眼。多吉马得到了朝廷的册封，在河谷里设了关卡，收取来往客商的税银，除了上缴的部分，他已成为土司中最为富裕的一个。他买了快枪，还从成都请来教官，成立了一支快枪队，打着保护客商安全的旗号,在贸易通道上成为一霸。后生可畏,少土司比老土司更有头脑,河谷地区不需要辛苦地劳作照样弄得风生水起,生活富足。

这时一行人往结斯沟而去,前呼后拥,狗群相随,扬起一阵尘灰。道旁的河谷百姓见土司老爷驾到,都在路边垂手低头行礼,时不时偷偷抬起眼皮睨视一下这个河谷地方的统治者。但他们大多看不清他的面容,被厚重的皮袍皮帽包裹着,只留给行人一个华贵的轮廓,这反而更增加了他的神秘感。

路人能清楚地看见的是少土司多吉马的面容,那么英俊那么清晰,但他们不敬重他,平民百姓只敬重摸不着看不清的神,对一清二楚的东西视为无物。多吉马太亲民,不像他父亲把自己当成神一般供在神龛之上,所以多吉马不受人尊敬,百姓朝拜的是天神,多吉马不是神,只是一个凡人,因而无人来朝。

一行人在正午时分到达了结斯沟,他们来到一处大草坪,这里就是一个大花台,山花烂漫,尤其令人陶醉的是野向日葵,万朵花盘正朝着太阳盛开,蜜蜂群在花间采蜜,并发出欢快的采蜜歌声:"嗡嗡……嘤嘤……"

老土司来了精神,毕竟神也要下凡,他缩在土司衙门里太久,很少出门,甫一出门便心花怒放。他站立在马车上,尽管两腿还在战抖,但他的藏袍已被风鼓了起来,一双浑浊的老眼突然就明亮起来。

结斯沟是土司家夏秋季的狩猎场,这里山上有黑熊,草甸里有黄羊,沟尾深处还有獐子和野兔。狗群已闻到了这些野物的气味,变得机警和躁动。它们三五成群地在草甸里走动,野花的香气干扰了它们的嗅觉，特别是那些野向日葵的花粉被风传播得弥漫于空气中，使狗群中不时传出喷嚏声。

多吉马也在打喷嚏，他不能闻花，一到花季他的鼻炎就复发，一个花一般的男人对花过敏，这就是上苍对万事万物的安排。万物都要平衡，密码掌握在冥冥之中，无人能够破解，更无法打破，这就是命运。沃日河谷新的统治者就被一种神秘的密码掌握了命运，他在改变着这片山河，抑或是在被这片山河改变。

土司老爷舒舒服服地坐在羊毛垫子上，随从从大铜壶里倒出酥油茶，他悠闲地品着茶。这盏茶，寒冷的时候可以驱寒，吃肉的时候可以去腻，饥饿的时候可以充饥，困乏的时候可以解乏，瞌睡的时候可以醒脑……土司老爷品茶是真，其实并不悠闲，他喘三口气才能喝进一口茶，哪里来的悠闲。但他的心情放松，毕竟他还能在呼吸空气的同时喝茶，看后生们玩耍。

其余人一字形排开射箭，目标正是一排野向日葵。一些花盘中了箭垂下了头，没有射中的箭矢飞向了远处的草丛，立即有野兔从草丛中跳出，成为狗群追逐的目标。多吉马带着随从和王轩策马追去，马在草丛中飞奔，有很大的潜在危险，这就是那些旱獭和田鼠的洞穴，一旦马蹄陷进将折断马腿。

追击的结果并没有抓住野兔，而是撵出了几头灰狼。它们不时回头张望这些不速之客，没有把他们放在眼中。狼群没有加快步伐，有齐人高的草丛掩护它们，可以很容易地隐身。这是一个野狼的家族，这一带正是它们的地界，是这些人侵犯了它们的地盘，引起了它们的憎恨。更为可恨的是那些恶狗，一来一大群，都是些打猎的好手，排好阵势，形成搜索网围拢过来。这片草甸里有狼窝，窝里还有刚下的狼崽，所以狼群要把这些来犯之敌引开。

这是一场狼与狗的战争，而狗的祖先正是狼，在人的干预下分成了两个阵营，彼此为敌，人把这种分裂称为进化，其实只是一种人为因素的异化。这些狼看不起那些狗，把它们当成叛逆，狗觉得自己是走上了正道，所以大义凛然地要消灭这些永不进化的同类。

人骑在马上追赶狼群，并不时射出箭矢，狗则排成马蹄阵型朝狼群逼近。为首的正是土司家看门的松潘狗，它曾在张家的姐夫桑结巴上门提亲时轻易咬断了仆人的棒子骨，现在它正冲在狗群的前面，朝灰狼扑去，其余的瘦狗肥狗们则吵吵闹闹地跟在后面助威。高傲的狼也开始愣神，它们似乎有些犹豫，不知是该扔下这些狗逃命，还是同它们血战一场。有一头母狼中了箭，这是王轩射中的，真是瞎猫碰上了死耗子，一个个神射手，包括以神准著称的丹蓉娃都没有射中，偏偏是连弓都拉不圆的王轩射中了目标。

土司老爷听见射中狼的欢呼也兴奋起来，亲自抖动马缰，把马车赶往草原深处。丹蓉娃和卡嘉护卫在旁，那个贴身的随从因为抱着大茶壶被甩了后面，结果一头公狼正好伏在他身边，吓得他扔下茶壶大声呼叫，土司老爷回过头来骂那个随从，一头狼就把他吓成了这样，要是埋伏的是饶坝的士兵还不把他的屎尿吓出来。

随从还真吓尿了，把袍子都打湿了。原来是那头狼正攀着他的肩，想咬断他的喉咙，幸亏丹蓉娃眼尖，一箭正中狼喉，一股暗红色的狼血从它的喉管喷出，随从以为是自己中了箭，握住箭杆杀猪般号叫。这个随从是个孬种，平常干些侍候人的活路也还凑合，但是只要一见血就要崩溃，连那只中箭的狼都比他英勇，带着箭流着血还跑出了一箭之遥才倒下，以至于丹蓉娃以为箭射偏了，射中的不是狼而是那个随从。

随从的叫唤把狗群吸引了回来，使得狼群得以逃脱。这惹得土司老爷舞动着马鞭想要打在随从身上，但中间隔着老远根本够不着，这令土司老爷气喘吁吁，喊着拿茶来！装酥油茶的大铜壶早已被随从抛在老远的草丛里，酥油茶正从壶嘴里往外汩汩而出，没有了酥油茶的滋润，土司老爷一刻也熬不下去。丹蓉娃飞身而去，把茶壶扶正，抢救下仅剩的一点茶水。这下问题十分严重了，残存的一点茶难以支撑土司老爷随时的需求，土司老爷已经气得口大喘气，把鞭子挥得更圆。

土司老爷越想鞭打那个随从，越是够不到，马车已自动跑起来，拉车的马早已被这乱纷纷的吵闹弄得昏了头，不再听从使唤，自由行动起来。车上没有了赶车人，只剩下生气的土司老爷，他试图控制住那匹马，又拉缰绳，又用鞭子抽，又是吆喝，那马受了惊，不仅不听使唤，还发了疯，越跑越快，浑身大汗。在草地里马车受到的阻力很大，尽管马拼命地向前，但始终跑不快，这救了老爷一命。他索性瘫倒在羊毛垫子里，闭上眼睛，眼不见心不烦，不再观望发生的一切。

一场令人心旷神怡的狩猎被一个随从给搅黄了，洛桑郎卡土司这一生中的好事都是这样被一些不经意的插曲给搅乱的。人的意志并不能改天换地，许多时候都只能像现在这样闭目养神，听天由命。

马车的速度逐渐慢了下来，土司老爷身边只剩下追上来的卡嘉和丹蓉娃，别的人都去追逐灰狼了，马车信马由缰地在结斯沟里转悠，又黏又湿的泥巴溅了土司老爷一身，但他懒得让马车停下来。马车顺着沟谷往沟尾走去，沟谷两面的山坡上是浓密的杉树和松林，远处的冰川也越来越清晰，无数的瀑布从林间泄出，这里是河谷土司统治地界上的一处仙境，由结斯沟村一个头人管理着。他每年都要给土司大人进献牦牛和羊群，以及几麻袋晒干的沙棘，土司老爷把沙棘加在酥油茶里，那可真是琼浆美味。

这时的洛桑郎卡已不再大口喘气，他已进入了幻觉，想的尽是他一生中品尝过的人间佳肴。这难道就是回光返照？失去的记忆和体力忽然就回来了，包括那些留在味觉上的美食，尽管他好久都吃不下去了，但忽然之间又都从牙缝中冒了出来……

洛桑郎卡土司注视着远方，他太老了，从父亲手中接过土司印信已有六十个年头，他的眼睛已老眼昏花，以至于要不时用帕子擦去眼角流出的泪水。过去要起风才有泪，现在即使无风眼泪也擦不干净。

他看见了那块风水宝地，那是沟谷中的一块平台，他曾打算在这里盖一座行宫。结斯沟太美了，住在这条沟里过完整个夏天真是莫大的享受。他多次来看过这块宝地，但房子始终没能盖起来，他已力不从心，许多的计划都只能在脑子中过一过，连他一直想修订的洛桑郎卡家的族谱也没有动笔，而他那个一脑子新派思想的儿子根本没心思满足他的这一愿望。

洛桑郎卡家从哪里来，要到哪里去，年轻一代一点都不考虑。

想到这里他已经泪流如注，不能自已。

马车磕磕绊绊从宝地上走过，洛桑郎卡要在这里盖房子的热情已凉到冰点。这里的地势比沃日河谷更高，他觉得出气吸气都喘，丹蓉娃看着他，将缰绳打住了，说："我们回去吧，越往沟里走越冷，老爷受不了风寒。"至于老爷一脸泪痕，几乎哽噎，丹蓉娃也是一脸茫然，他认为人老了就是这样，自己的父亲才旺措美不也是这幅老态龙钟的模样吗？比较起来父亲更甚，动不动就屎尿失禁，从房间走到院门都迈不动腿，"唉……"丹蓉娃也只能叹一口气。

在远处有结斯沟村民搭的帐篷，这里是他们的牧场，放养着他们的牛羊与山猪。这些山猪满山乱跑，要到秋天才回家，母猪回家做窝下崽，公猪被宰杀了做成猪膘肉。

有两个结斯沟村的百姓发现了土司老爷的马车，飞快地跑去报告头人。头人是一个高个子汉子。高得出奇，连碉房的门框也没有他高，他要埋头缩腰才能进去。洛桑郎卡叫他大个子莫斯，莫斯戴着宽边牛皮帽，帽子后檐有一条长长的飘带，骑在马上飞奔而来，那条飘带拖在脑后，使他像一只长尾巴的野雉。他这一跑无意中撵出了一头孤狼，大个子莫斯从腰间抽出了他的左插子，马不停蹄地朝孤狼追去。

原来那并不是一头孤狼，而是一头掉队的小公狼，头人莫斯天生有一股杀气，小公狼本来还很镇定，一见到莫斯就虚火起来。莫斯浓眉大眼，出气像是吹哨子，叫声大如洪钟，把公狼吓得两股瑟瑟，它夹紧了尾巴往结斯沟深处逃窜。莫斯吼叫着把他的搜山犬尖刀唤来。尖刀尖嘴尖牙，果然像一把尖刀，对主人的命令心领神会，嗖的一声就消失在草丛里。它前去擒狼，它的尖牙同狼牙拼起来并不吃亏，不一会儿草丛里就传出狗牙与狼牙撞击的铿锵之声，血水柱般从草丛里射向天空，并发出浓烈的血腥味。

"不好，我的尖刀。"

莫斯闻到的却是尖刀的血气，原来尖刀在咬断狼喉时也被狼牙刺穿了脖子上的血管，它的血并没有飙起来，而是喷洒在草丛里，狼和狗互相纠缠在一起，并相互咬断了血管。莫斯冲上去跳下马却没有下手的机会，左插子紧攥在手中，狼和狗滚成了一团，像一个血色的肉球在草丛中滚动。

滚动的肉球突然松开，那是尖刀先松了劲，它气绝而亡，松开的牙口上全是狼毛。那头公狼也开始瘫软，但血还没有流尽，斜着眼睛看着走近的莫斯，在莫斯将左插子插进它的脖子时，它才不情愿地闭上了眼睛。

这时土司家的狗群赶到，一只只扑上去舔食狼血，多吉马一干人也都聚拢过来，把草皮踩得稀烂。

多吉马正在兴头上，他也射中了一头母狼，连同王轩几个人都有收获。狼族遭到了灭顶之灾，那匹母狼正是狼王，失去了狼王的狼群，只能作鸟兽散。这是一个不祥之兆，沃日河谷里的王者也行将就木，他的魂灵已从他的躯壳中游离，与那些狼魂一起在空中飞来飞去，他这是在寻找来路，灵魂从哪里来终究要回到那里去。而未来的王者多吉马反应迟钝，他感知不到父魂的告白，完全沉浸在一派喜悦之中。

"你就是头人莫斯？"

多吉马看着这个熊一般的壮汉问道。莫斯正抱起他的爱犬尖刀，身上糊满了尖刀的血渍，血还没有凝固，鲜红鲜红的。

"这是我们结斯沟有名的森林狼群，它们夏天都藏在山上的森林里，到了秋天才下山来偷食羊群和杀牛，今年下山下得特别早，被土司老爷撞上了。"

莫斯瓮声瓮气地回答多吉马。丹蓉娃从人群中窜出来，用哭泣的声调报告了一个天大的噩耗。

"天塌了，山崩了，土司老爷断气了。"

下　卷 ——

狂风席卷沃日河谷

重回懋功

土司的位置是在多吉马手上丢掉的，清廷实行了改土归流，土官改为流官，多吉马和格桑玫朵的儿子三木羌当上了沃日守备。三木羌的这个守备还是仰仗其父的功绩所得。

道光二十年八月，英军从海道北上，进犯闽、浙。厦门、金门、定海、宁波失陷。清廷急从各省调兵增援。多吉马像父亲洛桑郎卡入藏平定廓尔喀一样，随调出征。这次的屯兵出征有千余人，他们长途跋涉到达浙江前线。

多吉马所在的屯兵的任务是反攻宁波和镇海。

战斗打响，金川八角碉屯守备阿木辛率队冲向宁波城西门，城边起火，炮声震天，屯兵攀爬城墙，攻入城内。宁波城内街道狭窄，称为五尺巷、六尺巷，两边高楼林立，英军从楼上抛下箭矢重物，射下枪弹，屯兵暴露在街巷中无处躲藏，死伤惨重。进攻受阻，次日退出城去。

在反复进攻中，屯土官兵遭遇遍地地雷，又遇炮击，纷纷殉难。多吉马率领的藏羌勇士在战斗中奋勇争先，给予骄横的英国侵略者以痛击，后因远征军不习水战，加上水土不服，又长途行军和鏖战，多吉马染疾，溘然长逝。

战争结束，三木羌承袭父亲之职，由土司改任守备。其时三木羌刚出生不久，母亲格桑玫朵死后他被送到成都读书，师从父亲的结拜兄弟王轩，直至三木羌安葬老师王轩后启程返回故乡。沃日河谷早已变天，连清廷的日子也风雨飘摇，到了辛亥革命的前夜，河谷里早已物是人非。

三木羌父亲同辈或上一辈的人中，才旺措美是最后一个死掉的，他死得非常平和，早晨还吃了几个烤土豆，喝了一大碗酥油茶，说出门去看山，走到沃日河边，一头栽进河里被水冲走了。

他的死与他家的护家狗西娃相似，都没有丝毫征兆，也没有任何痛苦，要不是河岸边有人行走看见，家人还以为他失踪了。才旺措美死后家业传给了丹蓉娃，丹蓉娃又把家业传到儿子绒布仁钦手里。

说起丹蓉娃的死就更加离奇，他去成都迎接土司多吉马的"毛辫"，在准备回懋功安葬的路上离奇失踪。多吉马不能马革裹尸还，只能将发辫迎回安葬，使其魂归故里，后人可以到"辫子坟"祭奠。丹蓉娃独自出门，牵着他的老马得儿哟。他早已把多吉马看成了自己的兄长而非主人，他爱多吉马胜过了一切，这是祖辈传下来的感情，如同他的母亲蓉娘和多吉马的母亲巴桑拉玫的生死之交。

丹蓉娃这一去再也没有回来。

那年月路上并不太平，去成都路途遥远，他出门时又是天寒地冻的冬天，抑或是路上遇见了棒老二，也可能是摔下了山崖，还可能是被野兽吞食，或者是生了重病，在荒野中贫病交加……后来家人还沿途去找过，儿子绒布仁钦沿途寻访，连地窝子也去查看了，得知那一阵子地窝子并没有接客。丹蓉娃就这么一去不返，活不见人，死不见尸。

他这是追随他的主人多吉马而去了吗？

古道依然，沿途关于丹蓉娃寻主的传说很多，莫衷一是，却都非常感人。懋功出忠犬，也出忠义之士，洛桑郎卡土司家出过许多忠诚的下人，丹蓉娃是其中尤为传奇的一个，这在当地成了一种传统。

河谷里罂粟种得少了，连青稞也不种了，改种苹果和金川梨。作为清廷派往沃日河的守备，三木羌只是一个小官，但这里是镇守高原通往汉地的必经之路，也就显得尤为重要。

三木羌的汉名叫满堂，虽是嘉绒哇，却有镶黄旗人的封号，这是皇上专门赐予的荣誉，封为旗人，同那些汉旗平等。成都少城里住了许多旗人，有满人，也有汉人，包括三木羌也在少城里置了四合院，公干时就在这里居住。这年他四十八岁。

光绪三十三年，清廷将巡边大臣的行署移驻灌县，管辖川边各地事务，并升打箭炉为直隶厅，归建昌道统辖。起初，沃日河谷归直隶厅管辖，后来因离汉地近，又是高原进入汉地的重要关口，即将三木羌委以重任。他跟成都的大儒王轩读过二十年书，也算是精通汉学之事，这才委以守备之职，统领一营兵马，驻守河谷官寨，归成都直领，灌县衙门代领。

三木羌在成都住了多年，直到料理完老师王轩的后事，又带着师娘桑吉巴拉的衣冠准备在她家乡木尔寨沟建一座衣冠冢，这才一路风餐露宿，沿着岷江上行，翻过白雪皑皑的巴朗山，穿过日隆关，沿着沃日河谷行走，终于到达擦耳寨。土司的官寨还在，却已十分荒僻。

沃日河谷里散落着几十个村寨，大的不过百十来户，小的仅七八户聚居，大多贩盐贩茶叶，也有贩皮货的。鸦片仍在盛行，懋功城里竟有二百多家烟馆，来往汉藏两地的客商大多在此歇脚，所以烟馆生意兴隆。这么偏远的小城居然也有扬州小姐，她们在烟馆里当台基，客商们点了烟炮后就要点台基，扬州小姐把江南的情色生意带到了这里，也把梅毒传播至此。

偏远的小城麻雀虽小，五脏俱全，往来繁荣，被皮货商人称为小灌县。

土司制度并没有完全废除，但也只是一个摆设，多吉马之后应由三木羌承袭，但朝廷并没有把新的印信号纸发下来，百姓也不似以往那么听话，谁会对一个行将就木的官位顶礼膜拜呢？土司官寨里连差都派不下来，百姓人家能躲就躲，他们听说新来的"土司"正是拥有实权的守备大人，原来龙还是龙，凤还是凤，百姓永远是百姓，家奴也还是家奴，这才有些收敛。

山民们常用药材和皮毛同前来做生意的客商以货易货，这是沃日河谷的传统，沟里最大的货物集散地正是擦耳寨。它扼守着河谷的沟口，沃日河奔腾咆哮着奔向懋功城，汇入小金川，再汇入大渡河，最终汇入岷江。沃日河就像一条弯曲的长蛇在山谷中蠕动，每日准时到来的阵风呼啦啦地刮过人的脸面，将河水掀起一排排浪花。

沃日河谷里人们的皮肤都很粗糙，脸上带有两块红斑，却明显不是高原红，那是高地上的硬风吹刮后，又经过太阳的暴晒而形成的。

官道从擦耳寨中间通过，两边自然形成了许多店铺，最多的是卖菌子的干货店。懋功的松茸很有名，成都的商贾大户是主要的消费群体，因而这条直通灌县的官道又被称为"松茸大道"。另一种称呼叫"苹果大道"，这条纵深百里的沟谷里苹果渐成气候，苹果园次第排开，整条沟里都飘散着苹果的香气。最为有名的就是苹果干，借助沃日河谷的阳光晒成的苹果干香气袭人。

翻过巴朗山的猫鼻梁进入卧龙沟，可以到达汶川漩口，大道中央是深一道浅一道的车辙，洼处积满雨水，经年被马车、牛车的车轮践踏，形成黑臭的泥浆。

这条道路的咽喉地窝子，百年来都是一个地坑上面搭一个木棚子，里面是木板搭建的通铺，再多的人都只能挤在这个通铺上。那件已盖了上百年的牛皮大被仍然没有拆洗过，臭气不仅熏倒了过往客商，还趴伏着无数臭虫，它们吸饱了过客的血，一代一代地繁衍生息，成为地窝子的标志。没有被这些臭虫吸过血的过客到不了懋功，这是一个必经的关口，尽管地窝子的主人换了一茬又一茬，但都是些凶神恶煞之人，否则镇不住堂子，更留不下买路钱。

地窝子的罗布丹早已作古，他的坟就在地窝子后面的山坡上，过往的客商经过那儿都要往坟上压一块石头，这是对他的诅咒，让他永世不得翻身。久而久之，石头已堆成了一座小山，罗布丹的坟头已被淹没在石头之下。但后来的继任者不以为然，他们似乎对被压在石头之下毫不在意，一有机会就会用牛皮大被闷人。

尽管后来这种行为越来越收敛，主人也想做正经生意，但传说已流传出去，恐怖黑店的名声再也抹不去了。

沃日河谷里的住户并不全是嘉绒哇，还有一些汉人，他们是当年为了逃避张献忠剿灭之灾从成都出逃，亡命落草的城民。那场大屠杀太令人发指，以至于多少代人之后城民的后代提起来仍然变色，无论如何不肯迁回成都去。

在懋功城里有一座小教堂，典型欧罗巴风格的哥特式建筑，在这深山峡谷之中不仅有江西、陕西、贵州、湖广四大会馆，还有佛教的庙宇、道教的道观，竟然还建有一座教堂。

三木羌一行人逶迤而行，虽然是回家乡去赴一个小官的任，但大清王朝的场面还是要撑起的。深山中的官道只是一条土路，人马走过扬起阵阵灰尘，河谷两岸的山地并没有原始密林，除斯古拉山周边以外，干旱的河谷两岸植被稀少，连野兽也上了高山之上的林带，坡地上只有狰狞的山石。三木羌唱起了几代人都会唱的懋功之歌：

> 懋功在哪里？
> 在墨尔多神山那面，
> 沿着沃日河谷行走，
> 看见有班爪的房子，
> 窗上有白色的八卡图案，
> 只要你看见了"营盘"，
> 粮台建在山岩。
> 谷底流淌着金川，
> 金川里流的是金子，

这是闪光的嘉绒史诗，

比金子还要绚烂。

哦，我梦里的家乡懋功哟，

沙棘布满河畔。

那是彪悍的扎西，

等你站在岸边，

还有仙女拉姆，

热切地把郎期盼

……

　　清朝年间，原始森林离成都还很近，一出灌县就是森林，不需要走到川藏、川甘，甚至边远的大山深处。成都城民都是烧灌县砍下来顺岷江放流的木柴，木头漂流至宝瓶口，被导入内江，再顺金马河和羊马河、江安河等河道漂流至成都九里堤的柏条河，再流经南河，在成都水津街一带被柴船上的柴夫打捞上来，砍成一捆捆的把把柴卖给水津街上的柴店，再由店家卖给城民。三木羌在成都生活时的情景就是这样，这些经历给他一生造成了巨大的影响。

　　他的师爷正是大儒王洛古，王洛古还是他父亲多吉马的老师，后来王洛古的儿子王轩又成了他的老师，成都的这一门两代儒生对远在沃日河谷的土司一家两代人产生了不可磨灭的精神影响。三木羌的老师王轩娶的还是懋功姑娘桑吉巴拉，这种错综复杂的关系成了桥梁，将两个地域的两家人紧紧地联系起来。

　　三木羌回到沃日官寨的头一天就遇到了骚乱。

　　这是百姓们给这个朝廷命官的下马威，从各个村庄汇聚而来的几百山民对官寨发动了袭击，他们承认土司的统领，却不认可什么守备。饶坝那边仍然是土司独揽大权，到了河谷突然冒出一个代替土司大位的守备，百姓们要拼死反抗。

三木羌的随从在官寨外被杀害了，随从被鹅卵石击中了头部，是用摔带打的。山民们个个都是打摔带的高手，可以击中百米外的狼头或熊背，他们习惯用鹅卵石作为武器。

原来，福无双至，祸不单行。

有快马来报成都的消息，成都已大乱，反清的民众攻进了皇城，起义的同志军和保皇党正在争夺皇城坝和成都城内的制高点煤山，连总督赵尔丰都被尹昌衡砍了脑袋。这种断断续续的反清战斗已波及了距成都不远的灌县，灌县正是康区各地的晴雨表，很快就传播到了沃日河谷。

饶坝那边先闹起来，土司杰瓦仁堆的儿子、在位的杰瓦多多已经毙命，他是被自己在成都参加了同志军、才刚二十岁的儿子杰瓦更扎带人打死的。

杰瓦多多同儿子起了争执，年轻一代的杰瓦更扎拥护废除土司制度，代表老一辈的杰瓦多多要维护古老的土司制度，两代人各执一词，谁也说服不了谁。儿子一时暴起，开枪击中了父亲的胸口，饶坝土司第十三代传人就这么倒地而亡。

本来应该成为第十四代土司的杰瓦更扎已去往成都，饶坝一时群龙无首，各地头人各自为政，消息传到河谷，河谷内的盐民和皮货商、百姓和科巴早已不满土司、守备的盘剥，也闹起事来。

设在日隆关的关卡被阻断了，进藏的茶叶、盐巴、丝绸、布帛无法流通，藏地的药材、皮货和矿产也无法运出，民众的生计受到威胁。山民们砸烂了日隆关卡，通关的文牒也付之一炬。沃日河谷是一条贸易通道，要有贸易百姓才有生路，商人们只好把货物摆到猫鼻梁上去卖，但客商人迹稀少，货物卖不出去，这就断了他们的财路。

没有了生计，山民就要造反。

情况非常危急。

三木羌镇定自若，这种镇定对于一个小官吏来说多半是装出来的。他之所以能够获得这等官职全靠祖上的显赫。龙生龙，凤生凤，耗子生儿打地洞，三木羌不是一般的山民，他有皇上专门赐予的镶黄旗人的身份。关键是三木羌有一个显赫的师傅王轩。王轩虽不做官，但在官场走动多年，许多官宦都是他的弟子或嫡传。王轩在官场一言九鼎，可以左右时局，在王轩的推荐下，三木羌顺利地回到家乡为官，像他的祖辈一样统治着那片山河。但时过境迁，他的领地眼看就要崩溃。

面对这突如其来的变故，三木羌一面派人去灌县和成都搬救兵，一面点起守备营少得可怜的几个手下前去镇压。

在他爷爷和父亲的时代没有人敢挑战土司的权威，但一夜之间山民同兵丁展开了殊死搏斗。各种农具成了武器，山民们举着锄地的钉耙、砍柴的弯刀和斧头同兵丁展开搏杀，田垄上留下一具具尸体。三木羌站在土司官寨的碉楼顶上，看见冲进来的山民他竟然感到了一丝恐惧。

他爷爷恐惧的是清廷的压境大军，父亲恐惧的是饶坝过来的抢粮大军，到了他这里居然要恐惧一伙闹事的山民?!

"唉……"

三木羌长长地叹了一口气，真是时运不济！

老师王轩曾反复向他讲解过什么叫"生于末世"和"末路英雄"，他的回答被老师评价为只知其一，不知其二；知其然，不知其所以然。现在他知其一，也知其二，但老师已经作古。难道老师早有预见？竟被他一语成谶？自己难道就是那个生于末世的末路英雄？想到这里三木羌已冷汗长淌。

"变天啦！"

"不听话了！不听话了！！"

三木羌反复仰望沃日河谷的天空，太阳高悬，阳光灿烂。日升日落，太阳照常升起，万物照样茂盛，但天说变就变了。

三木羌百思不得其解，上百年来平顺的日子掀起了波澜，真的要变天了？！

强装镇定的三木羌开始惊慌，这是出于一种无望，成都打得那么惨烈，谁还顾得上深山沟里的关卡。连灌县的二王庙铁索桥也被封锁了不让人通行，南桥从中间的桥墩挖断，使这座名桥成了断桥。从灌县回来的人向三木羌报告了此事，说得绘声绘色。形势越来越扑朔迷离，让他看不透。以往都有老师王轩帮他拿主意，现在他孤立无援，独自居于偏远地带，让他一时没有了抓拿。

"这怎么得了！怎么得了！！"

三木羌反复念叨着。过去出了什么事都可以找老师王轩参谋，现在老师已驾鹤西归，三木羌的主心骨没有了。

官寨里的碉房被点燃，浓烟升腾，幸亏官寨里家家户户都有水道相通，才不至于让官寨化为灰烬。

沃日河谷的民众比别处的人更讲卫生，有许多人刷牙，因为这里很早就来了传教士。那是一个法国来的和善老头,他挨家挨户去劝说,要人们入教,又教人们刷牙,谁刷牙就赠给谁牙膏和毛巾。入了教的家庭生孩子可以去教堂接受洗礼,还可以去教堂领取牛奶,这给山沟沟里带来了前所未有的文明气息,山民们也有了炫耀的资本。他们一见面就露出洁白的牙齿,让外乡人焦黄的牙齿更加黯然。他们还对外乡的亲戚夸口说:

"咱家的孩子吃的是免费的牛奶呢,啧啧……"

这是一种身份和优越感,说的人很自豪,听的人很佩服,也啧啧连声,这又使夸口的人更加来劲。

"我们那里还修了教堂呢!你知道教堂什么样吗?"

这也成了谈资,因为外乡没有这种尖顶的建筑,有的只是传统庙宇。

"刷牙用的是牙膏,满嘴吐出白泡泡,水一冲,干净着呢!"

说着就拿出牙膏给人看,看的人如看文物,眼中流露出万分的惊讶和茫然。怪只能怪那个洋老头没在四处建教堂,这洋人偏心,遭人恨。但外乡人还要嘴硬,想在鸡蛋里挑出骨头。

"这是猪毛刷子吧?"

这种疑惑令夸口者笑掉了大牙,使他们更加具有优越感。可见刷牙的比不刷牙的区别大了,不刷牙的外乡人不仅牙齿焦黄,连脑袋也那么笨。

西方人很早就深入了沃日河谷,使河谷人很早就接受了洋人的教习,他们学着洋人的文雅举止,但皮肤无论如何也比不上洋人的白皙。河谷人便认定这是因为没有好生刷牙,洋人每天刷牙,不仅把牙刷白了,也把脸刷白了。这就像用石灰刷墙,再黑的石头墙只要刷上石灰都可以刷白。当地就有人认为其实洋人和本地人晒的都是一个太阳，一个白脸一个黑脸，就是洋人牙刷得勤的缘故。

山民的喊杀声又从官寨外传来，这些刷过牙的山民胆子也刷大了，敢于打破数百年来老祖宗留下来的规矩，开始反抗守备的统治，要打进官寨里来，逼宫守备大人。聚众的山民越来越多。官寨外火把通明，山民们大喊大叫，这是百年来沃日河谷头一次有山民造反。

"赶走汉官！"

"杀死他，割下狗日的鸡巴！"

"弄死他的小老婆……"

群情激动，枪声大作，掷石乱飞。百姓的激愤像干柴一般一夜之间被点燃了。

山地女子

　　三木羌回到擦耳寨后又强娶了一个十八岁的民女为妾，之所以叫妾不叫小老婆，完全是跟汉地的达官贵人学的。小女子叫格丹巴措，并不是本地人，是从丹巴中路来河谷走亲戚的。格丹巴措的活泼和灵动，不是三木羌在成都见过的那种闺阁女子具有的柔美，那是山地女子才有的野性美。她大冬天也只穿两件布裙子，当地人叫作"拉嘎"。她挽起拉嘎的袖子就在沃日河里洗衣洗菜而不会被冻伤。

　　三木羌正是一个寻花问柳的大哥，在河边遇见了洗衣的格丹巴措。她洗衣的方式很特别，把衣裳铺在石头上用脚踩，边踩边唱，唱的是弦子，踩着锅庄的节奏，好不快活。

　　"河里有水鳝吗？"

　　这是没话找话，三木羌难得出来放松，就发现了好看的丹巴女子。

　　"在石板下趴着呢，水里的石头溜滑，不好逮。"

　　小女子问一答十，并不怕生，也不管这个男子是守备还是土司，咯咯地笑得很脆。一般百姓家的女子都很怕生，特别是见了官宦就要躲，这女子很奇特。其实她并不知道三木羌的身份，她就是喜欢搭白，喜欢往人多的地方凑。她说话脆生生的，像放鞭炮，这与众不同的性格自然吸引人。

她提了一桶水背上岸来，还端着一盆洗过的衣裳，头上滴着汗珠，水汪汪的，用火辣辣的眼睛盯着这个官人。三木羌反而有些不自然，脸上泛红，目光躲闪，连他自己也感到意外，见过世面的年轻守备居然会被一个山野女子看得不好意思。他是牵着他的搜山犬狼娃出来散步的，那狗见了河水就要跳下去凫水，这才使三木羌邂逅了丹巴美女。

狼娃非常健壮，是一只流浪狗，在三木羌返回懋功的路上一路尾随，使三木羌动了恻隐之心，在给它喂过一次食后它就认定了他，围着他摇着尾巴转了三圈，这行的是"狗礼"，算是拜见了主人。只要主人点头就算是接受了狗的拜见，接纳它为伙伴，人和狗千百年来心心相印正是出于某种心灵的感应。

三木羌懂得这只狗，它浑身是伤，磕断了一枚狗牙，表明它遭受过许多打击和种种不测，才在这迢迢长路上艰辛流浪，但从它的眼神可以看出它的勇猛和忠诚，从它的吃相可以看出它的高贵和尊严，它肯定出自某个败落的大户人家，主人品行高尚才能养育出行为端正的狗。

三木羌给它取名狼娃，并收留了它，于是它跟三木羌形影不离，成为三木羌最忠实的随从。至于狼娃的过往无人知道，也无从知道，更无须知道，从艰难困苦中过来的狗一旦获得了新生对主人似乎加倍忠勇。

狼娃特别亲水，这时它正欢愉地朝河边走去，小女子同它错过，故作惊讶状。

"哟，好健美的瘦狗，我们家的狗可是特别肥胖。你难道没有喂过它，让它瘦得这么难看。我们家的狗是个肥妞，胖得走路都要喘气。我家虽不十分富裕，但也要给狗喂肉，你的这条狗难道只吃素吗？瘦得成了一只菜狗，走路都在打偏偏，太可怜了。"

"那就让它与你家的肥妞配对，生出来的狗就不胖不瘦。"

守备同山地女子就这样接上了头，没话找话搭上了讪。

丹巴美女使三木羌动了心，他在成都早已娶妻，是老师王轩的女儿，叫王苍远。因她的母亲正是来自遥远的河谷地带的桑吉巴拉，同母亲一样王姑娘十分丰满，结婚之后就更加胖得出奇，而且专吃肥肉，用猪油拌饭，吃得津津有味。她甚至捧着一坨酥油大快朵颐，一点没有书香门第女子的斯文，这副吃相使三木羌对她心生厌倦。不知是否因为贪吃过于肥胖影响了生育，王苍远一直没有怀孕，这令三木羌非常遗憾。他本来并不想将她带回懋功老家，无奈她像膏药一般贴得非紧，甩都甩不脱。

懋功也是王苍远母亲桑吉巴拉的家乡，她自然心向往之。她来到这里的另一个目的就是要同三木羌一同回到母亲的老家木尔寨沟，为母亲建一座衣冠冢。母亲对家乡日思夜想，虽然家乡已没有什么亲人，但父母修建的大碉房还在，饲养的牛群猪群还在，想必它们已成为野牛野猪了吧！这正是王苍远最想得到的答案。

三木羌家与王家有缘，他父亲多吉马同王轩是结拜兄弟，三木羌自己又娶了王轩的女儿，这真是三生三世结下的不解之缘。但三木羌的心有些活泛，有寻花问柳的本性，遇见了这个丹巴女子之后就有些守不住了。只是他跟老师王轩学习多年，自认是个谦谦君子，并不承认自己是个多情种子而要加以掩饰。这就是年轻守备的矛盾之处，家有吼狮，却在外招蜂引蝶，不亦乐乎。

"别人都说你是新任的汉官，在沟里设了关卡收很重的税，比你爹老土司还不好。"

这小女子果然天一句地一句，不知道什么是害怕。原来她认识这个守备，还要上来搭讪，换成别人唯恐躲之不及，这就是山野女子格丹巴措与别人的不同之处。这既是她的优点，又是她的致命弱点。但她本人全然不知，只顾逞一时嘴快。

三木羌似乎并不在意，他的心思在美女身上。

"你叫什么名字？是哪家的女子？"

"你可以叫我天上的月亮、地上的贝母、河里的水鳝，这些都是我的名字。"

小女子还很调皮，说一句话就要笑几声，她是无拘无束的山野女子，来自丹巴，并非懋功本地人。三木羌已有很久没有回家了，不像他的前辈对属下的臣民那么熟悉。

"你家是贩盐的，还是卖皮货的?"

小女子将水桶从背上放下来，说："干你什么事，又不少缴税。"

三木羌愣了一下，这真是世道变了，一个小女子也敢跟他如此对嘴。"看看，随便问一下也不行吗？"三木羌的口气有些无奈，土司守备的威严已大不如前。

"闪开道，我要背水回去，家里的马还没饮水呢。还有那几头牛，也不敢放到山上去，世道不太平呢。你这个守备是怎么当的?

棒老二都打上门来了。"

小女子重又背起水桶，爽朗的笑声传得很远。

这一天她又出来背水，与平常不同的是这一天她穿着镪氇百褶裙，臀部以下有多重褶子，左右两边各镶有七条彩色褶子，走动起来随风飘扬，像一件跳锅庄时穿的舞衣，衬着黄色的山脊和土路，衬着蓝天白云，显得特别撩人。这使早就等在那里的三木羌看得眼馋，忍不住又要发问。

"你今年多大啦？我会知道你是谁家的闺女，你瞒不住我，我是谁？哼哼！是管你们的守备，把人口簿打开一看就清楚了。"

小女子一面走一面回头说："天上的鸟儿在头上飞，你知道它的鸟巢在哪儿吗？你有人口簿就了不起？我们是自由民，不受你管辖。"

三木羌狡黠地一笑，把狼娃叫过来说："你跟着这个背水的女子"，接着又朝着女子的背影说："这不一切都清楚了。"

小女子不再答话，但笑声依然爽朗。

山野中的女子特别爱笑，笑起来脸上有两个酒窝，眼睛眯成一条线，黑油油的头发扎成几根小辫，在脑袋后一摇一甩，晃得三木羌心跳加快。他越发对这个女子感兴趣，因为在意使得三木羌内心矛盾，手足无措。他两只手来回搓着。丹巴出美女，他没有料到的是丹巴美女会美成这样。小女子背着水，回头不易，但她还是转过身来，见三木羌死死地盯住自己，忽然收住了笑声。

"你怎么跟狼似的看人不眨眼，你是要咬人吗？"

"在这沟里还没人敢跟我犟嘴，你是头一个。"

"原是你挡了我的道，又死盯着人家不眨眼，我没工夫跟你对嘴，我还要回家去煮土豆糊糊，烤玉米粑粑。"

"我要娶你，派人去你家提亲。"

小女子走远了，三木羌嘴里还在嘀咕。

他果真迫不及待地派管家去了格丹巴措家提亲。她家并不在沃日河谷，她是来河谷亲戚家串门的。

三木羌的管家是老管家仁青的孙子、一个很会办事的小子，名叫仁青干达，为了叫着方便，三木羌仍叫他仁青。这个小仁青同他的爷爷老仁青相比人更机灵，也没有那么古板，所以上上下下都还喜欢。小仁青也有弱点，他个子太矮，还不到三木羌的胸口，只能仰着头同三木羌对话，对于一个奴才来说要低眉顺眼才对，总是仰头不免令主子不悦，但他也没有办法，这是身高所限。

小仁青奉了三木羌之命，牵着十头牛和五匹草原马，还有一锭金川河里产的沙金去了丹巴。路途并不遥远，但很不太平，两名随从背着快枪押送，在格丹巴措家乡同她父亲轻而易举地就谈成了小女子格丹巴措的婚事。

格丹巴措的父亲起初不同意，他家境殷实，做一点小买卖，是个快活的赶马汉，有一栋大碉楼，后山上是上百棵核桃树和一大片花椒林，所以对管家牵去的牛马并不在意，而且女儿是去做小，这尤其使赶马汉不满意。但他害怕守备报复，三木羌的祖上是有名的河谷土司，年年征战饶坝，是嘉绒地区的枭雄。格丹巴措父亲思来想去不得不低头把女儿许给了三木羌做小，作为回报，三木羌免了格丹巴措父亲的税，获得了生死牌，他可以在沃日河谷里自由来往做买卖，这让贪财的老头子乐不可支。做小就做小吧，老头子听说守备家的大老婆没有生育，他认定自家的女子可以给守备家生一窝儿女，这个家自然得由女儿做主，赶马汉怀着女儿可以当家做主的喜悦答应了这门亲事。

这事在整个河谷地区传得沸沸扬扬，守备霸占美女使山民群情激奋，他们喊叫着要杀死这个狗官，但山民只敢在官寨外吵闹，不敢越过雷池径直冲进去。毕竟，百足之虫，死而不僵，守备家的余威还在。

3

点天灯

　　格丹巴措的到来给官寨带来了生气，她对山民的骚乱不以为然，让女佣山丹暗中带信给她父亲，让父亲带上盐茶和布匹去联络暴动的山民，只要他们答应不杀三木羌，免了他的死罪，她愿意偷开山门放山民进寨。这个女子胆挺大的，对什么事情都无所谓。

　　其实她是缺心眼，一个在山野长大，还不满二十岁的女孩子不知道事情的轻重，更不知道事情的由来，想当然地以为闹事的山民只是想拿一点货物。官寨里粮食经年堆积，多得腐烂，丝绸和布帛在发霉，连皮货也在生虫，而恰恰她对这些身外之物一点也不看重，与其这样吃不完用不完，还不如让平民百姓拿走一些，可以腾空仓房，使家里清爽一些。

　　她甚至通风报信说寨里的卫兵并不维护这个守备，他们不像自己的上一辈那样对土司忠心耿耿，他们一个个抽着大烟，军纪涣散，无心把守官寨。这些兵丁身在曹营心在汉，心同那些闹事的山民是一伙的。

其实在官寨里只有忠狗狼娃与三木羌贴心，成天把主人守护得跟铁桶一般，谁都靠不上去。一只忠犬胜过一营兵丁，它不怒而威，警惕性很高，随时准备冲锋陷阵。

　　格丹巴措对三木羌似乎并不上心，她跟那些下人很容易打成一片，成为贴心朋友，跟大老婆王苍远眨眼就成了仇家，将她的护身符偷了出来，是一张纸，上面画着一些牛牛马马。格丹巴措尤其看不惯王苍远这一套，装得斯斯文文的，暗地里却有这么多的五马六道，在身上贴这么一张护身符，妖里妖气的，她让山丹把这张护身符裹上石头沉入沃日河，看大老婆还能不能够成仙。

　　格丹巴措喜欢恶搞，成天寻找乐趣，在她这里就没有烦心之事，也不知道她为什么这么快乐，看蚂蚁打架都可以让她高兴大半天，王苍远视她为无脑者。

　　王苍远有天生的优越感，认为自己出身书香门第，自然高贵，而这个格丹巴措是一户赶马汉的女儿，家境如何殷实也就混个温饱而已，家里除了有一本老皇历，连一本书都没有，如何获得教习，更不可能知书达理。王苍远对她百般同情，在精神上已居于高位。

　　格丹巴措压根就不知道王苍远的想法，她整天都快活无比，居住在遥远的山沟里，不知有汉，更无论魏晋。她是一个乐天派，把太阳看得很亮，把月亮看得很圆，这日子多么惬意，肉多得吃不完，衣服穿了一件又一件，甚至不用劳作，连不耕作的鸟儿也要寻食，这日子过得比鸟儿还快活，只需要唱歌跳舞，喝咂酒，吃烧馍馍，她都不知该怎么形容这巴适的日子……

　　与她相反，王苍远则是一个忧郁者，整天长吁短叹，杞人忧天，天明明好端端地挂在头上，稳稳当当，她却担心天会垮下来。

格丹巴措咯咯笑着说垮下来也不怕，有三木羌这种高人撑着。说话间已将一大碗青稞糊糊吃下肚去，又喝下一碗青稞酒，脸颊红润，微醺着进入极乐的状态。王苍远懒得跟这个无脑者理论，天都要垮了，这女子还这么能吃，她捂着胸口做痛苦状，想着天真的垮了有谁能够支撑！但肯定不是三木羌，她对他非常失望，土司衙门修得如此堂皇，可见他的祖辈是多么辉煌，到了他这一辈明显已在衰败，好日子已经过完了，她跟着落魄之人行将陷入无望的苦难之中。

女佣山丹本是三木羌在成都人市上花二两银子买的，见她有几分姿色就收在身边以供淫乐，因经常被王苍远追着用鞋底打脸，遂对三木羌的这个大老婆恨之入骨，自然与村寨里出生的格丹巴措结为一伙，共同对付肥壮的正房。格丹巴措让山丹代信她满口应允，又得知可以将大老婆王苍远推给山民，简直欢呼雀跃。王苍远虽然在三木羌面前下矮桩，但在女佣面前十分万恶，山丹捂着被鞋底板击打还没有消肿的脸咬牙切齿地说：

"这头母猪也有今天！"

趁着天黑，山丹用锅底灰将脸抹黑，又找了一件兵丁的衣服换上，女扮男装，将头发在头顶挽成一个髻盘，用一根粗绳子捆扎在腰间，就去翻寨墙。寨墙用条石垒成，有许多石缝可供攀爬。

山丹本是成都大户人家的丫鬟，因经常翻窗爬墙逃跑，才被卖到人市，如今再干这营生就很熟悉。她将脚勾在石缝里，攀上寨墙，眼看就要登顶，但还是气力不支，双手抓不牢石壁，从上面摔下。出于小女人的本能，她尖厉地叫了一声，谁知这一声便坏了大事。

山丹本就是一个普通女子，在这种恐怖的黑夜干的又是翻墙爬寨的勾当，受了惊吓怎能不叫，随着叫声她仰面八叉地躺在地上，背先着地，乌青一片。这是重伤，伤的是内脏，血都流在肚子里，没有排出来，即便能爬起来人也废了。

守寨的兵丁抽大烟的抽大烟，掷牌九的掷牌九，还有喝酒和擅离职守的，却都被惨叫声激活。黑夜里的叫声实在招魂，把干正事和不干正事的兵丁都吸引了过去。

守寨的兵丁一拥而上，打起火把一照，是个黑脸的奸细，不由分说五花大绑押到守备三木羌面前。山丹吓得吐舌，三木羌刚在格丹巴措那里受了奚落正在心烦，听说是奸细连看也不看就命令：

"点灯！"

兵丁们大声应诺着将吓得半死的女佣剥了个赤裸，捆上木桩，这才发现竟是个女的，而且还是守备府上的女佣，这就蹊跷了。一个女佣抹了黑脸，半夜出来爬墙，是要装神还是弄鬼?! 伤得又很重，没有伤口，是内出血，比挨了刀子更要命。

三木羌无心更改命令，他甚至踢了女佣一脚，这个背时鬼，三更半夜的在搞什么名堂。自从回到沃日河谷人人与他作对，如今连贴身女佣也成了奸细，妄图里应外合，三木羌也不拷问，只是催促手下。

"点灯，点灯！"

点天灯是古老的刑罚，是对背叛主人的奴隶采用的酷刑，一个行刑的壮汉喝过一碗懋功烧酒，将锋利的牛耳大刀在沙石上磨过，刀刃闪着寒光，一步上前先将女佣的眼皮割开吊下盖住眼珠，如注的鲜血瞬间糊住了面颊。女佣撕心裂肺的叫声划过山谷，在河谷里回荡，她为从墙上摔下时发出的那一声痛呼付出了惨烈的代价，连墙外那些闹事的山民闻之也两股瑟瑟，为之胆寒。他们不知寨里发生了何种变故，半夜里会传出这种鬼哭狼嚎之声。河谷里的山民大多迷信，而且想象力丰富，以至于多年之后关于那一夜的状况仍有各种故事在演绎。

"妈呀……"

人在痛极之时必得呼唤亲娘，女佣山丹只这一喊耗尽了平生之力，嗓子都喊破了。她没有死在成都的大户后院，却离奇地死在了这川西北高原，死在了风萧水寒的沃日河谷。

叫喊在破音后逐渐减弱，大汉在山丹的头顶割下一块头皮，敲开凹下去的头骨部分，插进一根油绳点燃，整个点天灯的过程算是完成。一般命大的人在油绳燃尽之时也就随之气绝，像女佣山丹这种受了重伤又遭受重刑的弱女子等不到油绳燃尽，早已一命呜呼。

三木羌绝非等闲，他虽然在成都跟大儒王轩学习礼教，却比他的祖辈洛桑郎卡和父辈多吉马更加心硬。擦耳寨历史上不多的几次点天灯的记录大都记载在三木羌任上，毕竟他正处在清王朝灭亡和土司制度消亡的时代。乱世之秋就有许多关于乱世的离奇记录，除了正史之外，无数野史钩沉得十分惊悚，一条纵深百里的沟谷里上演了一出出人间的正剧、喜剧和悲剧。

三木羌作为守备做事非常干脆，不会瞻前顾后。他认为擦耳寨非常坚固，里面机关密布，暗道纵横，储存了足够的粮食，士兵的火力也很强大，用的是枪炮，而且碉楼林立。他爷爷洛桑郎卡那一辈就凭此同清朝大军抗衡多年而不言败，如今几个闹事的山民又能奈他何！所以他有恃无恐，并不在意。

点了女佣的天灯以后收到了奇效。在外的山民平静了一阵。山民对这个年轻的守备估计不足，以为一唬一吓就可能仓皇逃回成都，不料小牛犊子还有够狠的一套，被唬住的反而是山民。他们平静了很久才又重新聚集到寨外，扬言要拿下官寨。

擦耳寨固若金汤，兵丁们漫不经心地抽着大烟，对登寨的山民一阵洋枪射击，山民们目瞪口呆，不知这是什么新式武器。没有见过世面的山民们裹足不前，互相观望，生怕中了洋枪射出的子弹。其实三木羌从成都只带回几支洋枪，弹药也不足，但已足够吓唬那些山民。

见山民惧怕洋枪，三木羌十分得意，但他对那两个老婆却束手无策。两个老婆一大一小，成天斗来斗去，斗得年轻的守备心烦，却又无可奈何，他毕竟不能把她们也点了天灯。何况从成都来的消息也越来越少，他的顶头上司灌县衙门的老爷仿佛也自顾不暇，无心对他发号施令，沟里的来往商人也越来越少，能够收到的税款几至于无。怎么办？三木羌像是无头苍蝇，又像是热锅上的蚂蚁，急得团团转。

饶坝那边的消息倒是来得很及时，饶坝并没有改土归流，还是由土司主事，只不过老土司杰瓦仁堆早已作古，他的儿子杰瓦多多也被杀害，从成都返回的杰瓦更扎不像他的祖辈成天舞刀弄棒，喊打喊杀。他喜欢音乐，弄了一个歌舞班子，在十八土司地界轮番上演自编自演的剧目。

他在成都闹腾了一阵已返回饶坝，自己玩得很嗨，老百姓无人管束，自由发展，农牧兴旺，生意兴隆，所以不时有饶坝人到河谷地带来贩货，并带来许多四面八方的消息。过去的贫穷之地因为群龙无首自由生长，变成富裕之乡，反而富裕的河谷地区因为年轻的守备把守百业不兴，民不聊生，真是世事无常，不以人的意志为转移。

得到饶坝的消息后三木羌起了一个念头，他要将上两辈人占领饶坝的土地归还给饶坝，为了一个小小的半山寨河谷和饶坝还打过一仗，双方死伤惨重，三木羌总算看清了一切都是身外之物，争来斗去得来的土地毫无意义，他将半山寨及周边五十里土地的契约翻出来派绒布仁钦送还给饶坝。绒布仁钦非常吃惊，提醒守备说为了这些土地我们可是流过血的！三木羌很平静，态度坚决，历史上流过的血还少吗？不仅河谷流过，饶坝也流过，可惜都白白地流了。为了一纸契约就流血实在不值。

绒布仁钦奉命去了饶坝，在馆舍里住了多日都见不到杰瓦更扎，听说他是来归还契约的就更不见他。

什么契约？不过就是一张纸嘛！盖着朝廷的官印又有什么用?！连朝廷都消失了，皇帝也没有了，留下来的一张纸还能派什么用场？现在来还这张纸，早干什么去了？一张你三木羌不要的废纸杰瓦更扎更不当回事，所以对这个来使见都懒得见。

绒布仁钦不明白世道怎么会变成这样，连土地契约都无人问津变成一张废纸。先人们为了这张纸打得头破血流，结下世代冤仇。

在返回的路上他遇上了棒老二，这个惯匪叫罗二娃，在当地非常有名。绒布仁钦身上的地契被罗二娃搜了去，翻来覆去看了半天，目不识丁的棒老二大发脾气，说这么倒霉遇上你这个穷鬼，身无分文，揣着一张发黄的破纸就敢出门，下回再遇上你龟儿子不带二两纹银就出来闲荡不打断你的腿也要割了你娃的耳朵。绒布仁钦挨了一顿棍棒捡回一条命，将撕烂的地契捡起来回去复命。

山林中的精灵

三木羌终于腾出时间可以去木尔寨沟为师娘桑吉巴拉建衣冠冢。

一行人走的是老路，绒布仁钦一早就准备好了牛皮船，都上船后绒布仁钦用桨在岸边的石头上撑了一下，牛皮船就滑进沃日河朝对岸划去。河水仍是那么湍急，把牛皮船冲得在河里打转。三木羌看着湍急的河水已感到头晕，而他的祖辈们坐在牛皮船里可以一直冲进小金川！真是一代不如一代，一上船脑袋就发昏的三木羌感到汗颜。

王苍远狠命地抓住船边上的牦牛绳，哇哇地吐个不停。连绒布仁钦也不像他先辈那样是个划船高手，显得有些手忙脚乱，幸亏有管家小仁青坐镇，才使牛皮船不至于被浪掀翻。王苍远曾千百次想象过乘坐牛皮船航行在高原河流上的感受，现在亲身经历着这种感觉，被刺激得每一个毛孔都张开了，并注定终生难忘。她用手掌掬了一捧河水倒入口中，"哇——"这就是母亲家乡河流的味道，从嗓子眼儿一直穿透到心口，冰清玉洁，凉透心扉，把全身上下每一根血管里的血都激活，这就是母亲的河，它不仅奔流在高原上，也流淌在每一个嘉绒人的血管中……

小仁青很熟悉这条路线，他根据先前的主人多吉马的吩咐每年都要去木尔寨沟料理桑吉巴拉的家务事，王轩夫妇在土司家里几乎就是半个主人。桑吉巴拉在木尔寨沟里的老屋已是一处空宅，全靠管家小仁青定期前去打理。

三木羌家的牛皮船沿袭了传统，呈长条形，这是他家身份的体现。作为百姓，绒布仁钦家的牛皮船本应是圆的，但几代人都得到土司的首肯把牛皮船造成长条形，可见他家世代在主人家心目中的地位。长条形的船坐的人多，但撞在石头上撞击力也大，几乎把人掀进河去，吓得王苍远捂住胸口往外冒酸水。狼娃索性跳进水中随着船的划动游起来。它毛多皮厚，体力又好，狗刨起来很有气势，船上的人备受鼓舞。

"好狗！哮天犬！"

大家七嘴八舌，都在称赞狼娃，它非常得意，刨得更加欢快了。

牛皮船被冲出了很远才靠上对岸，下得船来往次仁家的马店走去。马店早已换了主人，由次仁的孙子次仁桑珠经营，虽然还是向山民提供去四面八方的马匹，但这个小次仁已不像他爷爷那么敬业。他的马不是劣马就是老马，还混进了几匹骡子和驴，见守备一行人前来租马也不殷勤，不仅不再赊账，还只收现钱"银两"，毕竟年生不好，账赊出去就烂掉了，唯恐收不回来。

王苍远怕骑马选了一头驴，这头驴比马还难掌控，是一头犟驴，打它不走，不打它跑得飞快，有好长一段路都是王苍远下来牵着驴走，这耽误了一行人好些时间。在这崎岖的山道上又不好把王苍远一个人扔下，大家只好走一程停下来等她一阵。就这样她还累了个半死，大喘着气，一副受苦受难的表情。

"受不了了，难受死了！"

王苍远一路都在感叹，难以想象当年母亲是怎样从这大山里走出来的，还一路走到了成都，生下了她，并一直挂念着家乡的这片故土。

终于上了山坡就见到漫山遍野的山猪，数也数不清。看样子不像是野猪，倒像是家养的，但又野性十足。管家小仁青对三木羌说桑吉巴拉的父母死后家产无人继承，那些敞放的猪牛都归了山林，它们在野地里繁衍生息，形成了一支大军，现在早已占山为王，使这条山沟成为猪山牛岭，连老熊见了它们也要逃走。它们沿袭了一个古老的习惯，每天太阳落山前就成群结队回到边巴次仁家的老屋转悠，主人在时每天这个时辰就会喊它们回家吃饭，喂的是老玉米或土豆。这么多年过去了，主人早已作古，这个习性却保留了下来。山猪留恋老屋，更留恋老屋的主人，它们早已幻化成这山林的精灵。

"可是此时是正午，太阳并没有落山。"三木羌疑惑。

"可能是闻到了人的气息，它们以为终于盼回了主人。"

主人就是王苍远，她已是边巴次仁家的第三代，这些山猪正是她爷爷边巴次仁养的山猪的后代，原来它们也有情感，迎接小主人回家。山猪嗅出了边巴次仁家人的气味，它们是有灵性的动物，在山林里形成了庞大的种群，却仍然非常恋旧。

桑吉巴拉死后同丈夫王轩合葬，但她忘不了家乡，这才嘱托三木羌和王苍远在自家老屋旁建一座衣冠冢。当地早年就有建"辫子坟"的惯例，绒布仁钦的父亲丹蓉娃就是为了取回主人多吉马的毛辫而杳无音信的。

根据桑吉巴拉生前的吩咐，三木羌很快在老屋旁找到了那座藏土豆的地窖。地窖已经荒废了多年，黑咕隆咚的，挖得很深，早先这里是一处岩洞，地窖正是利用岩洞用层层石块垒成的。王苍远无声地抽泣了一阵，将事先作好的祭文连同母亲的一件丝绸百褶裙和头帕放进了地窖。三木羌表现得更为正式和庄严，他念了一篇老师王轩的文章，将师娘的头饰——珊瑚、松石、蜜蜡和大大小小的银盒、银盘、银碗、银盾、银饼、银嘎乌一一放置整齐。师娘生前非常爱惜这些饰品，特别是那串蜜蜡，颗颗饱满、润泽、晶莹剔透，为世上珍品。将这一切安置完成后，大家又分别磕了几个头，整个仪式才算结束。

老屋本来就很僻静，处于沟尾，独门独户，是一座石头垒成的"寨子"。边巴次仁两口子就是这里的山大王，两口子一生的爱好就是修屋，利用山沟里的砾石、大理石和石灰石逐年建起这座大房子。可惜他们并没有儿孙满堂，只有一个女儿又客死他乡，留下这么大一处石头寨子无人继承，只能靠女儿桑吉巴拉的一处衣冠冢镇守，显得凋敝荒凉。

小仁青是这里的熟客，很快把火塘里的火升起来，用的仍是山林里伐倒的整棵大树，烧完一节再推进一段，这时就听见小仁青杀猪一般干号起来。原来他去柴房取柴，里面居然睡着一头冬眠的老熊，这秋天还没有过完，冬天也没有降临，老熊就进了这处无人的老屋开始了冬眠的日子。

一群人吵吵闹闹，举着青冈木棒要赶走这个胆大妄为的侵略者，侵略者不为所动，蜷成一团睡得鼾声大作。人们费了很大的劲才把它弄醒，看着它偏偏倒倒，迷迷糊糊，很不情愿地退入山林。它肯定在埋怨这些不速之客侵占了它的"老巢"，搅了它的一场好梦。

　　这么多人的到来使老屋有了一点生气，大家围坐在火塘边闲聊，就听见拱墙的声音。石墙足有一两米厚，仿佛要被拱倒。这是什么动物？难道是那头被撵走的老熊又回来了？小仁青说这是边巴次仁家放归山林的牛群，它们每天傍晚都会回到老屋来舔食石墙边上的石头，石头含盐，它们这是在补食盐分，才会把墙拱得地动山摇。老屋里外奇怪的事随时都在发生，这让王苍远唏嘘不已，原来母亲的祖屋这般神奇，难怪母亲一直念念不忘。

　　这些牛都有名字，最老的那头叫穷，个子最小的叫穷达，还有潘兴、嘎和拉达……小仁青只认得这些，一些小牛还没有名字，它们生出来时边巴次仁和妻子已经离开了人世。他们一生都在为这些牛和放养的猪操劳，彼此之间有很深的感情。正说着那头叫穷达的牛已把头伸进门来，朝人们望着，良久，眼角似有泪水。这座房子曾是它的家，牛圈就在柴房旁边，它已很久没有回到这里，今天突然闯进这么多人，却没有它的主人，让它感到诧异。

　　小仁青说得很动情，让绒布仁钦感同身受，在他妻子老家汗牛，家人们也是这样饲养牲畜的，牦牛和羊就同自己家人一般，以至于有一头牛要出栏，家人要大哭三天，要为它们举行庄严的仪式，把牛牵到草场上去，为它唱一首离别的牧歌……

　　第二天离开老屋时猪群又出现了，庞大的阵容蔚为壮观，它们从山林里走出来，仿佛是为这一群人送行。连见多识广的狼娃也被这景象震慑，它一直都在狂吠，嗓子都吼哑了。这些野性十足的山猪精瘦干练，长着长长的嘴筒，眯缝着眼睛，闪闪放光，不仅有黑色的，也有长着花斑的，但它们并不是野猪，它们的前辈是一个叫边巴次仁的寨主饲养的"宠物"，自由自在地生活在山林之中，世世代代，拱卫着主人的老屋……

官道和山道

消息是绒布仁钦带回来的，他奉三木羌的命令扮成药客，一路风餐露宿打探消息，从灌县贩药回来，把成都传来的消息渲染得很恐怖。

其实灌县与成都的联系也不多，只知道成都已有乱兵入城，洗劫了城里城外，城墙上挂着革命军的人头，府南河上也漂起了被奸淫的妇女尸体。清朝的皇帝已经被废，成都由军政府主事。三木羌听闻后惶惶不可终日，他这个守备是朝廷任命的，现在已改朝换代，他又该由谁来任命呢？

他迫不及待地把绒布仁钦叫回官寨，想打听清楚事情的由来。绒布仁钦一脸茫然，他读的书没有三木羌多，脑袋也不灵光，结结巴巴，越说越糊涂，急得三木羌跺脚。

也有一些成都城民从城里逃出来，躲到沃日河谷这种边远的山沟来避乱，一时人心惶惶。沃日河谷与成都之间只横亘着一座巴朗山，是成都城民逃难的首选。

巴朗山又称斑斓山，也称圣柳山，千沟万壑之间，峰岚峭壁嶙峋，岩石裸露垂悬，沿途高山草甸，犹如铺展开的一幅巨大的藏毯。

听说军政府将派宣慰使深入康巴进行安抚，三木羌想这难道就是来任命川康各地新的土司或守备的吗？

他有些期盼又有些不安。

期盼的是经过新的任命他才能名正言顺，维持祖辈传下来的印信，不安的是新的上司会不会把他废掉？毕竟这个大汉军政权是些什么人，他两眼一抹黑，一个也不认识，只听说一个叫赵尔丰的杀人魔王被砍了头，上台的是尹昌衡。等他刚把这个名字背熟，又换成一个更陌生的名字，他索性闭目养神，管他张三李四王二麻子，天王老子争来争去，总会有人争赢，也不论哪个军阀当政都离不得他这个地头蛇，他的祖辈们在这条河谷里已延续了几百年的统治，不是谁一两句话就可以废得了的。

过去在朝廷里好歹还有王洛古这个大儒帮他家周旋，尔后又有王洛古的儿子王轩在帮忙打点，现在靠谁？一个也没有了。他甚至不知道该走谁的门子，现在已到了目不明、耳不聪的地步。乱纷纷，你方唱罢我登场，这块石头还没有捂热，大水又冲来了另一批鹅卵石……

那一段时间他的身体十分虚弱，茶饭不香，觉也睡不踏实，刚打一个盹就醒了，出一身冷汗，随从急忙把懋功的中医找来。这郎中祖辈三代都在懋功行医，传到他这一代已经荒废得差不多了，他不似他爷爷动不动就给人扎针，也不像他爹随手给人开一些草药就能治病，这个郎中只会下补药，动辄就让人喝牛血、吃牛鞭或服麝香，弄得人红光满面，无比亢奋，身体却是越来越虚。

许多淘金的老板就是服了这孙子的药，透支了生命，在一派莺歌燕舞中死去。

他给三木羌开的治病方子是岩蜂蜜加贝母，另加十三味名贵的补药，这孙子开药下得了重手，反正河谷里盛产各种名贵的中药，有草本木本，还有各种矿物，这孙子东拉西扯地把它们组成方子，吃得三木羌性欲十分旺盛。每天还要加一根牛鞭，外加一对羊肾，都是枷担湾牧场的牧民送来的牦牛鞭和山羊肾，在锅里炖煮了一大碗吞下去，弄得他那大小两个老婆一到夜里就哇哇叫。这还不够，又从汗牛找来两个侍女供他淫乐，如此这般，夜里根本不能睡觉，到第二天脸都是浮肿的。于是又把那个惯于针灸的郎中找来加倍开药，这回下的是房事猛药，郎中一号脉就认定三木羌是肾亏，要大补，不仅补肾，还要补肝、补脾，胡乱地补了一气，却独独补不了心。

三木羌的心绪早已乱了，他不知道自己这辈子还能否走出这条山谷到成都去。在成都东大街背街的柳巷有他扬州来的相好红杏，在成都凤凰山有他的老师王轩的墓地，还有他就读的书院和书院中的同窗，他曾同他们谈古论今好不惬意，如今他独自守在偏远的懋功，前途无望，只能竭尽全力与王苍远和格丹巴措纠缠，只望女人们能够替自己传下一脉香火，把他家的血脉在这河谷里传承下去。

他感叹真是一代不如一代，他爷爷洛桑郎卡是河谷之鹰，可以飞上天空去翱翔；他父亲多吉马是河谷之豹，在河谷里纵横捭阖；到了他这一代已经掉光了羽毛，失去了奔突的能力。但他不甘心，他是王者的后代。他是七尺男儿三木羌，满腹经纶，但没

314

有天时，失去地利，人也不和，他成了一个倒霉蛋，他还能干啥？呼天天不应，唤地地不灵，他感到憋闷，感到绝望……

三木羌的血液中潜伏着强大的生命延续基因，越是在生命处于危机之时，生命延续的信号灯越是闪烁。他这一代是指望不上了，他只能指望下一代。

狙击手躲在擦耳寨的碉楼里，朝寨外放冷枪，不断有贸易马队的商贩中枪。他们都是些不守规矩的货郎，企图趁乱冲过关卡逃避缴税，也有无辜中枪的山民，他们并不贩货，只是路过。河谷里的这条山道是通往丹巴、马尔康和夹金山到达康定或成都的必经之道，所以过往的行人很多。

商贩们派人在寨前喊话，他们想冒充过往的行人省下买路钱，喊话的人话还没有喊完，已被冷枪打死，这下连真正的过往行人也不能幸免。三木羌下令不管任何人，只要过关卡都得纳税，不要以为变天了就没有王法，三木羌还在顽强地维护旧有的秩序，在这一点上他非常固执。

山民们无法抵抗，他们只有一些原始的武器，如弓箭之类，也有几把打猎用的土枪，可以发射铁砂弹，但对于用石头垒成的官寨毫无用处。行人只好改走山上的羊肠小道，山陡路滑，摔下许多行商和骡马，以至于山道下堆积了许多货物和尸骨。如此一来，行旅和山民对这个守备恨之入骨，他们在山道上发出阵阵悲鸣。

这是什么世道啊?!

红袍哥

大老婆王苍远和小老婆格丹巴措的明争暗斗同寨子外山民的进攻只在方式上有所不同，但都对三木羌造成了巨大的伤害。

两个女人之间新一轮的争夺集中在传宗接代上。她俩同时怀上了三木羌的后代，比女人们更得意的是那个补药郎中，他给守备开的那些方子还是吃出了丰硕的成果，年轻的守备同时让两个女人开花结果，这就是牛鞭和牛血的奇效，更是补药郎中多年潜心研究的结晶。他给两个女人号过脉后就郑重地宣布了这一消息，格丹巴措已经兴奋得飞了起来，她摸着自己的肚子飞到三木羌面前。

"你是想要一个儿娃子，还是打算要一个女娃子？我给你生。"

三木羌乐得合不拢嘴，他到处找王苍远，想把这个消息传给她。王苍远像敲西瓜一样敲着肚子用鼻子哼哼着，说："她怀了孕就了不起吗，我这里也是你的骨血，这肚子也没有空着。"对于王苍远来说这消息更为重要，她那么多年都没有怀上，现在一朝得豆，说不定是给母亲修的衣冠冢显了灵，是母亲在保佑自己。

三木羌高兴得按捺不住，这是苦闷之中降临的一个天大的喜讯。他跑到官寨的石头墙上，朝墙外乱喊一气，墙外并没有山民经过，多日的吵闹使得山民斗志涣散，更主要的是成都传来消息说新皇帝已经坐上了龙廷，天又翻了，现在已经变成袁大总统的天下。山民们有些无所适从，这城头的大旗变得太快，各种消息传得人心慌乱，索性各自回家去避一避风头，看这个短命的皇帝之后又是谁家的天下。

在成都的石板滩也有城民起事，他们一律穿红衣着红袍，戴着红袖套，头上扎着红头巾，号称红袍哥。在这么遥远的沃日河谷居然有人响应，达维的头人就受到他的一个姻亲的蛊惑，也把自己打扮成一个红袍哥，唱着红袍哥的歌，自称是沃日河谷的舵把子，在达维设了堂口，连那个天主教的神父也从懋功赶来跟头人取得了联系。这让三木羌十分惊讶，不知道红袍哥与洋教有什么共同之处，会让他们纠缠在一起。

大队的红衣红帽汇集成浩荡的人马攻打成都，他们念着"刀枪不入"的咒语，在龙潭寺同军阀的部队打了一场遭遇战。战斗非常惨烈，一方是武装到牙齿的城防军，一方是手持棍棒的民众，但城防军早已军心涣散，而红袍哥个个精神抖擞，甫一交手城防军就溃不成军。

"已打到后子门了。"

"皇城就要被占！！"

成都府衙急忙请洋人帮忙，原来洋人也恨红袍哥，哥佬会的口号就是"灭洋教，杀官府"，所以成都府衙一请求剿灭红袍哥，洋人就满口应承，事情如此反转倒让三木羌看不懂了。城里的洋人同官府一气，但沟里的洋人却要去达维同造反的头人干杯，这使三木羌这个朝廷官员大跌眼镜。

洋人开来的是一队洋枪队，放过败退的城防军就朝红袍哥开火，袍哥躺了一地。那些洋枪的威力三木羌很了解，他在寨子里就是靠着几杆洋枪才把山民唬退，所以当来人讲到洋枪队镇压红袍哥时三木羌的胸口就像中了枪弹一般痛。

撤下来的红袍哥一面退回龙潭寺，一面一路叫喊："洋人杀人，洋人开杀戒了……"

成都的城民闹腾起来，纷纷在街头巷尾朝洋人和城防兵放冷枪，在少城就有一个洋人被掀进金河淹死了，每天都有城防兵和洋人被杀的消息传开，连教堂也被一把火烧了。镇守成都的赵尔丰赵屠夫就曾经大开杀戒，在成都滥杀无辜，命令马队踩踏人群，皇城坝有所谓的起义人士被腰斩，一时白色恐怖笼罩了成都。现在又是洋人伙同军阀镇压民众，这些消息先是传到灌县，等传到沃日河谷已经经过加工，变得更加让人惶恐。

三木羌关心的是那个传教士还在不在达维，听说已同头人翻，被撵回了懋功县城。三木羌诅咒这个挨千刀的家伙，总有一天落在他三木羌的手里，定给洋人一个好看，不同他堂堂的守备联手，却同叛党搞在一起，他不答应。

山民们重新聚在一起，他们受到了鼓舞，特别是达维头人，莫名地兴奋。他认为沃日河谷山高谷深，道路又崎岖，当年连乾隆皇帝都拿大小金川没办法，今天何不趁着成都起事来一个一不做二不休，先在沃日河谷翻天。

从这里靠双腿走到成都要十天半月，成都远水解不了近渴，山民们开会后决定对官寨发起总攻，他们要推翻这个替朝廷收税的鸟官，他们要翻天。

达维头人认为自己的机会来了，这种机会几百年才出现一次，他不甘心永远做一个不能当家做主的小小头人，他要成事，要当主宰。

山民们学着成都的红袍哥用红绸红布红线将自己包装起来，额头用朱砂画了红符，连眼圈和嘴巴也涂红了，女人们也都成了红娘子，山民们以为如此这般一装束就成了红袍哥。他们推选在灌县开皮货店的货郎么儿为首领，么儿的爷爷就是常年在沟里行走的商人么三，真是一脉相承，么三祖辈经商没少受关卡收税官的盘剥，他们一家对翻天最为起劲。

么儿毕竟没有他爷爷么三的霸气，对出来主事缺少胆略，他在一旁敲点边鼓还可以，要他拉杆子当头领却不敢。他爷爷与他恰好相反，一生削尖了脑壳都想出来主事，大小当个头目，却一生都没有遇上机会，仅仅混了个药贩子的营生便了此残生。到了他爹那一辈就更惨，贩了一辈子的药最终连药都吃不起，一场小病就丢了命。

"应该选盐贩子李有神，他有三个店铺在懋功，还有烟馆，推他！"么儿果然敲起了边鼓。

"我每天都有银票进账，衙门里也有人。"

妓院的老鸨李三娘也出来凑热闹，她一个娘们儿也想主事，税已收到了她的头上，让她恨得牙痒痒，所以很起劲。

达维头人反对得很凶，他认为应该由他主事，但事与愿违，这一拨乌合之众纷纷出笼，他白使了那么大的劲，所以气得跳脚。

李三娘绝不罢休，不让她一个女流管事，还有她男人可以做主，她男人读过一点书，上知天文，下通地理，是个智多星，在懋功也是一个人物。重要的是他们两口子是成都人，逃难逃过来的，见过大世面，难道这么大的事不应该留给他们这种见过世面的人吗？李三娘振振有词。

"少来，少来这一套！"

众人一致反对，说你那个男人是个烟灰，主什么事？肇事还差不多！

所有的人选都遭到众人的反对，山民们连一个主事的都推不出来，还想跟守备三木羌斗？包括李有神也是一个软蛋，是个扶都扶不起的阿斗。整个沃日河谷囫囵的人没有几个，难怪三木羌祖辈为官，就数他家的人有见识。别的人不是科巴出生就是农奴，顶多是个百姓，没有读过书，大字不识一个，聚在一起就是丐帮。

幺儿推不脱，说要回去查一查皇历，还要请教师爷。师爷叫王桂，读的书多，是个教书匠，什么事都讲究个名正言顺，动辄就看风水，山不转水转，看福分转没有转到幺儿家来。

请教过师爷王桂才知道袍哥就是哥佬会，而今眼目下在成都袍哥都改叫"同志军"，争论了一番后，虽然不得要领，还是决定公推皮货店老板幺儿为首领，当天就举行"开山"和"立堂"仪式。

幺儿还是心虚，派李有神去灌县找袍哥舵把子联络。灌县的舵把子叫李大天王，同李有神是家门，立刻传下话来，封幺儿为坛主，这下气坏了达维头人。他第一个反对，并扬言不许这一伙人在达维一带活动，还没有进攻官寨就起了内讧。

当了坛主的幺儿也在发懵，错误地以为坛主就是坐莲花座的祖师爷，上朝坐在莲花座上，下朝就坐太师椅，还没有清剿官寨里的守备，先为自己的莲花宝座摊派银子。要每个想入袍哥的"佥子"（未参加袍哥组织的人）缴纳五钱散碎银子，入了会的交二两银子。山民们暗中叫骂，说这个舵把子比守备还坏，心更黑。

幺儿无心攻打官寨，成天去各村寨的码头上吃敬酒，每去一个村子，必大醉，搜刮一些红绸红布回来。他的碉房里堆的皮货都染成了红色，又依李有神的主意，照灌县舵爷的装束把眉毛画红了，头上挽一个英雄髻，足蹬红带草鞋，又趁着酒醉把李三娘也打来吃起，收成舵婆。李三娘本来就是鸨母，对这种事不仅不在乎，还四处张扬。但他那个烟灰男人不干了，先就反水，跑进官寨投靠三木羌，并把堂口里乱七八糟的事向守备和盘托出，也算是献了一个投名状。

李有神俨然以幺儿的军师自居，他毕竟是李大天王的本家，有这个本钱。但他给幺儿出的都是些馊主意，听了他的话，幺儿越来越不得人心。

沃日河谷一时起了袍哥运动。

各个村寨的山民、马贩子、药商、马帮、盐商、皮货郎都混了进去，连烟灰和皮条客也自称是袍哥大爷，入了哥佬会就不用交关税。幺儿把赶马汉都收录了进来，人多势众，沾亲带故的封为大爷、二爷，给他扎起的封为管事，最不济的左邻右舍也封了个大老幺或小老幺。河谷里的汉子但凡四肢还健全的都被封了官，幺儿掌管了通往边地的所有关口，把守备三木羌也不放在眼里。

7

纵　火

　　三木羌被困在擦耳寨，大小老婆都有了身孕，大老婆王苍远吵着要回成都，小老婆格丹巴措也吵着要回丹巴。但路上都不太平，有浑水袍哥四处剪径，加上他的家私很多，毕竟祖辈几代人为官总有数不清的家底，这些都带不走，他被困了下来。

　　幺儿也许是昏了头，一面日嫖夜赌，一面抽着大烟，还有工夫派李有神到官寨对三木羌下最后通牒。他要三木羌交出守备的大印，连同他爷爷洛桑郎卡和父亲多吉马掌握的土司印信，并将他的压寨夫人李三娘那个背时的烟灰男人一并交出来，幺儿要把这个叛徒下油锅，否则，就将有好戏上演。李有神替幺儿给三木羌带话时振振有词，也不怕闪了舌头，被三木羌的手下乱棍打出寨去。

　　三木羌还算有定力，清廷的气数没有尽，他这个守备能够坚守下去。他这是自己给自己提神，希望事情会有转机。幺儿却不耐烦了，李有神添油加醋地把自己受辱的经过讲给幺儿听，守备三木羌虽然有些蔫，但他那些手下一个个仍然如狼似虎，棍棒如雨点般打下来，李有神的腰都伸不直了。

幺儿听了大怒，他接受了师爷王桂的建议：用火攻。

这一招十分厉害，幺儿决定先拿教堂下手，成都的红袍哥就是拿洋人开刀。懋功教堂住着的那个老传教士和几个信奉洋教的当地嬷嬷很不安分，在河谷里走村串寨，幺儿早就看不惯了，就先拿他们练手。烧了教堂一可以表明决心，二可以吓唬官寨里的守备。

正值天寒地冻，狂风呼啸之际，教堂本身又是木质结构，当山民用火把点燃教堂时，木架很快就烧起来，房子预先被灌注了桐油，连石柱都被烧红了倒塌下来。只听一阵阵的惨叫，房子被烧得噼啪作响，大梁轰然塌下，老教士居然还能从火中冲出，身后跟着那几个嬷嬷，叽叽喳喳显得有些惊恐。

这就是懋功历史上有名的火烧教堂事件，并不纯粹是一场火灾，而是人为纵火。

老教士笑嘻嘻的，教堂被烧毁了也不见他有多么悲伤，如同上次他从达维被人撵回来也是一路欢愉。这是一个奇怪的老头，当地话说得很溜，但舌头始终打不直，把懋功说成"冒拱"，三木羌说成"参莫浆"，听起来怪怪的。他手下那几个嬷嬷却大放悲声，仿佛烧的不是教堂，而是她们家的祖房。这些土生土长的当地人，跟着洋教士入了洋教。

三木羌和兵丁们都爬上寨子的碉楼远远地观望，棋盘街的方向浓烟滚滚，有飞马来报：木梁被烧垮了，砸下来，将屋顶也投进了大火。风助火势越烧越旺，又将木制的屋顶吹起来，形成火老鸹，飞过小金川落在树林里，引燃了附近的山林和山上的枯草。

林子烧了三天三夜，烧光了十几个山头，降了一场大雪才把火熄灭。

三木羌搞不懂幺儿一伙山民与教堂有什么不共戴天的大仇，查问了手下的兵丁，才知道那几个嬷嬷中有幺儿的姑妈。这就是仇恨的根源，姑妈本是一个有钱人，姑父死后姑妈不将财产资助幺儿，竟然带着全部家财投了洋教。幺儿这么心胸狭隘之人如何受得了，便公报私仇，打着铲除洋教的旗号烧了教堂。

老教士围着他的教堂转了好多圈子，最后失望地骑着一匹老驴回成都去了。据有关资料记载，懋功教堂的这场大火并没有烧死人，只是教堂的大钟被人趁乱拿走了，这可是个老古董，千山万水好不容易从法国运来，从此毫无踪影，整整八十年之后才在成都送仙桥古玩市场重现，已身价百倍，价值连城。多年后教士的继任者又返回懋功把教堂重建起来，吸取了教训，用的是山上的石头而非木料。

教堂被火烧之后有一段平静的日子，山民们都各自回家去收山货。采摘花椒的日子到了，还要打核桃，上山挖药材也很费人手，对官寨的围攻自然瓦解。

平静之中也有不平静，不平静的消息是饶坝过来的人传播的，饶坝那个爱唱戏的小土司杰瓦更扎被废，饶坝成了无主之地。改土归流后新来的汉官还没有上任，饶坝的百姓已无人管束，百年来形成的土司制度一夜之间土崩瓦解，没有人管的饶坝人打架酗酒生事，饶坝到处秩序混乱。杰瓦更扎似乎对废土一事并不在意，带着他的戏班子去了后藏，终成一代戏剧大师，这是后话。

烟　灰

　　三木羌的两个老婆王苍远和格丹巴措每天都在碉房的平台上晒肚子。

　　碉房门大窗小光线弱，冬暖夏凉，平台铺了木板，安放了木桌和躺椅，她俩就坐在卡垫上边喝酥油茶边晒太阳。她家的酥油茶永远与别家不同，不仅加了车前草和蒲公英，使其不燥，又加了许多坚果，使其有一股浓香。两个女人晒肚子并不为别的，就是在较劲，看谁的肚子鼓可以生儿子，毕竟土司的后代生儿比生女重要，这关系到三木羌家的血脉传承。

　　李三娘的烟灰男人自从投靠了三木羌之后浑身都不自在，主要是没有烟抽，为了抽烟还得偷偷溜到懋功的烟馆，这就可能被么儿拿住。他之所以要投靠三木羌还是脸皮搁不下，老婆成了人家的压寨夫人，他必须得报这个奇耻大辱。

　　其他烟客都在嘲笑他，说你那个名义夫人本来就不是一盏省油灯，是个鸨母，你还在乎什么气节和名义。但他认死理，人活脸树活皮，当鸨母那是职业所系，但当压寨夫人就是名节问题，这不能含糊。

烟灰虽然成天蔫兮兮的,但正当壮年,又有偷鸡摸狗的习性,居然对守备的老婆王苍远有了非分之想。他本来也不是什么好货,抽过大烟就要想入非非,对汉地来的王苍远垂涎已久,他一面讨好守备三木羌以图获得信任,一面又讨好王苍远意图获得勾搭成奸的良机。大烟的迷幻作用可以使人胆大包天,烟灰男人已飞上了云霄。

他自然也害怕,也算计,在鸦片的作用下胆子会变大,算计也会出现偏差。烟灰男人就是这种迷幻之人,自己把自己算了进去,落进了自己挖的坑。

王苍远是个读过诗书的女人,她父亲王轩还是三木羌的老师,但这并不等于她有什么坚贞的婚姻观,她不是什么烈女,读过一点诗书后变得耽于幻想,喜欢花前月下。她追随丈夫来到这河谷地带心情十分抑郁,突然遇上一个"烟灰"男人,这个男人在成都的家离她家只隔了两条小巷,所以有许多家乡龙门阵可以摆。加上烟灰长得眉清目秀,也读过一些诗书,这就使他们很容易走近。

烟灰有一个文绉绉的名字:字子君,姓字的人很少,又名子君,这就同他烟灰男人的身份和烟灰的德行相去甚远,所以很容易使耽于幻想的王苍远产生幻觉。她把他想象成君子,他只是徒有其表,实则小人,他伪装得并不严谨,只是她看不出来或者不愿意看出来而已。

这一天字子君把王苍远引出了官寨,他要带她去董马看羊角花。

春天眼看就要过去,董马因在半山上,羊角花开得晚却开得烂漫。董马的羊角花与别地的杜鹃花不同，或红或粉或白，硕大的花朵比脸盆还要大，千树万树，一座山一道岭地铺满，真如同云顶花海一般。两个人又是异性，一路都在谈论"花重锦官城"，爬到半山腰已按捺不住，字子君早已忘了优美的诗篇，用一些粗俗的方言俚语挑逗这个出自书香人家不谙俗事的女人。

又走了几里路，爬过两座山头，到了羊角花浓艳的地方，王苍远不仅一点也不觉得累，而且精神还特别爽，她这人一到鲜花盛开的地方就非常亢奋。烟灰比她还有情趣，早已憋不住，开始动手动脚。他觉得她早就应该属于自己，在成都隔着两条巷子的邻居，他居然没有把她办了，跑到千里之外的深山沟里她还是逃不出他的手心，仍然要办她。这是不是千里姻缘一线牵呢?!

这一对男女各自都有想法，才可能互相牵引着走到这条河谷的高半山上来。

王苍远索性不走了，她喘着粗气，董马的海拔比擦耳寨更高，她分明有些气紧，但并没有完全糊涂。眼前这个男人根本就不是来观花望景的，他怀着邪念，他想装成一个诗人却露出了狐狸的尾巴。他的妌头李三娘是个鸨母，他就不可能正经起来，否则，他们无论如何都不可能组合在一起。

"我的肚子有些发胀，还是回去吧。"

王苍远终于从幻想回到现实中来，现实是她眼前有一头狼，还是一头色狼。

色狼眼里射出淫光，独自缩进了羊角花丛，出来时就提了一捆藤条，脸上泛着坏笑。他长得并不丑，坏笑起来就更加清秀，许多烟鬼抽大烟越抽越面黄肌瘦，字子君却越抽脸色越加红润，特别是当他在干坏事时并不显得龌龊，反而有一股书卷气，可见那些诗书并没有让他白读。流氓一旦爱上了诗书，恶行便得到了掩护，破坏力更是倍增，尤其是对付王苍远这种耽于幻想的女人就更具杀伤力。果然，字子君已经拿着藤条出来了，呆傻的守备夫人还在毫无警惕地发问，这就如同狼已经咬住了羊的脖子，羊还以为是一个童话故事。

"你弄这些藤条干啥？"

同字子君比较起来，同样读过诗书的王苍远就显得太天真。在这河谷地带的高半山上，一个不怀好意的男人做出如此举动，她难道不清楚吗？还要发出如此幼稚的提问。

"用处大呢！"

字子君淫笑着地走上来用藤条捆住王苍远的手，王苍远没有反抗，一个怀有身孕的小女人自然敌不过一个大男人，尽管这只是一个烟灰，手无缚鸡之力，王苍远仍然把他想象得力大无比。恶魔都有本事，并且掌握着暗器，没有芭蕉扇，也有金箍棒，他们敢于出来干坏事自然都有撒手锏，反抗是无谓的，只能徒伤悲。稻草拴猪猪不跑，王苍远落进了自己设定的固定思维模式中，这就是读书女人的致命之处，她们往往没有把书读透，只读了一点皮毛，经常把自己导入误区，王苍远就是这种很容易上自己当的女人。

她一开始认为字子君是一个君子，在成都住家只离她家两条小巷，因而是一个靠得住的人。现在的情况发生了天大的变化，他是一头色狼，离她家再近也改变不了色狼的本性。王苍远又把他想象得十分可怕，她以为不管是有色的狼还是无色的狼都是狼，都有狼牙，都会吃羊，但她忽略了一个本质，一些狼是羊披着狼皮假扮的，读过书的王苍远还没有把这一点悟透，所以被一个披着狼皮的烟灰轻易得手。

其实字子君的身子是空的，他日嫖夜赌早已耗尽了体力，只需轻轻一推沙土堆起来的墙就会倒塌。但王苍远逆来顺受，被人用一根稻草拴住了脖子攥在了手里，还以为是一条铁链紧紧捆住了手脚，任何反抗都是无谓的。她只希望在自己的配合下他能怜香惜玉，像一个君子一样守住道德的底线，毕竟家只隔着两条街，说不定还要经常相见。

色狼很轻松地捆住了他的猎物后就把她强奸了，整个过程猎物只会哭，色狼一点不怕猎物哭泣，这哭声反而刺激了他，使他更加亢奋，以至于他索性连狼皮都脱掉了，露出了本来面目。

王苍远哭过一阵后就喊肚子痛，满足过后的字子君吓唬她说："你要是敢把这事说出去，你那个守备男人为了保全脸面非杀了你不可，你要闭嘴我就带你回成都，那里才是繁华的所在。我给你做一条真丝孔雀蓝的旗袍，在东大街去赶灯会，那才舒气。"

字子君声称他在懋功发了大财，前些年在山上淘金，挖了些金子，这些东西拿回成都是很值钱的，从成都来到这条山沟沟就是为了挣钱，不然谁会千里迢迢跑到这里来受苦受累活受罪。山沟沟里很容易发财，小金川里有沙金，老台子有岩金，漫山遍野都是果园，高山草甸上还有牧场。字子君做出陶醉的表情，他发财了，发大财了，可以在成都修一座公馆，过寓公的生活。成都就是寓公们的天下，在附近几省发了财的财主们纷纷在成都修建别院，天天堂会，日日饮宴，好不快活。

字子君吹牛的本事很大，一般流氓成性的人都巧舌如簧，不管这些谎言成色有多少，天真的女人们爱把谎言当成童话。字子君就是这种自信之人，他绘声绘色地向王苍远描述了一个虚幻的世界，特别是当他占有过一个女人之后就更加能吹。他完全可以口若悬河，飞起来吃人。

字子君吹得云里雾里，王苍远还在恸哭，她已经由小声地抽泣变成大声号啕，字子君有些沉不住气了。

"你要敢供出我，我先宰了你。我就说是你勾引我，母狗不开腔，牙狗怎能上，这明明是你的错!"

这人就是披着狼皮的"羊"，他的这套说辞王苍远闻所未闻，王苍远发了一阵愣之后就有了主意，用青草把下身的血迹擦净，佯装顺从，同字子君回到了官寨。

字子君一直都在忐忑，随时担心东窗事发，但还算平静。他错误地估计了形势，认为王苍远是一个柔弱的诗书妇女，把名节看得很重，不会暴露自己的丑事。像字子君这种人有时候非常能够算计，有时候又相当愚蠢，他们正常的时候很少，总是在算计和愚蠢两端行走。因而他们会不断犯错，且错得离谱。他因为自己的姘头李三娘跟了皮货商幺儿前来投靠守备三木羌已经是大错了，又诱奸了守备的夫人，这就是错上加错，还天真地认为一切都可以隐瞒过去，继续享有一派升平，这就不仅是智力低下，完全是脑袋里装了豆渣。

屠刀已经架在这个烟灰的脖子上，他居然全然不知。

当天夜里，当他以为一切平息之后，王苍远才向三木羌提及此事，伤伤心心地把故事讲给自己的男人听，自然会添油加醋，把自己形容得无比清纯，把字子君讲述成无比残暴又十分狡猾的恶棍。一般的女人在遭受过这种事情之后都会隐忍，不愿张扬，她们把这看成是污点，但王苍远不会，她不是等闲之辈，她要让字子君这个畜生在她的眼前消失。

文弱的女人往往只是表面文弱，祸心就包藏在文弱里面，她们一旦发作就尤为歹毒，这比那种表面的强悍更加恐怖。王苍远正是这种心机很深的女人，她出生于大儒之家，世代书香，本人也饱读诗书，但并非一个知书达理之人，她其实心狠手辣，并且善于伪装。她同字子君的偷情并不完全是被诱奸，以她的智力应该是她施计而为，她对三木羌并不满意，对前途很无望，这才利用了一个送到嘴边的呆子，但她却扮成一个受害者，并要置呆子于死地。

她的行为也是对三木羌娶了格丹巴措的报复手段之一，她有一整套的报复计划，与字子君偷情只是开始。让自己的男人戴上绿帽子，这是诗书女人最为乐见的，她要让自己的男人丢丑，使自己在心理上得到平衡。

在王苍远的陈述下，三木羌气得把舌头都咬烂了。

他问这个畜生在哪儿，王苍远说正被自己稳在下房里睡觉。三木羌已暴跳如雷，这畜生在干下这等伤天害理的丑事之后怎么还能安睡?! 三木羌的性格更外向，不具有王苍远的那种内敛，他表现得更直接。

三木羌叫了一个兵丁，是他贴身的随从绒布仁钦。绒布仁钦提着佩刀，这佩刀是家中祖传之物，长尺许，外鞘镶嵌了宝石，刀柄包裹了黄金，是当年他爷爷才旺措美从清军副将独眼那里获得的。这佩刀好生了得，总是在重要关头亮出它的刀刃。跟着他们前往的还有狼娃，安逸舒适的日子过得太久，它甚至没有机会亮出它残缺的犬牙，所以，当它听见主人的呼唤已兴奋不已，狼一般扑向下房。

字子君刚吸过几口大烟，这才进入梦乡，鼾声如雷，嘴角挂着一串梦涎，正要进入梦境便被绒布仁钦捆了个结实。他睁开眼睛首先看见的是狼娃吐出的长舌，呼哧呼哧在他眼前晃动，他立刻就清醒了，并意识到事情已经败露。

其实这种事情不用想就知道隐瞒不住，纸包不住火，但字子君坚信能够包得严严实实，他之所以没有逃走是幻想还有下一次，甚至更多次的偷情。河谷地带山川风月美景胜地很多，他可以与一个诗书女人尽情寻欢，可悲的是美梦还没有成真他就被人拿住。

字子君被提到一棵大树下，倒挂着悬在半空中，吓得连话也说不囫囵了。他一向都能说会道，但在这种时候也吐不出一个词来，只能倒着眼睛看人，结结巴巴地问是不是要剐了他。三木羌懒得跟他搭话，直接让狼娃撕他。

字子君的叫声在黑夜里非常凄惨，他的身体已被狼娃撕开了几道血口子，绒布仁钦用牦牛绳蘸水抽他，又用盐水淋他的伤口，字子君痛得乱叫，倒着的眼睛仍在四下里搜寻，寻找那个被他奸污过的大肚子女人，四只眼睛终于在月光下对上了。

"我家在成都，离你家只隔了两条巷子……"

字子君终于发出了一声完整的嘶吼。这话传达出的是什么意思，连他自己也不甚清楚，哪怕只隔着一堵墙壁也洗不清他的罪恶，潜意识里他在寻找自己同受害者的共同之处。

王苍远开始气紧，这句话戳到了她的痛处，她不敢看这个老乡的目光，那眼神使她战抖。字子君叫得哀怨，他认为整个过程她都十分配合，她完全是出于自愿，否则他不可能得逞，这就是她的奸猾之处，装成一个受害者。他们居然都认为自己受害，其实是共谋，在一处羊角花盛开的花丛中一个烟灰同一个守备夫人共谋了一次艳情，现在却只让其中的一个主谋吞下恶果，而另一个同谋逍遥法外，他不甘心。

痛到极点的字子君反而清醒了，他吐着血水开始叫骂，数落着守备三木羌的不是，他说："你这个狗官同幺儿一样都不是什么好东西，欺男霸女，坏事干尽。"

"你的女人让我干了，生下的崽血脉不正，这是报应。"

字子君又恢复了他能说会道的本性，句句戳到三木羌的心口。

"狗官，狗——官，我去鬼门关前等你……"

9
流　产

一直熬到天亮，字子君才咽气。

与此同时，王苍远的肚子开始绞痛，痛得大汗淋漓，说着胡话，披头散发，三木羌没有了抓拿。肚子里的孩子怕是保不住了。绒布仁钦去懋功把那个只会开补药的庸医请来，他却只会装神弄鬼，念了半天咒语，不见起色，摇着头说准备后事吧。

太阳升到三竿，痛得昏死过去的王苍远流产了，从她的下身滑出一团血肉模糊的肉团，在这里没人见过这种阵仗，连庸医都吓得够呛，躲在门背后不敢出来。

绒布仁钦在关键时候起了作用，把他老婆喊过来，他老婆叫亚巴美朵，是一个能干的汗牛女人，就是不爱说话，似她的名字一样像个哑巴。亚巴美朵撸起袖子大干一场，她早等得不耐烦，怪绒布仁钦不早点叫她。她急得在一旁跺脚，又不敢贸然出现，自己毕竟只是一个下人。但这些人对她视而不见，仿佛她不存在。她其实很有些手段，山里的女人不靠天不靠地，就靠自己那两下子。不会耍弯刀怎敢上山砍柴，不会使尖锄怎能下地刨食？她烧起一锅开水，往开水里洒了一把盐，给王苍远清洗。

王苍远醒过来，将肉团捧在手里，又哭得昏了过去。

绒布仁钦老婆粗通一些草药，毕竟从小跟家人上山采药，久了也就无师自通。她将各种草药混杂煮了一大锅给王苍远灌下去，还显了奇效，这就是民间的方法。许多百姓并不懂医术，完全是凭经验将相关的草药煮成一锅，还真有疗效，且祖祖辈辈都是这么操作，靠口口相传，代代沿用。

绒布仁钦老婆就是这种民间高手，不显山不露水，没有什么高深的学问，祖辈世世代代的经验告诉她什么病用什么草药，遇上她王苍远总算捡回一条命，但从此就成了习惯性流产。

三木羌没少在她身上下功夫，却没有收获，动不动就流产。

王苍远一点不能生气，偏偏三木羌又不是一个安分守己的人，三言两语王苍远就气得抽搐，然后就流了。庸医给她开了很多保胎药，一有动静就睡在床上养胎，但上一回厕所就流了。晾晒衣服，手抬起来把衣服挂上晾衣绳也会流产，最后发展到喝汤喝得太急就流了产……

"夫人流产了！"亚巴美朵大声武气地叫唤。

"在哪里？让我看看……"三木羌冲过去。

厕所架在空中，离地面有几十米落差，从两块木板的那道缝里望下去只能看见一摊模糊的血迹，三木羌"哦嗬"一声怪叫，摇着头甩手而去。他对这个大老婆冷淡了，其实是绝望了，毕竟这是他老师王轩的女儿，他们结合生下的一男半女肯定聪明绝顶，不料事与愿违，竟是这种令人无法预料的结局。

无奈的三木羌只好把注意力全都集中到小老婆格丹巴措身上。

本来三木羌认为替师娘桑吉巴拉，也就是王苍远母亲修了衣冠冢，师娘会保佑他们儿孙满堂，现在看来也只能是竹篮子打水一场空。三木羌已到了绝望的地步，这真是天不佑人！

格丹巴措也很争气，山地女子没有那么娇气，肚子里的娃娃用棒棒打都打不掉，食量也很吓人，一整条羊腿几口就下了肚，肚子一天天隆起，一半是胎儿在膨胀，一半是羊腿撑的。又爱吃酸，酸儿辣女，庸医在一边鼓噪，这给颓丧的三木羌带来一线希望。三木羌家将有后人传世。三代土司的传人将要诞生，在一个良辰美景之时婴儿呱呱坠地，那是一个神童降临人间，想到此情此景，三木羌就会两眼噙满泪水。

整个夏天从成都传来的消息都令人紧张，三木羌盘算着等到格丹巴措生产之后就设法离开沃日河谷，他要去西藏的聂拉木，从那里可以进入尼泊尔，他准备到加德满都去逛逛，去看看那座老城。整天盘踞在这条河谷里都快把外面的世界给忘了。还有不丹，也是他想去的地方，他要遍游世界，躲过人生的一劫，人生有许多劫难，劫数未尽灾难必致，只要过了人生的劫难就将尽享荣华。

他之所以想去聂拉木，是因为老师王轩给他讲述的一段往事。

这段往事家人很少述及，反而是老师如数家珍。当年爷爷洛桑郎卡率领屯兵进藏平定廓尔喀人入侵，在聂拉木打了胜仗，收复了这座边境小城。他还想去宁波，这涉及另一次战事，有他父亲多吉马参与其中，为反抗英军的入侵父亲战死沙场。

往事如烟，却深深地铭刻在三木羌的记忆里挥之不去……

一进入夏季幺儿又率领山民们同守备三木羌开战。

战斗异常激烈，山民们已弄到了枪。

幺儿居然精通起战略战术来，李大天王总是托梦给他，让他变得很精明。他经常装神弄鬼，说着话就进入了梦乡，他说这是在跟李大天王对话，接受大王的指引，等醒过来就是一副得道的表情，开始指点江山，运筹帷幄。

他分兵两路，一队叫红袍哥，一队是敢死队，个个染成红毛，来势汹汹。清朝年间总不太平，四川各地都有农民起义，太平军、白莲教、义和拳和袍哥……闹得沸沸扬扬。沃日河谷远在深山峡谷，但因为是重要关隘，山民们也行动起来了。

幺儿派人占领了从沟口日隆关到沟尾懋功县城各地，四处插上旗帜，想虚张声势，对守备三木羌施压。

三木羌的靠山清廷已经作古，新成立的国民政府纷争不断，处理川边各地的宣慰使还没有走拢康定已经打道回府。引颈期盼的三木羌又一次泄了气，他想起老师王轩曾不断告诫过他，土司制度行将就木之后会有多年的纷乱，改土归流不可能一蹴而就，三木羌或许就是他们家族最后的守墓人。现在想来，三木羌感慨老师的预见是何等精准。

面对纷繁的局势，三木羌也是有心无力，他对重新闹起来的山民起义已经麻木，甚至懒得派信使去灌县衙门报信。成都方面也让他失望透了，衙门里的那些贪官污吏不能让人抱一星半点的希望。他唯一的指望就是拖到孩子降生后就撤退。饶坝那边的杰瓦更扎就是他的前车之鉴，带着戏班子去了后藏，成为一个快乐的流浪者。他也要走开，走得更远，翻过喜马拉雅山到尼泊尔去。

在人最绝望之时就会出现回光返照。

成都的消息传过来，一队援军正在深入大小金川，这难道会像历朝历代的经略史一般前来经略川边各地？但又是一个玩笑，援军走了半个月才走到漩口，又遭到埋伏，被打得四散而逃，打他们的正是一些山民，使用的也是一些狩猎的武器，很容易就把援军的快枪丢翻了。军政府打消了经略川边各地的念头，成都已打得不可开交，哪还有援军可派。

　　三木羌心情沉郁，开始酗酒。对王苍远更不耐烦，大打出手，他一灌酒就数落她的不是，跟一个大烟鬼去野地鬼混，还说是看羊角花！这真是滑天下之大稽！一个妇道人家不守妇道，完全没有他老师王轩大儒的遗风，关键是成天流产，断了三木羌的香火。

　　在三木羌的咒骂之下王苍远完全抬不起头来，当年她父亲王轩把她许配给这个得意门生是一件多么大的喜事，真是世事难料，如今婚姻落到这般地步，还要遭到丈夫的毒打，生在书香门第的王苍远并不是一个软弱之辈，打急了也要顶嘴。

　　"你是牛肉吃不到在鼓上报仇。"

　　三木羌醉眼迷蒙地看着老婆，读过书的女人与山民骂人都骂得不同。

10
冷　枪

　　三木羌正在格丹巴措房里还没有起床，绒布仁钦来报，说狙击手将幺儿的师爷王桂一枪了结了性命。这个王桂也硬是有点神，大清早的就敢于独自骑马，从懋功赶往达维，他这是去城里过烟瘾，然后回到达维的堂口，完全忽略了守备安插在河谷碉楼上的狙击手，他们眼尖枪准，一枪就把路过的师爷王桂打下马来。王桂自称刀枪不入，而且成天装神弄鬼，自诩为神算，却算不准自己的性命。

　　狙击手并不知道击毙的是谁，只是远远地望着道上躺着的尸体，那匹马比师爷神，跑得飞快，这是要去报信。

　　果然堂口上的人见到独自返回的马匹，不见了师爷就料定是出了祸事，在识路的老马带领下，沿路找到了师爷王桂的僵尸。这么来回折腾了好几个时辰，挨了枪子的师爷肯定死硬了！不但人如此轻易地就毙命了，同时暴露了一个天大的秘密，师爷是个假货，平时他自诩的那些本事全是哄鬼的把戏，堂口上居然就有这么多草民把他奉为神明，好酒好肉地养着，实在是上了这个江湖骗子的大当。

一时场面混乱，堂口上的人接受不了这个事实，师爷算不准自己的死活？！这些四面八方聚集起来的乌合之众正是相信了这个神机妙算的师爷的威力才聚众闹事，以为有什么好果子吃，这下现了原形，是个假货，这些手下还有什么胜算。

当场就有人哗变，三鬼走脱了两鬼，剩下的一鬼也在观望，看何时可以开溜。狙击手这才明白自己是瞎猫撞上死耗子，立下大功。

三木羌一个鹞子翻身从床上跳起来，这让他确实兴奋不已，那个幺儿之所以像黄鳝一样溜滑就是有这个师爷在作怪，给幺儿出一些馊主意，毕竟王桂当过教书匠，虽然误了不少人家的子弟，但当幺儿的教师爷还是绰绰有余。这下王桂成了短命鬼，单靠幺儿一个皮货商是成不了气候的。商人想一夜翻盘成为统治者谈何容易，天下的事情都是有定律的。

三木羌让绒布仁钦赏了一锭银子给狙击手，他的打冷枪战术终于凑了效。只要这么东放一枪，西戳一个眼儿，局势就可以稳定下来，这是用最小的成本办最大的事情。三木羌觉得可以用拖的办法来从长计议。

三木羌虽然只有几杆快枪，但也足够威风了，不怕那些闹事的山民像蚂蚁，东一个西一拨，看有多少人来塞枪眼。从床上跳起来的三木羌还处在兴奋之中，连衣服都没有穿，打着光胴胴，拍着胸脯，手在空中比画一阵。他说：

"好！好哇！！"

"好啥子？"

大老婆王苍远突然不合时宜地冲进来用成都方言问三木羌。三木羌还没有回答，那个报信的绒布仁钦迟疑起来。他吞吞吐吐了半天才冒出一句。

"不过……不过……"

"不过啥子？"这个王苍远还真是讨打，又在问"啥子"。

三木羌舒展的眉头重又紧锁。

"不过啥子？"

"不过寨子里的粮食已经不多，这么拖下去，恐怕……"

三木羌刚有一点阳光的心情重又蒙上了阴霾。他陷入了进退维谷的境地，他随绒布仁钦亲自去查仓房。那是一座大碉房，祖辈几代人都用它来存粮，这座大房子在河谷、饶坝和土基都很有名，当年就是为了这座粮仓河谷和饶坝还打过一仗。饶坝那边也有一座大房子，是木头所建，用来制鸦片，却不断被烧毁，而河谷这边的石头大房子用来存粮，坚如磐石。这就是两地的根本区别。靠着这座大房子河谷土司已经历了三代人，没人知道里面有多少存粮，有的粮食已放置了一二十年，早已腐烂。

大碉房里的耗子已经成精，一只只硕大无比，它们根本不怕人，更不怕猫。守仓人曾放过猫进去，只不过几天就得把被耗子咬死的猫扔出去，这都是那些盘踞在大碉房的耗子所为。它们甚至敢攻击取粮人，如若进仓取粮须结伴而入，得有人用左插子指着，当它们龇牙咧嘴扑上来时，用利刃将其杀死。耗子们早已将大碉房看成他们的粮仓，加以守卫。

三木羌在绒布仁钦的护卫下才敢走进碉房，发现存货果然不多，连耗子也减少了不少，可见情况很糟糕。

当三木羌准备离开大碉房时发生了惊险一幕，一只大耗子从暗处冲出来撞在三木羌身上，并发出吱吱的叫声，它肯定把这个男人当成了取粮的士兵，在粮仓就要变成空仓前，它要誓死捍卫鼠粮。这只大耗子非常肥硕，像是兔子而非耗子，尾巴足足有猪尾巴粗细，像一根鸡毛掸子摇来摇去。嘴上的胡须简直就是猪鬃，又硬又长，并没有盖住嘴里露出的尖牙。眼睛闪出亮光，死盯着人看，伺机寻找袭击的机会。

三木羌和绒布仁钦仓皇而逃，受到的惊吓比得知粮仓就要告罄更恐怖。

擦耳寨的大粮仓在十八土司中尤为出名，河谷土司几代人家境殷实，其中最为著名的就是"仓廪实"，粮食连年吃不完，以至于养的硕鼠都成了精，要咬猫赶人。

三木羌召开了会议，怎么办？他望着大家，大家也望着他，都面面相觑，束手无策，到了生死存亡之时，还得守备拿主意。连一向机灵的管家小仁青也没有了办法，河谷里也会缺粮，这是百年来的奇闻，一旦说出去会引起地动山摇。

绒布仁钦建议来一次灭鼠大战，仓库里耗子消耗的粮食胜过了兵丁，把耗子杀光了会省出不少口粮。三木羌立即命令绒布仁钦带人前去清剿，只一顿饭工夫绒布仁钦就大败而归。他结结巴巴地陈述说当火把将大碉房照亮时从旮旮旯旯涌出黑压压的鼠群，它们行动起来像沃日河里的洪水，看得人头皮发麻。照这种情况下去，当仓库里粮食耗光之时，老鼠大军就要吃人。

绒布仁钦在报告这一情况时使劲抓挠着全身，仿佛真有鼠类在啃噬他的皮肉。看来河谷土司衙门的根基早已被撼动，大碉房里埋伏了这么多的耗子，却没有人预感到危机的来临。这已经到了山崩地裂的关口，三木羌感到了处境的险恶。危险不仅来自成都和京城，来自山民的造反，也来自身边的大粮仓。

三木羌在屋里来回踱步，打死了师爷山民就会前来报复，寨子里又将缺粮，这可如何是好。

"谈判，谈判。"

形势如此，只能放弃关卡，把它交给山民，只要他们能够放守备一条生路。成都已发不出救兵，早已群龙无首，再坚持已毫无意义。

"谈和，谈和……"

三木羌又陷入更深的绝望和迷茫。事态如此严重，他皱紧了眉头，苦苦思索。他的爷爷洛桑郎卡没有遇到过这种局面，父亲多吉马更是无此经历，到了他这里就战乱纷纷。他内心十分慌乱，表面还得强作镇定。他毕竟年轻，不能豁达地面对这种局面，但在那些没头苍蝇般的部下面前还得装出胸有成竹。

"镇静！不用惊慌。"

见守备镇定自若，兵丁们的情绪也渐渐稳定下来。大家互相打量了一阵，各自散了。

三木羌爬上寨墙观望寨外情况。官寨地形险峻，寨墙下就是沃日河，对岸是擦耳寨，两座高大的碉楼扼守住河谷，山民落后的武器无法施展作用，但擦耳寨的粮食都是来自河谷其他地方，被山民长期困住，拖得太久必将土崩瓦解。清廷气数已尽，民国风雨飘摇，他一个山谷之地的小小守备如何撑得起大局。

"独木难支啊！"

11

逃 命

官寨里已经断粮，只能杀马度日。

士兵们仗着有快枪便出寨打粮，粮没有抢回，却被山民们打得屁滚尿流，狼狈而归，还留下了两具尸体。有士兵射击空中飞过的大鸟以充饥，已到了饥不择食的地步，连粮仓里的耗子因为没有了粮食也逃得无影无踪。鼠类有自己的生存之道，它们一夜之间就土遁而去，去附近的村寨，走门入户，哪家有粮食它们就在那里安营扎寨。

官寨里的人没有这种灵性，这时就有士兵开始起哄，要守备兑现答应过的赏银和分发地契。三木羌已没有了威望，士兵们不再敬畏他，上面也没有朝廷罩着，你一个过气的七品小官谁还理你。这是树倒猢狲散的前兆。

"再不发赏，我们就不卖命了。"

"把山民放进来，看你发不发赏！"

"我们要地契。"

士兵的情绪已经失控，寨外的山民也在呐喊，要杀死守备，废除关卡。

三木羌见大势已去，不敢违拗，只好让绒布仁钦将地契和银两翻出来分发给士兵。幸亏有狼娃忠心护主，没人敢于伤害守备，绒布仁钦也很英勇，管家小仁青又忠心耿耿，三木羌还没有到山穷水尽的地步。把地契和银两分发给了兵丁也好，砍了桑树免得老鸹叫。三木羌正是被这些身外之物缠身，这下可以轻装上阵，无所畏惧了。

得到了银两和地契的士兵更不肯卖命，三个走脱两个，这倒省下了口粮。

面对山民的鼓噪，士兵们顶多放一放冷枪并趁混乱逃命，逃出去的人很快就被山民捕获，不仅将身上银两尽数搜去，连地契也抢走了，一些开小差的人又无奈地跑了回来。

双方继续对峙，都无心进攻，只是展开宣传攻势，闹哄哄的并不开战。

山民不敢拿下官寨的原因主要是在观望，他们在等成都的动静，当年大小金川的战事就是因为滥杀朝廷命官而引发，清廷派大部队前来剿杀，将参与的山民连同土司都诛灭，那个惨烈的记忆经过多少代还笼罩在山民心里。这使他们对朝廷命官迟迟不敢下手。三木羌好歹是朝廷任命镇守一域的地方官，么儿在这一点上心里明镜一般，作为商人他绝不做赔本的买卖。

山民在寨外呼叫、打口哨、放冷箭，百般挑衅。但达维头人表明了态度，他不支持山民破寨，这些刁民居然敢撇开他在河谷里自立为王，这使他心里很不是滋味，他虽然只是一个头人，但在沃日河谷也算是一个呼风唤雨的角色。当年老土司在位时对他父亲就很信任，并委以重任，他家几代人都是头人，掌管着达维这个重镇。如今，这河谷里要翻天也理应由他主事，怎么可能让一个外地来的皮货商上蹿下跳。

事情变得蹊跷，力挺守备三木羌的人居然是实力雄厚的达维之主，山民没有他的支持折腾得再厉害也无济于事，所以寨外的山民不管闹得再凶，其实并没有使寨主伤筋动骨，只是让寨里的人感到又饥饿又惶恐。

又是一个没有月亮的黑夜，么儿亲自带领十多个山民准备潜进官寨，毕竟师爷王桂遭了冷枪，这仇不能不报。

守寨的士兵虽然涣散，但狼娃嗅出了味道。它对着墙一阵狂吠，哨兵被狗吵醒，揉着惺忪的睡眼朝墙下窥探，他咋咋呼呼叫了一阵给自己壮胆，但除了狗叫声并没有发现动静。这个士兵很生气，怪狼娃大惊小怪，半夜三更乱叫唤，发神经，就对它大声呵斥了一阵。狼娃十分执着，仍然叫个不停，士兵朝狗叫的地方扔了两坨鹅卵石，并没有砸出什么东西来，狼娃这才很不情愿地躲到一边去了。

等哨兵又要打盹时，狼娃又大叫起来，哨兵莫名其妙看着狗，又望了一阵寨墙，就在这时狼娃被暗处火药枪射出的铁砂弹击中，铁砂弹在它的面前炸开，将它的脸炸成了蜂巢，可怜的忠狗狼娃哼哼了几声便倒在血泊中。

"不好，有刺客……"

"红袍哥打进来了！"

哨兵看见红袍哥头上戴的红布条，还有红眼睛……其实他什么也没有看清，但寂静的黑夜立即被他惊恐的嚎叫打破，哨兵边跑边喊。

"有鬼！红额鬼！！"

哨兵从寨墙这头跑到寨墙那头，连续持久的精神紧张早已使他成为惊弓之鸟，一有动静便精神崩溃，但他跑得没有目的，很快就被绊绳绊倒。慌乱中他尖叫起来，杀猪般的叫声已经变形。有人在他的背上捅了几刀，他临死时仍在对着黑夜大叫。

其余的士兵都在蒙头大睡，几个值更的兵丁因为饥饿也昏昏沉沉，虽然听见了呼叫也没有力气同摸进来的山民搏斗，迷迷糊糊就被收拾了。

对于这一场战斗鲜有史料记载，零星的描述也散见于各种野史，但从官寨残破的寨墙和碉楼并不难还原当时的情形。龙灯碉还在，藏经楼和土司衙门也完好，但沿河的碉楼已成一些残基碎石。

三木羌在睡梦中被喊叫声吵醒，大老婆王苍远和小老婆格丹巴措使劲敲着盆子。敲盆子是一种古老的报警方式，四川农村的农户因为居住分散，遇见抢匪和盗贼时，一家老小敲响盆子，家家户户闻声响应，一起声援，对盗匪是一种精神战和心理战，这种古老的方式还是王苍远带来的，便在沃日河谷里流行起来。果然，官寨里的人都敲起来，一时喊杀声四起，把寨里寨外的人都惊醒。

枪声大作，奔跑中两个山民中了冷枪，都是么儿从灌县招来的货贩子，本来就不是吃军粮的，只是一些鸡鸣狗盗之徒，偷偷摸摸干一票还精通，正规的格斗就不行了，盆子一敲起来，先就怵了，疯扯扯跑来跑去，冷枪并没有瞄准他俩，却被他俩撞上，在肚子上和胸口上开了花。两个货贩子死的时候叫得都很响亮，不是杀了一头猪，而是两头挨刀的猪的惨叫声此起彼伏，以至于多年以后擦耳寨的上空还偶有叫声回响，与每日黄昏前准时到来的阵风汇合，对河谷里的村民形成寒蝉效应。

幺儿的这次偷袭以失败告终，他率领手下夺路逃窜中从寨墙上摔了下来，断了一条腿，从此成了瘸子，被他的压寨夫人李三娘嫌弃。李三娘背叛了他的烟灰男人跟着幺儿并没有吃香喝辣，还不如她以前当鸨母过得舒坦，幺儿又不雄壮，跟烟灰似的是个蔫货，水性杨花的李三娘只好另打主意，像藤子似的又在观望哪一棵树大，可以上去攀爬。

幺儿在床上躺了一百天，天天叫嚣着说要报这断腿之仇。他那些手下都听腻了，只顾偷鸡摸狗，不再在意这个瘟神。

伤筋动骨一百天，这一百天实在难熬，他眼睁睁地看着李三娘与李有神搞在一起。李有神不仅不再给他出主意，还试图篡了他的大位，一肚子鬼点子的李有神现在非常有钱，关卡废掉后他贩盐的生意不再上税，烟馆的生意也很红火，又有李三娘当相好，日子过得甜甜蜜蜜，自然就要把幺儿打下去。

这个可恨的李三娘真是个祸害，不干一点好事。她又是个克夫精，跟了哪个男人哪个就要倒霉，幺儿算是看透了这娘们儿的德行，他要废了她！

幺儿熬过一百天后下床就干了一件大事，他知道再不露一手给手下们看看，他得又回去贩他的皮货了。

攻 寨

又是晚上，趁着月色，么儿带领二百多人，一律头扎红飘带，用锅底灰把脸抹黑，浩浩荡荡前往官寨。他们一路吆喝着，并不准备隐蔽。他们如此张扬就是要造成声势，这是群狼战术，一来一大群，靠打群架，先在气势上压垮你。有本事的独狼不是这种行为，他们都是单打独斗，悄无声息，一招致命，一剑封喉。

么儿纠集的都是些鸡鸣狗盗之徒，互相吼叫着壮胆，果然，一路上都有人卷入么儿的队伍，到达官寨时队伍已壮大到三百多人。声势虽然浩大，却是乌合之众，吵吵嚷嚷，带着绳梯，举着火把，念着咒语，身佩鸟铳鸟枪，有人手持刀矛，紧握木棒和石头，一副要将官寨踏平的架势。他们抱定了一个信念，参与者可以分浮财，官寨里的财富堆积如山，见者有份，见什么拿什么。山民们群情激昂，真是千载难逢的发财机会，连八十岁的大爷也不愿放弃参与了进来。

山民还在十里之外官寨已掌握了动静，多次的攻袭已使三木羌提高警惕，他命人将藏在暗道里的粮食起出来煮了几大锅让士兵饱餐一顿，又煮了存放多年的猪膘肉，喝了几坛懋功烧酒，这才上了寨墙应战。

红袍哥们火把通明把自己照在明处，么儿毕竟不懂军事，一个皮货商，除了会把狗皮羊皮画上圈圈冒充豹子皮蒙骗城里的小妇人，并没有多少拿得出手的手段，闹得很凶，不知战法，在爬墙时被寨墙上放出的排子枪丢翻了许多人。山民们一边吼着"刀枪不入"，一边从寨墙上滚下来。寨墙下躺着三十多具尸体。山民们都有家室老小，让他们跟着起哄分浮财还可以，让他们白白送死就不干。山民们从没有见过这种场面，许多人便扔了火把藏到暗处去了。

么儿气得心口疼，统领一支攻城掠寨的队伍比当一个皮货商难多了。他叫骂了一阵，无人搭理，平常十分吝啬，小肚鸡肠，难以服众，到了这种场合要人前去送死，肯定无人响应。

官寨固若金汤，久攻不下。

到了下半夜，山民已走脱了多半，他们同守备并没有不共戴天之仇，遥远的京城的那个清廷是否垮杆与他们也没有什么相干，他们被裹挟而来也都糊里糊涂，很多人都是听说饶坝土司就是这么闹垮的，所以也跟着出来闹一闹，结果命都搭上了也闹不垮，只好泄气。

到了白天双方还在对峙，但一入夜山上的野狗和狼群就下来拖食死尸，黑暗中是一双双幽蓝的目光。一些只是受伤还没有断气的袍哥大爷在狼嘴下发出悲怆惨绝的哀号。野狗狼群本来都在半山之上，它们闻到了血腥之气下到河谷里来，野兽不知道人类发生了何种变故，要这样互相残杀，给它们留下丰盛的食物，过不了几年这种盛宴就会从天而降！这成了一种轮回。在有盛宴的年份，狼仔下得特别多，真是拜上天所赐，狼群获得了丰盛的食物，还不用辛苦地狩猎。

一个只有二十多岁的山民在翻墙时摔断了腿，无人救助的他只能躺在血泊中。在野狗的拖食下他哭声不止，野狗从他破露的衣服下撕下片片带血的皮肉，他惨痛的叫声越来越无力，苦苦哀求寨墙上的士兵给他一枪，让他痛快地死去。那痛不欲生又带有恐怖的悲腔在黑暗的山谷里令人毛骨悚然，连寨墙上的士兵也忍受不了他临死前的叫声，胡乱地放枪，想以此驱散野狗和狼群。

野狗的数量越来越多，不同的种群都汇聚到官寨。原来河谷两岸那些高半山上还有这么多食肉动物，它们嗅觉灵敏，在那么高的半山之上也闻到了血腥的味道，从高半山上下到河谷里来争食，互相打斗着。

渐渐地，伤兵的呼唤越来越苍白，越来越无力，寨墙上的士兵甚至可以听到野狗和狼群吞食人肉的声音。胆小的士兵当场就发了疯，小便失禁，在寨墙上哇哇叫着跑来跑去，把尿撒在裤裆里。

这是一个可怕的高地之夜，关于这一黑夜的变故大多记载于野史，或者流传于口述历史，以至于几十年之后人们讲述起来，还要吓得小孩躲进大人的怀里不敢吱声。

寨墙外一堆堆白骨在白天很快就被飞禽捡食干净，高原上河谷里有许多动物清道夫，它们把一切吞噬得干干净净，使那些前来观望的人什么也看不见。所有的场景只存留于幺儿等人的记忆里，使他们惶惶不可终日，再也不敢进攻官寨。

大　疮

　　幺儿不敢进攻的另一个原因是自己背上长了一个大疮。

　　那疮起初只有豌豆大小，有发白的脓点，幺儿没有在意。不过几天疮就结成硬块，这是疔疮的症状。幺儿整天日嫖夜赌，又喝了劲儿大的懋功烧酒，那疮便红肿起来。这一晚他又喝了一碗牛鞭汤，吞下去一整根牛鞭，就和李三娘交欢。他骑在李三娘肚子上就感觉天昏地暗，吐了一床的酸水，把李三娘恶心得将他推下了床。

　　鸨母出生的李三娘本来就不是什么省油的灯，现在又有李有神撑腰，在床上就非常横。将幺儿踢下床这是轻的，将他又出门去的时候也经常发生。鸨母的脾气一般都非常暴，李三娘就是这种暴脾气之中尤为火爆的一个，可以把碉房炸塌。这一天因为心情好，李三娘才温柔地一脚将背时鬼幺儿踢下床去。

　　幺儿在泥地上昏睡到半夜，出了一身虚汗，大叫一声后那疔疮破溃流出脓血，他呻吟了一阵就开始打抖。人抖得上牙打着下牙，以为是抖抖病。河谷里曾流行过这种病，死过不少人，打摆子，性寒冷，幺儿又喊冷，喊拿被子来。

李三娘凶神恶煞地骂道："挨刀的，你叫唤啥子，是鬼附了你的身啊？"

她在黑暗中胡乱一摸，糊了一手的黏稠东西。这是什么东西，这死鬼又在搞啥子名堂？李三娘点起灯一照，就惊叫起来。

"是脓血，天啦！这个龟儿子真是头顶上生疮，脚底下流脓，坏透顶了。半夜三更的你不好生睡觉，流那么多的脓血出来唬人。"

李三娘絮絮叨叨，并没有半点同情。反正大疮是长在幺儿身上，她又不痛。但幺儿已痛得冷汗长淌，要女人赶紧去找郎中。这方圆十里八乡都没有像样的郎中，从成都来的那个江湖术士还住在懋功县城，其余的多是些旁门左道，或者就是一些偏方郎中，这大黑的冷天别人肯定不愿意来，除非幺儿拿一锭金子出来，但他那么吝啬，哪个背时郎中肯白白上门为他看病。

"金子你肯定不会拿，银子要拿一锭出来，不然请不到郎中。"

幺儿果然不肯出钱，出钱比让他出血还难受。李三娘哼哼几声，说龟儿子都要去见阎王爷了，还这么抠。钱都不出，哪个有脸去请郎中。说完又蒙头去睡，幺儿实在受不住，这才告诉李三娘房子门背后那块石头是松的，搬开了里面有两坨沙金。

"你只准拿一坨，另一坨依原样给我放回去。"

李三娘立刻来了精神，说这个死鬼平常把我哄得团团转，泡一壶茶，茶叶都要数一下，原来把金子藏得这么密实。李三娘才不会只拿一坨，把石头缝都翻了个底朝天，一粒金砂都没剩下，这才去请来一位算是走过一些地方、见过一些阵仗的人。

幺儿定睛一看，李三娘吹得那么凶的郎中正是祖辈三代都在懋功行医的那个补药师，他爷爷善针灸，他爹攻草药，到了他这里只会开补药。他假装老练地在幺儿身上东按一按，西捏一捏，便断定幺儿中的是疔毒，得的是毒血症。李三娘一拍大腿说真是神医，这个死鬼从来就不安分守己，吃喝嫖赌贪，五毒俱全，他不得毒血症，哪个得毒血症。

"神医！神医呀！！"

李三娘佩服得五体投地，连幺儿也服帖了。神医接着就喊拿钱来，这兵荒马乱的年月只收金子，纸币少来，跟纸钱差不多，不收。

幺儿就把李三娘望到，李三娘一笑，一说到钱就不亲热："你个砍脑壳的，把我望到爪子？你门背后那点货还不够老娘的跑路钱，这三更半夜里走夜路要遇到多少死鬼，把我的阳寿都折了，没有硬货垫背哪个敢去？要活命你就另打主意，反正你娃的花花肠子多，把你猪圈里头藏的、厕所后头塞的，通通起出来。一个皮货商整得跟耗子似的，成天打洞，四处藏钱，那么多的洞窟记得清吗？连自己都忘了才成了糊涂账冤枉钱。"

幺儿已脸如死灰，难怪人说婊子无情，戏子无义。他只好用眼睛望着床角，李三娘立刻把床抬开，挖开大洞，里面藏了金银财宝，原来这个吝啬鬼这么有钱，几乎把大小金川金矿的出产都埋在了这个坑里。大小金川历史上最有钱的人不是土司和守备，而是一个皮货商，他一生敛财无数，又像耗子一般四处打洞。他的财富成了一个个谜团，至今在某处工地上还可以挖出一些七零八碎的珍宝玉器或历代货币。但皮货商最大宗的财宝并没有被发现，皮货商本人早已作古，守口如瓶的他并没有将自己的藏宝图交给后人，使一笔巨大财富的下落成为千古之谜。

有了钱郎中这才下药，当然是些虎狼之药。

前面说过，这个郎中是个补药崇拜者，他本意也是要用一些清热解毒之药，但病家如此有钱，要把他的钱挣到自己兜里，不开几味贵重之药也不好交代，所以咬一咬牙，方子下得很重。么儿已是掏空的身子，平常酒色过度，不仅经不起大清大解，更受不了大补，被郎中几副药灌下去就成了药渣。

其实么儿主要的症状是消渴症，脓血症只是并发症之一，郎中哪里懂得这些，胡乱开药方，把么儿吃得卧床不起。

不久后，疔毒扩散到了头部，牙也开始松动，肾虚齿豁，牙松动是肾脏出了毛病，牙龈肿得在脸上鼓出一个包。郎中不知就里，摸不到火门，仍然顽固地给么儿开补药。补药师名不虚传，他祖上两代的名声在他手里毁于一旦。

其实么儿若是个穷人只能吃些清泻的草药还有救，偏偏他又非常有钱，为了骗出他的银两郎中按贵重的补药给他下方，他虚空的身子根本遭不住，这才酿成大祸。他最终死在他的金钱上。一生敛财无数的皮货商，钱财并没有换来安康，反而拉了他的命债。

么儿的眼睛充血，像只兔子，消渴症所有的并发症都已显现。背上的脓疮不断渗出脓液，么儿叫唤得声气都没有了，开始还能哼哈，后来只能发出蚊子般的嗡嗡声。他几天水米不沾，但还得一碗一碗灌那些药汤，李三娘叉着腰命令下人们撬开他的牙口给他灌药。

这不是在治病，而是在遭受酷刑，阴曹地府里的勾当也不过如此。遇上李三娘这种母夜叉不脱几层皮就消不了灾。世上还真有这种女人，不是在古道上开了黑店卖人肉包子，就是在荒郊野岭灌人汤药谋财害命，她们是上天专为猥琐男人准备的收尸人。

"这些都是金子换来的贵药，不喝干净是暴殄天物。"

李三娘不说是为了治病，只说不能白白浪费"营养"。下人们忙说已灌不得了，幺儿肚子胀成了水缸，他早就排不出屎尿，这只有进没有出，肚子岂不要炸开？李三娘这才作罢，早知道幺儿这么不争气，她才懒得破费买下那些"营养"，银子都白白地被那个江湖郎中诓去，打了水漂。

忽然一天幺儿坐了起来，不仅屙了屎，还撒了一泡尿，人就松活了许多，还大：叫"拿饭来！"吧？李三娘想这是回光返照，还是返老还童？

幺儿清醒了许多，他怀疑这是自己带人进攻官寨的报应。那些死人变鬼来找他索命，他有了这种意念就成天念叨，自我暗示，于是成了癔症，睁眼闭眼都看见鬼怪，有断头的，还有缺腿的，自己把自己吓出冷汗。精神失常的幺儿不停地做噩梦，精怪在梦中出没。梦魇中他不断抽搐，呼吸急促，胸闷，狂呼狂叫，醒来虚汗已打湿了被褥。

李三娘见幺儿这种症状知道他不行了，索性卷了钱财跟李有神跑到灌县去了。可怜的皮货商，家财万贯，却落得人生凄凉，连个端茶倒水的人都没有，幸亏郎中的老婆吃斋念佛，是个好人，前来做善事，赶来服侍他。但幺儿不知好歹，他认为郎中老婆同那些人一样是看中了他的钱财，否则一个萍水相逢之人怎么会甘愿来到他的身边受苦受累？

郎中老婆并不计较，连郎中都在骂她，说："你一个贱皮子到处掺和啥子，那个罪人的钱财都被他老婆卷走了，现在连药钱都付不起，你还去做善事。在他弥留之际你是不是还要给他送终。"郎中老婆竟毫无怨言，认为这是"胜造七级浮屠"之事，是命中注定。

郎中老婆还是个认死理的人，自己出钱请当地郎中给幺儿诊病，这是在打她男人的脸，她男人肚子里有多少成色她心里清楚。可惜的是几个郎中都医不了幺儿的病，只好死马当成活马医，由郎中老婆出面请懋功街上会馆的人出来做道场，连做了几天幺儿的病居然有了起色。

那几天幺儿仍然看见鬼魂活灵活现，不仅夜里出没，连大白天也出来张牙舞爪。

大鬼问："幺三是哪个？"

幺儿答："是我先人。"

大鬼指着自己披头散发的脸说："你先人就是我！我就是你仙人板板。"

幺儿已吓得满嘴胡言，大喊"来人呀"。郎中老婆抢进几步说："我就在这里，并没有离开。"幺儿说有鬼，郎中老婆说："你龟儿子打胡乱说，鬼在哪里，大白天说胡话要遭报应的。"

"贴符，贴符。"幺儿强烈要求贴符。

郎中老婆去请了符回来，一共三道，在幺儿的床上、大门上、院门上都贴了。郎中老婆还很虔诚地去会馆化来神水给幺儿连灌了三碗，把幺儿呛得咳出一碗。郎中老婆说不灵，又灌三碗，幺儿肚子胀成皮球，又屙不出尿来，这下看见的就不止鬼神，连骊山老母和哪吒都看见了。那神水也不知是用什么东西点的，黑乎乎的，有许多沉淀，其实是把干草烧了化成的草木灰，幺儿肚子里翻江倒海，终于没忍住，吐得连胆汁都出来了。

"不要拉我，我不走……"

"不要捆我的手！你是幺三，是我的先人……"

幺儿已经虚脱，用微弱的声音还在呼叫。郎中老婆就用话套他："哪个在拉你走，在捆你的手脚？是阎罗还是判官？再不然是小鬼？"

幺儿晃动着头，咿哩哇啦乱嚼舌，已无法听清，只有郎中老婆自称能听懂，说幺儿说的是守备三木羌，自然无人相信。那个守备困在他的官寨多时，泥菩萨过河自身难保，哪里可能还有这等法力出来装神弄鬼唬人。

瘟疫开始在附近村庄流行，这次不是打摆子，男人身上的肌肉一块块萎缩，女人的肚子发胀，动不动就要排泄，连牛羊也染了这种病，村庄四周尽是畜生的排泄物，臭气熏天。山上的野狗因为吃了人畜的粪便也染上了瘟病，山岩上随处可见抛尸的野狗，又招来了秃鹫和乌鸦，这些专食腐肉的飞禽在河谷上空盘旋，或站在村头的老树上乱叫一气，使河谷里肃杀而又消沉。

这是历史上的又一个凶年。

沃日河谷里发生的这些事使人口减半，连牲畜也难逃厄运，家家户户的耕牛、看家狗、牧羊犬、鸡、鸭、鹅、兔都得了瘟症，狂犬病也出现了，鸡瘟尤其泛滥，人们不敢养鸡，家禽纷纷毙命。只有天上的飞禽在唱歌，乌鸦唱得尤其欢愉，但它沙哑的嗓门唱起来听不出喜悦，人们盼望着喜鹊能出来亮一嗓子，但喜鹊们都失踪了，连影子都看不到。天空都留给了乌鸦，黑压压的一片，遮天蔽日，它们怡然自得，非常欢快。

幺儿是在那年的十月间死的，地方志上并没有记载详细的日期，但他毕竟是把袍哥组织引入沃日河谷的舵把子，一些民间版本的野史屡有提及，尤其是在他的家乡灌县有关他的传说都传得很神。可是，任凭你是什么人，死后都由活着的人摆布。幺儿死后他的压寨夫人李三娘并没有出现，而是郎中老婆为他操办的后事，一个家财万贯的富豪连一身干净点的衣服都没有换的，被几个后生抬到沃日河去沉了。

据说幺儿不愿水葬，想让人把他抬回老家灌县去，按汉人的习俗土葬，并埋入自家宗祠，但兵荒马乱的年月，没人理睬。他被丢进河时并没有死硬，眼角还在流泪，这也仅仅只是传说，当年葬他的人也已作古，其中杜撰的成分很多。总之，一个皮货商的死无人留心，几个后生为了抢夺他那双牛皮靴子大打出手，以至于忘了在幺儿身上拴一坨石头，他的尸首就这么被河水泡胀了顺水漂浮，冲得很远，胀大的肚子撞上河边的岸石就破了，流出恶臭的尸水，连河鱼都避之不及。

这件事之所以在当地多年流传，正是因为他的额头上紧紧地扎着一根红飘带，这是一个袍哥大爷的标志。

格丹巴措和绒布仁钦

有很长一段时间，沃日河谷因为死了袍哥舵把子，加上土司制度式微，守备又失去了权威，河谷里出现了一段权力真空期，百姓们因群龙无首活得无盐无味，被统治了千百年的黎民百姓一旦无人管束便感到无所适从。山民们就像蜂巢中的蜜蜂一时也离不开蜂王，就像蚁穴中的蚂蚁一时也不能没有蚁后，就像象棋里的将和帅，离了它，这盘棋就无法下。

收税的关卡撤除后，山民们对守备三木羌的仇视竟也消减了许多，守备虽恶，但总是一种权力的象征，山民们在权力的统治下生生死死，如同笼子中的鸟儿，关久了已被关成了习惯，笼子一旦打开，竟不知道如何飞。

狼娃死后，三木羌越来越依赖绒布仁钦，绒布仁钦家因为与三木羌家的历史渊源，家境十分殷实。当三木羌在成都跟随大儒王轩学习时，他在成都北校场养马。绒布仁钦也算是见过一些世面的人，不似别的山民一生都难以走出河谷，看不见外面的世界。

就像多吉马喜欢丹蓉娃一样，三木羌也喜欢绒布仁钦，这个随从年龄与自己相差十多岁，跟他的祖辈一样英俊，显得机灵，还有一些小聪明和小伎俩，很得三木羌的赏识。本来这一对主仆就这样平静地过活，一个焦头烂额地当守备，一个巴心巴肝地当随从，但绒布仁钦冷不丁地被一支爱情冷箭射中，射这一支箭的正是三木羌的小老婆格丹巴措。

因为山民攻寨的松懈，绒布仁钦走出寨子去闲逛，闲逛的主要目的是买粮，买粮并不付钱，带有强征硬夺的性质。这河谷里的土地本来就是三木羌家的，不管是百姓还是家奴，种的粮食留下口粮都应上缴，只不过如今世道变了，要打一张条子，被征户凭此条可免交一些关税，百姓们一见是前来征粮的守备随从都一溜烟地躲得无影无踪。百姓们都学精了，能赖掉的就赖掉，老老实实交上去的粮食还不是打了水漂。在这种群龙无首的时候赖掉的粮食或者税款根本没有人来追索，只有瓜娃子才会去当那种冤大头。

绒布仁钦知道为什么山民要避开他，他信步走到一处水塘边，见有许多蜂箱，知道这是平原上来的养蜂人，用马车将蜂箱运进沟来。绒布仁钦想弄一些蜂蜜吃，可惜的是连养蜂人都开溜了。

绒布仁钦无奈地摇摇头，掏出他的东西朝水塘里撒尿。他一边撒一边四处张望，他看见格丹巴措也出来闲逛，生过孩子后，她又恢复了过去的身材，但她生的是一个女娃，不受重视。三木羌还是那种重男轻女的思想，河谷地带不是母系氏族，不像八美那边是女人当家，河谷是男人的天下，男子说了算，所以，生了女娃的格丹巴措地位没有多少改观。女儿也任由当母亲的取了一个名字叫丹巴贡姆，之所以叫这个名字也是格丹巴措灵机一动，自己是丹巴人，叫这个名字也是一种纪念。她以为三木羌会反对，三木羌却不置可否，一个女娃想叫啥都可以，他懒得费心思。为这件事格丹巴措还同三木羌怄气，怪他没有给女儿取一个高贵的名字，三木羌哼了一声就算把这事敷衍过去了。

格丹巴措这会儿正一边走一边扯折耳根，准备回去做凉拌菜。格丹巴措胆子忒大，战事正酣时，她也要出来活动，现在战事松懈，她更是认为天下太平。

她也看见了绒布仁钦，这并没有什么奇特之处，这个守备的随从她几乎天天看见，早就视若无睹，今天令她惶惑的是那种水声，血气方刚的男人射出来的水声尤其有力而令人惊心动魄。格丹巴措把头垂了下来，想避开这眼前一幕。

格丹巴措虽然是守备的小老婆，但她出生在山野，又是村姑，在下人面前一向没有威风，平常嘻哈打闹惯了，绒布仁钦也就对她不以为然，不显拘束。格丹巴措一边采摘野生的折耳根，一边对绒布仁钦说：

"你干的好事，养蜂人还要用塘水做饭呢。"

绒布仁钦傻笑几声："给他加点佐料嘛。"

绒布仁钦一向爱跟格丹巴措开点小玩笑，他知道这个来自丹巴、父亲是做小买卖的守备小老婆最近失宠，对她有些同情。绒布仁钦同情人的方式就是跟人乱开玩笑，他不敢跟三木羌开玩笑，但跟格丹巴措开玩笑却习以为常。

"你把头垂得那么低干啥，未必你还怕丑！连我也都不怕呢。"

绒布仁钦抖动着身子做出小便后十分惬意的样子，他指的是已为人妻又刚生过孩子的格丹巴措，什么世面都见识过了，不应该那么大惊小怪，但他挤眉弄眼，表情猥琐，把气氛搞得很暧昧。

格丹巴措仍然专注地采着折耳根，对绒布仁钦的玩笑并不在意，有一句没一句地说："你弄到粮食没有？还有马车，你征集不到马车，谨防你家老爷剥了你的皮。没有马车我们可去不了冈仁波齐神山朝圣，三木羌早就打算走了，一直被耽搁着就是没有粮食和马车……"

绒布仁钦仍然嬉皮笑脸地把格丹巴措望着，他对她很有些好感，一个是沃日河谷的英俊小伙，一个是丹巴的美女。他从她身边走过时，故意踩了路中间的水凼，溅了她一身的水。那可都是雨后的积水，溅出来连带着泥浆，弄脏了她的氆氇裙子，而绒布仁钦穿着牛皮靴子，一点不怕水。

"冒失鬼，你是故意的吧。"

"洗一洗你的晦气。"

格丹巴措对这种挑逗已不陌生，提醒绒布仁钦说别忘了李三娘的男人字子君是怎么死的，那个烟灰就是管不住自己的下半身才死于非命。绒布仁钦迟疑了半刻，说这种事怎么忘得了，还是我动的手呢！说完绒布仁钦情绪明显低落。

绒布仁钦撇下格丹巴措怏怏地走回去，饭也不想吃。自从官寨被解围后，伙食大有改观，三木羌家的那些农奴又开始上缴粮食，三木羌家的大碉房又有了囤粮，他自然也就不再吝啬。世道已经反了过来，守备得取悦下人，不然手下会在暗中打黑枪，他会性命不保。

伙夫大声吆喝"开饭了"，这个伙夫去灌县学过手艺，回锅肉炒得很地道，不同的是他炒回锅肉用的是猪膘肉，所以特别香。

他把锅铲敲得叮当响，兵丁们就知道又有回锅肉吃了，所以一个个欢呼而至。但绒布仁钦没有胃口，尽管他平常最爱回锅肉，但今日不洗脚就上了通铺。三木羌在上房里呼叫他，平常都是绒布仁钦侍候守备用餐，但今天他装作耳聋，蒙头便睡，幸亏有格丹巴措给他打掩护，三木羌才没有在意。

绒布仁钦是汗脚，即使洗干净了也能臭死人，但作为主人的三木羌却能忍受，这种忍耐力是从父亲多吉马那里继承的。当年多吉马就很能忍受绒布仁钦父亲丹蓉娃的臭脚，主仆二人还经常睡在一起，那种亲密的关系完全被三木羌和绒布仁钦继承。

士兵们睡的是木板的通铺，一张大床上挤十多个人。刚刚享用了回锅肉的士兵们一进屋就大声武气地骂，说绒布仁钦的臭脚真是臭死人了。绒布仁钦心事重重，根本不搭理，用被子蒙了头。其实士兵们对屋里污浊的空气早已习以为常，他们开始大声议论女人，这才是永恒的营房主题。

官寨里除了守备的两个老婆，就是百姓家的老年妇女，年轻的姑娘大多跑光。守备的大老婆王苍远一副趾高气扬的样子，很让士兵们看不起，他们就爱拿小老婆格丹巴措"打牙祭"。

一个大脚大手的士兵叫汪清，是夏河那边的人，他说格丹巴措的两个大奶子就像云雾缭绕的斯古拉山柔达的峰乳，每天都在峰乳上滚一滚，想想都美死人了。

"你们看守备的脸，一个四五十岁的小官人，正当壮年，脸色是青的，印堂发黑，眼圈发灰，头发干枯，嘴皮下垂，说话像太监，走路像老猫，这是让女人给吸的，把油都抽干了。嘿嘿！"

汪清成天不干正事，心思都花在男女面相上，才可能把三木羌夫妇观察得这么仔细。

"再看格丹巴措，脸色红润，嘴唇像吃过人血馒头，头发油亮可鉴，像是抹过酥油，奶头鼓鼓胀胀，走起路来像穿堂风，笑起来像母鸡下蛋，这是让男人那东西给补的。"

兵丁们像会过餐似的大笑不止。这个夏河兵说得他们心旌摇曳，亢奋不已。

绒布仁钦听不下去了，把头从被子里伸出来，这些人如此议论他心中的偶像，又把他的老爷说得这么不堪，简直让他起火。他将被子一掀，光着脚跳到屋子中央大吼一声：

"谁再敢嚼舌根，我日死他先人。"

兵丁们一时没有反应过来，竟鸦雀无声。绒布仁钦平常很通情达理，从不污言秽语，说话也不带把子，此时居然跳出来夹枪带棒，指责起人来。

良久，夏河兵汪清首先发难，说："你绒布仁钦算老几，不过就是守备手下的一个随从，连个小头目前卫都不是，脚那么臭，连嘴也臭起来。格丹巴措是守备老爷的小老婆，关你一个下人何干，也要出来咧咧。"

"你个大臭脚发哪股子的酸劲，格丹巴措是格桑花、萝卜花还是狗尾巴花，别人叨叨别人的，你跳什么脚？你又不是她男人，你给守备洗过屁股不假，难不曾还占过守备太太什么便宜？犯得着出来打抱不平。"

有汪清领头，兵丁们七嘴八舌地起哄，话越说越难听，这让绒布仁钦特别光火。他毫无征兆地奔向枪架，举起一杆快枪朝着天花板放了一枪，那一枪来得突然，把兵丁们给镇住了。

守备三木羌从上房跑出来，惊问："哪里打枪?! 谁在打枪……"

形势吃紧，守备早已成了惊弓之鸟，连风吹草动都要吓他一跳，何况是晴空霹雳，又发生在官寨内部。见守备追问，兵丁们不敢隐瞒，承认是绒布仁钦走火。

走火? 三木羌发了一阵愣，刚给你们吃了一顿回锅肉就走火，真是吃饱了撑的。三木羌把绒布仁钦剜几眼，说："现在连你都不省心，一惊一乍的，真是可恶!"

王苍远和格丹巴措

　　格丹巴措很快又有了身孕，肚子绞痛过两次后三木羌就和她搬到大碉房朝阳的那间屋子里去了。

　　三木羌将所有的心思都放在小老婆的肚子上，指望她给自己生下一个带把子的儿娃子，以传续土司家的血脉。上一个是女娃，在没有孩子时他还不觉得，有了孩子后他才发现自己是个重男轻女的人，一脑子的旧观念。从爷爷洛桑郎卡之后他就是一脉单传，包括洛桑丹增都没有留后，所以他对生个男丁尤为重视。

　　土司家从来不缺女人，但生育率并不高，有人说这是因为高地上主要的食物是青稞，具有天然的避孕作用，这种食物限制了高生育率，加上高地苦寒，繁殖力受到影响。

　　三木羌不信这种说法，看看人家饶坝土司那边，也是高原地带，饮食大同小异，但饶坝土司家却人丁兴旺。饶坝过来做生意的贩子说，四处游荡的杰瓦更扎走一路生一路，虽然弄丢了土司的头衔，却为饶坝土司家生下了很多儿女，多得来连他自己都数不过来，以至于走在某一个集镇上就有人抱住他的大腿叫"阿爸"。

这个杰瓦更扎是一个流浪汉，还是一台播种机，难怪他对维护家族的权力不感兴趣，他有更大的乐趣。在这一点上三木羌自叹不如，因此加倍耕耘，以图有所收获。

河谷土司家祖祖辈辈都在同饶坝土司家较劲，想不到到了三木羌这辈仍然逃不脱与饶坝的子子孙孙较劲的命运，只不过这次不是为了争夺土地和粮食，而是比谁家的女人能生。越是时运不济，三木羌越是把希望寄托在传宗接代之上，指望自己的子孙能够红运齐天。

三木羌已多日不沾女人的荤腥，仍然鼻青眼肿，主要因为他无法睡一个囫囵觉。格丹巴措的反应似乎比头胎还厉害，动不动就恶心反胃，吃进去的东西很快就吐了出来，然后就惊叫唤，说肚子里的娃娃在踢她。大老婆王苍远平常就见不得这个小老婆，只是在三木羌面前装得很恭顺，对格丹巴措好言好语，但一背过身去就颐指气使，百般刁难。

格丹巴措对王苍远像是耗子见了猫，大气也不敢出，这才唆使三木羌搬到大碉楼去住，也是眼不见心不烦的意思。但王苍远千方百计使坏，天天早晚问安前来侍候，面上是嘘寒问暖，实则不让格丹巴措顺利生下一个公崽。这是要在精神上折磨这个小老婆，王苍远要让格丹巴措憋闷、窒息、发不了脾气，让她委屈、不愉快，总之，她要收拾她，谁让她怀了一个又一个。

格丹巴措因为又有了身孕，自觉立下大功，又见三木羌对她还算体贴，就拿起大来，对王苍远也就不再胆怯。见她动辄就来问安就想戏耍她，她竟一时胆肥要王苍远给自己洗脚。

"我看不见脚背。"

这是她的理由。她提得理直气壮，冠冕堂皇。王苍远本是要来奚落这个小老婆，这下反而被格丹巴措反客为主，她感到自取其辱，受到了嘲弄。

王苍远葬送了三木羌家的香火，又同烟灰字子君有过一腿，三木羌早就对她冷了心肠，对格丹巴措提出的要求爽快地答应了。但王苍远一时半会儿没有反应过来，让她给一个山野女子洗脚，这闻所未闻。当她确认后脸都气青了。

她平常给这个女人一点好脸色，完全是表演给三木羌看的，在她心里根本就没有把格丹巴措当成一回事。这下变天了，这个三木羌主次不分，好歹不分，因为小老婆怀了孕，就要大老婆给小老婆下矮桩。她是一个诗书女人，满肚子圣贤诗书，现在沦落到给一个乡下女人洗脚的地步，她无法接受。

格丹巴措却欢天喜地，自从进了官寨后她就同大老婆明争暗斗，山野女子比心眼比不过这个汉地女子，守备又是护大，她恨得心尖长牙。但大老婆也有今天，她有了翻身做主的畅快。

奇怪的是王苍远并没有反抗，而是唯唯诺诺地烧起一锅滚水，还在水里扔进一把盐，这才恭恭敬敬地把滚水倒进木盆里，端到格丹巴措面前。她真要给我洗脚？格丹巴措用疑惑的眼神瞄着王苍远，又抬头看屋外的天，看有没有灵异的天象发生。天气无比正常，太阳刚刚落山，月亮正在升起，月升日落，周而复始，但这个刁蛮的大老婆怎么会一改秉性变得温顺了呢？

果然，江山易改本性难移，王苍远突然将格丹巴措的双脚按进木盆。只听见格丹巴措一声杀猪般的嚎叫，已将脚盆踢翻，两只因怀孕而肿胀的脚掌顿时起了一层水泡。水里含盐，刺激得格丹巴措连喊叫的声音都嘶哑了。山野女子这才知道读过书的王苍远心思多么深。王苍远她本来还要在水里加一把花椒，只是时间仓促才没有谋划得那么周密，否则这时格丹巴措就不只是痛不欲生，连痛的感觉都麻木了，麻的结果就是脚已不长在她的身上，人已飞起来，飞得越高摔下来就越惨烈。

王苍远要的就是这种效果，嘴上哼哼两声，心里说："跟我斗，你还嫩了点。"

王苍远一扫阴霾，心情大好，洗了一下脚就把小老婆收拾得这么惨，不禁在一旁说起风凉话："用滚水炖猪脚，很发奶的。"

格丹巴措痛定思痛，对不会下蛋的老母鸡恨之入骨。她也不是什么省油的灯，她要报复。

她在屋里拉屎撒尿，然后通过三木羌叫王苍远去倒。其实碉楼的顶上就有悬空的厕坑，碉楼的下面还有水道，可以把人畜粪便带走，但格丹巴措偏要屙在木桶里以此折磨王苍远。王苍远的反抗遭到三木羌的呵斥和责骂，格丹巴措挺着大肚子在一旁不冷不热，阴险地帮腔。

这是一个毒招，以至于三木羌一声召唤，王苍远就会条件反射地恶心和惶恐。

王苍远不敢公然跟三木羌叫板，她正在落难，而那个小女子正在得势。王苍远掂量了一下力量的对比只得忍气吞声，她在这里没有根基，唯一的亲人还在百里之外的木尔寨沟的衣冠冢里，那是她逝去的母亲，她无法向她哭诉。她的地盘在遥远的一片平原上的水网地带，有一座巨大的城池，那里才是她盘根错节的地方。她像被挪走的树一样，挪到了一条河谷里，在这里她扎不下根，以肉眼可见的速度一天天枯萎，真是应验了那句老话：人挪活，树挪则死。

她后悔要跟着三木羌到这里来赴任，她嫁在守备家不得不屈服，捂住鼻子，憋住气息，把小老婆的屎尿端出去。她能感觉到山野女子一对火辣辣的眼睛在背后剜她，她的背都在发烧，气得爬到后山上大哭一场，将那个木桶摔在石头上，哐哐当当地滚下山坡，摔得粉碎。

她知道这是徒劳，守备府上这种木桶很多，摔烂一个并不能阻止小老婆的报复。

王苍远与格丹巴措的死结算是结下了，一生都难以解开。

官寨与外面的战斗才刚刚缓解，家里的战斗又愈演愈烈。

王苍远哭累了恹恹地走回去，装出沉重的表情，对格丹巴措说木桶打破了。格丹巴措还没有反应，三木羌先发难，说你是故意的吧?! 格丹巴措这才有了反应，没有那个木桶她怎么如厕，天台那么高，蹲在那两块木板上，往下看黑洞洞的，深不见底，头都要晕。她肚子那么大，蹲也蹲不下去，在这种时候王苍远轻描淡写地声称木桶摔烂了，这是什么意思?

她尖叫一声便大哭起来，三木羌立刻被这哭声搞得心烦意乱，用眼睛恨恨地盯着王苍远，手攥成了拳头，牙咬得咯咯响，一副要吃人的样子。王苍远没有想到后果会如此严重，一时不知所措。

书读得再多也不管用，王苍远这时感到很无助，甚至无奈。生存靠的是自然法则，在自然面前一些人为的规则反而会捆住人的手脚。王苍远木呆呆地望着天，发了好一阵愣才勉强想出一个牵强附会的理由。

"是不小心从山坡上滚下去的。"

王苍远嗫嚅着说，已吓得语无伦次，又挨了一顿拳脚。

自从父亲死后王苍远就越来越受气，以至于成了一个受气包，但此前三木羌并不会对她动手，哪怕她同字子君出了那事后，也没有打过她，可现在为了这事对她拳脚相向。

她不仅羞辱，而且震惊。

三木羌是父亲王轩的门生，素来对父亲恭敬有加，何况父亲王轩同三木羌父亲多吉马是世交，两人情同手足，又是同窗，有这种渊源，王轩才放心地把女儿嫁给三木羌。初时还能相敬如宾，自父亲死后这个门生对自己愈发暴躁，发展到今天更是大打出手。自从把母亲的衣冠冢建好后，三木羌就像完成了一件大事，对王苍远越来越不在乎，他娶她完全是因为她父母的原因，对她说不上有多么相爱，像是完成一个任务。现在似乎到了卸任的时候。

这事之后格丹巴措改用瓦罐排泄，瓦罐没有盖，令人更加不能忍受。格丹巴措欢天喜地，王苍远却呕吐过多次，她已完全没有脾气，甚至低声下气地求小老婆格丹巴措：

"妹妹，我扶你去天台如厕吧。"

格丹巴措态度也很诚恳，甚至亲切，笑盈盈地回答："休想！"

王苍远在这种较量中也并不完全处于劣势，她出自书香门第，是成都有名的大儒的女儿，一个女人身上染了儒雅之气就显得强大无比。她这时读过的那些诗书终于发挥作用了，她的内心多么高傲，她瞧得起谁？包括她的男人三木羌也不过就是拜在他父亲门下的一个小厮，以至于那个山野小女子除了能生还有什么，胸无点墨，腹中空空。她感到自己在精神上无比强大！

只要王苍远去沃日河里洗过一次头，或者去温泉泡过一次澡，只要少穿两件衣服露出身上的曲线，又吟哦了一首在成都流寓过的诗人杜甫的诗篇，这时她就会开怀地笑起来。毕竟她还不老，年不过三十，青春仍是她的本钱，她仍可以鼓动起三木羌的雄性，使这个正当壮年的男人激动不已，暂时忘掉那个大着肚子的小老婆，投在她的石榴裙下。

　　三木羌本来就是一个情种，健康男人的饥渴与一个少妇的渴求很容易碰撞出火花。他就这样在两个女人间周旋，精力十足，开足了马力。王苍远有自己的一整套计划，她要用自己的身体去征服自己的男人，让他欲罢不能。

　　那一边两个男女在欢爱，这一边大肚子女人如同坐上了针毡。偏偏王苍远逮住机会要报复格丹巴措对她的奚落和虐待，故意大声呻吟，声声叫唤都使格丹巴措痛不欲生、欲死欲活。格丹巴措在王苍远挑衅的嗷嗷叫声中颤怵、抽搐、虚汗长淌。

　　格丹巴措居住在大碉楼上，这里本来与碉房相对隔离，可不受干扰，但她的眼睛不能离开三木羌，这个男人一离开她的视线她就要担心。担心王苍远说自己的坏话，挑唆三木羌疏远自己，担心她抢了自己的位置，使三木羌对自己变心，担心……她要担心的事情太多，她的心放不下来，只好从大碉楼上下来，来到碉房偷窥三木羌和王苍远交欢，她在那种呻吟中无比痛楚。

　　"不要上楼了，就在我这里睡吧。"

　　格丹巴措听见王苍远果然在挑唆三木羌远离自己，格丹巴措在外面听得真切，两人如鱼得水，全然不顾她的感受。格丹巴措的假痛变成了真痛，小痛变成了剧痛，肉痛变成了心痛。她痛得不可收拾，无法忍受，等三木羌重新回到大碉楼上格丹巴措已完全崩溃，哭成一个泪人。

　　三木羌不理解格丹巴措的情绪为何失控，只能百般安抚，但越是安抚她就哭得越凶。山野女人性格本来就奔放，敢爱敢恨，这时她已对王苍远恨之入骨，她要用泪水淹死她。

　　这下轮到三木羌心痛。他痛他的骨血，他的香火。他在这个女人肚子里播了种，他怕这株幼苗夭折，传续香火成了他的软肋，她击中了他的要害。官寨外的战斗并没有完全平息，家里的战斗日趋激烈，三木羌腹背受敌，他的精神也濒临崩溃。

　　三木羌不得不又回到大老婆的屋里去，他奇怪自己在这种风雨飘摇的日子里性欲却如此亢奋，甚至得不到满足，明明守着两个女人，这使他大惑不解。王苍远对三木羌的回心转意如沐春风，她认为是自己的强大战胜了那个小女人，所以加倍强大，不能让那个大肚子毁了她的幸福，她要加倍报复。

　　女人的得意和失意转换得太快，失意的格丹巴措盯上了绒布仁钦，他不是想闯进来吗？她正好给他挖了一个陷阱，她要用他来报复移情别恋的三木羌。

16
活　麻

　　在格丹巴措的默认下，绒布仁钦的胆子越来越大，他敢将她的辫子拽在手里，说这辫子好黑哦，还发亮。绒布仁钦的老婆亚巴美朵在老家汗牛，绒布仁钦一直守在守备三木羌身边，老婆回了汗牛就没有再接来，这给了他接近格丹巴措的机会。

　　格丹巴措本意是要将绒布仁钦作为挡箭牌，让三木羌戴绿帽子，谁叫他又同大老婆王苍远如胶似漆，不料在同绒布仁钦的交往中对他自然而然产生了感情。绒布仁钦本来就是一个美男子，他家几辈人都是懋功的奇美之男，到了绒布仁钦这一辈长得越来越高大，这得益于他从小把牛奶当水喝，家里又养着大群的牛羊，从小不缺肉吃，才发育得如此完美。

　　两人假戏真做起来，都是似水年华，又处于动乱的年代，年轻人没有顾忌，便男欢女爱起来。

　　格丹巴措虽有身孕，却毫不在乎，咯咯笑着，一扭头，把辫子从绒布仁钦手里抽出来说："我该走了，三木羌该回到大碉楼喝茶了，我得去把酥油茶打好，加上新鲜的蒲公英端到平台上，正好太阳大，可以好生晒一晒，把霉气赶走。"

楼上传来王苍远的大喊大叫，叫声中含着得意，她又将局面扳了回去，这下正恶声恶气地叫格丹巴措去烧茶，说三木羌要喝，其实是狐假虎威，是她自己想喝。这女人的忘性还挺大，这才几天的工夫就忘了让她倒屎倒尿的事情，又骄横起来。

"死货，在哪里挺尸？"

王苍远的声音急切，格丹巴措只得去了。她并不怕这个不下蛋的老母鸡，但碍着三木羌的面子，她不能在他面前倒了威。

守备家的酥油茶十分讲究，里面还要加花生和黄豆，酥油是枷担湾牧场产的上等品，连打茶的木桶也用的是金丝楠木。格丹巴措做这一切很熟练，三木羌连喝了三碗还不停。他最近又喜欢上了玫瑰茶，沃日河谷里适宜种这种洋花，花苗还是那个教堂的传教士带来的，在山谷里苗壮生长了起来。

侍候完三木羌的茶水后格丹巴措才回到大碉房，绒布仁钦还等在那里。她竟有些心跳耳热，迫不及待地告诉他："我把那个老女人收拾了。"

见格丹巴措激动而又神秘的表情，绒布仁钦不解地问："你收拾了她，不可能吧？人家收拾你还差不多，她精得跟兔子一样，会让你逮住把柄？"

格丹巴措想大笑，但怕被人听见，只得用手捂着嘴哧哧地小声笑。绒布仁钦说："你怕是吃了笑婆子的尿，一笑起来止都止不住。"格丹巴措笑够了才对绒布仁钦说："我在王苍远的茶碗里加了活麻，喝进喉咙里那些活麻的小刺会刺得她跳，这下有好戏看了。"

绒布仁钦一听立即感到喉咙里刺痛，这个鬼精灵真是太会捉弄人，他旋即一把将格丹巴措抓过来搂在怀里，用嘴咬住她滚烫的双唇。这个小妖精不仅长得好看，还很有心计，这让绒布仁钦欲罢不能，把她箍得很紧，紧得就要窒息。

其实绒布仁钦的老婆亚巴美朵长得也很美，是汗牛一枝花，但他老婆太木讷，不爱说话，连笑也不会，冷冰冰的，久而久之，绒布仁钦便感到索然无味。绒布仁钦喜欢活泼奔放的女子，自己老婆差得太远，连笑话都听不懂。绒布仁钦自己已笑破了肚子，老婆仍不动声色，茫然不知所措，不明白丈夫在搞什么名堂。

格丹巴措正好相反，一天到晚都在笑，高兴了还要吼两嗓子，是个锅庄美女，跳起来很奔放，这正是吸引绒布仁钦的最大法宝。

两个人的舌头交织在一起，相互吮咂，这是火与油的交融，油助火势。格丹巴措早已把三木羌抛到脑后，绒布仁钦也将主人忘得干干净净。一个忍不住呻吟起来，另一个受到了加倍的刺激，又更加有力地搂紧了她的腰身……两个无比贪婪的年轻人已到痴迷的境地，忘乎所以，包括时间和空间，包括危险，完全沉浸在欢愉里，天地都在旋转。

这一切被王苍远杀猪般的嚎叫打断。

格丹巴措的反应是活麻起了作用。绒布仁钦也以为是活麻刺到了喉咙的发作。他们对大老婆的惨叫毫不理会。

令人奇怪的是被刺了喉咙的人根本不可能有这种叫声，应该已喘不过气，倒在地上。两人这才走去瞧个究竟，一看便吓出尿来。倒在地上的是三木羌而非王苍远，原来那碗掺了活麻的茶被三木羌误饮了，王苍远安然无恙，她这是在替三木羌叫冤。

她首先锁定的就是格丹巴措，并认定是一次恶意报复。

其实也只有王苍远出来叫唤，三木羌也想叫，但已叫不出来，喉咙里混进了无数活麻的小刺，那是痛不欲生的感觉，这时连呼吸都困难，已无力发声。意想不到的是这给了王苍远发声的机会，长久以来她就想倒一倒苦水，她认为自己跟着三木羌回到这里来受尽了苦难，被一个小女子牵着鼻子走，却无处申冤，忽然老天开眼让她可以畅所欲言，她便大放悲声，一方面是替三木羌叫苦，另一方面更是对自己受到的不公待遇叫屈。只是在平时，王苍远顾及自己读书人的身份表现得比较矜持，但是一旦放开，不受限制地呐喊起来她也是不输任何人的，包括动不动就会惊叫唤的小老婆。

下人们七手八脚地把三木羌抬到床上，没人知道这惨案的缘由，都面面相觑，不知所措。管家小仁青自作聪明拿了一壶酒来，他认为酒能解万物之毒，只要连干三碗可以化解任何病痛。正在遭受酷刑的三木羌将酒壶打翻在地，把酒喝下去岂不是火上浇油？管家真是个糊涂蛋，这是在添乱。

格丹巴措也顾不得被查出是真凶，指挥下人们去坛子里捞酸菜，一大碗老酸菜咽下去才能止住那种刺痛，这是民间的偏方。

三木羌替王苍远遭了大罪，吃下去两大碗老干饭，这也是格丹巴措的主意，说是可以将那些小刺裹下去。格丹巴措的主意一个接一个，她让三木羌喝醋，喝老坛子里的酸水，三木羌由她摆布，喝下去后哇哇地吐出来，症状并没有减轻，反而更加难受，火烧火辣，嗓子也哑了。

这是守备家的家务事，史料中并没有翔实的记载，只是在一

378

些野史中有所呈现，但可以想象在那些风雨飘摇的岁月里守备的家乱到了何种程度。这一点可以参看饶坝那边流行的一些戏剧，因饶坝家出过好几个著名的老戏骨，他们爱将自己家族发生的事编成戏剧四处演出，让后人了解在历史变革关头土司家发生的种种奇闻轶事。这种戏码三木羌家也在上演，只不过更加奇幻，更加不可思议，更加琐碎，有过之而无不及。

这是发生在公元二十世纪初沃日河谷守备三木羌家的日常一幕，这就是故事发生离不开的特定时间和环境。

到了夜里三木羌的惨叫才弱了下来，变成哼哼。他被小老婆收拾得不轻，却是替人背锅，而当事人王苍远却睡得很香，对三木羌的同情只在口头上，对于他的痛苦并不十分在意。她的声援也不可谓不蛊惑人心，她吼叫够了，也发泄累了，所以能够安然入睡。

绒布仁钦在格丹巴措的授意下一趟趟去看动静。她本意是为了整治王苍远以解心中之气，却误伤了三木羌，所以十分心虚。等绒布仁钦一回来就迫不及待地问："咋样？"

绒布仁钦表情怪异，讲述守备的状况。他装作去送饭打探动静，守备哪里还有胃口，两腿张成人字，躺在床上受苦受难。这回连水米都不进了。可恶的是大老婆王苍远还在呼呼大睡，听任守备呻吟。这让格丹巴措发了一阵火，这死女子太狠了，不得好死，为什么活麻茶没有被她喝下，这只能怪自己谋事不周，让这娘们儿钻了空子。

这之后王苍远再也不喝格丹巴措打的茶，看见她眼冒绿光，让格丹巴措浑身发毛。每天被人绿眉绿眼地死盯着看并不是一件轻松的事情。格丹巴措一看见那目光就要背过身去，即便如此也会感到背部发虚发冷。王苍远的目光有穿透力，可以把格丹巴措看穿。

绒布仁钦与格丹巴措偷过情后连走路都飘了起来，左手左脚，手舞足蹈，手脚仿佛没有了放处。他老婆从汗牛捎来口信，说羊在山上走丢了好多只，牛也遭到狼的袭击，把一头怀崽的母牛放倒了，他再不回家恐怕连羊圈也会被野兽端了。绒布仁钦哪有心思顾那些牛羊，他知道这是老婆想把他诓回去。他们结婚后还没有实实在在地在一起过夫妻生活，一个冰冷的人让他感到无趣，但老婆渴望他回去温暖她的心，毕竟他是河谷里少有的帅哥，又是守备身边的红人，有他这个丈夫老婆在汗牛老家很有身份，她盼望他能跟她生下一男半女。

他的心思只在格丹巴措身上，一时半会儿看不见就要四处寻找。只要她在他的视力范围内，他就要哼哼民歌，哼得左声左气。他是个五音不全的人，能把一首歌唱得七腔八调，但他的感觉很好，亢奋地挺胸收腹翘屁股，完全忘了烟灰字子君是如何死于非命的。

世上的偷情情节都大同小异，只是时间地点和当事人的身份不同而已。但有一点是共同的，就是当局者迷，旁观者清。

在处决字子君时，行刑的除了守备大人，还有绒布仁钦。他提着佩刀，这把祖传的佩刀长尺许，外鞘镶嵌了宝石，刀柄包裹了黄金，是当年他爷爷才旺措美从清军副将独眼那里获得的。这刀随时都佩戴在他腰上，但他却不长记性，把烟灰的惨况忘得一干二净。

青冈林林红刺尖

想妹一天又一天

白天想得哆瞌睡

夜晚想得床上翻

柏木板凳柳木脚

情哥闲妹坐到说

一来人才配不过

二来班辈也不合

　　绒布仁钦白天总在哼唱这种小调打发时光，他每天只能在半夜上格丹巴措那里去，趁同屋的兵丁们都睡熟了之后，他鬼影般爬起来装成去撒尿，目的地却是大碉楼。

　　三木羌睡在王苍远的碉房里，格丹巴措在碉楼上熬红了眼，给绒布仁钦留着门。听见他猫一般轻捷的脚步移动进来就猛扑上去，将他紧紧箍住。她虽然大着肚子却仍然灵活无比，而且嗓音很好，不似他唱起歌来像鬼哭狼嚎。只是在这半夜三更，又怕弄出动静让大老婆觉出风吹草动才有所收敛，只能发出哼哼之声。她将准备好的懋功烧酒递给他，一碗下肚，人就飘飘欲仙。

　　绒布仁钦喝过烧酒已亢奋无比，将格丹巴措的奶子抓过来含在嘴里吮咂，咂得啧啧有声。她则如泣如诉地呻吟，嗓音果然很好，像山里的溪流一般婉转，在这呻吟声中，绒布仁钦的心已冰消雪融。

　　"我的羊角花——哦，我的格桑花……"

　　绒布仁钦嘴里不停地哼唱着，身子扭成水蛇，全身大汗淋漓，湿得像是刚从水里捞出来。烧酒的劲太大，他的胸口有一团火，他要把这团火喷出来，不然他会被烧死，化成一堆灰烬。他感到被烧死也值了，哪怕五雷轰顶，点天灯，五马分尸也不怕……

"哦，我快活死了！"

格丹巴措赶紧用手捂住他的嘴，不让他乱赌咒。

但快活的日子总是短暂，三木羌又搬回了大碉楼。格丹巴措的情绪明显低落，在这种夜晚她判若两人，毫无激情，像木头，任三木羌捣鼓。她的热情耗在了绒布仁钦身上，对三木羌不冷不热，完全是在应付。

三木羌很快就感到了身边这个女人的变化，但他以为是因为身孕使她疲惫，又处在这种乱世之秋，连他自己也打不起精神，对房中之事也是草草完事，反而跟王苍远在一起能够让他来情绪，跟格丹巴措他小心翼翼，生怕动了胎气。

三木羌在两个女人之间来回转换，疲于奔命，他虽没有衰老，正当壮年，但精神上已至迟暮，像沃日河谷上空的太阳，正午一过太阳就要被山脊遮住。这就形成了独特的地理现象：阴山和阳山。

村寨总是建在阳山一面，面朝太阳温暖而又通透。但沃日官寨却建在阴面，这是出于战略上的考虑，河岸边的山崖上易守难攻，可以拒敌于河对岸。无数次的战事证明了祖上选址的正确，官寨的碉楼不仅锁住了峡谷的咽喉，也使土司官寨数百年来在河谷里坚如磐石。但祖辈人都知道，建在阴面的官寨阳气不足，这就需要时常点起熊熊的篝火祛除阴气。

擦耳寨十天半月就要找个借口开一场篝火晚会，除了娱乐的成分之外，祛除邪气也是重要的原因。现在这种篝火晚会很久都不举行了，多事之秋，战乱不断，寨民们无心聚会。站在沃日山头往河谷里瞭望，擦耳寨上空乌云沉重，这是长久以来阴气聚集不散形成的。

一天当三木羌又骑上王苍远的肚子准备"完成功课"时，王苍远对他说："我有了。"有了？这是什么意思？恍惚间三木羌竟没有品出王苍远这句话的具体含义。

"有了？有啥？"

"是有了你最想要的东西。"

三木羌最想有的正是儿子，王苍远这么久都没有诞下一个两个，她不是习惯性流产吗，有了会不会又流了？所以三木羌迟疑了一阵也并不是特别高兴，他担心这一次又是空欢喜，根本靠不住。反正格丹巴措能生，他并不担心他家的骨血能否延续，大老婆不能完成的事业，小老婆完全能够代替，用不着操心。如同建在阴山上的官寨，阳光无法普照却有风水关怀，这里是沃日河的左岸，出不了龙，生一只虎照样威风八面。

败　露

　　很快三木羌就有了烦心事。他甚至怀疑格丹巴措肚子里的孩子是不是别人偷梁换柱的成果。

　　绒布仁钦和格丹巴措的事被三木羌识破得有些蹊跷。久走夜路就要撞鬼，这对偷情的男女光顾着对付大老婆王苍远而放松了对三木羌的提防，这就铸成了大错。

　　百密而一疏，就是这一疏酿成了大祸。两人将密会的时间算好，但忽略了事情多是不按预设来的。

　　这一晚，三木羌又在王苍远的房里过夜，照往常他并不会去大碉楼格丹巴措那里，两个年轻人便放心地宽衣上床，很快就扭成了麻花。激情中的男女忘情地交欢，嘴唇和嘴唇交织在一起，互相吮咂着不放，绒布仁钦又是一身大汗，他一上床就大汗淋漓，成了一种习惯。与此相反，格丹巴措因为亢奋到顶点反而浑身冰凉。两种不同的状态都是亢奋到极点的表现，在那种状态下，呻吟声不断，阴电和阳电碰撞，正极和负极接通，太阳和太阴会合，干裂的土地和倾盆大雨交融，绒布仁钦感到全身上下轰然爆裂，

384

但这种极致只维持了一刻，只有一刻便由天堂坠入地狱。

三木羌在门外打门，擂得一阵紧似一阵。

他已敲了半晌，两个偷情的男女因为忘乎所以，竟没有听见。三木羌的第一反应是茫然，然后茫然升级为疑惑和惊悚，他离开大老婆王苍远来到格丹巴措这里本来是怀揣着欢愉之情，现在已由欢愉落进了恐惧。他并没有做好对付这种惊惧转变的准备，一切发生得如此突然。

其实人生许多的变故都是在瞬间发生的，如果所有变故都有征兆和预演让人做好准备，也就不会产生巨大的破坏力。这时的三木羌正处于这种境况，才会手忙脚乱、方寸全无。

在这种时候，女人反而会表现得更为镇静。女人往往给人以惊慌失措的错觉，特别是在危险到来之时，其实女人天生更有主意，格丹巴措故意发出惊醒过来的声音，仿佛跟真的一样，好像真的是沉睡之中被吵醒。她大声应答着三木羌。

"来了来了，把人的好梦都搅了，是来了抢匪还是来了棒老二？"

格丹巴措故意弄出声响，估计把三木羌稳住了，这才点燃油灯，把衣裤顺手扔给绒布仁钦，又将他推到门后，这才慢吞吞地去开门。尽管她心跳快得仿佛要炸了，但表情却是一派升平，门后的绒布仁钦早就吓成了一摊烂泥。平常他是尤为稳重的，哪怕是爬上寨墙去面对那些暴动的山民他也没有打过退堂鼓，但在这种时候却判若两人。

站在门外的三木羌并不看出来开门的格丹巴措，而是大声叫出黑暗中的绒布仁钦。门还没开，他就明白了一切，对于自己的这个随从三木羌了若指掌。他把绒布仁钦近来的行为举止在脑海中回想了一遍，便一清二楚、一目了然了。他突然光临大碉楼，冥冥之中也是他对自己的一种暗示，在这之前他已经注意到了绒布仁钦的反常，觉出了他一举一动的怪异，却还没有将其同自己的小老婆联系在一起，在敲门的那一刻，他脑海中不自觉地将二者合二为一。

绒布仁钦听到守备老爷直呼其名，腿就先软了，一个趔趄跪倒在三木羌面前，平常伶俐的他这时早已口拙，脑袋一片空白。他想象不出守备老爷会怎样处置自己，他家三代效忠，忠心耿耿，到了他这里竟昏头昏脑地干出这等大逆不道之事。那个烟灰字子君的前车之鉴还历历在目，如今当事人换成了自己，眼前这个心狠手辣的主人正恶狠狠地看着自己，恨不得一口将他吞下。绒布仁钦两股瑟瑟，事已至此，只能干耗了。

出人意料的是剧情很快反转，守备三木羌变得比下人绒布仁钦还要慌乱。

这种慌乱是由格丹巴措的突然发作引起的，她肚子开始绞痛，情绪完全失控，竟昏死过去，关键是她还怀有身孕，在偷情与传宗接代这两件事情上三木羌当然把后者看得更重。抓奸变成了救急，三木羌要绒布仁钦立即去懋功请郎中来救治，逮谁是谁，只要能逢凶化吉，保住胎儿。

三木羌本是要兴师问罪的，这下声音都变了形，绒布仁钦这才大梦初醒，一溜烟跑了出去。

丢下的一摊子事难倒了三木羌，幸亏王苍远及时出现，见状便忙碌起来，真是上苍有眼，三木羌的后代就要降生，这虽是一次意外早产，但三木羌仍祈求能诞下一个儿娃，接续他家的骨血。如果仍是一个女娃他也认了，只要母子平安。家家户户都在生儿育女，为什么一到了他家总不顺利。这是前世造了什么孽？

心急火燎的三木羌已完全没有了抓拿，心神不定，六神无主。王苍远表现得十分卖力，这个心高气傲的女人一反常态，张罗着烧水，还准备了剪刀，在火上烧过……

格丹巴措发作的叫声在夜晚的河谷上空响起，一阵比一阵更无力。她受到了惊吓，晚饭时仍好好的，比平常吃得还多一些。这一阵官寨里的伙食大有改观，河谷里的皮货交易重又开张，盐茶贸易也趋活跃，粮食丰盛起来。格丹巴措每顿都吃得很多，胎儿也就发育得很好，但长得越快的胎儿就越难生下来，那个被绒布仁钦不知从哪里搜罗来的所谓郎中看着格丹巴措膨胀的大肚子说太大了，这怕是要卡位。

"就是横生，难产！"

见人都听不懂他用的专业术语，郎中有些奇怪，守备家难道没有生过孩子，连这么通俗易懂的说法也要解释。郎中问服侍的侍女，格丹巴措是不是吃多了鸡蛋，他寻摸着鸡蛋吃多了就会觉得胸口堵得慌，解决的办法就是拼命喝水。越喝肚子越胀，越胀胸口越闷，嘴里干得像是含着沙子，喉咙像是烧了一盆炭火。这真是一个庸医，三木羌觉得他不是来解决问题的，反而是来催命的。

说起难产，很多年前河谷里出过一个接生的能手央金玛，不管是横生还是顺产她都有办法，这河谷里无数的生命都是经她之手来到人世的。她住在沃日河谷对岸的什不龙村，站在河谷的左岸可以同住在右岸的央金玛喊话，但要从山上下到河谷底部过河进寨得走上一整天，如此艰难央金玛也不会耽误任何一家的生育，她总能及时到达，她吼声如雷，比产妇的叫声还要响亮，也比婴儿的啼哭更加清脆。可惜没有第二个央金玛，有的只是这种庸医。

"水，我要喝水。"

格丹巴措醒来后说话也变得僵硬，舌头翻不圆，这是失语前的症候，却无人懂得。庸医只知道给她灌水，在灌下最后一碗水后就翻了白眼。这下连庸医也只能干瞪眼了。

三木羌急成了热锅上的蚂蚁，他傻了眼，趴在格丹巴措肚子上听胎音，他知道她是救不活了，但她肚子里的"那个儿娃子"不能死，只要还有胎音就要设法把娃拿出来。

胎音还在，三木羌脸色这才平缓了些，茫然四顾："谁有办法？"

谁也没有办法，包括那个庸医也目光躲闪，都把茫然的目光回敬给他。大家七嘴八舌，统统不着边际。这是一个偏僻之地，历朝历代都缺医少药，人们按自生自灭的方式生存，靠的是命大福大。

"接生婆，去找接生婆。"

"要镇邪，请神汉来跳大神。"

"放血，找蚂蟥来放血！到山上的石头下找，搬开石头逮几只回来。快！草丛中也有……"

"不能动了胎气，保胎——保胎。"

谁不知道接生婆的重要，可是在这地界上最难找的就是接生婆。央金玛还在就好了，可是央金玛早已作古，成为几代人的偶像。三木羌只好让绒布仁钦去大海捞针，去碰运气，对他干的好事只字不提。在这处于动乱之际的沃日河谷谁会接生，三木羌可以倾家荡产，可以放弃官位，可以……

格丹巴措羊水已破，宫口也开了，但胎儿就是出不来。她一阵紧似一阵地干号，鲜血一股股从下身涌出来。王苍远将草纸叠成长条塞在格丹巴措的身下，刚蘸了一下就浸红了。连王苍远也吓得大哭，虽然与格丹巴措有过节，但在这种时候早就把过节放到了一边。王苍远活到现在从没见过这种阵仗，生一个娃娃会有这么艰难，她也是女人，也怀着身孕，也要过这一关，她对格丹巴措的仇恨也就消散了，更多的是同情。

"我要喝水。"

"不能再喝了。"

"哦，我要死了，让我死吧，我受不了了……"

当绒布仁钦又空手返回时，三木羌也忍不住两行浊泪夺眶而出。完了！一切都完了！！请不回接生婆，只能格丹巴措自己努力，她熬不过去，眼见一点一点在熬干。

守备垂泪，绒布仁钦灵光一现，说最后一招只有请教堂的人来帮忙，那场大火后老教士虽然走了，但还有几个嬷嬷在，她们办过育婴堂，跟那个洋人学过多年，难道不会接生?！三木羌一拍大腿，眼睛都亮了，说：

"你干啥不早说呀。"

18

嬷　嬷

　　教堂离官寨一箭之遥，绒布仁钦三五步就到了。其实这也是两地之间心理的距离，实际还隔着几十里地，在这种时候几十里路对于绒布仁钦来说就是一袋烟的工夫，可见他当时的心情有多急。

　　管事的是张嬷嬷，还有她一个同伴嘎拉嬷嬷。嬷嬷们一请就到，坐了一辆牛车，骑在马上的绒布仁钦感到道路怎么如此漫长，他来的时候是如此神速，但快马与牛车不是一个速度，何况那匹马都快被他抽死了，吐着白沫，大喘着气。他无法去赶那头拉车的牛，牛比两个嬷嬷还老，慢吞吞的，还不时停下来去卷路边的草，气得绒布仁钦恨不得把它抽死。

　　终于到了官寨，进门就看见气若游丝的守备小夫人。她还在哼哼，却已发不出有音量的声音，只能呜呜咽咽地呻吟。张嬷嬷一摸她的脉搏已经很微弱。又看肚腹，肿得发亮。将眼皮提起来，瞳孔散开，观察了一阵，就把头摇成了拨浪鼓。

　　"还有救？"

三木羌迫不及待地问。张嬷嬷也不回答。煞有介事地搬开格丹巴措的嘴巴看牙口，扣一扣，看牙齿是否松动。又看舌苔，仍然摇头。最后才搬起手掌看指甲，看得很仔细。等这些过场都走完了就对嘎拉嬷嬷说："打针！"

对于当地人来说，打针是一件令人恐惧的事情，但三木羌并不恐惧，他在成都时进过洋人办的医院，对洋人的这一套并不陌生。只见嘎拉嬷嬷熟练地敲开瓶，将一种透明的液体吸进针管，又用木炭火将器具消毒，然后猛地一下将长长的针头扎进格丹巴措的臀部。

在场的人无不大惊失色。

三木羌已满脸油汗，生怕胎儿有什么危险。张嬷嬷又给格丹巴措灌下几粒白色的药片。病人居然有了反应，嘎拉嬷嬷掐她的人中，又揉太阳穴。三木羌听见格丹巴措居然发出"哦"的一声呻吟，声音虽然微弱，但表明阳气又回到了她的身体里。

张嬷嬷说要生孩子就要有力气，小夫人已经没有这个能力，需要手术，用剪子在火上烧过将阴道口开大把婴儿取出。张嬷嬷说得十分平静，三木羌却听得毛骨悚然，倒吸一口凉气。为了传下守备家这脉香火，只好听任两个嬷嬷的吩咐。

这当口产妇竟能翻动身体了，又要喝水。三木羌觉得非常神奇，可见洋人手下的这两个嬷嬷还真有一套。

"能不能再给她打一针那种透明的药水？"三木羌小心翼翼地问。

嬷嬷使一个眼色坚决加以拒绝。

将剪子在木炭火上烧红，略微冷却，上去就在产妇下身剪了一剪子。可以听见剪子剪开皮肉时的哧哧声。鲜血汩汩而出，嬷嬷用草纸蘸干又黏又稠的血液，可以看见婴儿伸出来的腿……嘎拉嬷嬷一直在旁助产，在产妇肚子上按、压、揉、推拿和抚摸，喊着口号：

"吸气！收缩！挣！吸气……"

鲜血染红了床单和皮毛垫子，染红了嬷嬷的手，生命就是在血泊的浸泡中诞生的。

"天啦！妈呀……"

格丹巴措撕心裂肺的叫声催人泪下。这是最后的呼叫，使出了吃奶的劲。

大老婆王苍远自始至终都紧紧地抱住小老婆格丹巴措的头，不仅她自己早已虚汗长淌，连格丹巴措也汗湿了衣衫。在这种时候两个女人的心是紧紧连在一起的，无论平日有多少过节，在这一刻也完全消解。

格丹巴措这时正紧紧抓住大汗淋漓的三木羌的手，指甲深深地掐进他的皮肉，鲜血从伤口中沁出，而三木羌竟一点不觉得痛。他的任何疼痛都无法与格丹巴措相比，一个新的生命的诞生往往是以旧的生命的逝去为代价的。

产妇陷入垂危。

她的目光涣散，喉咙里呜呜咽咽叫些什么已经含混不清。在场的人都手忙脚乱，只有张嬷嬷和嘎拉嬷嬷表现出极大的耐心，跟洋人学得心静如水，处乱不惊。这种情绪多少影响了在场的人，他们才不至于乱成一锅粥。

宫缩一阵阵加紧，已开了二指、三指、十指全开……果然，

"哇"的一声惊哭响起，犹如旱地里的一声春雷，这是生命降临人间的通报，人们几乎要发出欢呼。嬷嬷将这些人都打发出去，在门外的人并不能安静，尤其是三木羌，心都提到了嗓子眼儿。

门突然就打开了，张嬷嬷满脸疲惫地宣布："一个男孩。"

"可是！"非常镇定的张嬷嬷忽然又不镇定了，她哽噎了一阵才又不失庄严地宣布孕育了这个男孩的母亲永远沉睡过去了。

三木羌沉默地站了一会儿，只这一会儿就如同嬷嬷般镇定下来。

孩子已经出生，他母亲的离去也算得上圆满谢幕。他的心不狠，但也不是儿女情长之人。最值得庆祝的是，这是从他爷爷洛桑郎卡、父亲多吉马，到他已是第四代，三木羌叫他桑格杰希，桑格是他去朝圣过的一座神山，杰希是神山之主。

格丹巴措的后事全权交给绒布仁钦料理，仪式办得潦草，倒是王苍远于心不忍，让绒布仁钦去河边伐倒了一棵参天的松树，像模像样地做了一副棺材，又在死者嘴里含了一枚金元宝，这才让人抬出去安葬。守备家的女人完全按照守备家的葬法，墓地坐南朝北，碑文无字，是一座合葬墓，要等到三木羌归西之时才填上碑文。但是三木羌之后死于非命，无人替他收尸，永远无法合葬，只能留下一块无字碑，后人无法考证。

其实，那一枚金元宝当天夜里就被知情的盗墓人盗走，连同死者身上穿的皮货和绸缎。

19

溃 逃

　　三木羌终于心灰意冷，他这个守备早已形同虚设，他的官寨经过山民的无数次围攻已变得不堪一击，这时山民们对围攻山寨反而无甚兴趣，反正河谷里所设关卡早已废弃，商人们可以自由贸易，又不缴税。成都也是城头变换大帅旗，今天这个掌权，明天那个登基，灌县衙门也无人主事，谁都不关心遥远河谷里的一个守备的命运。

　　三木羌手下几个没有开小差的兵丁也并非因为忠诚，反正无处可去，也就把官寨当家，把官寨里的碉房各自占据了过起小日子来。外面的一些山民想进寨来分一杯羹，也占据一座碉楼或院落过活，他们认为这是无主之地可以任意鸠占鹊巢，就挥舞着佩刀、木棍、匕首、猎枪进寨来抢占房屋，被那些先前占了有利地形的兵丁用洋枪逼退。

　　都想占山为王，山民的吼声震耳欲聋，他们攻打官寨的目的已经错位，似乎跟寨主三木羌无甚关联，他反而可以置身事外，作壁上观。眼见各种械斗你来我往，官寨里外尸首横陈，也有人断臂残腿。官寨里已没有多少空房，连饶坝那边的人也赶着牛车马车拖家携口来沃日河谷弄一座河边碉房住，都认为这个官寨很大很堂皇，关键是风水好，有先人罩着，子子孙孙都有福享。

就是这些新老寨民得到了一个消息，守备三木羌将弃官而去，他要带着他的家人前往雪域，去朝拜神山，连同那些兵丁下人也都将追随同去。于是官寨被围得水泄不通，寨民不让他走，过去他们要攻进来赶走守备，现在他们要阻止守备离去，他们忽然明白这条河谷里不能群龙无首，哪怕他只是一个摆设也要坐在那里，他们要把他"供起来"。

三木羌去意已决。

他让王苍远带着一双儿女桑格杰希和丹巴贡姆，他们虽不是王苍远亲生，现在也只能靠王苍远来养。

绒布仁钦也去汗牛接来了老婆亚巴美朵。亚巴美朵正在给牛接生，挽着袖子干得热火朝天。这牛特别争气，一胎接着一胎下崽，肚子从来没有空过。亚巴美朵总是拿玉米喂它。见绒布仁钦忽然回家，以为有了帮手，听说他要去流浪，亚巴美朵很不情愿，去那么遥远的地方，这些争气的牛羊怎么办，几年之后她家的牛羊就会爬满山坡。

劝说了很久亚巴美朵才勉强答应。她听绒布仁钦说这一去可能今生今世再也不能回来，大哭了一场，这是要背井离乡，好生凄凉，只好把父母和全家都带上，还带着几只羊和那一头争气的牛。绒布仁钦让她把牛羊都赶到山上去放生，沃日山岗上草肥，野兽也少，不像汗牛的山岗野兽出没。亚巴美朵千不舍万不舍，又哭了一场，倒是三木羌说，都带上吧，路上有个伴。但寨民们不放他一条生路，他们喊打喊杀的，急得三木羌在寨墙上窜来窜去。

三木羌向寨民们喊话，只要他们放他一条生路，他愿意将整个官寨献出，包括官印和朝廷给他爷爷父亲下发的印信号纸。双方对峙了几日，情况有了巨变，灌县衙门居然派了援军前来河谷救援。这激怒了山民，他们吼叫着。

"把官印扔出来!"

三木羌无所适从。率队前来的还是赵尔丰的旧将，都督赵尔丰被尹昌衡夺去都督印信，并被斩杀在成都皇城的明远楼，赵尔丰的这个部将率队前来所为何意。据说他先攻占了饶坝，还要拿下河谷，声称要占领大小金川，这是要占山为王的意思。

绒布仁钦满脸是血跑来报告："老爷，不好啦，前来救援的将军在巴朗山的猫鼻梁毙命了，连赵尔丰赵大人的侄儿也一同丧命，是中了冷枪。"

这是在考验三木羌的意志力，命运总是在跟他开玩笑。他本来已不留恋守备的官位，就在他要放弃之时忽然又冒出一个赵尔丰的旧将，使就要熄灭的灰烬又燃起星星之火，但一阵风过星火又熄。追随三木羌的人都惊慌失措，三木羌哪里还坐得住。他整夜整夜地失眠，一双眼睛熬得通红。他开始酗酒，从早到晚，举着酒碗狠命灌下一碗碗烧酒以壮胆。他爬上最高的那座烽火碉朝河谷瞭望，这条沃日河是他祖辈赖以生存的生命之源，是河谷人的血脉，他不禁潸然泪下，不能自已。

河岸边有手持自制土枪的山民在凭空放枪，射出的是铁砂弹，子弹一出膛就散开了，铁砂飞得到处都是。倘使有人或动物中弹就会面目全非，满身窟窿。更可怕的是他手下的那些兵丁将快枪卖给山民，有了快枪武装的山民便不再惧怕官寨里的守备，他们甚至大摇大摆地走进官寨无端地对土司衙门放枪，使得三木羌痛彻心扉。

三木羌派绒布仁钦同山民谈判，只要他们让出河谷的通道，他立即交出官印离开官寨。山民们出人意料地答应了。山民之所以能够答应也是因为群龙无首，先前的首领么儿已尸首都找不到了。山民们处于没有头领的境况，很多人都是三天打鱼两天晒网，对打不打官寨懒心无肠，所以顺坡下驴，很快就答应了三木羌的请求。

三木羌要赶快走出河谷，他怀疑山民中那些死硬分子会有什么阴谋。果然以惯匪罗二娃为首的一拨人在半道上设下了机关，他们在猛固桥头埋伏，准备杀死守备，以结束他家几代人在河谷的统治。惯匪真正的目的还是劫财。

三木羌一步步走进陷阱。

三木羌特意选在一个平静的早晨启程，他的出走有些狼狈，想不到在自己的领地上也会仓皇出逃。三木羌感觉自己这一走再也回不来了，故土难离，却也无可奈何。

几辆马车都用篷布盖着，不料却是犯了一个大错，封闭的车厢使人难免怀疑车上装了多少金银财宝。野史记述守备逃跑时运走了多幅传世的唐卡，这些唐卡都价值连城，其中有几幅还是三木羌的爷爷老土司洛桑郎卡亲笔所绘，他的作品存世的并不多，因而无比珍贵。三木羌溃逃时还弄走了大河边金矿产的岩金，甚至还有小普尔卡山上的豹皮、熊胆和卧龙沟里的熊猫皮，各种传说在民间流传甚广，神乎其神。

　　山民们扶老携幼前来围观，平常那些胆小的平民百姓现在也敢对这个落魄的守备怒斥、嘲笑和指指戳戳。这个历代承袭土司大位、至今仍为守备的小官吏被迫放弃印信，终于也有了今天的下场。

　　三木羌疲惫地缩在马车里，跟随他的除了王苍远、他和格丹巴措留下的一双儿女，也就只有绒布仁钦一家老少十几口，包括忠心耿耿的管家小仁青，显得凄苦和无奈。连剩下的几个兵丁也临阵反水，盗走了所押的物资，逃之夭夭。夺路而去的这一行人已溃不成军，个个都受了惊吓，马车队在前面走，手持各种武器的民众紧随其后，有一个叛逃的兵丁慌得走了火，那声枪响险些惹出大祸。

　　"不要开枪，千万莫开枪！"

　　三木羌有气无力地喊着，气氛格外紧张，眼看一场血斗迫在眉睫，幸亏天降大雨，民众才陆续散去。

　　马车队过了三关桥就进入独木沟，独木沟里只有一棵松树，整条沟里生满杂草。这条沟很神秘，长草不长树，乱石嶙峋，涧水横流。尤为险要的就是独木桥。独木桥架在两块岩石上，这一面是老鸦岩，那一面是鹰嘴岩，典型的峡谷地带，道路曲折艰难，两面有陡峭的岩壁，天只留一线，所以又叫一线天。

　　这条路无人行走，在这种深峡里盗匪都无法出没，根本无人可抢，何况又是多事之秋，三木羌也是犹豫了好一阵，逃难心切，这才催促赶路。他顾不得派人前去仔细探查地形，为保险起见从这条道通过本应分成几个小队依次而行，彼此照应呼叫。如果是商队驮队就要集合在一起，凑够了大队时由守备派兵保护才敢过往。在三木羌任守备时已拒绝派人护送商队走这条路，这里每一处岩石和每一棵草木都埋伏着杀机。

三木羌这是要剑走偏锋，棋行险招。

"我先带人去探险，安全了老爷再带人通过。"绒布仁钦主动请缨。

"顾不了那么多了，一切听天由命吧。"三木羌沉吟道。

马车队慌忙进入峡口，仅仅走了百十米就遭到了伏击。罗二娃伙同他的血亲姻亲早已埋伏在此，专候三木羌的到来。不是说载了那么多金银财宝吗，他们要让三木羌留下买路钱。他们在山岭垒石，潜伏于草丛，箭都上了弦，箭头抹了毒汁。沃日河谷历代土司跟守备都富得流油，这是几百年才有一次的劫财机会，自然要大捞一把。一伙人抱着巨大的耐心聚在这里，定要劫走这笔千古难遇的大财。

三木羌一行本是残兵败将，又是惊弓之鸟，还带着辎重和家眷，几匹马也是老气横秋的跛腿老迈之躯，才走了不远就气喘吁吁，如蜗牛般爬行。一有风吹草动这队人马就会慌不择路，风声鹤唳，忽然道路两旁喊杀声四起。

"杀死这个狗官……不要让他跑了……"

"留下买路钱！"

"女人丢下来，带把子的滚蛋。"

伴随着喊杀声，滚石如山崩齐下，雨点般砸在这队惊慌失措的衰人之中。三木羌和众人顿时被打懵，女人们吓得半死，可恨的是罗二娃一边喊打喊杀，还擂响了锣鼓。鼓声让人惶恐，一行人被山民们围在峡谷里无路可逃，哭爹喊娘，一向勇武的绒布仁钦除了能乱放几枪，也只能眼睁睁等死。

三木羌仓皇滚下车来，混乱中没有忘记他的"香火"桑格杰希和丹巴贡姆，他拼命招呼王苍远，想带着妻儿夺路而遁。绒布仁钦在危急时刻竟不顾自己老婆亚巴美朵的安危，拼尽全力把王苍远抱下车来。他想带着守备太太和守备的一双儿女躲进岩洞。车上的辎重被掀得七零八落，一片狼藉，土司的印信号纸和守备的官印也掉了出来，但无人捡拾，山民们只对金银财宝有意，对这种换不成钱的劳什子不感兴趣。

"桑格杰希——丹巴贡姆——"

三木羌因找不到儿女而绝望。桑格杰希还那么小，一直抱在王苍远怀里，丹巴贡姆虽然能够行走，一个小女孩也跑不快，需要人照顾。三木羌四处搜寻急红了眼，并不清楚绒布仁钦已带着他们逃进了石阵，而绒布仁钦老婆和岳父岳母已倒在了路旁。

那匹老马拉车不行，但逃命却在行，拖着马车一路狂奔，撞上了老鸦岩，车马都翻下岩去。打劫的民众从山谷中、岩石后、草丛里猛扑而来，吼声震天，杀声雷动，枪声大作。这是沃日河谷里一次重要的伏击，虽然参与的人并不多，但伏击的是两代土司之后的守备，劫去的不仅有金银，还有几代土司积存下来的无数文物，所以意义重大。

面对这场劫难，三木羌势单力薄，已是穷途末路。他本来就不像祖辈那么孔武有力，一生又没有经历过什么大阵仗，这时已滚到车下筛糠。随行的人被杀的杀，能逃的逃，赶马的车夫被石头击中了头部，脑浆迸裂，又被毒箭穿透了胸腔，立刻血溅山野。

财物都被山民尽数劫去，山民也不恋战，夺了东西迅速分散，只留下一些女人的皮袍和孩子的童靴。

管家小仁青已吓破了胆，躺在草丛中，他并没有受伤，但已失魂落魄，从此疯癫了很多年，在懋功街上摆了一个地摊为生，见人就述说当年的血腥，也算是那段历史的一个见证人。

三木羌并没有逃过这一场劫难，他被鹅卵石击中了后脑，脑浆流了一地，背上又被人砍了几刀，连肚腹都被挑开，砍他的正是罗二娃，用的是绒布仁钦遗落的佩刀，外鞘上镶嵌了若干宝石，刀柄上镶着黄金。三木羌爬行了一段，试图把肠子塞回去，嘴里喃喃地念着一首诗，正是他老师——成都的大儒王轩教给他的。

> 懋功在哪里？
> 在墨尔多神山那面，
> 沿着沃日河谷行走，
> 看见有班爪的房子，
> 窗上有白色的八卡图案，
> ……

三木羌念着这首不朽的诗篇踉跄着倒了下去。但他的游魂久久不散，他死得并不甘心，他本可以学饶坝的杰瓦更扎早些离去，但他没有，一直坚持到最后，却成了那个逝去朝代的陪葬品。但他的游魂不能安息，他死不瞑目，他的魂魄在喊冤，他不愿死，不甘心死。幸亏他有了子嗣，桑格杰希这时在哪里？还有丹巴贡姆！他们逃出了这条死亡之谷吗？这条峡谷里睡的全是冤魂……几十年后，三木羌一代又一代的后人来到这峡谷里洒扫祭祀他们的先人时，还能听到那猎猎悲壮的峡谷风声。

只要你看见了营盘，

粮台建在山岩。

谷底流淌着金川，

金川里流的是金子，

这是闪光的嘉绒史诗，

比金子还要绚烂。

哦，我梦里的家乡懋功哟，

沙棘布满了河畔，

那是剽悍的扎西，

等你站在河边，

还有仙女拉姆，

热切地把郎期盼

……

　　这是一首歌吗？不！这是三木羌在风中的吟哦，如泣如诉，是他曾经的肉身对灵魂的呼喊。五十多岁的河谷守备死在懋功深处一个叫老鸦岩的地方，消息传到成都，让军政权的都督尹昌衡为之胆寒，他准备派赵尔丰的旧部马维骐前去剿办，终因军饷没有出处而作罢。

　　王苍远躲过了劫难，与绒布仁钦扮成夫妻在老鸦岩附近藏匿多时，后来辗转回到了懋功，住在一座碉房里成了一对真夫妻。绒布仁钦家的后代声称是河谷土司的血脉，但历史学家们多带着疑惑的眼光。